满族口头遗产传统说部丛书

乌拉秘史

赵东升 讲述

赵宇婷 赵奇志 整理

吉林人民出版社

图书在版编目（CIP）数据

乌拉秘史 / 赵东升讲述；赵宇婷，赵奇志整理 . ——
长春 : 吉林人民出版社 , 2019.5
（满族口头遗产传统说部丛书）
ISBN 978-7-206-16877-2

Ⅰ . ①乌… Ⅱ . ①赵… ②赵… ③赵… Ⅲ . ①满族—
民间故事—中国 Ⅳ . ① I277.3

中国版本图书馆 CIP 数据核字（2019）第 293304 号

出 品 人 : 常　宏
产品总监 : 赵　岩
统　　筹 : 陆　雨　李相梅
责任编辑 : 李朝辉　崔　晓　葛　琳
装帧设计 : 赵　谦

乌拉秘史
WULA MISHI

讲　　述 : 赵东升　　　　整　　理 : 赵宇婷　赵奇志
出版发行 : 吉林人民出版社（长春市人民大街 7548 号　邮政编码 : 130022）
咨询电话 : 0431-85378007
印　　刷 : 吉林省优视印务有限公司
开　　本 : 720mm×1000mm　　1/16
印　　张 : 21.5　　　　　　字　　数 : 380 千字
标准书号 : ISBN 978-7-206-16877-2
版　　次 : 2019 年 5 月第 1 版　印　　次 : 2019 年 5 月第 1 次印刷
定　　价 : 75.00 元

出 版 说 明

　　满族口头遗产传统说部是具有较高社会价值和文化价值的满族文化的百科全书。整理发掘满族说部的项目工作被文化部列为中国民族民间文化保护工作试点项目，并被国务院批准列入第一批国家级非物质文化遗产名录。

　　"满族口头遗产传统说部丛书"是千百年来满族各氏族对祖先英雄事迹和生存经验的传述，一代一代口耳相传，保留下来的珍贵的满族遗存资料。经过近三十年抢救整理，从二〇〇七年到二〇一七年的十年间，根据整理文本的先后，我社分四次陆续出版了五十部说部和三本研究专著。此套丛书无论从社会价值和文化价值来看，都是一套极具资料性、科研性和阅读性融为一体的满族文化的百科全书。

　　此次出版对以下两个方面做了调整：

　　一、在听取各方专家建议的基础上，对原丛书进行了筛选，选取最有价值、最有代表性的四十三部说部，删去原版本中与文本关系不紧密的彩插，对文本做了大幅的编辑校订，统一采用章回体表述方式，并按照内容分为讲述萨满史诗的"窝车库乌勒本"、讲述家族内英雄人物的"包衣乌勒本"、讲述英雄和历史人物的"巴图鲁乌勒本"、讲述说唱故事的"给孙乌春乌勒本"等，突出了说部的版本特色。

　　二、保留研究专著《满族说部乌勒本概论》，作为本丛书的引领，新增考古发掘的图片和口述整理的手稿彩色影印件。

　　特此说明。

吉林人民出版社

编 委 会

主　　编：谷长春

副 主 编：杨安娣　富育光　吴景春
　　　　　荆文礼　常　宏

编　　委：（以姓氏笔画为序）
　　　　　于　敏　王少君　王宏刚
　　　　　王松林　朱立春　刘国伟
　　　　　孙桂林　陈守君　苑　利
　　　　　金旭东　赵东升　赵　岩
　　　　　曹保明　傅英仁

冯骥才

任何民族的文学都包括两大部分。一是个人用文字创作的、以书面传播的文学，一是民间集体口头创作的、口口相传的文学。后一部分文学是前一部分文学的源头，是根性的文学。中国作为东方文明的古国，口头文学的历史去之遥远。就像西方文学始于古希腊罗马的神话故事，我国文学史上第一部作品是《诗经》，即民间口头文学集，这表明口头文学是一个民族文学的源头。在漫长的历史中，这两部分文学一直同根并存，相互滋育，各自发展，共同构成一个民族文化与精神的极为重要的支撑。

中华民族有着巨大文学想象力和原创力。数千年间，各族人民以口头文学作为自己精神理想和生活情感最喜爱和最擅长的表达方式，创作出海量和样式纷繁的民间文学。口头文学包括史诗、神话、故事、传说、歌谣、谚语、谜语、笑话、俗语等。数千年来，像缤纷灿烂的花覆盖山河大地；如同一种神奇的文化的空气在我们的生活中无所不在；且代代相传，口口相传，直到今天。

我们的一代代先人就用这种文学方式来传承精神，表达爱憎，教育后代，传播知识，娱悦生活，抚慰心灵；农谚指导我们生产，故事教给我们做人，神话传说是节日的精神核心，史诗记录文字诞生前民族史的源头。它最鲜明和最直接地表现中华民族的精神向往、人间追求、道德准则和价值取向。中国人的气质、智慧、审美、灵气、想象力和创造力，充分彰显在这种口头的文学创造中。

这种无形地流动在民众口头间的口头文学，本来就是生生灭灭的。在社会转型期间，很容易被忽略，从而流失。

特别是在这个现代化、城市化飞速推进的信息时代，前一个历史阶段的文明必定要瓦解。口头文学是最脆弱、最易消亡。一个传说不管多么美丽，只要没人再说，转瞬即逝，而且消失得不知不觉和无影无踪，所以联合国教科文组织把口头传统和表现形式，包括作为非物质文化遗产媒介的语言列为非物质文化遗产之一。

在中国，有史诗留存的民族并不很多，此前发现的有藏族史诗《格萨尔王传》、蒙古族史诗《江格尔》、柯尔克孜族史诗《玛纳斯》、苗族史诗《亚鲁王》。作为满族民族历史和文化传统的重要载体——"说部"，是满族及其先民世代相传的极其宝贵的精神财富。它最初用"乌勒本"（满语 ulabun，为传或传记之意）指称，后受汉文化影响，改称为"说部"或"满族书""英雄传"。说部最初用满语讲述，至清末满语渐废，改用汉语并夹杂一些满语讲述。在漫长的历史进程中，满族各氏族都凝结和积累了精彩的"乌勒本"传本，如数家珍，口耳相传，代代承袭，保有民族的、地域的、传统的、原生的形态，从未形成完整的文本，是民间的口碑文学。"满族说部迥异于其他文类，不仅涵盖了口头传统，也吸纳了民俗学中多种民间文艺样式，包容性极强。"

我以为，对于无形地保留在人们记忆与口口相传中的口头文学，抢救比研究更重要。它是当下"非遗"工作的重中之重，要清醒地认识到文化和文明于人类的意义。当社会过于功利的时候，文化良知就要成为强音，专家学者要在抢救非物质文化遗产中勇于承担责任，走进民间帮助艺人传承与弘扬民间艺术，这也是知识分子的时代担当。

让人感到欣喜的是，经过吉林省的专家学者近三十年的抢救、发掘和整理，在保持满族传统说部的原创性、科学性、真实性，保持讲述人的讲述风格、特点，保持口述史的原汁原味的基础上，将巨量的无形的动态的口头存在，转化为确定的文本。作为"人类表达文化之根"的满族说部，受东北地域与多族群文化的影响，内容庞杂，传承至今已逾千万字。此次出版的《满族口头遗产传统说部丛书》为四十三部说部和一本概论。"说部"分为讲述萨满史诗的"窝车库乌勒本"、讲述家族内英雄人物的"包衣乌勒本"、讲述英雄和历史人物的"巴图鲁乌勒本"、讲述说唱故事的"给孙乌春乌勒本"四大部分。概论作为全套丛书的引领，从学术研究的角度对乌勒本产生的历史渊源、民族文化融合对其的影响、发展和抢救历程等多方面深入思考。

多年来"非遗"的抢救、保护、研究和弘扬，已取得卓越的成就。但未来的路途依然艰辛漫长，要做的事情无穷无尽。像口头文学这样的文化遗产的整理和出版，无法立即带来什么经济利益，反而需要巨大的投资和默默无闻的付出，能在这个物质时代坚守下来，格外困难。

文化传统和传统文化不是一个概念，我们的终极目的不是保护传统文化，而是传承文化传统。传统文化是固定的、已有既定形态的东西。我们所以要保护它，是因为这些文化里的精神在新时代应以传承，让我们的文化身份不会在国际资本背景下慢慢失落。

现在常把文化自觉与文化自信并提，这两个概念密切相关同时又有各自的内涵。文化自觉是真正认识到文化的重要性和自觉地承担；文化自信的关键是确实懂得中华文化所具有的高度和在人类文明中的价值。否则自信由何而来？

对传统文化的抢救与整理，不仅是为了传承，更为了弘扬。我们的民族渴望复兴，复兴的重要精神支撑在我们的传统和文化里，让我们担负起历史使命，让传统与文化为民族的伟大复兴发挥它无穷的力量。

冯骥才

二〇一九年五月

目录

《乌拉秘史》故事传承情况

赵东升

　　《乌拉秘史》和《扈伦传奇》都是明末清初由"扈伦四部"家族及其后裔传讲的有关祖先兴亡的历史传说故事，只不过《乌拉秘史》纯是出于乌拉部族人的口传，主要讲述乌拉纳喇氏的逸闻遗事，对其他三部，除了有历史纠葛，一般很少涉及。

　　明神宗万历四十一年癸丑春正月，努尔哈赤率军攻打乌拉部，于富尔哈城外击溃乌拉兵主力，乌拉部随之灭亡，国王布占泰外逃。十几年后，发生了布占泰第八子洪匡起兵复国及其败死的"乙丑事件"，留居原乌拉国都城的纳喇氏王族已所剩无几。

　　努尔哈赤去世后，他的儿子皇太极继主汗位，不久改国号为"大清"，改年号为崇德，称为太宗皇帝。

　　太宗皇帝在位的十几年中，原外逃的"扈伦四部"王族基本上都归服了。逃到东海窝集部的布占泰长子达尔汉等人也率家属部曲来投，并为皇太极出力，多立战功，亡国灭族之祸已成为遥远的过去。

　　清兵入关，定鼎中原，在多尔衮的统率下，很快平定了朱明王朝各种势力，大清一统天下，出现了由乱到治的升平景象。然而，大清朝廷内部却出现了权位之争，身为摄政王的多尔衮，却不明不白地死于塞外噶喇城。

　　多尔衮死后不久，在孝庄皇太后的策划下，由郑亲王济尔哈朗牵头，向多尔衮发动了攻击，并造谣中伤，罗织罪名，污蔑他有篡位的野心，一个为大清国立下了汗马功劳的"皇父摄政王"，霎时成了"大逆不道"的罪人。[①]撤销封典，掘尸扬灰，并清查同多尔衮关系近的人，这就令多尔衮的外公家受到牵连。多尔衮外公是乌拉部贝勒满泰，在多尔衮出生前已早死，他没见过。多尔衮的母亲是努尔哈赤的大福晋，努尔哈赤

---

　　①　幸亏乾隆皇帝英明，识破了近百年的冤假错案及其制造冤案的种种幕后阴谋，为多尔衮平反恢复名誉。

死时，皇太极串通代善（后封礼亲王）、莽古尔泰（后被皇太极处死）、阿敏（济尔哈朗亲兄，后被皇太极幽死）等，伪造遗言，逼大妃阿巴亥殉葬，制造了谋权夺位的第一个宫廷悲剧。这样，手握重权的多尔衮，同代善、济尔哈朗以及一些亲王贝勒的矛盾始终无法消解，他也就更多依赖于外公家的人，引为臂助，但他们是亡国贵族，虽有高位而无实权，多尔衮也不敢突破清廷的底线，格外照顾他们。这样，乌拉纳喇氏家族就不会引起朝廷的注意。

多尔衮死后，这对乌拉纳喇氏族人是个不小的打击。然而，这时纳喇氏的一些头面人物已经老的老，退的退，不在朝中担任实职了，不是告老还乡，就是原品休致，当权者不再关注他们。

当时在朝中的几位纳喇氏头面人物，职位最高的是阿布泰，他是满泰贝勒第三子，大妃阿巴亥之弟，职位是正白旗都统世袭佐领；其次是达尔汉，布占泰贝勒长子，由于松山之战，俘获明总督洪承畴，山海关大破李自成农民军有功，授二等轻车都尉世职；另一位是满泰长兄布丹之子图达理，时任镶白旗副都统。由这三人牵头，联合布干一支尚在的王族直系族人，从顺治八年开始筹备，至顺治九年壬辰于乌拉故都重修《纳喇氏宗谱》，洪匡长子乌隆阿也被找到，从此认祖归宗，但乌隆阿已改汉姓为赵，族人决定不要恢复纳喇本姓，因考虑到多尔衮遭谴，朝局多变，还是隐姓埋名为宜。不过，他们复制一份宗谱，分为两部分，一为谱图（世系表），一为谱书，并特别规定，赵姓的谱书题名为《乌拉哈萨虎贝勒后辈档册》，以示这一支是布占泰—洪匡的直系后裔，从此便不再同家族保持任何联系。说明当时警惕性还是很高的，洪匡事件影响太大了，以至于家族不敢令其恢复本姓乌拉纳喇氏。

这些人年事已高，长者已八十有余，少者三四十岁，达尔汉、阿布泰、图达理等三支代表人物也已年近古稀。就是这些老人为我们留下了大量的祖宗逸事，并使之传之久远。

这是自乌拉亡国以后第一次修谱祭祖，乌拉族人除布干一支外，其他较远的宗族也来了一些人，哈达同族也来了几位，声势浩大，影响深远。他们铸了一块铜匾，镌刻洪匡事件被诛死的人员名单，共五百零七人，铜匾埋于点将台下（据说咸丰年间露出一角，后被埋上，以后不知所终），留在乌拉的纳喇氏族人，每岁祭日，都有去拜祭者；然近六十年来罕有人祭矣！

传讲祖宗事迹是纳喇氏传统习俗，始于明代中期。据说，金代女真人也有此习俗，"宗翰好访问女真老人，多得祖宗遗事"，"以备国史"，看来，传讲"乌勒本"并不是清代才有，古已有之。纳喇氏是权力角逐中的失败者，他们的事迹当然更为丰富多彩，而且这个家族普遍文化程度较高，人才辈出，传承下来的"乌勒本"当然不同凡响。

"南关逸事""叶赫兴亡""乌拉秘史""洪匡失国"就是那时传下，传说乌隆阿当时接收了部分满文抄写本，但后人从没见着，仅得知"平时不许传讲"，"烧香办谱时在神案前由穆昆达和察玛讲述"，而且"不准记录"。

无论是"南关逸事"还是"叶赫兴亡"，内容有很多同清朝史书相悖，特别是"洪匡失国"深受清廷忌讳，清史上只字不提，更没有洪匡这个名字。在布占泰的八个儿子中，前六个没有歧义，而在第七子、第八子之间打哑谜，清代史书记布占泰第七子为绰奇纳，第八子为噶图浑，而从阿布泰、达尔汉、图达理手中接过的《满文谱图》和《乌拉哈萨虎贝勒后辈档册》明确标示第七子为噶图浑，第八子为洪匡，这是不会错的。并且，乌隆阿本身就是"洪匡之役"的幸存者，当时虽只有七岁，也已记事儿，他本人不会不知情。再说，救他脱险的"按巴巴得利"，也会告诉他事情真相，所以可以断定，无论是"武皇帝实录"和后来的"八旗通谱"所记，都是不确实的。

乌隆阿为纳喇氏第十一代（从始祖纳齐布禄算起），他生十子，我们这一支是第八房，八房始祖名倭拉霍，他的曾孙德明，五品官，通今博古，继承之后，传给其侄霍隆阿（笔帖式，满汉精通）、富隆阿，富隆阿传伊子双庆（十七辈，五品官），下传伊子崇禄（八品委官、满汉精通，懂外语）及侄德禄[①]（小穆昆，二人为十八辈），德禄死于土改，无传，崇禄传伊孙东升（二十辈），即我本人。

另从其他各支获悉，二始祖乌达哈的传承人，十四辈萨哈七（委官），十五辈赵宁（四品翼领），十八辈富同阿（章京），十九辈太祥（六品顶戴），二十辈富安（六品户司委领催）、经保（大察玛），之后无传。

三始祖喜才的传承脉络不详，仅知最后一位传承人是十九辈的长庆（云骑尉）。

四始祖索色后人，十七辈来寿（副都统衔伯都讷防御）、十八辈常海（佐领兼骑都尉）父子，其他不详。

---

① 《扈伦传奇》记为云禄，实误，云禄为德禄之兄，无文化。

五始祖阿郎阿；六始祖倭色有无传承，尚不清楚；七始祖倭拉布无后，家谱上记"另户长兄瓦格呈递"，但瓦格是一始祖舒郎阿之子，而舒郎阿名下空白。

九始祖倭乞利一支是"乌勒本"传承的重点，这一支人才辈出，社会地位也高。从十三辈舒马利（珠轩达）开始，十四辈马严太（领催），十五辈德庆（阿勒楚喀正白旗防御）、十六辈莫尔根（五品官）、十七辈陀林（正蓝旗防御）、十八辈富克锦（骑都尉兼云骑尉）、十九辈禄山（管理档案七品领催）、二十辈祥玉（五品军功领催），二十一辈显文（富克锦曾孙，学察玛），几乎每代都有，可惜，赵显文因脑出血病逝，并没传承下去。

十始祖舒柏传承脉络不详，仅知最后一位传承人为二十辈霍隆武（云骑尉），他于民国初去世，一子早亡无后。

在整理《扈伦传奇》时，仅把"叶赫兴亡"和"南关逸事"组合在一起，因"乌拉秘史"是个没有经过加工的原始本，除了用了其中少量内容，基本上没有纳进去。所以，这次讲述也没有加工整理，而是按照"乌勒本"的特点（而不是说部形式）讲授的，文采稍逊，但却原始。

"洪匡失国"两个版本，一九九○年《长白学圃》刊发的《扈伦佚闻》是大察玛经保在一九六四年办谱讲述的记录本，而《乌拉秘史》中关于"洪匡失国"是崇禄先生的家传本，两者有点出入，已在书中交代了。

二〇一四年五月识

第一章　结亲又结怨

（开讲前，讲述人漱口，记录人洗手，听讲者静坐，不许走动，不许说话，不许提问。）

开场诗曰：

> 紫禁城头叹兴亡，
> 千年古榆记沧桑。
> 台高十仞传佳话，
> 墙围三道赞雄邦。
> 铁马铮鸣五更月，
> 旌旗漫卷九秋霜。
> 祖业宗功彪青史，
> 当与后人论短长。

几句闲诗吟过，引出一段我们赵氏家族传承多代，时过百年的一段祖先秘史。这段秘史已经隐藏了三百来年，一直不为外人所知，史书也无记载，文献也无披露，文人史家无一涉猎，几乎成了被人遗忘了的角落。可是我们赵氏家族子孙后代永世不忘，因为那是我们乌拉纳喇氏赵姓一段血泪史。从清朝初年起，代代相传从无间断，说来也颇耐人寻味。虽然实录阙如，史籍不载，但是我却敢说，这是千真万确的历史事实，请诸位坐稳金身，平心静气，听我慢慢地道来：

"洪匡失国"的故事就发生在咱们家乡乌拉古城。提起乌拉古城，那可是咱们赵姓祖先发祥创业的地方，咱们原来不姓赵，姓纳喇，纳喇是满语，也是女真话，意思是光明，充满阳光的地方。我们先人的本姓是大金完颜氏，金朝灭亡，完颜氏皇族四散，我们先人避居锡伯部。头辈太爷纳齐布禄，被锡伯王招为驸马，后来脱离锡伯，改姓纳喇，回到乌

001

拉古城祖居之地建国称王，这就是扈伦国。二代传多拉胡其，三代传佳玛喀，四代传都尔机，五代传古对珠延，六代传太栏，七代传布颜。布颜老祖收服叛离诸部，扩建了乌拉古城，修筑了三道城墙，建造了金碧辉煌的紫禁城宫殿，在明嘉靖四十年设立乌拉国，改王号为贝勒，扈伦国就被分为哈达、乌拉、叶赫、辉发四国。布颜传布干，布干传满泰，满泰被害后，由其弟布占泰继承。这时老汗王努尔哈赤在辽东兴起，他灭了哈达部，又灭辉发部，万历四十一年，又灭了咱们祖先乌拉部。

有人说啦，乌拉国在布占泰时已经灭亡，怎么又会出现"洪匡失国"这样的事情呢？大家只知其一，不知其二，光知表象，难悉内情，待你们听我讲述完故事的起根发源，来龙去脉之后，定会茅塞顿开，百惑俱解。

有道是：

淫雨纷飞弥太空，
雾蒙阡陌更葱茏。
土堡倾圮残垣在，
故国宫阙离乱中。
世道循环无章法，
祖业烟消史有评。
松江淘尽英雄泪，
后人讲述亦动情。

书开正传。

那么，"洪匡失国"的故事是怎么发生的呢？是不是像有的纳喇氏家族说的那样，布占泰一家子孙后代全被老汗王斩尽杀绝了呢？

非也！

这里也不完全是误传，也有史实，只不过被夸大了而已。

"洪匡失国"事件的发生，有偶然也有必然。在历史上凡是有重大事情发生，都有前因后果，就是通常所说的"因果关系"。

那么，现在我就把"洪匡失国"的前因后果做个交代，你们听到后才不会感到突然。

其实，咱们祖先洪匡跟老汗王努尔哈赤还有血缘关系的亲上加亲。因何能产生这么大的仇恨，以致出现那么严重的后果，说来话长。

单说乌拉国自布颜老祖建立，一传布干，二传满泰，这时正是群雄争霸之时，南方建州女真势力扩张，北方海西女真建国称王，四大部并列时期，史称"扈伦四部"。

"扈伦四部"是在扈伦国分裂以后各自建立的四个独立王国。扈伦王族先有哈达国的出现，接着有乌拉国的诞生，继而又有辉发、叶赫各自筑城称王。起先四部由哈达万汗统领，他成为四部的总盟主，大明朝也承认他的地位，封他为塔山前卫大都督、龙虎将军、哈达女真国汗王。但自万汗卒后，子孙争权，哈达内乱，哈达国由强转弱。这时叶赫国强盛起来，取代哈达，成了"扈伦四部"的总盟主。建州女真强大以后，争城夺地，向外扩展，把原属于叶赫的两块地方夺去，这两块地方一叫额尔敏，一叫扎木库，那地方土地肥美，水草丰盛，是个耕作、放牧都适宜的好地方。叶赫强盛起来以后，向建州索要这俩地方，努尔哈赤当然不能给，何况在那个动乱时代，谁占的地盘就归谁。这样一来，叶赫和建州就为争地产生了矛盾，双方闹翻脸，连亲戚面子也不顾了。

大明万历二十一年春，叶赫以盟主身份邀集扈伦四部成员国各出兵二百人共八百兵马，出战努尔哈赤，袭击了建州所属的户布察寨，未能得手，稍有损失。

叶赫不服气，就在当年秋九月，又邀集哈达、辉发、乌拉、讷殷、珠舍里、蒙古科尔沁、锡伯、瓜勒察加上叶赫自身，组成"九部联军"，号称三万，进攻建州，结果败于古勒山，叶赫西城贝勒布寨战死。

乌拉兵由布占泰统率，兵败被俘。我们祖先布占泰同老汗王努尔哈赤的恩怨情仇，就是从这时种下的种子。

布占泰被俘，努尔哈赤顾及乌拉是大国，满泰势力并没受损，一旦重整旗鼓进行报复，后果那就难说了。为此他对被俘的布占泰既不杀也不放，优礼养育，待如上宾。结果收到了效果，满泰退出扈伦联盟，建州避免了一次危机。

三年后，努尔哈赤释放了布占泰，这时满泰巡边遇害，建州支持布占泰当了乌拉国王。

布占泰即位那天正好是大明万历二十四年九月重阳之日，距满泰贝勒遇害百天，这是乌拉国的制度，也是纳喇氏的家规。乌拉国没立年号，当然谈不到改元，依次为乌拉国丙申三十三年，布占泰时年二十九岁。

之后，布占泰同努尔哈赤交往频繁，反复和亲。老汗王努尔哈赤先后嫁三个女儿给布占泰做福晋，建州又先后娶了三位乌拉格格，真所谓亲上加亲。

可是，这也没能加深双方的感情，关系还是出了裂痕，以致矛盾进一步激化，兵戎相见就不可避免。

事情是这样的。

原来在"九部联军"攻打建州的前一年，叶赫西城贝勒布寨之女东哥格格许婚布占泰，乌拉、叶赫先结成联盟。古勒山之战，布寨阵亡，老汗王努尔哈赤得知布占泰与东哥格格定亲的消息，他觉得如果这两个大国联姻，对他是不利的，为了拆散两国的姻盟，他明知装不知，派使去叶赫提亲，迫使新继任的西城贝勒布扬古将东哥聘给努尔哈赤，布扬古是布寨的长子，他见布占泰被俘留羁建州，未来吉凶难定，叶赫又新败，势力较弱，不得已许下了这门亲事，乌拉的婚约他也没毁，这就是一女二聘。

谁知东哥格格坚决不从，誓死不嫁杀父仇人，这门亲事便搁置起来，努尔哈赤始终未能娶到手。待布占泰回乌拉后，对努尔哈赤强聘东哥一事虽然耿耿于怀，但他又几次娶亲建州女，情绪上或多或少得到一些平衡。

但是，在以后事情的变化中，努尔哈赤时时威胁乌拉国的安全，阻碍乌拉国的发展，布占泰坐不住了，他感到和亲对他来说就是枷锁，让他处于被动地位，而自己受到无形的限制，没有行动自由。忍让绝非善策，反击才能主动。

从万历二十六年到万历三十六年这十年间，乌拉国丧失了几次机会，而被建州占了上风。

哈达国是乌拉同宗，万汗死后，哈达几番变革，国王宝座最后落到孟格布禄手里。孟格布禄是万汗幼子，纳喇氏第八代，为布占泰之堂叔。努尔哈赤吞并的目标第一个就是哈达国，因为哈达与建州毗连，孟格布禄意识到这一点，他曾两去洪尼城，请求乌拉保护。布占泰答应了，准备派兵常驻哈达。这事很快被努尔哈赤得知，他当面对布占泰许诺，建州兵绝不会踏进哈达国土，保证哈达国的安全，乌拉驻兵哈达不仅建州感到不安，就是叶赫也不高兴。布占泰权衡再三，取消了向哈达派兵的计划。谁料，仅仅一年的工夫，努尔哈赤突袭哈达，孟格布禄战败自杀，待布占泰反应过来已经晚了，哈达国土并入建州，扈伦四部已经少了一个，哈达国最先灭亡。

由于轻信，布占泰没有看透努尔哈赤野心，葬送了哈达。过后布占泰致书努尔哈赤，责其失信。努尔哈赤辩解，说："哈达勾结叶赫暗算我，我才出兵的，罪魁祸首是叶赫，要算账，你应去找叶赫的纳林布禄[①]。"

从那以后，布占泰把注意力放在东海和朝鲜。东海三部窝集、库尔喀和瓦尔喀三大部，留居朝鲜境内的女真部落，都归附乌拉国，听从布占泰的号令。东海地区濒海，盛产珍珠，布占泰垄断了东海各部同明朝的珍珠贸易，珍珠之利巨大，市易不进抚顺关，而入开原，通过广顺关，哈达灭亡后，布占泰改在镇北关入境，努尔哈赤还是什么好处也捞不着。他看布占泰"坐收东珠之利"，自然眼红，但他没办法改变现状。他知道，布占泰对他偷袭哈达，致孟格布禄死亡一直耿耿于怀，又对他强聘叶赫东哥格格而产生怨恨，看来怀柔办法是不灵了，那么只有撕破脸皮，兵戎相见，不是鱼死，就是网破，什么亲戚之谊、翁婿关系，都没用了。

要打开"东珠"这条通道也并非易事，努尔哈赤想了很久，终于想出了对付布占泰的办法——策反，从内部下刀子。他叫部下扬古利去干这件事。扬古利乃东海库尔喀部人，对东海各部熟悉，认识人也多。努尔哈赤虽然贪婪，为了达到目的他不惜重金，他委派扬古利带着财宝去东海各部活动，用重金收买部落头人，城寨活吞达，并许以高官厚禄。常言说得好，重赏之下，必有勇夫，就这样一个小部落头人被收买了，情愿投顺建州。

这人是谁？东海女真沙济富察哈拉，名叫策穆特赫，任斐优城长，所部居民约五百口。斐优城是金代古城，属瓦尔喀部，隔图们江与朝鲜庆源相望，是乌拉通往东海各部的主要通道，地理位置优越。斐优城地处图们江北岸的冲积平原，农耕渔猎十分便利，为东海最富裕的地区。你想，这样一个鱼米之乡，居民是不可能愿意离开的。策穆特赫得了好处，收了扬古利带来的贵重礼品，决定远去辽东投附努尔哈赤。他请努尔哈赤派兵保护，帮他搬运家财，迁徙全部人口。努尔哈赤立即派兵三千，从朝鲜过江，接走策穆特赫一家，强迫城内外居民随迁，放火烧了城乡所有房屋，从原路返回，从钟城过江取道乌碣岩而回。

布占泰早得到了斐优城居人的报信，急令驻守札库塔城的六叔博克多贝勒协同常住、瑚里布兄弟阻截，双方遭遇乌碣岩，乌拉阻击失败，博克多父子阵亡，常住兄弟也被俘了。

布占泰同他的岳父老汗王努尔哈赤彻底决裂。从此，布占泰扩军备

---

① 纳林布禄：又作纳林孛罗。

战，时时提防建州兵的进犯。

　　乌碣岩之战是在二月初发生的，谁知过了半年，忽然有一天辉发使者送来一封贝勒拜音达里的求援信，信的内容是建州努尔哈赤侵犯辉发国，请求乌拉国出兵帮助。布占泰还没等想好如何答复呢，建州的使者又来，送上了老汗王努尔哈赤的文书，内容是建州出兵讨伐暴君拜音达里，请乌拉从北面出兵助战，待灭掉辉发后双方平分领土，从此各守疆界。

　　这一下布占泰犯难了，你让我答应谁，帮助谁？大臣们多数认为，拜音达里罪行累累，是出了名的暴君，这样的人不可援助，不如同建州联兵灭辉发，占领半部疆土，扩大乌拉地盘。也有主张出兵援救辉发的，一旦努尔哈赤灭了辉发，唇亡齿寒，对乌拉不利。布占泰权衡利害，做出了"中立"的决定。他的理由是，援助辉发会得罪努尔哈赤，以后会遭到报复，再说，拜音达里为人言而无信，此人名声不好，不值得同情。若出兵助建州，乌拉与辉发是近邻，从情理上说不过去，即使灭了辉发国，也不一定能得到土地，空负不义之名，所以决定，谁也不帮，不论双方谁胜谁负，都不准扰犯乌拉领土。

　　双方斗争结果，辉发灭亡，乌拉虽然没参与，也得罪了老汗王努尔哈赤，不参与联合出兵就是袒护辉发，与建州为敌，以老汗王的性格，不容忍任何人不按他的意思去做。在辉发的事情上，其实努尔哈赤的真实意图是不想让布占泰参与进来的。那么，既然他不想让乌拉参与，为什么又致书派使邀请布占泰同他一块行动呢？

　　这就是老汗王努尔哈赤的高明之处，更是他老奸巨猾、玩弄骗局的过硬把戏，布占泰真的钻进了他设下的圈套。

　　努尔哈赤知道，辉发、乌拉接壤，两国山水相连，这唇亡齿寒的道理布占泰不会不懂，他如果出兵支援辉发，他吞并辉发的计划就难以实现。所以他争取主动，邀乌拉加盟。他也明知道布占泰记恨乌碣岩之战，不可能同他联合，乌拉只要不助拜音达里就算达到目的，他可以放开手脚，全力攻辉发。

　　布占泰中计了，他表示了中立，这正是老汗王努尔哈赤所希望的。

　　辉发灭亡，土地、人民全归了建州，老汗王努尔哈赤如虎添翼，扈伦四部还剩下两国，他就放心大胆为所欲为了。

　　第二年，努尔哈赤派兵五千，越过辉发领土，直接攻击乌拉重要城堡宜罕阿林城，也叫宜罕山城。布占泰长兄布丹家族居此，当时守城贝勒是布丹长子阿斋，破城之后，阿斋自杀，建州兵杀光了全城军民两千多人，俘获布丹子孙满门一家老小，毁掉城垣而还。

宜罕阿林城失陷，布占泰才感到问题的严重性，他改变了策略，纵观松辽大地，唯一可以联合的只剩下一个叶赫国了，他决定同叶赫恢复盟约。可就在这时，令人难以置信的是，老汗王努尔哈赤又把他亲生女儿四公主穆库什嫁给了布占泰，双方暂时缓解了紧张关系，又维持了三四年平静的日子，同叶赫联盟的计划又告吹了。布占泰错误地认为，今后我再也不怕你努尔哈赤了，你的亲生女儿在我手上，难道不投鼠忌器吗？

布占泰想法又错了，老汗王努尔哈赤是个为达目的不择手段的人，他主动嫁女与布占泰，怕的就是乌拉与叶赫结盟，那可是两个大国呀！

果然，当老汗王努尔哈赤得知乌拉同叶赫的联盟搁浅的消息，真是千载难逢的好机会，他集中全部人马，带上所有将士，兵分两路，对乌拉国发动一场生死存亡的大决斗。

有趣的是，他把出兵的日期定为正月初三，因为这一天是凶日，凶日出兵打仗，这也是努尔哈赤的独创发明。

乌拉该如何应对呢？

第二章　汗王破乌拉

书开正传。

说的是大明神宗皇帝万历四十一年，也是乌拉国癸丑五十二年正月十五这天，谁也不会料到大过年正月会发生军情紧急情况。按以往，这正是城乡军民欢度元宵佳节，耍龙灯、舞狮子、抹画眉、捉迷藏的喜庆之日，从白天到晚上，彻夜不眠，尽情嬉戏。而这天似乎世上人人都平等了，不分尊卑，不分老幼，不分男女，到晚上互相追逐打闹，人人手上沾满锅底灰，瞅准方便，不论是谁，手往脸上一沾，对方立现鬼脸，逗得在场人哈哈大笑，开心极了。这叫"抹画眉"，是自古传下来的一种风俗。

单说乌拉国紫禁城的王宫里贝勒、戈什哈、宫女一行人等玩得正高兴，忽听白花点将台上"当当"响了几下云盘，众人一愣，还没有反应过来，台上有人高叫："都散去！王爷有令，敌兵已经入境，各贝勒、台吉、活吞达回去集合本部人马，听候调遣，违令者，严惩不贷！"

一团高兴被打消，有的连满手沾满的锅底灰都来不及洗，还有人脸上涂了黑鬼脸，他们也不敢怠慢，各回各地去了。

紫禁城里气氛紧张。

国王布占泰本来准备过了正月十五，亲自送幼子洪匡、幼女萨哈连和十七位宗族大臣之子女去叶赫国，双方缔结联盟，互换人质，目的是共同对抗建州女真老汗王努尔哈赤。不想探子连夜回来报告，说老汗王努尔哈赤已经领兵杀来，前锋已到辉发城。布占泰只得改变计划，暂且放弃送人质去叶赫的打算，调集人马准备迎敌。

忙乱了两天，总算集中了三万五千人马，不料贻误了战机。老汗王大军兵分两路，夹江而下，正月十六晚连取孙札泰、郭多、俄漠三城，十七日早进兵富尔哈，离乌拉城仅有十里。富尔哈城主佛索诺贝勒是布占泰国王的堂叔，派他的两个儿子阿海、阿尔苏胡前来求援。他们告诉布占泰，建州兵至少也有五万，声势浩大，锐不可当，刚一到富尔哈城外，就把村屯民房放火点着了，连望江楼都烧了。

布占泰说："你哥俩先回去，告诉你阿玛坚守一天，我亲自去解围。"

阿海二人临去时说："我阿玛可是上了年岁的人，你要去晚了，他可支撑不住，我们哥们儿可不能白白去送死！"

他们走后，布占泰感到这哥俩话里有音，知他们心存异志。但又一想，堂叔佛索诺贝勒忠诚可靠，有他在，谅他们哥俩也不敢胆大妄为。

救兵如救火，万一富尔哈城陷落，都城一定难保，不管敌兵多少，势力多大，一定得把他们挡在富尔哈外，不能叫他们跨进都城半步。

想到这里，布占泰立即派人去叶赫国请求支援，待退了敌兵之后，再如约交换人质。正月十八一早，他起倾国之兵三万人马，亲去富尔哈迎敌。

他留下五千兵，令次子达拉穆台吉[①]统率，守卫都城。国王长子达尔汉台吉随军出征。各宗族大臣、贝勒、台吉，绝大多数都跟国王布占泰出城抗敌，临行前少不了叩拜堂子，祈求祖宗神灵保佑，杀退强敌。为了鼓舞士气，王宫大察玛也随军而去。

乌拉城只剩下达拉穆台吉带着几个兄弟，指挥五千兵分门防守，不敢松懈。

乌拉城共有三道城墙，外圈叫外罗城，里圈叫内罗城，内罗城中央还有一座小城，叫紫禁城。紫禁城里是金碧辉煌的宫殿。宫殿分两部分，靠南门里有一座土筑高台，俗称"白花点将台"，老辈人传说，这台是金朝末年，乌拉国的先人之女白花公主所建，后人为了纪念这位女中豪杰，由历代乌拉王保护维修，布颜创国时又在台上修造了一座两层金顶的八角殿，作为乌拉国日常处理政务的场所。北半部盖了数十栋青砖灰瓦的房屋，叫作后宫，是乌拉王家属子女居住的地方，所以称为后宫。前殿与后宫中间砌了一道红墙，把前与后隔开，有月亮门相通。紫禁城四角各建角楼一座，日夜有禁军守卫。

乌拉纳喇氏有一项家规，凡是娶妻的王子不论岁数大小都叫成家。成家后必须搬出王宫，在内罗城赐宅第，非传召不许擅自进宫。国王布占泰已有八个儿子，其中五个娶妻生子，尚有三个没成人，养在宫中。

布占泰率大军走后，达拉穆把留下的五千人马分拨各门守卫。谁知

---

① 台吉：爵位名。

这五千兵多数是老弱病残，根本没有战斗力，达拉穆台吉叫过三弟阿拉木、四弟巴颜、五弟勃延图，每人给六百士兵守卫四门，又令六弟茂莫根、七弟噶图浑各领五百人守护紫禁城，其余人都跟他巡防全城。

分拨已毕，他刚要走下点将台，忽见一个童子迎面跑上台阶，一边攀登，一边嚷道："二阿哥，我也要领兵杀敌，你给我二百人马，我要去帮助阿玛汗。"

达拉穆一看，心里咯噔一下，暗道：你？这回又是你姥爷打咱们，你怎么能去！他瞅瞅这个小老弟，平静地说："你还小，回后宫照顾你额娘好啦，这出兵打仗，现在还轮不到你。"

这个人就是布占泰国王第八子，也是最小的儿子，名叫洪匡，当时只有十三四岁，他的额娘就是建州老汗王努尔哈赤的大公主。

洪匡见二哥不允许他带兵打仗，很不服气，质问道："阿哥们都能领兵打仗，为什么我就不能？"

"为什么？"达拉穆不想拖延时间，因为军情紧急，便哄他说："你还小，有危险，这不是小孩子能干的事，听话。"

达拉穆步下台阶，洪匡跟上来，缠住不放。达拉穆无奈，说道："那你就跟我来吧，不要乱跑，守住城池，等阿玛汗胜利回来。"洪匡这才依了。

达拉穆果然厉害，他率领全城仅有的五千老弱残兵，击退了老汗王的兵马数次攻城，乌拉城固若金汤。建州军退去，雪地里留下了上百具尸体，攻城的云梯也起火烧毁，建州领兵大将阿兰珠也被火箭射中，命丧江边，建州兵只好退走。达拉穆不敢稍有松懈，加强巡逻，严密防守。

俗话说："八月十五云遮月，正月十五炮打灯。"什么意思呢？在北方，尤其是松花江流域，因受水气的影响，每年八月中秋，晚上准有或多或少的浮云遮住圆溜溜的月亮，时间或长或短，而正月十五这天，十年倒是有九年晚上出现刮烟炮的天气，也是时间长短不定。所以，传下了这两句话，妇孺皆知。

大明万历四十一年，正是乌拉国五十二年癸丑，正月十五，晚上到了掌灯时分，意外地没有像往年有烟炮出现，可是月色不明，天地间灰蒙蒙一片，人们还像以往，做"抹画眉"游戏。就在这时，紫禁城接到了敌兵入境的警报，一切娱乐活动停止，全城进入紧张临战状态。

正月十八的晚上，城头飘着青雪，显得格外寒冷。攻城的敌兵倒是退去了，可南方十里之遥的富尔哈城外就是战场，厮杀声此伏彼起，时断时续。探马随时报告军情，两军决战难分胜负。趁间隙，达拉穆赶紧回到家里，令妻儿子女躲到民间，他也担心孤城难守，做了最坏的打算。因为他只有一个儿子——还不到十岁的图尔赛，万一前方战事失利，都城一定遭殃，不能让家人同归于尽，断了香烟。事实证明，达拉穆这一决定是正确的，他的家眷后来逃过一劫，图尔赛为他传宗接代，香火不断。

他刚打发走家眷，八弟洪匡领着一个守城头目找上门来。

"二阿哥，南城外有人叫门，请你去看看。"

"什么人？有多少？"

那个头目说："看不清楚，大概有几千，说从前方回来，要进城休息。奴才做不了主，就让小台吉领到府上来了。"

"走，去看看。"

达拉穆随二人上了南城，果然见城下有一伙人叫门。城上弓箭手逼视下边，不让他们靠近护城河。城下来人齐声喊道："快开门，放我们进去休息……"达拉穆厉声问道："你们是哪家人马？是谁叫你们回来的？"

城下答："我们是从富尔哈战场回来的，汗王爷令我们回来歇歇腿儿，亮天还得赶回去。"

达拉穆借着微弱的月光仔细一看，果然不差，确实穿着乌拉兵的衣甲，虽然不知道是哪家部队，看他们身上的号衣，谅来者不会有错。达拉穆即令："开城！放他们进来休息。"

洪匡从旁说道："二阿哥，开不得，这黑灯瞎火，什么也看不清，万一出错怎么办！"

达拉穆还没来得及答言，就在这时，突然飘起了雪花，一阵寒风吹来，刮起了烟炮。城上城下一片迷茫，什么也看不清了。城下一片喧哗，"快开门，太冷了，让我们进城暖和暖和。"

这天气突然变化，分明是老天示警，但是达拉穆可怜这些从前线回来的士兵挨冷受冻，不顾别人阻止，下令：

"开城！"

城门这一打开不要紧，突然发生不测，这支兵丁冲进城里，见人就杀，夺门登城。乌拉守军被这突如其来的变故惊得不知所措，待达拉穆反应过来时已经迟了，只听黑暗中有人大喊："建州巴图鲁安费扬古在此！"伴随喊声，一员大将手执大旗顺马道登上城头。城上仅有几十名巡逻兵，如何抵挡得住，多被杀死于城上。守城部队经过几次抗击攻城敌军，已经疲劳，现正在营中休息。他们从梦中惊醒，得知有变，赶紧上城御敌，可这一切都晚了，来不及了。

达拉穆知道中计，拼命抵抗，无济于事。他被建州兵包围在当中。达拉穆在布占泰八个儿子中是佼佼者，文武双全，刀马娴熟，是未来乌拉国的王位继承人，布占泰对他的期望是很高的，往往委以重任。

这时，风消雪住，烟炮已停。数千兵闯进城里，城内多处起火，兵民被杀无数。达拉穆失陷了城池，懊悔万分，他趁敌人没有注意他们之际，一把推开洪匡："八弟快走！"

接着，达拉穆跪倒城上，向南方拜道："孩儿不孝，未能守住城池，无颜见阿玛汗，阿玛汗保重。"拜毕忽地站起，手中刀向脖颈上一横，血光一闪，翻身跌下城去。

洪匡阻止二哥不成，他赶紧跑下城去。城里城外乱作一团，他回到紫禁城，想进宫去见额娘，不料紫禁城门正被建州兵把守，没有老汗王努尔哈赤的命令，谁也不准出入。洪匡无奈，只得在众人的保护下，绕过紫禁城，趁慌乱中逃匿民间。

书中交代，混进乌拉都城的建州兵是怎么穿着乌拉士兵的衣甲呢？原来布占泰统领大军出富尔哈同建州兵对阵，难分胜负之时，富尔哈城主佛索诺贝勒的两个儿子阿海和阿尔苏胡，背着他父亲佛索诺贝勒，偷偷拉出所部两千人马，投降了努尔哈赤。老汗王努尔哈赤令大将安费扬古所部换上乌拉兵的号衣，冒充乌拉兵从前线回来休息，骗开城门，夺了都城。

都城的失陷，消息传到富尔哈前线，动摇了乌拉兵的军心，挫伤了乌拉兵的士气。布占泰赶紧率军回救都城，遭到建州兵的截杀，此时军心已乱，人无斗志，兵败如山倒。就在这关键时刻，又传来富尔哈城插白旗投降的消息，于是阵容错乱，军心瓦解，乌拉兵一败涂地，尸横如山，血流盈渠，白雪被红血融化，乌拉兵全线崩溃。

布占泰跑到乌拉城下时，天光已经大亮。他回过头来一看，跟随他的仅有千余骑。他绕到西城，刚要叫门，忽听城上有人喊话：

"布占泰！你巢穴已失，何不投降？"

布占泰寻声望去，只见他的岳父老汗王努尔哈赤坐在城楼之上。布占泰大惊，率领从骑踏过江冰，向西南逃去。

布占泰率领残部向西跑了二十里左右，后边有一队人马约有五百多名追了上来，追到切近，几个青年将士滚鞍下马，齐跪在雪地上呼叫：

"阿玛汗！"

布占泰一看，原来是大儿子达尔汉领着几个兄弟赶来了。三子阿拉木、四子巴颜、五子勃延图一个不少，他们几人城陷逃出，也找到这里遇上了。布占泰问："你们怎么找到这里来的？"

达尔汉说："阿玛汗回救都城，我们随后跟去，到了城下，城已失陷，正好碰上兄弟们从城内逃出，我们顺着马蹄子印找来，真的是阿玛汗。"

"富尔哈那边怎么样了？"

达尔汉说："我们知道的是阿海兄弟开城通敌，噶兰满额其克战死江边，城内情况一无所知。我们该怎么办？"

"我们完了！"布占泰自责道，"都怪我失策，上了敌人的当，后悔也没用。当务之急是我们平安脱险就好，保存实力，以备东山再起。"

"眼下咱们该当如何？"

"败局已定，城池陷落，眷属们吉凶凭命由天，现在也管不了那么多。"布占泰吩咐道，"我现在去叶赫国借兵，你们去东海窝集部借兵，两路救兵一到，还可以恢复。要是借兵不成，你们就不用回来，在窝集部留下，听我的消息。"

达尔汉兄弟叩头站起，一拱手："阿玛保重，儿等去了。"

兄弟四人翻身上马，向东海窝集部飞奔而去。布占泰望着儿子们远去的背影，长舒了一口气，自言自语地说："三十年河东，三十年河西。只要我纳喇氏不绝种，乌拉还是有希望的。"

达尔汉哥四个逃到窝集部，向窝集部长述说了乌拉已破，阿玛汗去叶赫借兵，请求窝集部出兵救援。窝集部长爽快地答应了，并且邀请瓦尔喀、库尔喀两部出兵，组成东海三部联军，援助乌拉国。他们派多匹哨马，探听虚实，轮番回报，只等布占泰借得叶赫兵来，他们便向西出发。

可是左等右等，根本没有一点动静。一个月后，真实消息传来，布占泰没有借得兵来，倒是努尔哈赤彻底灭了乌拉国，胜利班师了。从此，达尔汉兄弟就在东海窝集部安居下来。直到布占泰病死叶赫，父子永没见面。

洪匪起事，他们毫不知情。等他们得悉这重大信息时，洪匪已经败亡多时了。

达尔汉对老汗王努尔哈赤更无好感，努尔哈赤登基做汗后，得知他们在东海窝集部，几次派人招抚，达尔汉兄弟就是不降。直到老汗王努尔哈赤驾崩，太宗红歹士①即位，他们兄弟几人才归附，没有想到的是，他们的家眷子女完好无损，平安无事地生活在建州，分散多年重新相聚，他们也就心悦诚服地为大清国效力了，后来他们都有功名、职位。

　　大清国入关定鼎神京以后，顺治九年，年近七十的已经退休在家的都统衔二等轻车都尉达尔汉，召集直系家族弟兄们，返回故土乌拉，举办一次自乌拉灭国后第一次，也是最隆重的一次祭祖修谱活动，传留下"洪匡失国"这段已被清朝列为违禁的历史事实，并在乡间找到了洪匡的后人，已经更名改姓的洪匡长子乌隆阿②。

---

　　①　太宗本名红歹士，皇太极是做皇帝后改称。

　　②　乌隆阿为洪匡长子，洪匡为布占泰第八子，达尔汉等人续修的乌拉纳喇氏宗谱可证（满文），从此得以认祖归宗，一直传承到今。

第三章　布特哈贝勒

　　前回书说到老汗王努尔哈赤在富尔哈击败乌拉军队，富尔哈城高挑白旗投降，由阿海、阿尔苏胡兄弟二人迎接汗王兵入城，活吞达佛索诺贝勒不明不白地死了。接着，安费扬古冒充乌拉兵，又夺了都城，达拉穆台吉堕城殉国，乌拉国灭亡。

　　老汗王努尔哈赤在上年秋已经征伐过一次乌拉，双方讲和，怎么连半年都不到，又出兵来攻打呢？

　　话得要从头说起。

　　万历四十年秋八月，老汗王努尔哈赤听说布占泰羞辱他女儿穆库什公主，准备迎娶叶赫公主东哥，这东哥公主是叶赫国王布扬古的妹妹，早年许给布占泰，在一次战争中叶赫打了败仗，努尔哈赤指名要东哥和亲，东哥公主不同意，一直没有出嫁。布占泰怨恨老汗王几次来侵，便用响箭射穆库什以示羞辱，又扬言要娶回叶赫公主。努尔哈赤得知布占泰"鸣镝射公主""欲娶叶赫女"的消息后，起兵攻入乌拉国，一路焚烧民房粮草，毁沿江临河六城。布占泰乘船出富尔哈河口，去见努尔哈赤，否认"鸣镝射公主""欲娶叶赫女"两件事，并向老汗王努尔哈赤保证一定疏远叶赫，服从建州，答应送幼子和宗族大臣之子去赫图阿拉为质，老汗王才退兵。

　　建州兵刚退走，叶赫国王金台石又来，同意联合乌拉，共同对付建州，双方商定互换人质，永不渝盟。布占泰又倒向叶赫，除了交换人质，还同意把女儿萨哈连格格许给金台石的儿子，定于万历四十一年正月十六一并护送到叶赫。

　　现在一切都改变了，老汗王灭了乌拉国，赶跑了布占泰，他走进紫禁城，首先命人去寻找他的女儿。他前后嫁给布占泰三个女儿，两个大的是养女，一个小的是亲女。二女儿前几年因病去世，现在还有大女儿和小女儿两个人了。大女儿生一子，就是洪匡，小女儿穆库什公主生养一个小女孩，仅有一岁多，现在她们都在何处呢？寻找的结果是小女儿穆库什被找到，大女儿额实泰不知何故，悬梁自尽了，抛下个儿子洪匡也不知去向。老汗王十分懊丧，他下令优待布占泰家眷子女，只要来投，一律收养，妥善安置。老汗王收了乌拉国的账册，编户一万余家，分隶八旗。十天之中，收降纳喇氏王族数百户，招抚布占泰子女及其眷属十余人，好言抚慰，令他们寻找他们阿玛布占泰，让他早日来归。

老汗王打开乌拉国的府库，接收了全部国宝，除赏赐有功将士一部分而外，其余全装车运回建州。

到了正月二十四，老汗王的部下在民间找到了洪匡。努尔哈赤还是头一次见着他这个外孙，对他十分疼爱，好言抚慰。按照老汗王原来的打算，还像以前灭哈达和辉发那样，迁走全部王族，毁掉王城，以防止死灰复燃。灭了乌拉国后，也要迁走布占泰子女和直系家族，废掉乌拉城。等他见到这个小外孙洪匡之后，他改变了主意，他将编入八旗的纳喇氏族人，留在原地，各旗佐领也由乌拉纳喇氏王族充任，原来的贝勒、台吉、活吞达名号依旧保留，乌拉国直系王族编为正白旗，还有的隶属正黄旗和镶黄旗，这就是后来所说的上三旗。布占泰的八个儿子，除达拉穆已死外，长子达尔汉外逃，他没有随他阿玛去叶赫，而是逃往东海，待十几年后老汗王晏驾，他儿子太宗红歹士即位后他才归附。

布占泰的第六子茂莫根，刚满十八岁，努尔哈赤看他年轻英俊，又没成家，即把自己一个族女许他为婚，令他统领正白旗，为佐领，管理布占泰直系家族。因念及大女儿自缢身亡，老汗王觉得心里有愧，特准她生的儿子洪匡奉祀乌拉宗祠，继承布占泰事业，不过改称为"布特哈贝勒"。

一切安排就绪，正月末，建州大军撤走，真正是"鞭敲金镫响，齐唱凯歌还"，扈伦四部已灭了三国，老汗王那个高兴劲儿就甭说了。大车拉着战利品，老汗王接回他的亲生女儿三公主，并带走她生的小女儿，回去另嫁他人，这是以后的事，暂且不提。

老汗王率军返回，虽然留下乌拉王族未全带走，但也迁走了几千户乌拉国人，宗族也有一部分随去建州，乌拉城人口骤减。富尔哈之战，乌拉兵阵亡八千多，加上守城兵的战死，乌拉国共损失一万余人，之后多年田园荒芜，城垣颓圮，人烟稀少，富庶繁荣之邦，变做冷落凄凉的鬼蜮之乡，每当夜晚，阴风惨惨，磷火莹莹，狐啼犬吠，恐怖阴森，几代之后，尚谈虎色变，人们仍心有余悸。

老汗王努尔哈赤退兵之后，洪匡找到了额娘的尸体，抚棺大哭一阵，治丧安葬。他想起二哥达拉穆的死，又看到额娘的死，心生怨恨，这一切都是他的姥爷造成的，他姥爷老汗王努尔哈赤使他们国破家亡，父亲逃走，如今逃往何处，是死是活都不知道，剩下自己孑然一身，无依无靠，守护这空旷冷落的紫禁城。

两个多月后，已是春暖花开，岸柳垂青的时候，乌拉城中流传着这样一个消息，说国王布占泰没有战死，而是逃到了叶赫国，以前说死于乱军之中是误传。既然还活着，为什么不回来主政呢？十三四岁的小贝勒洪匡当然不懂得其中的缘故，可乌拉国人都明白，政权已不存在，国家已经灭亡，老汗王努尔哈赤临走时留下三旗佐领，控制这块地面，一旦发现布占泰的踪影，后果不堪设想。

光阴似箭，寒来暑往，不知不觉三四年过去了。大明万历四十四年春正月，老汗王努尔哈赤在赫图阿拉登基做了"皇帝"①，国号大金，改元天命。这一年洪匡也到了十八岁。乌拉国灭亡整整三年，他这个"布特哈贝勒"既不能管军，又不能管民，每天只能在宫里由男女阿哈侍候着。他可以念书、练武、跑马、射箭，烦闷时出城游山玩水、捕鱼打猎，可是出城时都被三旗佐领派人保护。后来他才明白，这保护实际就是监视。他同什么人来往，哪些人经常进紫禁城，一举一动都有人注意。洪匡觉得自己名为贝勒，却失去自由，处处受挟制。

老汗王登基做皇帝庆祝大典，洪匡也随三旗佐领去赫图阿拉拜贺，他看到了做皇帝的威仪，回来以后，他找了宗族长辈问起乌拉国从前的事。长辈告诉他，乌拉纳喇氏有家规，贝勒到了十八岁就得大婚，大婚之后，就要亲政，军国大事都要一个人说了算。如今国家虽然灭亡，可土地、人民还在，贝勒名号还在，还得按祖宗家法办事，否则谓之不孝。

洪匡问："我阿玛现在他国，我该怎么办？"

族人说："你阿玛不在国内，你更应该按老规矩办事，先大婚，后正名。"说到这，他又迟疑起来："可是事情挺难办，你现在是布特哈贝勒，不是乌拉贝勒，这正名可不是简单的事，事关重大，非同小可，弄不好，恐怕要出乱子。"

洪匡到底年轻气盛，不知深浅，坚定地说："这个我不管。我一定要改变这种现状，我要做乌拉国真正的主人！"

---

① 努尔哈赤当时称"覆育列国英明汗"，未称皇帝，这是讲书人的称法。

宗族长者走了以后，洪匡越想越不是滋味。他大了，有主意了。

"不行！我非要争这口气不可，不能再这么窝窝囊囊地活着了。"

想到这里，洪匡派人把驻防乌拉的镶黄、正黄、正白三旗佐领请到紫禁城，他质问道："汗王姥爷让我做乌拉贝勒，继承我阿玛，姥爷登基做皇帝，我去拜贺，他还问我这贝勒当得怎么样，有没有人欺负我，为什么我的一举一动都受到你们的干涉，行动连一点自由都没有，这是谁叫你们这样干的？"

三旗佐领对望一下，镶黄旗佐领年岁较大，他先笑道："洪匡贝勒，汗王爷交代过，让我们保护好贝勒，不能出半点差错，我们不敢不遵。"

"胡说！"洪匡生气了，"既然是让你们保护我，为什么军民不听我的命令，我的一举一动，都受你们的监视？"

正黄旗贝勒是个膀阔腰圆的壮汉，他看这位小贝勒不知天高地厚，便冷笑道："洪匡贝勒，请别发火，你要记住，你是乌拉布特哈贝勒，不是乌拉国贝勒，这也是汗王爷格外开恩。"

正白旗佐领茂莫根是洪匡的六哥，同父异母，是个青年，不过二十多岁，已经娶了老汗王的族女成为额驸。阿玛现在他国，誓死不降建州，小弟洪匡又是如此处境，而自己又结了皇亲，当了汗王家的女婿，此时他心情复杂，沉默一会儿，开口说道："洪匡兄弟，你应该明白，汗王爷念你是公主所生，没有归旗，已经很给面子了。这布特哈贝勒虽不能比以前的乌拉国贝勒，大小也算一方之主啊。你想想看，这乌拉地方除了紫禁城，哪儿还有留在旗外的人？"

洪匡被三个佐领说得无言以对。僵持了半天，他愤愤地说："请你们禀告我姥爷，按照我们祖宗家法，大婚之后，贝勒必须亲政，我请求汗王姥爷不要破坏我们纳喇氏的规矩。他要是不肯答应，我宁可不当这个贝勒，离开紫禁城。"

三位贝勒觉得好笑，乌拉国已不存在，还亲的什么政？他们一想，洪匡是大金公主所生，汗王爷的外孙，不管怎么，还是有点面子，他们也不敢对他太过分了，遂安慰地说："贝勒的话，一定转告汗王爷，请耐心等候。"

三个人怀着可笑的心情离开了紫禁城，他们认真地联名写了一道本章，派上快马，加急送往赫图阿拉。他们对国破家亡，亲人不在，孤苦伶仃的洪匡贝勒，多少还有那么一点同情心。特别是正白旗佐领茂莫根，他虽是洪匡的六哥，此时却做了老汗王家的女婿，娶了老汗王的族女，这门亲事并不是茂莫根自愿，但由不得他。让他管牛录，管理乌拉国王族，而洪匡不编旗，身份特殊，当然老汗王这么做一切都是为了招抚布占泰，让他早日来归。洪匡根本什么也不懂得，闹着大婚后亲政。

再说大金皇帝老汗王努尔哈赤，接到乌拉驻防三旗佐领的禀报，他一琢磨，对呀，外孙洪匡已经十八岁了，到了大婚的年龄，按照女真部族的传统，部族首领大婚之后就得管事，国王贝勒叫作亲政。乌拉国虽亡，国王布占泰还在，受到叶赫东西城两个贝勒的保护，几次派人交涉，叶赫就是不放，无论如何，也不能叫布占泰再回乌拉，一定要让洪匡占住他阿玛的位子，洪匡一定会比他阿玛听话。怎么办，还得用老办法，在洪匡婚姻上打主意。

洪匡的请求得到了准许，同意他大婚后亲政。由老汗王指婚，把他一个十五岁的孙女许给洪匡做福晋，说是亲上加亲。并规定，洪匡必须娶大金国的公主，不得同任何氏族部落之女成婚。这样一来，洪匡在婚姻上就没有选择余地，只有服从指婚，乖乖地做大金国的额驸。①

大明万历四十四年，这一年的大事真不少。正月老汗王努尔哈赤在兴京②登基坐殿，当了大金国的"皇帝"；第二件事就是为洪匡指婚，把十五岁的亲孙女许给洪匡做福晋；第三件事，同意洪匡的请求，命令三旗佐领放松对洪匡的监控，紫禁城内的事，不许过问，给洪匡以更大的自由，但要密切注意布占泰的动向，探听他的消息，及时加急禀报；第四件事是老汗王兵伐叶赫国，结果大败而回，损失了数千人马，因此，连送孙女去乌拉与洪匡成亲的日期也推迟了。

洪匡开始感到很沮丧，这终身大事，既无爹娘张罗，自己又做不了主，全凭汗王姥爷一句话。福晋是美是丑，为人是好是坏，性格是柔是刚，他全然不晓。他的心情特不好，倒是有家庭长辈、叔伯兄弟、婶娘大妈们入宫劝说，百般安慰，洪匡的心情才慢慢好些。

老汗王努尔哈赤由于在叶赫国打了败仗，心情懊丧，无兴趣关心他们的婚事，婚期只好往后拖延。洪匡心中没底，当初指婚别看他一脑子情绪，这回反而害怕老汗王悔婚。一旦联姻不成，双方必成敌人，他也懂得这个道理。他身边没亲人，谁能替他分忧解难，光说几句好听安慰

<hr>

① 原话是"乖乖地做大清国的驸马"。因当时不叫"大清国"，也不叫"驸马"，今改成此句，比较符合逻辑。

② 当时不叫兴京，仍称赫图阿拉，兴京是以后改称，这是讲书人的称呼，另外，努尔哈赤也不是称皇帝，只称"覆育列国英明汗"。——整理者

话那有什么用！他想起一个人来，谁？就是纳喇氏家族神通广大，能上天入地、下海擒龙的大察玛（大萨满）。大察玛曾随布占泰出兵富尔哈，兵败后逃回乌拉城，仍主持宗族祭祀。洪匡知他本事大，能预测人之吉凶祸福，生死存亡，何不求他显显神通给推算一下。

一天晚上，洪匡把大察玛请到宫里。大察玛名叫曼珠，是洪匡的爷爷辈，已有六十余岁。洪匡说出了内心的苦闷，不晓得老汗王推迟婚期是福是祸。曼珠察玛对他说："是福不是祸，是祸躲不过，一切都瞒不过祖先神灵的眼睛，凡事听天由命，不可强求。"

洪匡听不懂他话的意思，又问一些乌拉国何时能振兴，阿玛何时能回来，大金国公主的婚事能不能顺利，等等。大察玛只是闭着两眼，一声不吭。待他叨咕完了，才慢慢睁开眼睛，说了几句更让他难懂的话：

"好事坏事，大事小事，福事祸事，有事无事。切记切记，免得出事。"

他说些什么，啥意思，再问，他就什么也不说了。洪匡满心不愿意，因他是长辈，又是深受族人尊敬的大察玛，只得恭恭敬敬地把他送回家去。

这位曼珠大察玛确是一位道行高深，是能通人神鬼三界的法师，能"过阴"（元神能入地狱同鬼交流，叫"过阴"），能"下神"（跳神时有阴性物质附体叫"下神"），是纳喇氏世代相传的"抓察玛"。老察玛死后投胎托生，婴儿长大自然先天带来非凡的本领，叫"抓察玛"，类似转世灵童，记前生。多少年之后，提起这位大察玛那天说的话，无一样不准，无一句不灵。当时说得隐晦含混，天机不可泄漏也。

洪匡并没有从大察玛那里得到他所需要的东西，自己心里宽慰自己，反正是命里注定，听其自然吧。

洪匡同老汗王孙女定亲的事很快传开了，也传到了身在叶赫国的布占泰的耳中。他听到这个消息，比他当年失掉城池，陷没家小，落荒而逃还感到震惊。

不行！绝不能让他们再结亲，我一定阻止这门亲事，我的儿子，不能再走我的老路。

离开故国三年多的布占泰，他要回到乌拉城去看看。

第四章　避居叶赫国

先说一说三年以前那场战争，布占泰兵败逃走叶赫国的事。

布占泰率领三万兵马，在富尔哈城外打了一整天，不分胜败，双方都伤亡不少人，拼死相持。在这关键时刻，富尔哈城活吞达佛索诺贝勒的两个儿子阿海和阿尔苏胡背着他阿玛把守军拉出城外，城上挂起白旗，向老汗王投降，这在前边已经交代过。老汗王的部将安费扬古换上这两千乌拉兵的衣甲，连夜骗开乌拉城门，达拉穆台吉城陷自杀。布占泰急率五千兵回救都城，军中大事交给堂弟噶兰满贝勒主持。不料前线得知都城陷落，富尔哈城插白旗投降，军心瓦解，乌拉兵溃。布占泰回救都城不成，只得闯出重围，落荒逃走。跟随他的只有千余骑，三万大军一朝溃败，死伤七八千人，余皆四散。

布占泰闯出包围圈，往南一口气跑到叶赫国的境内，他来到叶赫国所属赫尔苏城驻扎下来。休息几天，派人去打探乌拉城的消息。探马回来，向他禀告一切："只探听到建州军在乌拉欢庆胜利，紫禁城内秩序井然，福晋们没受到伤害，贝勒台吉们大多逃出去。只是……"

"只是什么，你倒快说呀。"

探子先安慰地一句："汗王爷不要气恼，保重身子，将来报仇。"然后告诉他说，"只是二台吉自刎了，大福晋悬梁自尽了。"

布占泰略一惊慌，便平静下来，默然不语。良久，他自言自语地说："达拉穆，额实泰，你们是我纳喇氏的骄傲，我一定为你们雪耻，决不会向努酋屈服！"

过了几日，他单人独马去叶赫东城。叶赫国自清佳砮、杨吉砮兄弟建国，就修筑了两座都城，各据一城称王，一国二主，就像兄弟分家一样。现在东城贝勒是杨吉砮的儿子金台石；西城贝勒是清佳砮的孙子布扬古。以前许婚布占泰，又改聘努尔哈赤的东哥格格，就是布扬古之妹。布占泰之女许嫁金台石的儿子，因此说，他与叶赫两位王爷都有渊源，相比之下，布占泰同金台石更投缘，所以他今天先来到东城。

到达城外，见城门紧闭，便对城上说："我是乌拉国汗王布占泰，要见金台石贝勒。"守城兵通报进去，不大工夫，城门大开，金台石率领手下文武百官出城迎接。二人是老相识，这次见面，各人心中都别有一番滋味。

二人行了抱见礼，布占泰说："我现在已国破家亡，只身来投奔贝勒，惭愧得很。"金台石不到五十岁年纪，生得豹头环眼，粗犷豪爽，他拉住布占泰手说："都怪我，都怪我犹豫误事，没有想到努贼这么快。"

布占泰说："就差一天，十七个宗族大臣之子，还有我的一双儿女，准备过了正月十五我就亲自送来，这下可全完了。"

金台石道："事情变化到这种地步，悔也没有用。贝勒要不嫌叶赫简陋，可暂安下身来，后事再从长计议，我一定竭尽全力，帮助贝勒恢复就是了。"

没待上几天，老汗王派来了使者，向金台石索要布占泰，让叶赫必须把布占泰交给建州使者带回赫图阿拉。金台石很客气地对使者说："回去告诉你主子，布占泰贝勒就在我叶赫，可是我不能交给你，我们是好朋友，出卖朋友讨你主子欢心，我叶赫做不到。"他也不写回信，口头就把建州使者打发走了。

不料没过多日，建州的使者又来了，还是让交出布占泰。金台石有些生气，但为了安全起见，他还是忍了。他告诉建州使者，说布占泰已离开叶赫，去向不明，我拿什么交给你。

金台石第二次打发走建州使者，认为这回该消停了，努尔哈赤再也不会派使来要人。

这时已到了秋季，正是叶赫国进京朝贡之时。金台石准备了土产、珍珠和马匹，带上三百人的朝贡队伍，其中有不少各部落的头人，亲去北京朝见神宗万历皇帝。他还特意邀布占泰随他一起进京，面见明朝皇帝，详细奏明努尔哈赤任意征伐，吞并扈伦各部的事实，请朝廷为各部讨回公道，制止建州的扩张，恢复辽东海西的秩序。

到了北京，万历皇帝召见布占泰，询问了乌拉战败的经过，这时明朝皇帝才知，朝廷分封的海西卫扈伦四部，已有哈达、辉发、乌拉三部被建夷努酋吞并，现在就剩下一个叶赫国，也就是塔鲁木卫东西两个城池，四面受敌，岌岌可危。

这时，明朝才有了危机感，那个多年只在后宫玩乐，很少上朝问政的神宗万历皇帝令廷臣讨论一下辽东的局势。恰在这时，辽东巡抚都御史张涛派人送交一封奏章。

龙虎将军领建州卫都督满洲女真国主努尔哈赤为奏请敕饬叶赫执送布占泰伏维仰祈圣鉴事：

臣仰荷天恩，管领建州，捍卫边外，不遗余力，以至辽东边境，九百五十里界上，安堵如常。闾阎连畛，鸡犬相闻，内外人民，各安生业。唯哈达、辉发屡次构兵，臣代天行讨，歼其酋而兼其地；灭其国而抚其民，臣力尽矣！乌拉布占泰，实臣养之，背信弃义，以怨报德，是以臣亲统三军，征伐申讨。布占泰只身远窜，逃亡叶赫，臣遣使叶赫，索求执送数次而不报。故，臣谒巡抚御史张涛，代达天聪，敕饬叶赫，交还逃人，臣当鞠躬尽瘁，永捍边陲，岁时修贡，绝无滞怠。为表臣耿耿之心，排除异议，特遣臣之第七子巴布泰率所部所属阿都、纲古里等三十余人入质于明，现已送至广宁，以候圣裁，谨奏。

神宗皇帝看了努尔哈赤的奏章，交给廷臣，下部议。廷议结果一致认为，满篇文字一派胡言，强词夺理，努尔哈赤心怀叵测，随意征伐，滥杀各部首领，足见狼子野心。再说，他口称送儿子入质，是真是假谁能识别？令巡抚都御史张涛不要接纳，调游击将军马时冉、周大岐率兵两千，挟火器，卫戍叶赫。又令辽东总兵官分兵屯开原、抚顺、镇北堡环卫叶赫，阻止建州军的进犯。最后下了一道诏书，严厉谴责努尔哈赤随意兼并邻国，争城夺地，杀害各部首领的犯罪行为。

对乌拉国的灭亡，明朝亦束手无策。万历皇帝只有安抚布占泰，留他长住北京，以待时机。可布占泰心里如火烧，都城失陷，国家沦亡，一门老小妻儿子女不知吉凶，他怎么能安心住在北京！

金台石贡市完了，带着明皇帝赏赐的金银丝绢布匹等，高高兴兴地返回叶赫。布占泰也拜辞万历皇帝，随金台石返回。

刚休息一天，不料老汗王努尔哈赤的使者又来了。

这是第三次。

这回来可不比前两次，使者一行三人，两员武将一位文官。他们向金台石呈上老汗王努尔哈赤的亲笔信，措辞严厉，口气强硬，态度傲慢，信中以命令的口气让叶赫交出布占泰，否则的话就对叶赫不客气了。

金台石看了信，当时火冒三丈，把信往案上一拍：

"无赖！"

建州使者听见了，那位文官质问道："金台石贝勒，你这是骂谁？布占泰今儿个一定得跟我们走，你交也得交，不想交也得交，这完全由不了你。汗王爷说了，这是看在亲戚的面子上，要不然，就没有这么客气了！”

金台石大怒：“三番两次来要人，真是无赖！让我交出布占泰，休想！”

建州使者一怔，瞪着金台石说：“你可要想好，我主说到做到，到时候你可别后悔。”

金台石一把抓过书信，几下撕得粉碎，狠狠地往地下一摔：“吓唬谁？你回去告诉他，别人怕他，我叶赫不怕，有本事就来吧，我等着！”

如此僵局，建州使者还是不甘心，他想缓解一下气氛，便平静地说道：“金台石贝勒，其实我们是来接布占泰贝勒的，他是我主的女婿，他的福晋已被汗王爷接回，等着他回去团聚。我敢保证，汗王爷不会伤害他。”

金台石瞪了他们一眼，“哼”了一声说：“你那话只好糊弄那些三岁小孩子，你们走吧！”

尴尬的三位建州使者，不敢再争辩，灰溜溜地退出。

建州使者走后，金台石越想越生气。好你个努尔哈赤，三番两次来逼我，还有头没头？好，你不是威胁我吗，我偏要气一气你，看你能奈我何！

你道金台石打的什么主意，想出了什么鬼点子？原来他旧事重提，打算让他的堂侄女东哥公主跟布占泰在叶赫成婚。

这是怎么回事？

听众有知道的，也有不知道的。待我把事情的经过简略地交代一下，大家就会知道这是怎么回事了。

叶赫国有两个都城，两个国王。老城叫西城，国王叫清佳砮，新城叫东城，国王叫杨吉砮，两人是亲哥俩。就像分家似的，哥俩不和，就把一个国家分成两下，还都叫叶赫国。

有一年，叶赫两个国王得罪了大明朝，被明朝骗到开原杀死了。接着，清佳砮的儿子布寨当了西城的国王，杨吉砮的儿子纳林布禄当了东城的国王。后来又和老汗王努尔哈赤发生战争，布寨国王战死了，纳林布禄连惊带气也病死了。现在西城国王是布寨儿子布扬古，东城国王叫金台石，是纳林布禄的弟弟。

早在二十年前，布寨国王活着的时候，同乌拉国和亲，把女儿东哥公主许配给布占泰为妻。未等成婚，叶赫联合扈伦四部同建州老汗王打了一场战争；战争结果是老汗王努尔哈赤得胜，叶赫国布寨贝勒就是那次兵败阵亡的。乌拉国的国王是二爷满泰，他没有亲自去，而是派他的弟弟布占泰统率三千人马出征。兵败之后，布占泰往回逃，跑到柴河堡，被伏兵的绊马索绊倒，就被老汗王的将士捉住了。建州兵举刀要杀，布占泰说，我要见你主子。见了老汗王，说明了自己的真实身份。老汗王努尔哈赤听说他是乌拉国满泰亲弟弟，就优待了他，留在建州恩养三年，把他的养女大公主嫁给他，放他回乌拉接替刚刚死去的满泰，当了乌拉国王。

但是，叶赫国这门亲事也就黄了，东哥公主被她哥哥布扬古贝勒许给了老汗王努尔哈赤，传说是老汗王指名要的，用他家的大公主和布占泰交换。叶赫是战败国，不敢不从。谁知事情有变，东哥公主坚决不答应，她一来认为老汗王是杀他阿玛的仇人，杀父之仇不共戴天，怎能嫁！二来她心里还是想着布占泰。结果两家谁也没娶成，事情一拖就是十几年。

因为东哥公主的事，布占泰始终怨恨老汗王。老汗王自知理亏，在十几年间共嫁给布占泰三个女儿，又娶了布占泰的侄女，也就是满泰国王的大女儿，还为他的儿子红歹士（皇太极）娶了布占泰的堂妹，他六叔博克多贝勒的女儿。加上先前布占泰之亲妹瑚奈格格嫁给老汗王三弟舒尔哈齐贝勒，乌拉与建州二十年间共有六次联姻。可是仇敌还是仇敌，布占泰没有斗过老汗王，最后败逃叶赫。

这六次和亲，听起来糊涂，怎么妹妹嫁给他儿子，而侄女却嫁给了他父亲，妹妹嫁给了他兄弟，又娶了他兄弟的女儿，这不乱套了吗？是不是有骨血倒流现象？诸位不要误解，咱们满洲旗人早自女真时代起，就严格禁止族内婚，只要不是同一血统，不讲伦常，不分辈数，子可娶亡父的小妾，同胞姊妹可以嫁父子两辈，都不算乱伦，这就是满族先民的习俗。清兵入关，占了中原以后，受到了汉族纲常伦理的影响，这种陋习就渐渐地革除了。

几句赘言带过，接着说正文。且说叶赫国东哥公主已经三十岁了，青春耗尽，红颜并没消退，依然是光彩照人。这么多年来，她内心的苦处，终身大事受到的种种挫折，已经使她看破了世间一切，她是一个坚强的人，又是个有主见的女子，曾经立下的"不嫁杀父仇人"的誓言，始终不渝。所以一直到现在，也不肯去建州成亲。她曾经扬言，谁若能为她报父仇杀了努尔哈赤，她就嫁给谁。

布占泰兵败逃到了叶赫，金台石有意撮合他和东哥之间的婚事。他到西城一提此事，布扬古贝勒也愿意，这样能把布占泰留在叶赫，也断了老汗王努尔哈赤在他们二人身上打主意的念头，招抚布占泰，娶东哥公主，叫他趁早死了这条心。布占泰一心一意地长住叶赫，更是遂了东哥公主的心愿，真是两全其美。

可没有想到的是，金台石当布占泰说出要为他和东哥公主在叶赫举行婚礼的时候，却遭到了布占泰的拒绝。

金台石对此十分不解，很不满地说道："布占泰贝勒，你和东哥的事，已经拖了这么多年，东哥为了你，至今未嫁。你今失败来投，我叶赫并没怠慢你，让你们实践前约，在叶赫安家，你反而推辞是何道理？是不是嫌我侄女年老丑陋！"

"金台石贝勒息怒。"布占泰站起来，逊谢道："同叶赫公主成亲，是我多年夙愿。可是现在不行了，今非昔比，我一个亡国之人，承蒙不弃，已是万幸，我怎敢再给叶赫添麻烦！"

"此话怎讲？"金台石眼睛瞪着布占泰说："我是诚心诚意成全你们的好事，怎能说是添麻烦？"

布占泰平静地说："你仔细想想，那建州努酋多年来梦寐以求要娶东哥而不可得，他三次来人索要我，又暗中派人招抚我，他为了什么？就是怕我在这同东哥成亲扫了他的面子。他要知道我真的跟东哥成了亲，那他恼羞成怒，将会大举入侵叶赫，叶赫国从此将永无宁日，这不是给叶赫带来麻烦是什么！"

金台石说："你多虑了。我叶赫不怕他努尔哈赤。他兵力再强，也不是不可战胜。西城我侄布扬古说得好：'我畏努步，努畏我骑'，我叶赫骑兵是天下无敌的，他努贼敢踏进叶赫半步，管叫他有来无回！"

布占泰又说道："这一点，我当然相信。可是你再好好想想，努尔哈赤就是打不过叶赫，他也要长期骚扰叶赫，到那时兵连祸结，闹得叶赫国无宁日，我怎么能在这里待下去？"

金石台似有所悟，点点头说道："有道理，有道理，还是布占泰贝勒虑事周详，可是，西城那边我已说好，让我怎么向布扬古兄妹交代？我这当叔叔的，不能说话不算数啊！"

"这好办。"布占泰笑道："由我亲自去西城，向他们讲清利害，他们会理解我的苦心的。"

“也好。”

金台石领着布占泰，骑马来到西城，见了西城贝勒布扬古。

布扬古贝勒是布寨国王的长子，父死即位。多年来，他就一直为妹妹东哥公主的婚事伤透了脑筋，也不知这位东哥公主有什么魔力，当时有那么多头领要争。十一岁那年，哈达国小汗王歹商要娶，没娶成反而送了命。辉发国王拜音达里也要给他儿子纳聘，婚事没成而辉发国灭亡[①]。如今，东哥公主已经三十岁了，成了老女，老汗王努尔哈赤同布占泰仍争执不下，他兵伐乌拉国的唯一理由就是听人传言，说布占泰要娶叶赫女东哥公主。

布占泰现在来了，这也正是他们履行从前婚约的大好时机，不料布占泰坚辞不受，当布扬古贝勒说出了不能娶东哥的理由，又把对金台石讲的那一番话重复一遍时，布扬古也被说服了。

布扬古倒是说通了，可他也有难处，他又怎么能说服妹妹东哥公主呢？多少年来，东哥不是盼着这一天吗！何况，东哥卧病多日，近日刚有好转，她能承受得了这么大的刺激吗？

---

① 事见《扈伦传奇》。——整理者

第五章　布占泰拒婚

　　布占泰拒婚的事很快传到东哥公主耳中，她不但没被这么大的打击摧垮，反而提起精神，振作起来。她找到哥哥布扬古，提出来一定要见一见布占泰，两人当面谈谈，问个明白。

　　她决不肯放弃这最后一次机会，她要看看这位客居异乡的一国之主到底想了些什么。布扬古被缠不过，只好安排他们会面，让他们自己决定，做个了断。

　　布占泰记得，还是东哥公主十三岁那年，他们见过第一次面。

　　那还是二爷满泰国王在位时，辉发国发生夺权篡位的事。老国王的孙子拜音达里逼宫夺位，杀死他们的七个叔叔，辉发王族逃到叶赫请求出兵平叛。由布寨国王率领三千铁甲军攻打辉发国，把拜音达里困在海龙城里。拜音达里派人到乌拉国求援，满泰国王令三弟布占泰率一千兵去解围。布占泰到了海龙，并没参战，说服叶赫同辉发和好，射雕为誓。从此传下布占泰"射雕救辉发"的佳话。就在那时，叶赫同乌拉两国和亲，将东哥公主许配布占泰，乌拉向叶赫纳了聘礼，布占泰在纳聘使者布准的陪伴下，在叶赫同东哥公主见了面。这是他们第一次见面，已经娶有四位福晋的布占泰，对年纪尚小的东哥公主印象不深，联姻是政治性的。

　　使布占泰留有深刻印象的是第二次见面。

　　那次见面的两年以后，也就是乌拉国癸巳三十二年的秋天，布占泰与东哥公主又见面了。就是这次见面叶赫公主东哥给布占泰留下了深刻印象，使他刻骨铭心，终生难忘。

　　由于建州努尔哈赤占据了原属于叶赫的两处领土额尔敏和札库木不还，叶赫派人几次讨要，仍无济于事，叶赫东城贝勒纳林布禄联合扈伦、长白山、锡伯共九部兵马讨伐建州，乌拉贝勒满泰令布占泰率三千军兵参战。

各部首领到齐之后，择日出师之前，按古俗，要祭堂子、祭天、盟誓、祭旗、跳察玛舞、请神、奏乐、放炮，然后饮宴，饭后歇一晚上，次日天明大军拔营出发。

联军中有一支哈达兵，也是三千人，由贝勒孟格布禄亲自率领。哈达乌拉同宗，孟格布禄贝勒是布占泰的远支堂叔，纳喇氏有祖传家规，晚辈人不能与长辈人同席。这样，在众首领的餐桌上，布占泰就得回避。纳林布禄贝勒让兄长西城贝勒布寨陪主宾席众首领，他和弟弟金台石及侄子布扬古等人陪布占泰。这一来，正合布占泰心意，因为他厌恶辉发贝勒拜音达里，不愿与他同席。

众人入席，各就各位，布占泰倒是与金台石合得来。

席间，纳林布禄笑道："布占泰台吉，你不想见一个人吗？机会难得。"

布占泰规规矩矩地问："谁？"

"我呀！"

银铃一般的声音从身后传来，布占泰回头一看，不知何时，一位亭亭玉立的美女站在了他的身后。

布占泰疑惑地问："这位……"

"咋啦，不认识了？"美女嗔怪地说："上年你来过我家，两年不到，就忘啦？"

"啊，东哥公主！"

东哥公主不满地说："真不容易，你还能记住我的名。"

"惭愧惭愧，你长这么大了，难怪我认不出来。"

金台石从旁说话了："女孩子一天一变样，一时懵住认不出来，这也难怪。可是我这侄女自同你定亲以后，两年来可没少叨念你，你怎把她忘得这么干净？"

布占泰不好意思地辩解道："哪里哪里，怪我一时眼杂。"说完，忙给公主让座。

这一幕是纳林布禄刻意安排的，用意很明显，联络感情，让布占泰为这次行动出力，他知道布占泰武艺高强，海西无人能敌。

女奴搬来墩子，放在布占泰旁边，东哥公主并不推辞，大大方方地坐在布占泰身旁。布占泰起身给东哥敬酒，东哥公主本来不会喝酒，不想拂了布占泰的心意，勉强饮了几口，便精神恍惚、睡眼蒙眬，她醉了。女奴扶起公主回转寝宫，临走时东哥公主对布占泰说了一句似醉非醉的话："布占泰阿哥，我永远是你的查尔罕，你可要对得住我……"

一晃这么多年过去了，这些年又发生了那么多的事情，自己国破家亡，寄人篱下，对东哥公主以往的思念，全成泡影，今天还要当面向她拒婚，这是他一生中最难堪的。

叶赫西城的王宫建在山顶的一块台地上，王宫后院是一片树林、亭榭、楼台、回廊、月洞门，鸟语花香，彩蝶飞舞，别有一番情趣。

布占泰还依稀记得，他第一次同东哥见面的时候，她还是个十几岁的少女，他们见面并没说话，纳了聘礼，由老王爷布寨一句话亲事就算定下。十几年过去了，如今时过境迁，东哥公主已是三十岁的人了，今日还是在这种地方见面，还要向她亲口说出拒婚的话，布占泰十分感慨又特别尴尬。常言说得好，丑媳妇总得见公婆，无论如何也要对她讲清道理，晓以利害，劝她另嫁。

布占泰被侍卫领进园内，东哥公主在两名宫女的伴护下正坐在一个小亭内等他。由于东哥公主有病方好，体力尚没恢复，加上岁月无情，精神上的折磨，东哥公主再是坚强的人，到此也红颜变色，一个如花似玉的美貌佳人，艳丽无双的女真奇女，现在是面色苍白，一副病态。布占泰看在眼里，痛在心里，暗道，这都是我的罪过。今日见面，又是这个样子，还能说什么呢。僵了好大一会儿，谁也无法开口。还是东哥公主先说话了："布占泰贝勒，请坐吧。"

布占泰没有坐，他说道："这些年来，你受苦了。都怪我无能，让公主受尽磨难，而我自己也已国破家亡，寄食叶赫，今日实在是无颜见你。"

东哥公主苦笑道："这是天意，阿布卡恩都力的安排。"

"天意，天意，是啊，这一切都是天意！"布占泰愤愤地说："我同你叔金台石贝勒去趟北京，面见了大明皇帝。大明皇帝对扈伦四部的遭遇没有丝毫同情心，意在纵容建州努酋蚕食我们。他就不想想，待努尔哈赤成了气候之后，对他大明朝能有好果子吃！"

东哥公主还是苦笑着，平静地听着。待他发完牢骚，慢声细语地说："我现在不想国家大事了，还是说一说我们的事吧，请问布占泰贝勒，有何打算？"

布占泰十分为难地说："我已是死里逃生的人，不敢有非分之想，也不想再给叶赫添乱。公主是聪明人，一定会看到叶赫目前的处境，请公主原谅。"

东哥公主什么都听明白了，说来说去，你布占泰还是怕努尔哈赤，不敢接受这门亲事。她一股怨恨涌上心头，气得满脸通红，慢慢地站起，轻蔑地瞥了布占泰一眼："请你多保重。"转身离开，由宫女搀扶向宫院后门走去。

布占泰也觉得不是滋味，怔怔地立在那里。倒是侍卫提醒他一句："贝勒爷，人都走啦，咱也该回去吧。"

这门亲事，从此也就不了了之。

后来，金台石见布占泰与东哥婚事无望，为了把他长期留在叶赫，又积极说服布占泰，让他暂在叶赫安家，便在王室贵戚中选一美女，与布占泰成婚。布占泰怕金台石对他有戒心，只好应下，表示永远同叶赫一条心，而不会投奔建州，因为他的小福晋穆库什公主和他们的幼女还在赫图阿拉。这就是清人史料上所说的："布扬古欲以妹嫁之，布占泰逊谢不敢娶①"的真相。

自然，布占泰和东哥公主的事，也就彻底结束了。

可老汗王努尔哈赤心里没底，他最怕的就是布占泰在叶赫与东哥公主成婚，那将使他威风扫地，脸面尽失，无法在人前抬头。所以才三次遣使下书，向叶赫要人，暗中还派心腹偷着去见布占泰，劝说他归附建州，同穆库什公主母女团聚，另赐土地人民，均遭到拒绝。可想而知，老汗王的火气更大了。他认为，布占泰在叶赫肯定跟东哥成亲，那不是给他难堪吗？部下众将也愤愤不平，一致主张出兵讨伐叶赫，灭掉叶赫国，捉住布占泰，夺回东哥公主。老汗王努尔哈赤也十分为难，他知道叶赫国强大，靠近开原，有明朝做后盾。叶赫骑兵勇敢善战，出兵能否取胜尚无把握。他想了想，对部下说："叶赫一定要灭，叶赫女也一定要娶，但不是现在，我想等等再说。"

有的将士说："不能再等了，要等到布占泰真的同叶赫公主成了亲，那可是奇耻大辱，有损汗王爷威名。"

还有的说："如果布占泰娶了叶赫公主，就是以后能夺回来，那又有什么益处！"

大家伙儿一片"出兵""出兵"的叫声，恨不得马踏叶赫东西两城，抢回东哥公主。努尔哈赤冷静地分析道："布占泰的为人，我是知道的。这个时候，他不一定敢和叶赫女成婚，身在异国，给人添乱，他还怎么

---

① 见《清史稿·布占泰传》。

在那里待下去，除非他利令智昏。"

那就等一等，多派人加紧探听叶赫方面的消息，一有情况，立即禀报。

过了一段时间，消息传来，果然证实了老汗王努尔哈赤的判断是对的，布占泰并没有同叶赫公主东哥成婚，由金台石做媒，另给他娶了一个氏族酋长之女，已经返回赫尔苏去了。

老汗王努尔哈赤总算松了一口气，暂时打消了出兵叶赫的念头，专心筹备他的登基称帝大典，他要彻底同明朝决裂，自己要建国改元称帝。日期定在转年元旦，总共还有半年多的时间。为了不干扰筹备事宜，不破坏登基大典的喜庆气氛，他命令全国休养生息，刀枪入库，马放南山，过几天太平日子。

老汗王努尔哈赤准备登基做皇帝暂且压下不表，回头再说一说叶赫的事。

这一日东城贝勒金台石忽然得到细作传回的消息，说建州努酋准备登基坐殿，面南称尊，日期定在丙辰年正月初一。金台石心里说，好你个努尔哈赤，公然背叛明朝，妄自尊大，太狂妄了！我当给你点颜色看看。他想了几天，终于想出来个好办法——嫁女，他打的是东哥的主意。布占泰不是不敢娶东哥吗？我叫她嫁别人，一定要赶在努酋登基改号之前，即便当上皇帝你也闹心。可是，这事需要跟西城商量，布扬古是她的亲哥。

正在这时，忽然西城方面打发人来请，说布扬古招待客人，请金台石贝勒过去作陪。

金台石来到西城，上了山顶，进入布扬古的宫院。来的客人都认识，原来是几位蒙古王子，年长者为喀尔喀部贝勒巴达打喇汗，另几位也是蒙古部落贝勒。金台石见过礼，坐下说道："各位王爷，承蒙屈驾光临我叶赫，真是蓬荜生辉，我和我侄布扬古深表感谢。"

喀尔喀贝勒巴达打喇汗说："近来，建州努尔哈赤遣使到蒙古各部活动，他要建国改元，请各部首领参加他的庆典，在蒙古各部造成混乱，有答应去的，有拒绝的。我们此来，是看看叶赫如何应对这件事。"

金台石不假思索地说："我叶赫不会去捧他的场！"

"好！"巴达打喇汗站起来对同来的各位首领说："叶赫是大家的榜样，我们联合起来，共同抵制，他建他的国，与我们无关。"

科尔沁贝勒翁阿岱说："蒙古人心不齐，有贪努利被收买，有惧努势被招抚，我们科尔沁也是四分五裂啊。"

这句话大家都明白，科尔沁三部贝勒，其中明安送女与努尔哈赤做侧福晋，而另两部贝勒翁阿岱和莽古思一直同布占泰友好，直到乌拉灭亡也没归顺建州，现在要同叶赫联合。

"人各有其志，不能强求。只要大家一心，完全可以保住个人地盘。"

金台石一看，说话的是一个青年壮士，大约三十岁，英武强悍，仪表不俗。经介绍，此人乃巴达打喇汗贝勒之世子——蒙古尔岱台吉。

酒饭已经摆好，布扬古请大家入席。吃饱喝足了，巴达打喇汗对布扬古请求道："久闻令妹东哥公主美而刚烈，至今未嫁，我这个小子慕名多年，至今三十未娶，我今一来联盟，共同抗击建州，二来为了求婚，不知尊意如何？"

真是晴天霹雳，布扬古毫无思想准备，一时不知如何回答是好。金台石机智，接过说："巴王爷的美意，抬举叶赫了。待同我侄女商量一下，再做答复。"

"好，痛快！"

当下蒙古五部首领同叶赫东西两城贝勒设誓结盟，彼此同心，互为声援。

这五部是：

> 喀尔喀部贝勒巴达打喇汗；
> 科尔沁部贝勒翁阿岱；
> 扎鲁特部贝勒昂安；
> 巴林部贝勒色本；
> 巴约特部贝勒介赛。

巴达打喇汗儿子蒙古尔岱台吉的婚事，因东哥誓死不从，布扬古没法解释清楚，只有编个理由说东哥大病初愈，待身体恢复了，一定亲自送到蒙古与台吉成亲。巴达打喇汗不知内情，信了布扬古的谎话，亲事只有缓行，他留下驼马、金鞍、骆驼为聘礼，率队返回，回家候等叶赫送亲的车驾，不提。

蒙古人走后，布扬古慢慢说服妹妹，盛赞蒙古尔岱台吉武勇英俊，将来报父仇的定是此人，况布占泰已经拒婚，出嫁蒙古是当前最好的选择。东哥虽不愿意，可考虑到叶赫的处境，她只好违心答应，这门亲事就算定了。布扬古派人通知喀尔喀部，定于大明万历四十三年五月端阳，叶赫送女与蒙古尔岱台吉完婚。

布占泰得知这个消息，为之高兴，从今不再担心东哥的婚事了，努尔哈赤也彻底失望了，只要你努酋娶不到东哥，那你就威名扫地，在世人面前丢脸。转过来想到自己，不也是同样难堪，心里有愧吗？

布占泰在叶赫待了两年多，不断派人去乌拉打探消息，对紫禁城的事情了解得也算清楚。他知道，乌拉陷落以后，小福晋穆库什公主被她阿玛接回，儿子们大多逃出，长子达尔汉逃到东海，至今不回，次子达拉穆城破阵亡，其他几个儿子基本平安无事，有的随去建州，小儿子洪匡仍住在紫禁城里，宗族大臣们多一半已被努尔哈赤迁走了。又探听到，乌拉国的领土已经被努尔哈赤的儿子们瓜分，乌拉城派驻了三旗佐领，乌拉国经历数代聚敛的珍贵宝物，已被掠夺一空，紫禁城只剩下一座空城。

只要留得青山在，
千金散尽还复来！

布占泰新娶的小福晋叶赫格格见他得知东哥公主订婚蒙古之后心事重重、坐卧不安，她问道：

"王爷的烦心事，还是惦记东哥公主远聘蒙古的婚事吗？"

布占泰苦笑道："你知道什么！东哥远嫁，过错在我，我处此情景又有什么法子呢？天意！天意！"

叶赫格格道："听说西城近来准备嫁妆，过几天就要送公主去蒙古。这一去，千程百里，难以回来，王爷不想去送送她吗？"

"嘿！"布占泰为难地说："近几天，就是这件事令我寝食难安，我去送吧，实在难为情，不送又说不过去，真是左右为难。日期越来越近，我该如何是好？"

叶赫格格笑道："人家等了你那么多年，这工夫不去送送人家，于情于理都说不过去啊！"

布占泰心里一跳，无可奈何地说："你很通情达理，可是你想想，公主出嫁是大喜的日子，我要露面，勾起往事，她能受得了吗？"

"那就找个人替你去。"

"这倒是个办法，可是没有合适的人。"布占泰盯住小福晋说："要不，你替我去一趟？”

叶赫格格摇头不允：“我去不合适。”

他们正说到这里，只见一个侍卫慌慌张张地跑进来，先打了个千，然后双拳拢到一起向额头上一擎，脑袋使劲一奔拉：“禀报贝勒爷！”

“什么事？”

“城外来了三个人，两老一少，说要见贝勒爷。”

“他们是什么人？从哪里来的？”

“奴才不知。”

“好吧，你领我去看看。”

布占泰满腹狐疑，在侍卫的引领下，离开住所，奔向城门。他的小福晋叶赫格格紧随其后，一同去看个究竟。

赫尔苏是个小城，城墙不高，城壕也不深，布占泰的人马占了全城的一半，居民寥寥无几。这里原是叶赫弃守的废城，布占泰到来后，收拾整理一番，为不使叶赫东西城两贝勒疑忌，便在此安下身来，人马也不敢聚集太多，以避鸠占鹊巢之嫌。

当下布占泰来到北门打开门板出城一看，惊叫道：“没想到，你们怎么找到这来了！”

第六章　东哥嫁蒙古

布占泰出了赫尔苏城的北门一看，简直又惊又喜。真想不到，他们会找到这里来。

"阿哥！"

"阿斗！"

对方伸出四只手，每人拉住布占泰一只胳膊。一个青年跪在地："阿玛……"

现在交代一下这几个人的来历，他们都是乌拉纳喇氏，布占泰的堂兄弟。那位年约六十的老者叫作噶尔珠，是布占泰二叔布勒希之长子，是布占泰的堂兄，年壮者四十岁上下，叫作孟铿，是布占泰四叔布准的第三子。在乌拉国时代，噶尔珠称贝勒，孟铿是台吉，他们同布占泰一个爷爷公孙，是近支的亲叔伯兄弟。地下跪者乃布占泰第八子洪匡，他比几年前又长高了许多。

布占泰把乌拉来的爷儿几个领到他的住处，这原来是活吞达的宅第，自叶赫废了赫尔苏城之后，不再设活吞达，府第也荒废了。经过布占泰的整理，铲平蒿草，维修墙垣，面貌焕然一新，就做了布占泰的住宅，虽然破旧，那也是城中最好的房子。

众人落座，布占泰首先问起孟铿："前年在富尔哈，我把大军交给你哥噶兰满，我率几千人回救都城，结果都城没有救下，全军也溃散了，这都怪我一时失策。可是你哥的下落，到现在我也不清楚。"

孟铿说："我哥正率军同努尔哈赤较量时，都怪阿海、阿尔苏胡兄弟开了富尔哈城门投降，我军才一败涂地。我哥噶兰满身负重伤，他当时没死，残废了，躺在炕上一年来，临咽气前还让我一定要打听到你准确消息，他判断，你有可能在叶赫，这不，我们爷儿几个就来了。"

布占泰点头叹道："你哥是咱纳喇氏家族最坚强的巴图鲁，两年多来，我时时都在惦念他。"说到这里，布占泰问道："你们今儿个打老远的来找我，一定有要紧的事情吧？"

　　噶尔珠说话了："我们早就想来，就是得不到准信儿，今儿个见面了，我们也一块石头落了地，踏实了。"

　　"我这不好好的吗？如今家也毁了，国也失了，我愧对祖宗，愧对先人，愧对家族……"

　　孟铿说："阿哥不要伤心，一切都是天意。只要咱们纳喇氏还有人在，说不定哪一天还有风云聚会之时。"

　　"你说的对，那是以后的事儿。"布占泰又问一遍："现在你们找到这来，到底为什么事？"

　　"我们想请你回去。"

　　"请我回去？"布占泰摇摇头道："我是要回去，可不是现在。"

　　站在一旁的洪匡听着父辈们的说话，一言不发，他好像想着心事。

　　布占泰问道："孩子，你是不是遇到了难事？"

　　这时噶尔珠、孟铿二人才把此来的目的详说了。他们告诉布占泰，老汗王努尔哈赤强行指婚，要把一个孙女嫁给洪匡。转过年正月初一，他要登基坐殿，洪匡必须去参加庆典，婚事定下，说是赐婚。这么一件大事，乌拉无人能做主，这要你拿主意。

　　布占泰一听，心头火起：

　　"努酋真是欺人太甚！以前用和亲对付我，他嫁给我三个格格，结果他还是吞并了乌拉国，占了我的土地，现在又打我儿子的主意，他还想干什么？"

　　孟铿说："阿哥，这件事可不一般，真的成了亲，那以后要办点什么事可不太方便了。不答应又推不掉，我们谁也想不出好办法，这才远道跑来找你商量，洪匡也带来了，你是他阿玛，主意要你拿。"

　　"是啊。"布占泰叹了口气说道："看来，我乌拉纳喇氏注定要毁在努尔哈赤之手，他要强行指婚，我也没有办法。"

　　噶尔珠、孟铿同所有返回乌拉的家族一样，都盼望有一天布占泰父子能使乌拉国起死回生，当然更不愿意看到洪匡再成为老汗王家的额驸，一致鼓动布占泰出面，制止这门亲事。布占泰身在异国，有力也使不上，他很是为难，说道："阻止恐怕阻止不了，现在只有一个办法，拖，能拖一天是一天。"

　　这时候，布占泰新纳的小福晋叶赫格格进来了，布占泰给他们一一引荐，并令洪匡行晚辈礼。

叶赫格格向他传达一个信息，西城东哥公主后天出嫁蒙古，仪式隆重，邀请他们去赴宴。

"好，知道了。"布占泰吩咐道："你去收拾一下，准备一份礼品，表示一点亲戚之谊。"

待叶赫格格走出去后，孟铿疑惑地探询道："这位嫂福晋是谁？不是东哥公主吗？"

布占泰十分为难地告诉他们："我哪里敢娶东哥公主！没有办法，才纳了金台石的外甥女，省得努尔哈赤骚扰叶赫。东哥公主出嫁蒙古，也是对努尔哈赤的报复，我不敢娶，他也娶不着，这他怪不了我。"

孟铿说："这位东哥公主长得什么样？我能不能见识见识？"

布占泰心中一动，对呀！东哥格格远嫁蒙古，我不便出面送她，何不让我的家人代我送行，这倒是个两全其美的办法。想到这里，他爽快地答应了：

"你们想见一见东哥公主，也好，现在有这个机会了，她三日后出嫁蒙古，你们代我去祝贺，我让金台石关照一下，他会让你们见见公主的面的。"

过了两天，祝贺的礼物已经备好，布占泰吩咐小福晋，让她引导三人去东城面见金台石，请他跟布扬古商量一下，无论如何也要让乌拉三人见东哥公主一面，自己是不方便去了，也请他们谅解。

当晚，布占泰单独跟儿子洪匡谈起东哥公主的事。他说都怪自己决心不大，没有娶东哥公主是一生最大的遗憾。当初要下定决心同叶赫联姻了，乌拉与叶赫结为一体，乌拉国可能就不会亡。都怪我顾及你姥爷的情面，始终拿不定主意，吃了建州的亏，才落到这般光景。这次你去西城，若能见到东哥公主，你要管她叫姑，代我向她谢罪，我今生对不起她，愿来世相报。她要是不理你，你就跪地不起……

洪匡记下。转眼来到东哥大婚的日子，赫尔苏城安静如常，唯布占泰坐在府中心神不宁，叶赫嫁女这么一件大事，人不能亲去祝贺，又不能为东哥公主送行，真是心里难以平静，只好等待他们一行四人回来再了解详情。

洪匡在噶尔珠、孟铿两位叔伯的陪伴下，由叶赫格格带领，奔向叶赫寨。他们先到东城，拜见金台石，再由金台石引导，来到西城，向布扬古贝勒献上了礼品。布占泰没有亲自来，布扬古知道他有难处，也就不以为怪。这时孟铿说话了："布扬古贝勒，我们此来，一来祝贺公主大婚，二要面见公主，代阿哥向她赔礼道歉，请贝勒给以方便。"

布扬古满脸不高兴："过去的事情就算过去了，赔礼道歉，没这个必要。"

噶尔珠见叶赫一点面子也不给，知道再坚持也没用。他老成练达，毕竟是经过世面的人，这时他站起来说："乌拉对不住叶赫，大错已经铸成，乌拉不求宽恕。"说到这，他用手指一指洪匡："本来两家说好的事，此子准备送来叶赫为质，还有她的姐姐萨哈连格格与金台石贝勒的阿哥成亲，没想到建州大军来得这么快，计划全打乱了。乌拉得不到叶赫的援助，战败亡国，叶赫自然孤立了。"

金台石听出话中有刺，你乌拉亡国怪叶赫没去援助，可是叶赫也没有预料到这一点哪！他没有发火，心平气和地说道："叶赫有失误，可是我们得到信息已晚，叶赫也对不起乌拉。总之，这都是阿布卡恩都力的安排。我们妥善安置好布占泰贝勒，不向努酋交人，布占泰贝勒去留听其自便，叶赫能做到的，也只有如此。"

噶尔珠听到这里，说："既如金台石贝勒所说，双方不要责怪。布占泰贝勒不愿跟东哥公主成亲的原因，我想二位贝勒心里明白。可是我们知道，布占泰心里始终惦记东哥公主，这不令他儿子前来，尽最后一点孝道，叶赫应该理解他这一片苦心。"

金台石本来同意他们见东哥一面，听了此话，就便斡旋道："我们了解布占泰的为人，他是叶赫的'色音姑出①'。"他又瞅瞅布扬古："大阿哥，你看呢？"

布扬古勉强答应了，不过他又表示道："这事我自己也做不了主，待我问过东哥，看看她的意思，改日奉告。"

不料东哥态度非常强硬，坚决不见乌拉的人。她听阿哥布扬古提到乌拉国来了三位使者，奉布占泰之命来祝贺，她冷笑一声道："乌拉已经亡国，哪还有什么使者，我与乌拉纳喇氏没有任何关系。"

布扬古知道他妹妹东哥公主的脾气，谁也勉强不了她。乌拉族人求见不成，也会刺伤布占泰的心。他婉转地劝说道："布占泰特地打发他的小儿子来给你送行，以尽孝道。看来布占泰心里还有你，你总得给他一点面子。"

东哥公主听了，怔了一下，半天才问道："听说他有个小儿子，今年

---

① 色音姑出：好朋友。

多大了？"

"大概十五六。"

东哥公主叹了口气道："听说他额莫灭国那天上吊死了，他成了孤儿，怪可怜的，领来我看看。别人就免了，告诉他们，我没有工夫，实在抱歉。"

不管怎么，东哥公主终于给点面子，只要能让洪匡见一见，别人就无所谓了。

叶赫一国两个国王，都城自然也是两个。当年清佳砮、杨吉砮建国时，皆称贝勒。他们筑了两座都城，先筑的叫老城，就是西城；后筑的叫新城，就是东城。东城贝勒杨吉砮传子纳林布禄，纳林布禄传弟金台石；西城清佳砮传子布寨，布寨传子布扬古。布扬古之妹东哥公主，是布寨贝勒的长女。

叶赫西城城郭较大，半在山丘半在平地。内城筑在山巅，东南西三面是陡峭的悬崖，易守难攻。内城顺着山势建造宫室殿宇，靠南墙有一片半平陡的斜坡，建了几个亭台，回廊环绕，树木葱茏，芳草绿茵，是个风景如画的园林。宫墙有月亮门通内庭，东哥公主就住在月亮门里靠近宫墙的一所房子里，因和布扬古寝宫有一段距离，所以他们兄妹平时也很少见面。

当下洪匡被叶赫西城宫廷侍卫领到内城花园里，叫他稍等，公主马上就过来。洪匡看到叶赫东西二城雄伟壮观，又险峻异常，不觉暗暗称奇。虽然他仅是个十五六岁的少年，可是早熟，懂得的事情也多，他不由想到自己的国家乌拉，虽然城高池深，江河环绕，毕竟远离山峦，无险可守，一战而亡就势所不免。他正在胡思乱想之际，通往内庭的月亮门打开了，从内院出来十余人，有男有女，簇拥着一位年轻貌美的格格。

"这就是我阿玛心中念念不忘的东哥公主吗？她又是我姥爷争着要娶的叶赫格格吗？他们谁也没得到，眼下要嫁蒙古了……"

洪匡正在胡思乱想，猛听这位美女喝了一声："都下去吧！有事我叫你们。"男女仆人齐声"喳！"就从月亮门返回山上了。

亭内只剩下公主一个人，她坐在凉亭内一个彩绘的木墩子上，把洪匡打量一下，开口了："你是布占泰贝勒的哈哈济①洪匡台吉吗？是你阿玛叫你来见我的吗？"

_____

① 哈哈济：小儿子。

洪匡听出来了，她正是东哥公主，忙上前一步跪倒在地，叩了几个头道："晚辈拜见姑姑，并代我阿玛给姑姑赔礼。"

"起来吧。"东哥又问道："你怎么管我叫姑姑？谁让你这么叫的？"

"我阿玛让的。"洪匡又说："我阿玛不能亲自来，让我送姑姑，尽最后一点孝心。"

"你阿玛心里还有我，也难为他了。好了，我现在想通了，我不怪他，这都是阿布卡恩都力的意志。你也起来吧。"

洪匡又叩了头站起，说："来时，我阿玛特地吩咐，让转告姑姑，今生对不起姑姑，来生必报答，他祝福姑姑健康快乐。"

听到这里，东哥公主心里很不是滋味。两年以前，就是在这个后花园的亭子里，那时她大病刚愈，就在这，遭到了布占泰当面拒婚，就这样，他们不欢而散，这也是她甘心嫁蒙古的原因之一。后来，她明白了，布占泰一个亡国之君，寄人篱下，他们如果真的成亲，那努尔哈赤能放过叶赫吗？现在她已经康复，虽然已过了三十岁，依旧充满青春活力，再加上她有精良的骑射本领，闲时出城跑马射猎，还有师父传教诗书，因女真人文字早已停止使用，所学以汉字、蒙古文为主，她又成了文武双全的才女。二十年来，从小到大，经历了多少波折，也使她看破世间一切，许多磨砺，也改变了她倔强刚烈的性格。她现在仅有一个信念，那就是为父报仇。父亲布寨贝勒战死于古勒山，刀兵相遇，死人是难免的，让她心境难平的是，人已经死了，不该污辱尸体。叶赫派人去收尸归葬时，努尔哈赤却刀劈布寨尸为两半，只给半爿[1]。叶赫人咽不下这口气，人人思报此仇。东哥公主什么都看开了，就是这件事永不忘怀，誓死抵制建州的婚姻。

最后，东哥公主让洪匡代口信给布占泰："他是条硬汉子，宁死不屈，祝愿他早日复国，重振乌拉，如果有来世，我来世还会嫁他。"

临别之前，东哥公主拿出一面小小的铜镜："这是当年满泰贝勒在世时为你阿玛下的聘礼，我一直保存。我要去蒙古了，留它没用了。现在交还你阿玛，我们两家从此两清了，谁也不用牵挂谁，各自走各自的路吧。"

洪匡含泪接过，又跪地叩头："姑姑保重。"

"来人！"

---

[1] 详情见《扈伦传奇》第四十八回（四○四页）。

男女仆人应声进来。东哥公主吩咐："送台吉回去歇歇，好生侍候。"

洪匡回到住处，见了噶尔珠、孟铿二位叔伯，述说了见到东哥公主的整个过程，又拿出东哥交还的铜镜。噶尔珠说："二十年前的事了，当时两家联姻，以此镜为信物，我知道此事。后来出了事故，叶赫退回聘礼，鞍马珠宝都送回了，只是这面铜镜不知什么原因没送，原来还是在公主手里，这说明退聘礼公主并不愿意，她还抱有希望。"

"那现在为什么又给带回来了呢？"

"原因很简单"，孟铿说："人家远嫁蒙古，对乌拉彻底绝望了，还留它干什么。"

噶尔珠决定，铜镜暂先不必转交布占泰，以免引起他伤感，先放在紫禁城的宫中，等布占泰能收复乌拉国，回归紫禁城时再给他。

洪匡听了二位叔伯的话，将铜镜带回乌拉，后来铜镜不知所终。几十年之后，乌拉后人修谱祭祖，多了一项"祭托力"的内容。"托力"是铜镜，"祭托力"也就是祭铜镜，是不是祭的东哥公主归还的铜镜，后人无从知晓。

东哥出嫁那天，蒙古喀尔喀部贝勒巴达打喇汗派来的迎亲车队也到了。他们赶着牛羊，大车拉着礼品，五百人的迎亲队伍在蒙古尔岱台吉的率领下，风风火火地来到叶赫西城。叶赫备办的陪嫁物品也已齐备，另选侍女阿哈男女各十名，伴随伺候。五月初五端阳这天，东哥公主拜辞祖先神牌，拜别额娘及兄嫂姐妹，出嫁蒙古。她不坐蒙古准备的毡车，而是骑上一匹白龙马，同蒙古尔岱台吉飞驰而去。

第七章　两回乌拉城

　　洪匡同噶尔珠、孟铿从西城返回赫尔苏，爷儿仨异口同音赞美东哥公主，也为这样一位才貌双全的女真格格远嫁沙漠草原荒凉之地感到惋惜。布占泰有口难言，更没多问。

　　三天以后，爷儿仨要返回乌拉了，洪匡的建州婚事该怎么办，你当阿玛的应该有个决断。布占泰干着急上火，他根本无能为力，所能决定的只能是拖，拖一时是一时。

　　拖的办法根本就不管用，可又想不出更好的办法来，爷儿仨带着满脑子疑团返回了。当然，他们对乌拉国的未来也做了商讨，布占泰表示一定会东山再起，让纳喇氏族人明白。

　　叶赫嫁女蒙古，老汗王努尔哈赤心中虽然愤恨，也没有办法挽救，任其自便。他集中精力，筹划登基称帝大典，同明朝决裂。

　　大明万历四十四年丙辰春正月初，努尔哈赤在兴京登基坐殿，当上了大金国的皇帝，改元天命，史称太祖武皇帝。

　　当时的兴京城里城外，张灯结彩，鞭炮齐鸣，锣鼓喧天，人们尽情欢庆，女真人这回真有自己的国家，自己的皇帝了。各部首领有的亲自到场，有的派使奉书致贺。那些龙子龙孙、开国元勋、八旗额真，皆得赏赐，加官晋级，金钱美女，灯红酒绿，享不尽的荣华，受不完的富贵。

　　在大金国的后宫中，老汗王努尔哈赤拥有后妃二十多人，其中有三个人心情不快，丝毫没有喜悦之感。这三个人，一个是叶赫纳喇氏，叶赫老贝勒杨吉砮的次女，孝慈皇后孟古之妹，他算作"亲上加亲"；一个是哈达纳喇氏，哈达汗王扈尔罕之女，是在一次战争中哈达打了败仗，献女联姻的；另一个是乌拉纳喇氏，乌拉贝勒满泰之女，是被他叔父用于联络老汗王才聘入建州的。老汗王势力上升，如日中天，而自己的娘家却灭亡的灭亡，濒危的濒危，成了鲜明的对照，这无论如何也让她们高兴不起来。老汗王努尔哈赤一门儿心思在登基坐殿上，根本也不会管他后宫妃子们的心事，他已经五十八岁了，也就乐一天是一天了。

幸好，扈伦四部也都有人参加庆典，哈达贝勒武尔瑚达，已娶了老汗王三女；叶赫王族苏纳，已娶了老汗王第五女。他们成了额驸，留居兴京。辉发王族通贵、康喀拉等，是辉发贝勒王机褚的孙子，由于国内变乱，辉发未亡时就投奔了老汗王，他们对故国没有什么可留恋的。在众多宾客中，比较显眼的要数洪匡了，因为他是布占泰国王的小儿子，如今他的阿玛还在叶赫，既不投奔老汗王到兴京来，也不回乌拉。

老汗王努尔哈赤还是心满意足，有个小小的遗憾就是叶赫国东西两城都没有派使者来，看来这门亲戚是一点面子也不给。好你个金台石、布扬古，将来我非杀灭你们的全家，以解今日之恨！

登基大典完了，老汗王才想起洪匡的婚事。本来打算，过了庆典，就让洪匡在兴京同孙女成亲，然后派人率领军队，就像当年护送他阿玛布占泰在建州招亲后返回乌拉时那样，可是因为叶赫国不派人来祝贺，他心情抑郁，恨意难消，实在扫兴。这样，他就没有心思张罗孙女的婚事，自然往后拖延时间。这对洪匡来说，是最好不过的了。

洪匡在建州一共住七天，不见汗王姥爷有什么动静，他认为，汗王姥爷改变主意了，这正是他想要的结果。他心中还是没底，又不敢问，别人也不能向他透漏半点实情。七天已过，各部首领及远近亲属，也都纷纷上路，各奔他乡。洪匡也得到老汗王允许，让他回归乌拉。洪匡起身之前，向汗王姥爷辞行，努尔哈赤才考虑到他当初指下的婚事。现在各部首领都走了，各回各部，不宜再操办喜事。他又懊恼这么大的事，竟没人对他提示一下，他很烦心。烦心也没用，这是他多年的一贯作风，不论遇到什么事，必须得他自己拿主意，左右心腹人等，谁也不准给他出点子，除非他主动问到你。这样既显示唯我独尊，又不让别人猜透他的心事，大凡至高无上的君主都是这种风格，所以事出主观决定，往往出现差错，事过之后又忌讳，从来又不认错。像老汗王努尔哈赤之类英明君主，更是如此。

老汗王努尔哈赤没有借此登基欢庆大喜的日子让洪匡在兴京完婚，他转而怨恨叶赫，都是叶赫闹的，令他扫兴，光顾气恼，忘了正事。既然洪匡要返回，也不好再强留，只好打发他们走。

洪匡在兴京待了七八天，他谁也没见着，安置在馆驿中，有人伺候，就是不让随便行走，形同软禁。本来，他打算会见几位家族亲人，也不被允许。兴京城内乌拉宗亲不低于百人，汗王姥爷的正宫皇后史称大妃阿巴亥，是乌拉的公主，是二伯父满泰之女，洪匡的堂姐；四太子红歹士[1]即四贝勒皇太极的福晋额钦，六爷博克多[2]之女，是姑辈；亲外公舒尔哈齐的妃子滹奈，也是乌拉公主，是亲姑；另外，穆库什公主，既是他的继母，又是他的姨，并且还有一个三四岁的小妹妹，以及众多纳喇氏族人，他一个也没有见到。

回到乌拉不久，汗王姥爷努尔哈赤派来使者，宣布大金皇帝御旨：赐大金国皇孙女公主下嫁乌拉布特哈贝勒洪匡，定于天命元年八月中秋吉时完婚，由大臣以礼往送。

老汗王的话如板子钉钉，谁也拔不掉，洪匡的婚事终于被定下来，是不可更改的了。

消息传到叶赫，布占泰知道他"拖"的办法已经失灵，事情到了这个份儿上，他也束手无策。

"不行，不能就这么让人家牵着鼻子走，不能让儿子再走我的路。"

布占泰并不死心，他想再努力一把，阻挡这桩婚事，因为洪匡真要娶了金国的公主，那复国的希望就一点也没有了。怎么办，只有返回一趟乌拉，不可能再叫他们来叶赫了。

他叫过来小福晋叶赫格格，嘱咐道："看来我必须回乌拉一趟，很快就会返回来。现在咱们已有两千多人马，这就是本钱，你要给我管理好。注意东西城那边的动静，更不能让他们知道我的行动，免得出意外。"

小福晋说："还是多带些人马保护，预防万一。"布占泰笑道："不，我一个人去更安全。"

几天以后，在一个黄昏傍晚闭城之前，有一个猎人进入了紫禁城。这个人就是兵败灭国逃往异国他乡的乌拉国王布占泰。

布占泰自富尔哈兵败逃走已好几年了，这还是头一次回到故土。现在的乌拉城，今非昔比。城上插着黄白红蓝四色旗帜，外城立了牛录额真的衙署，紫禁城辉煌依旧，却显得萧条冷落，往日的人群熙攘，繁华的景象不见了，寂寞中透出一种肃杀之气，布占泰颇有沧桑之感。他不敢探视离别数年之久的眷属，直接到后宫找到幼子洪匡。爷俩见面，自有一番感触。

现在紫禁城的王宫里，除了洪匡之外，布占泰其他几个儿子均不住

---

① 实为努尔哈赤第八子。
② 布占泰六叔，阵亡于乌碣岩之战。

在里边。布占泰原有的几个福晋，分别归她自己所生的儿子供养。无子女者，还在宫中照看洪匡。而建州嫁来的三位公主，如今是两死一走，老汗王的亲女穆库什公主已被她阿玛接回，从此同建州的亲戚关系也就彻底断了。真是冤家路窄，老汗王努尔哈赤如今硬要把孙女嫁过来，说是亲上加亲，天下还有比这更荒唐的事情吗？

布占泰的到来，紫禁城里的人都感到意外，城内严密封锁消息，除了孟铿三人而外，紫禁城外的人一律不知内情。布占泰此行只有一个目的，就是要阻止洪匡跟老汗王孙女的亲事。洪匡再三挽留，说："乌拉全城人民都盼望阿玛回来，他们都留恋乌拉国。"

布占泰苦笑道："我何尝不想回来重整旗鼓，恢复我纳喇氏的国家。可是现在不行，咱们没有实力。我不能久留，还得返回叶赫。孟铿你叔去找我，主要是因为你的婚事出了点麻烦，我回来就告诉你一句话，建州的亲事，千万不能答应，不然的话，是后患无穷的。"

洪匡十分委屈地说道："这件事的利害，阿济①当然明白，可我也是身不由己呀。阿玛你看该怎么办才好？"

布占泰说："没有更好的办法，只有拖延时间，拖到我带着叶赫兵来，收复故土，那就好了。当年吃亏就吃在同建州和亲上，你姥爷现在又打你的主意，这事儿我不能不管。"

洪匡道："长辈们说，我已到大婚年龄，大婚以后就能亲政，亲政就是继承祖宗基业。"

布占泰一听，说道："傻孩子，你怎么还认真了，他让你当贝勒，是收买人心，做个样子给天下人看的，你不要当真了。"

洪匡含泪说道："请阿玛走前给儿子留下一句话，我到底该怎么办？我能做点什么？"

布占泰告诉他："你要有恢复祖业之志，要做好充分准备。一旦时机成熟，你举事，我带叶赫兵来援助，大事可成。"

布占泰只在紫禁城住了一宿，便于次日上路。临行前，他最后嘱咐洪匡道："城中耳目众多，又多是你汗王姥爷的党羽，凡事要谨慎、小心。建州的亲事，千万不能答应。"

布占泰出得城来，因怕走漏风声，被人知晓，所以不曾有人相送。他一个人牵着马匹，从码头上了渡船，渡向对岸。过江到了西岸，便是

---

① 阿济：又作阿迫，儿子的自称。

通往叶赫的大路。他隔着松花江，站在岸边，伫立良久，远望巍峨的城楼，坚厚的城墙，暗叹道："这是我祖宗留下的基业，被我丢掉，我一定会回来的！"

布占泰走后，洪匡没有拗过老汗王，这门亲事，还是成了。

八月，大金皇帝努尔哈赤，派出两位宗族贝勒，两位大臣，率领三百军兵，十几辆大车拉着陪嫁，护送公主来到乌拉，就像十年前送穆库什公主与布占泰成亲时一样隆重。一个是皇帝的孙女金国公主，一个乌拉王子贝勒，他们的婚事，成为当时乌拉城中最大的喜庆。紫禁城内外人群熙攘，彩灯高挑，鼓乐喧天，驻防的八旗官兵送礼祝贺，他们中很多人都认为洪匡敌友不分，阿玛被逐，国土被侵，不思进取，反而同老汗王结亲。孟铿等人心里明白，知道布占泰的劝阻未能奏效，洪匡应下这门亲事也是身不由己。

亲事办完，老汗王的送亲使者回去复命，乌拉城喧闹几天又恢复了往日的平静。洪匡娶了金国公主，因这位小公主容颜姣美，性情温顺，洪匡还是很满意。婚后，小夫妻感情融洽。但洪匡光知道公主是汗王姥爷的孙女，她的阿玛是谁，他都不知道。一日，洪匡偶尔问及公主的生身父亲情况，谁知公主滴泪不语。洪匡十分惊异不敢再提。以后从公主口中多少透露出点信息，公主的生身之父已不在了，说是犯了罪，被处死，公主从小就由爷爷老汗王养育，对阿玛的印象不深，家里还有两个哥哥一个弟弟。

到此，洪匡对公主的家事，还不是十分清楚，仅略知一二而已。

消息传到叶赫国，金台石贝勒对布占泰挖苦道："看来，你乌拉同努尔哈赤有断不了的缘分，现在，你儿子又成了他的额驸。"

布占泰真是又急又气，忙解释道："我一再叮嘱，这小子没志气，这事还是成了，叫我如何是好！"

"算了。"金台石笑道："布占泰贝勒，你应该了解努尔哈赤的为人，他要办的事，由不得你，这叫胳膊拧不过大腿。"

"事情变得这么糟，我现在该怎么办呢？"

金台石说："亲事是小事，国事是大事，不能让小事误了大事。"

布占泰道："这个我明白。我看这样吧，我回一趟乌拉，警告我那个哈哈珠子①，复国大事，叫他挂在心上。"

---

① 哈哈珠子：小儿子。

“也好。”金台石告诉他说：“大明天子增兵辽东，有剿灭努贼之势，我要提前出兵攻击辉发，探一探努贼的实力，你乌拉若能配合这次行动，确是千载难逢的好机会，但不知你那儿子有没有这个力量。”

布占泰说：“请金台石贝勒放心，乌拉方面，我去一趟就什么都妥当了。”

“也好。”金台石又重复一遍道：“但愿一切顺利。”

布占泰说到做到，便于转过年来春暖花开之时，带上一个戈什哈，又一次回到乌拉城。

这次同上次不同的是，他自己没有进城，派随行的戈什哈混进紫禁城，秘密通知洪匡，说城外有人要见他，现在江边等候。洪匡心里明白，必是阿玛汗又回来了，是不是叶赫国又有了什么好消息？他瞒过公主，带上一个心腹的阿哈，随来人出城，直奔江边。

过了江，见江坎大树下一人手牵白龙马，正是阿玛布占泰。

布占泰见了洪匡，心里有气，责问道：“我是怎么嘱咐你的？国恨家仇你都忘了？”洪匡跪倒在地，流泪道：“阿玛教谕儿不敢忘，可是胳膊拧不过大腿啊！汗王姥爷派人送上门来，儿要是不答应这门亲事，恐怕性命难保。”

布占泰听了儿子说的也在理，他深知老汗王努尔哈赤的脾气。儿子年岁小，势孤力单，怎么能抵制得了呢？想到这里，他拉起儿子，叹了一口气道：“也罢。既然事情到了这个分儿上，也就算了。那你今后还怎么打算呢？”

洪匡道：“阿玛放心。儿虽与汗王姥爷家结了亲，但复国大业绝不敢忘，只等阿玛回来。”

“如果这样，那你还不愧为纳喇氏子孙后代，不能像你那几个阿哥一样，没志气。乌拉复兴全在你了。”

洪匡为难地说：“儿的决心不变，敢向祖宗发誓。可是现在，要兵无兵，要将无将，粮草物资，一概不足，城池残破，无力修缮，这些困难，没法解决。再有驻防那些八旗兵，监视得更严，一举一动都逃不过他们的眼睛，阿玛给儿指一条明路，我该怎么办？”

布占泰沉思一下，说：“这些难处我早想到了，要不是有八旗兵驻防乌拉，我早就回来了，你现在要做的是，谨慎、小心，我想用不了多久，八旗兵就得调走，因为你汗王姥爷要打明朝，兵力不足，驻防各地的八旗兵，早晚得集中起来，到那时，就好办了。”

布占泰一再嘱咐洪匡，可暗中招兵买马，礼贤下士，不论贵贱，能为我效力者必重用。欲图大事，必宽宏待人，等到明朝出兵辽东，老汗王必调走驻军，乌拉空虚，那就是重振乌拉国的机会。

洪匡说："谨遵阿玛教诲，儿日后起事，阿玛能回来吗？"

布占泰一听，心中高兴，不住点头，他觉得，这个小儿子有点像他，还类似他的二阿哥达拉穆。不像他那几个软骨头的哥哥，胸无大志。他对儿子说："我告诉你个重要消息，叶赫国已经请求明朝出兵，灭掉金国，活捉你汗王姥爷，重新恢复扈伦四部。到那时候，咱爷儿们儿就有吐气扬眉之日了。"

洪匡听了，很受鼓舞。

最后，布占泰才问起洪匡所娶的这位金国公主，是谁的女儿，老汗王儿子众多，侄子也不少，孙女一定是很多的。洪匡也不晓得公主是何人之女，他只告诉阿玛，听公主说过，她的阿玛已不在了……

布占泰一听，惊叫道："是吗？我知道是谁了！"

第八章　收养吴乞发

当下布占泰听洪匡说公主阿玛已不在人世了，心中非常惊疑，细问原尾，洪匡告诉他说："公主亲口说的，她阿玛不知犯了什么罪，被她爷爷老汗王杀头了。"

布占泰恍然大悟："我猜到了，她阿玛可能是你大舅褚英，只有他被你汗王姥爷处死。"

洪匡听了，十分惊疑："是吗？她可没有说。"

"这不会有错。"布占泰轻轻摇头，无限感慨地说："这真是苍天有眼，阿布卡恩都力的安排，令他们父子相残，兄弟相残，报应啊报应。"

洪匡默然。布占泰仰望江上天水相连处，自言自语道："褚英，你也有今日，当初你全不念亲戚情面，屠我宜罕阿林城，你那野心勃勃的老子也没有放过你……"

洪匡对建州所发生的事情一无所知，还是布占泰告诉他："你的亲姥爷舒尔哈齐贝勒，就是被他哥，你的姥爷努尔哈赤杀害了。"

"这是为什么？"

"为什么？一时也说不清楚。"布占泰顿了一下又说道："反正离不开争权利、争美女这两个原因。好啦，我也该走了，你要多留点神，多长点心眼儿，等我的消息。"

布占泰吩咐完毕，要回叶赫，洪匡也不强留，令随身的阿哈给他牵过白龙马，布占泰这时才注意到这个马童，一眼就认出来了，问儿子道："你带来这个马童，不是吴乞发吗？"

吴乞发见问，忙跪倒叩头道："叩见汗王爷，奴才不忘汗王爷救命大恩，今生今世，誓死跟随着小贝勒爷。"

"起来吧。"布占泰把他拉起来，上上下下打量一番，苦笑道："真是岁月不饶人呐，一晃四五年了，你都长这么大啦！"

"奴才这条命是汗王爷给的，吴乞发永生不忘。"

"好。你要照顾好小贝勒，就是报答我，明白吗？"

吴乞发前腿一弯，后腿一蹬，左手向下一垂，行了一个打千礼："喳！"

提起这个吴乞发，还真有点不平常的来历。

早在大明万历三十三年，布占泰出兵东海回来，大队人马开进乌拉城。他很高兴，因为东海瓦尔喀、库尔喀、窝集三大部均已归服，乌拉国的东境已达海滨，沿海岛屿各部落也派人献珍珠和海味，使犬部、使鹿部甘愿做乌拉国的附属。布占泰称汗前后，事业上取得了很大的成功。

这次回来，带回了数千男女，有的是投顺的，还有些是掳掠来的。这些人口需要安置，拨给田宅土地、牲畜、食粮，还要设官管理。青壮年男子，分到贝勒、台吉、额真部下，成为士兵，乌拉国的势力壮大了。

布占泰在族人和大臣们的簇拥下，走向阔别多日的紫禁城，众多妃子姬姜齐聚宫院迎接。台吉、格格们也跑出来，早早地跪在白花点将台前，等候他们的阿玛。

这时的布占泰，已是八个儿子的阿玛，另外还有几个女儿。八个儿子依次为达尔汉、达拉穆、阿拉木、巴颜、勃延图、茂莫根、噶图浑、洪匡。这八个儿子中，只小儿子洪匡是建州大公主所生，那年只有六岁。长子达尔汉、次子达拉穆已二十多岁长大成人了，并且早已随军出征，多立战功，成了乌拉国的统兵将领。

且说布占泰将军队扎在外城，在亲兵、护卫的簇拥下，骑在马上，缓缓地奔向紫禁城的正门，他知道，此刻的宫内家眷子女早已跪在殿前等待他凯旋，他第一个想到的是小儿子洪匡，是不是又长高了。胜利者的喜悦使他有点飘飘然，他的心情好极了。紫禁城正门那高大门楼越来越近，眼看接近城门，不想走在前边的卫士"喂呀"一声惊叫："汗王爷你看，这里有个小路倒①！"

"什么？怎么会有这等事！"

布占泰一团高兴被打消，立命："拖出去！"

侍卫上前刚要拖，只见这个衣不遮体的小叫花子蜷着的四肢用力一抻，发出微弱的呻吟声。

侍卫惊叫一声："他还活着！"

另一个侍卫不耐烦了："管他活着死着，叫你拖你就拖，惊了汗王爷

---

① 小路倒：饥饿待毙的叫花子。

的驾，本就该死！"

他说完，见那个侍卫不动，便自己上前抓住小叫花子一只脚，拖了一步。

"啊……"呻吟叫唤声音更大了。他本能地松开手，瞅瞅他的伙伴："怎么办？"

"还是积点阴功吧。"

"你积阴功你想办法，我可不敢。"

"好歹也是条小命啊，禀告汗王爷再说。"

这个心地善良的侍卫，立即来到布占泰的马前，说明情况。布占泰忙于进宫，并没在意，只是不耐烦地摆一摆手。随行侍卫们齐声吆喝："快，拖走！"又有两个年轻力壮的侍卫上前，一人拎起胳膊，一个扯住双腿，立将这个小路倒抬到紫禁城正门外的大道旁，咚地扔在了地上。小路倒抽搐一下，咧一咧嘴，便不再动了。

"我去找淘粪车，把他拉到城外乱坟岗上，狼吃狗扯随它的便吧。"

这个侍卫刚要走，还是方才那个好心的侍卫说："你等等。"他上前用手试一试小路倒的鼻孔，叫道："没死，还有点悠忽气儿呢。"

"哎呀！你别啰唆了，汗王爷生气了，还不得剥了你的皮！"

谁知这句话被刚走到宫门口的布占泰听见了，他转回来，怒视着那个侍卫："大胆的奴才！我剥谁的皮了？"

侍卫慌忙跪地叩头道："奴才怕惊了汗王爷的驾，叫他快把死倒拖走，别脏了宫门，可他就是蘑菇起来没完，奴才不过是吓唬吓唬他。"

那个心地慈悲的侍卫也跪下说："小叫花子没死啊，还有气儿呢。奴才以为，好歹也是一条小命啊，汗王爷可怜可怜他吧，让奴才把他弄到更房，给他饮点水，兴许能缓过来。"

听了侍卫这么一说，布占泰这才认真地端详一下这个小路倒。见这个孩子脸上脏兮兮的，鼻翅还在扇动，嘴角不停地抽搐，虽然瘦得皮包骨，五官还挺端正。他轻轻点了点头，方才的气小了些，对这个侍卫说："就按你说的办，能缓过来更好，实在将就不过来，就拉出城外，埋在江边柳树趟里，别叫野狗扯了。"

布占泰说完，便在众将、侍卫、大臣们的簇拥下，进了紫禁城。

小路倒在那位好心的侍卫照料下，奇迹般地活过来了。过了几天，布占泰记起了这件事，叫来侍卫，问明情况。侍卫说："活是活过来了，可是没人收留他，老在更房住也不是个办法。问他哪个部落的，家在哪里，他说没家。奴才也犯难了，真不知该怎么办才好。"

"那就送进宫里来吧，叫他给台吉们当小打^①。"

小路倒被领进紫禁城，有了安身之处，不愁衣食。

过了几个月，小路倒身体恢复，还是个眉清目秀的童子。一脸稚气，又很机灵，台吉、格格们都喜欢他。

这一日，布占泰闲着没事，正好小路倒来叩头请安，布占泰叫他站起，问道："多大了？"

"回王爷，奴才八岁了。"

又问："家在哪儿？ 家里还有什么人？"

"没家，没人。"

布占泰见他口齿挺伶俐，又问："你阿玛、额娘呢？"

"死了。"

布占泰略显惊疑，再问一句："你叫什么名字？ 哪哈拉^②？"

小孩子摇摇头："他们都管我叫小路倒。"

"这叫什么名字！我给你起个名字，就叫吴乞发，等你长大了，准你开户^③。"

现在他尚幼小无知，根本不懂得"开户"是什么意思。他为从此有了自己的名字而高兴。

打那以后，紫禁城里多了一个叫吴乞发的小孩子。后来，布占泰发现这小小的吴乞发，很有力气，就令他陪伴幼子洪匡习文练武，慢慢地也就成了洪匡的贴身侍卫，两人年岁相当，日益亲密。

可是这吴乞发习文不行，练武却是出类拔萃，十三四岁时能使一根镔铁大棍，无人能敌。即使这样，在那个讲究门第的时代，吴乞发的身份仍然是奴仆，根本也没有出头露面的机会。吴乞发天性耿直憨厚，始终不忘救命之恩，一直跟随洪匡，侍候鞍前马后，不计较名利地位，专心维护好小主人，以报答汗王爷的救命大恩。乌拉国灭亡之后，他非但没有二心，反而对小主人更加忠心耿耿，时人称为义士。

后来，洪匡子孙修谱祭祖时，神案上多摆上个木香碗，就是祭奠为纳喇氏尽忠效力的七位将军，第一个就是吴乞发，萨满神词唱道：

---

① 小打：女真人管没有具体事由，随叫随到，干一些跑腿学舌，轻巧灵便的活的男仆叫"小打"。

② 哪哈拉：姓什么。

③ 开户：脱离主人从属关系，另立家门叫"开户"。

（头腓力。）

那丹纳喇库，

吴乞发，敌大非……

什么意思呢？就是在祭奠七位为纳喇氏尽忠的将军中，吴乞发排第一位。

闲言带过。

今日布占泰认出吴乞发来，便问洪匡："此人武艺可长进？"洪匡道："万夫不当，乌拉城里城外，无人能敌。"

布占泰点点头："这就好。"

洪匡道："可惜，出身微贱，非名门望族，儿有心重用，家族难以认同，怕破坏了祖宗家规。"布占泰慨然道："家规、家规，阿玛我从前就是恪守家规，以贵取人，非贵莫用，才有此败。你要切记，儿当吸取教训，无分贵贱，不论出身，量才用人，不必墨守成规，只要能为我所用，当不吝赏赐，一定要记住。"

布占泰看看天气不早，不敢过多耽搁时间，怕被对岸城里那些八旗驻防兵发现，又叮嘱几句，便连夜返回叶赫国去。

看着阿玛驰马远去的背影，洪匡暗中发誓，我阿玛有国不能回，有家不能团聚，父子见一面都很难。这是谁给造成的？汗王姥爷。我一定为阿玛出这口气，为我的额娘报仇。汗王姥爷不占我们国家，阿玛不能走，额娘不能死，无缘无故的，这都为了什么！

洪匡听了阿玛的话，从此打破常规，不分族属，不论贵贱，提拔重用出身微贱的能人。吴乞发由马童身份被提拔为大将，率领禁军侍卫守护着紫禁城王宫，成了洪匡贝勒最靠得住的心腹。吴乞发更加知恩图报，帮着洪匡招兵买马，秘密活动，多方聚集力量，做起事的准备，不提。

再说布占泰回到叶赫，先去东城见金台石贝勒。金台石告诉他一个好消息，大明朝现在正筹划调集重兵围剿金国，准备一举歼灭努尔哈赤。谁知军事机密被泄漏，老汗王努尔哈赤要在明军行动之前，打算夺取辽沈，明军暂时腾不出手来，请求叶赫从北面出兵牵制他一下。到底从哪里下手为妥请布占泰帮他参谋参谋。布占泰说："这倒是个好机会。不过，努酋势力也不弱，自从吞并了哈达、辉发、乌拉三国之后，人口大增，以叶赫孤木不林，无力同金国较量，弄不好，要引火烧身。"

金台石咳了一声说："不管这件事对叶赫是福是祸，我都要办，我们要生存，还得靠明朝支持，朝廷有难处，叶赫理应效劳。"

布占泰道："既然是这样,那我也责无旁贷,我会全力配合你,我还有两千人马,分散在赫尔苏和雅哈城两处。"

"好。"金台石高兴了:"我要的就是你这句话,布占泰贝勒肯助一臂之力,我就敢起兵攻赫图阿拉。"

"现在攻赫图阿拉,还是有点力不从心,很难得着便宜。我想一个地方,可以从那里下手。"

"哪个地方?"

"辉发城。"

金台石笑道:"辉发城?你跟我想到一块儿去了。我已派人去打探虚实,辉发城现在仅有五百驻防兵,离赫图阿拉又远。出其不意,攻其不备,努贼增援都来不及。"

"那好。"布占泰说:"我先回赫尔苏,把两股人马集中起来等着你。"

大明万历四十六年秋九月末,天气不凉不热,正是秋高气爽,人壮马肥,农田庄稼颗粒归仓之时,叶赫国王金台石令他的长子德尔格勒台吉,率东城兵三千,偷袭辉发扈尔奇山城。布占泰也准时率一千乌拉兵赶来助阵。

早在十年前,辉发国灭亡不久,叶赫、乌拉两国联军来过扈尔奇山,叶赫统兵贝勒是西城布尔杭古、乌拉领兵大将是噶兰满贝勒。可是两国联军来到辉发,连一个人影也没看见,满山死尸,辉发人都被杀光了。他们连休息都没来得及,很快撤退了,因为尸体发酵,臭气熏天,无法停留。

过了两三年,努尔哈赤才派兵驻守辉发城,扈尔奇山始有人烟。

辉发城原来分内外中三重城墙,山城上王宫被毁之后,永没修复,驻军在外城建了兵营,共五百人守卫。

单说这一日德尔格勒统率三千叶赫兵来到辉发城下,会合了布占泰率领的乌拉人马,隔着一条大江扎下营寨。这条大江就是辉发河,古称回波江,辉发国王城就是建在濒河险要的扈尔奇山上。本来是易守难攻的天然屏障,正因为辉发王不施仁政,没能守得住。布占泰看到辉发城如此险峻,对德尔格勒说:"我乌拉平川旷野无险可守,这辉发城如此险要坚固,怎么也没能守住,被努酋屠城,看来这是不是天意?"

德尔格勒时年三十五岁,为东城贝勒金台石的长子,为人性情豪爽,弓马娴熟,勇敢善战,有点像他阿玛金台石,有一种坚强不屈的脾气。他对乌拉灭国,布占泰始终不屈,坚持反抗他的岳父老汗王努尔哈赤,从心里钦佩，又很同情。百折不挠，这才是女真人的品质。

当下德尔格勒见问，望了一下对岸的山城说道："是啊，凡事成败利钝，在天意，也在人为。我扈伦诸国之所以失败，不都是天意，我看多是人为。"

"此话怎讲？"

德尔格勒笑道："布占泰贝勒，你不会不知道，十几年间努尔哈赤灭亡我三国，为什么这么迅速？他真有通天的本事吗？我看未必，这都是我们自作自受。"

"台吉的话，我怎么听不明白？"

德尔格勒又笑一笑道："晚辈绝无责怪之意。当年哈达之亡，若不是受到我叶赫的摧残，使它国弱民疲，不耐一战，能亡得那么快吗？十年前努贼攻击辉发，我叶赫本该联合乌拉出兵援救，可是没有做到，结果辉发城毁人亡，所以，你乌拉也保不住了。"

布占泰十分叹服："大台吉所言极是，错失良机，唇亡齿寒，教训啊，教训！"

"唉！"德尔格勒远望对岸高耸的扈尔奇山，自言自语道："也许，这就是天意……"

他们一边谈着话，一边观察士兵们砍树、伐木、搭浮桥、钉制渡河的器具。岸上列着弓箭手掩护，金兵出来捣乱，便被射落河中。山上的箭射不到，因为他们选择上下游距离五里之遥的两处作为渡河地点，守城金兵只能眼瞅他们渡河攻城，却想不出对付他们的办法。

三天以后，渡河器具均已备齐。叶赫兵在下游水深处放了木筏，又找到十余只舢板船、小舰艇，选出五百人敢死队，手执盾牌，强行登岸。乌拉兵在上游水浅处搭了浮桥，上下呼应，同时渡河。辉发城只有五百金兵驻守，根本挡不住两支大军的攻击，又不敢弃城逃跑。因为老汗王努尔哈赤军纪非常严厉，凡是打了败仗逃回的官兵，不经他允许弃守城池的将士，不问情由，一律处死。所以他常常以少胜多，就是部下怕处死只有在战场上拼命。

当下金兵见叶赫人马超过自己数倍，知道城池难守，又不敢撤退，只得凭借地势据守待援。

老汗王努尔哈赤正在部署进攻沈阳，得知辉发城被围，这一来打乱了他的全部计划。辉发城地当要冲，决不能叫叶赫夺去。他立即命大贝勒代善、二贝勒阿敏、三贝勒莽古尔泰、四贝勒红歹士统兵一万援救辉发城，决不能让辉发落入叶赫之手。可是他来晚了，等到代善等四大贝勒到达辉发城下的时候，扈尔奇山早已不见一个人影。辉发河边除一些毁坏的渡河器具，城内横七竖八地躺了几十具金兵尸体，其余人员皆不知去向。

第九章　额宜都斩子

上回书说到金兵在四大贝勒统率下增援辉发，可是来晚了，他们扑了个空，辉发城已经不见一人。所见者，除了毁坏的器具就是金兵尸体，物资粮草一扫而光。

原来两天前，叶赫兵攻破城池，斩杀金兵八十四人，获俘四百零七人，五百守军只逃出去九名。德尔格勒邀布占泰一同登上扈尔奇山，观察辉发的山川形势，彼此感慨万分。这样一个易守难攻的险峻之地，凶暴的辉发王没守住，号称天下无敌的建州军也没守住，看来山川之险挡不住虎狼之师，生死存亡皆有定数啊。

布占泰一边观看辉发的形势，一边想起自己当年是何等英雄，收复东海，平定各部，被拥立为汗。可是如今国破家亡，客居异乡，这样何时是个头儿。正在这时，忽然从河面上掠过一股冷风，吹上山来，把山上的枯枝败叶刮起，纷纷飘落山下。布占泰顿时感到透骨冰凉，他不知道辉发河每当秋冬之交，都会出现这种突然刮风的现象。他对德尔格勒说，忽然刮起飓风是不吉之兆，辉发城不可久留，应立即撤军。德尔格勒从其言，打开仓库，把城中搜索一空，押着俘虏，返回叶赫。临行不忘拆了浮桥，毁坏渡河器具，凿沉渡船，以防金兵追赶。所以，四大贝勒率兵来到的时候，扑了一个空，叶赫兵已撤走两天了。

由于金台石袭击辉发城，虽然是个小小的胜利，但牵制了老汗王努尔哈赤的势力，打乱了他攻取辽沈的计划，明朝利用这次机会完成了军事部署，征调各路大军到辽东会师，准备对金国来一次大规模的围剿，这是后话。

明朝万历皇帝觉得叶赫出力不小，派特使前去酬劳，晋金台石、布扬古为一品都督，赐白金两千两，彩缎二十表里，敕书二十道，子孙部曲皆有封赏，叶赫国如同初升的太阳，又光芒四射起来。

另外，明朝也知道布占泰在这次行动中，起了很大作用，特召他进京面见皇帝，商讨帮助他恢复乌拉国的事。一时间，扈伦四部大有死灰复燃的势头。恰在这时，天不作美，布占泰病了。这一来，一切希望全成泡影，叶赫亦不过是回光返照而已！

布占泰的病，对叶赫来说是个不小的损失，叶赫依靠的臂助没有了。布占泰虽然国破家亡，但昔日英名犹在，他在一天，就是乌拉、哈达、辉发诸国的希望。金台石、布扬古二位王爷到处延请名医，百般调治，就是不见好转。转眼到了冬季，病势更加沉重。他的年轻的福晋叶赫格格，只得派人去乌拉报信，通知家族。洪匡不便离开乌拉城，只有派孟铿、烟台、富党阿三人代表乌拉纳喇氏家族前去探望。

他们到达赫尔苏，看见了病中的布占泰，因长期焦虑又兼受了风寒，急火攻心，谁都看出来，你就是华佗再世，扁鹊重生，对此也无能为力了。

傍晚，孟铿等人来到病榻前，问阿哥有什么话嘱托。布占泰已经说不出话来，他对着几人模模糊糊地重复着"乌拉""洪匡"这两个词。孟铿说："听明白了，阿哥放心，我们一定辅佐洪匡，为了咱乌拉国……"说到这里，只见布占泰的脸上露出了笑容，随之闭上了眼睛，他带着遗憾和希望，永远离开了这个世界。时大明万历四十六年戊午冬腊月中旬事也。

布占泰的死讯传到赫图阿拉，老汗王努尔哈赤如同吃了一颗定心丸，从今以后再也没人敢同他抗衡了。于是他开始招抚布占泰诸子，凡来投者，均予以重用。

一日，老汗王努尔哈赤回到后宫，看见了女儿穆库什公主正在哄她那个小女孩。老汗王长叹一口气，望着这仅有六岁的小外孙女说："这是布占泰的骨血，我本想让他回来同你们团聚在一起享受荣华富贵，可是他与我为敌到底。这下可好，他……"

"他怎么了？"

几年来，穆库什心里始终想着布占泰，真希望他能从叶赫回来。今日听阿玛一说，预感到事情不妙，急切地问了一句。老汗王努尔哈赤说："他死了。"

穆库什公主急了："是你把他杀了！"

"没有的事。是他病死了，这就是跟我作对的结局。"

穆库什急忙抱起小女儿，落下泪来。

努尔哈赤安慰她道："孩子不必难过，为这样一个无情无义的人伤心，不值得。他死了更好，过几天，阿玛给你嫁个名门大户，保你后半生享清福。"

穆库什心里烦闷得很，听了这话十分生气，抱起孩子便走出去。

过了几天，总兵官额宜都来见，向他报告讨伐明朝的准备情况。老汗王努尔哈赤眼睛突然一亮，对这位同他拼搏一生，为大金国的江山立下汗马功劳的开国元勋，心怀感激之情。现在他虽然老了，可是对老汗王的忠心不减。努尔哈赤总觉得欠额宜都的太多，常想找个补偿的机会，今日见了他，自然想到了女儿穆库什，何不将穆库什指给额宜都为婚，也算对他的报答。可是又一想，不妥，如果再闹出像往年那样的事情来，岂不是好事变成了坏事！

往年到底发生了什么事，待我慢慢地交代。

话说这额宜都姓钮祜禄，比老汗王努尔哈赤小两岁。老汗王还在年轻困难的时候，额宜都就跟随他，开疆拓土，争城夺地，额宜都冲锋在前，每战必胜。努尔哈赤把自己的堂妹嫁给额宜都，两家结亲，额宜都更加卖力。大金国建立，设立五大臣，额宜都列五大臣第一位。这还不算，额宜都儿子众多，唯次子达启聪明英俊，老汗王努尔哈赤非常喜爱，从小养育在宫中，长大又把第五女嫁给达启为妻。第五女和第四女穆库什同母所生，她们还有两个哥哥和一个妹妹，额娘是侧福晋嘉穆瑚觉罗氏。

老汗王努尔哈赤为了培养人才，在宫中开了学馆，宗族近支子弟都进学馆读书，少数功臣子孙也有少量入内，叫作伴读，达启当然也在其中。老师是一位汉人，江南人氏，姓龚，本名正陆，自归建州部后，努尔哈赤给他改了一个满洲名，叫作歪乃。"歪乃"在女真语里是"师父"的意思，慢慢地歪乃之名就传开了，龚正陆的本名反而被人忘记。

达启自从成为老汗王的女婿之后，身份特殊，在众学生中处处争强，好出风头。因他是额驸，别人都让着他三分，他也就得寸进尺，唯我独尊，甚至连老师都不放在眼里。达启骄横不可一世，又网罗学堂内外一些无赖子弟，结成死党，引起了他阿玛额宜都的警觉，不胜忧虑。

因为这些学生都是女真贵族子弟，歪乃是汉人，不敢管。

为了教育达启改邪归正，额宜都特地把老师歪乃请到家中，设酒宴相待。特别委托师父，从严教育达启，让他懂得忠君爱国的道理，将来成为国家的栋梁，朝廷的柱石。歪乃应下。

授课的时候，歪乃不忘额宜都的嘱托，根据达启等人的表现，有针对性地讲了《论语》上的"君君臣臣父父子子"的道理。他对学生们说：

"君一定要像君，君主要有权有威有德有道；臣一定要像臣子，忠君报国，匡扶君主，不能犯上作乱。自古以来，乱臣贼子人人得而诛之。父亲要有慈，儿子要尽孝，不听君父之言，便谓之不忠不孝，将来要遗臭万年。"

讲到这，他叫过达启："你听明白没有？"

达启自恃是老汗王的女婿，平时就不把这个老师放在眼里。他本来听老师讲的就很刺耳，一听提问他，更是火冒三丈，一跳起来，大声说道："讲些什么混账狗屁话，我听不懂！"

"既然不懂，那就请额驸虚心，这都是圣人之言。"

达启不服道："那是你们尼堪的圣人之言，在这里是鬼话，我不念了！"说完昂头挺胸地走了。另有几个宗族亲眷子弟，随着达启，离开了课堂。歪乃一看这副架势，未敢拦阻，只得把一切告诉额宜都。达启自娶了老汗王努尔哈赤五公主以后，赐了宅第，被称为"驸马府"，平时很少回到他阿玛额宜都的家里。闹学风波之后，达启不再上学。额宜都秘密派人访察，访得了真情，得知达启除了和一些无赖子弟饮酒射猎而外，再就是纠集亡命之徒，充当打手，招摇过市，欺男霸女，城里城外，文武百官，无人敢惹，额宜都叹道："灭族亡家者，必是达启这个孽子！"

一天，额宜都又邀歪乃到家就达启闹学的事向他道歉。歪乃就像早已忘掉这个事情，绝口不言学堂之事，只同他谈学问、讲历史。他对额宜都讲了一段春秋上的事情"石碏大义灭亲"。额宜都没念过多少书，不大懂得历史典故，对中原汉人历史更是一窍不通。听歪乃讲得挺新鲜，他也很感兴趣，让他讲详细点。

歪乃说："在中国，春秋时代卫国有一个大臣石碏，功勋卓著，威望也高。他有个儿子叫石厚，这石厚本来没什么功绩，依仗他父亲石碏的威名，在卫国横行霸道。这还不算，他又勾结卫国君主的弟弟州吁，设下阴谋，刺杀了国君卫桓公，把州吁捧为君主。事情被石碏知道，他为养了这样一个儿子而耻辱。他设下谋略，请来外国兵马，捉住州吁，杀了石厚，平了叛乱，恢复了卫国的秩序，名垂青史。"

额宜都从这个典故里受到了启发，他想，为防止后患，必须学石碏废私为公、大义灭亲。于是暗下决心："杀达启，防患于未然。"可是，达启如今是努尔哈赤的女婿，杀了他，国主能答应吗？他犹豫了好多日，最后下了狠心，为国除害，为家除祸，我管不了那么多了。

大明万历四十一年三月，老汗王努尔哈赤灭亡乌拉国不久，建州军民欢庆胜利，文武百官们尽情游乐，举行了各种各样的娱乐活动，大察玛请下长白山神，祈禳祝福，列祖列宗也降临人间，保佑五谷丰登，万民乐业。

春天的赫图阿拉阳光明媚，不远的虎栏哈达生机盎然，苏子河水滚着细浪，岸边绿柳吐出新芽。赫图阿拉城北墙紧临河岸，城内山峦起伏，真是群山环抱，河水清流，鸟语花香，景色宜人的大好季节。一些贝勒、额真、勋臣、武将，每到这个季节，没有战事的时候，都领着眷属、子女来到城外，或登山，或临水，桃杏树下，做终日宴游，当作乐趣。女真俗，凡是家宴游乐之日，不论一起生活还是分家另住的子弟都必须到场，叫作团圆会，每年春天至少要搞一次这样的活动，成为习俗。这是建州女真之俗，而海西女真则不然，他们在秋天九月初九"登高祭祖"，两者习俗截然不同。

单说这天额宜都在城外选了一处背风向阳之地，大宴家眷子侄。事前，他叫来心腹家将布置一切，通知所有子侄，到城外宴游。全家几十口人，有家丁、阿哈伺候，大杏树下摆开几张大桌子，地上铺了毡垫或兽皮褥子。

达启早早骑马来了，他见了阿玛额宜都，不行大礼，只是在马上点点头，下来便坐在了为他铺设的地毡上。额宜都不动声色，平静地问道："你近来，都做些什么呢？"达启一听，得意地哈哈一笑："我给主上办了一件大事，立了一个大功。"

额宜都惊疑地问道："什么大事？"

达启说："大阿哥和扈尔汉同谋，要夺主上江山，我已掌握了他们的证据。"

额宜都一怔："你是在哪儿听来的谣言？告诉主上了吗？"

"还没有。"达启毫无顾忌地说道："主上现在事情太多，还没来得及告诉呢，这可都是我手下的人访查出来的。"

"不许你胡来！"额宜都愠怒了："大阿哥是主上的长子，扈尔汉是主上的义子，他们都是主上左膀右臂对主上忠心耿耿。现在有那么几个人，心怀鬼胎，总想离间他们父子，你知道你这么做的后果吗？"

达启冷笑一声，洋洋得意地说："我不管是真是假，反正有人要扳倒他们。我给他出了力，将来就是佐命功臣。"

"住口！"额宜都一听这种话，更惊诧不已，他颤抖地手指着达启：

"你，你这畜生……"

"老爷子你可劲儿骂吧，我没工夫听你磨嘴皮子。"说完，达启抬身要走。正在这时，只听"当啷"一声，一只青花瓷的酒杯掉在桌上，摔得粉碎。这是信号，家将们一拥而上，把准备好的口袋套在了达启的脑袋上，一直套到脚底，把他摁倒在地，扎住口袋嘴儿，等候命令。

与会众子侄愕然惊起，这意外的变故使他们心惊肉跳。额宜都一摆手："不要慌，没你们的事儿，都坐好。"

达启在口袋里挣扎，边滚边骂："快放开我！不然，告到主上那，连你这老不死的也逃不掉！"

额宜都气愤到了极点，他对众人说："虎毒不吃子，世间哪有父亲杀儿子的。你们方才都听见了，他都干了些什么？这个孽子要不除掉，必定乱国毁家。为了国家，为了主上大业，我今儿个要用家法惩处这个畜生。"

说罢，额宜都跪在地上，对着大山连叩三个头，祷告道："我钮祜禄氏列祖列宗在天之灵，不肖子孙额宜都今天为国除害，达启畜生，骄横无礼，心怀不轨，无辜陷害忠良，罪不容诛。立即处死，以绝后患！"

祷告完站起来，命令家将："给我乱棒打死！"

家将奉令，一顿棍棒，把达启打得绝气而亡。额宜都见达启已死，长叹一口气，吩咐在山坡上挖个深坑，埋葬了事。

一场郊游家宴，不欢而散。额宜都诫子侄们说："以后必须安分守己，再有骄横不法、搬弄是非、枉议国家大事者，以达启为例。"

众子侄看到达启身为额驸，都没有逃脱严惩，自此人人谨慎，各个心惊，额宜都一门子孙，在清代从无越轨行为者。

额宜都捶杀了达启，深怕老汗王努尔哈赤怪罪，赶紧进宫请罪道："臣子达启，为人不肖，结交无赖，屡生事端。臣恐其日后为祸，危及社稷，将其处死，以防患于未然。因达启荷蒙天恩，俾尚公主，臣甘当擅杀之罪，死亦无悔。"说完伏地不起，听候发落。

老汗王努尔哈赤也感到十分意外，内心惊骇不已。他命内侍扶起额宜都，送他回家。

一连十余日，老汗王昼夜睡不着觉，认真琢磨额宜都此举的真正用意。老汗王是聪明人，他认为额宜都不畏权贵，大义灭亲，捶杀亲子，纯是为了国家大局考虑，虽古之圣贤，又能有几人做到这一点！

一日，老汗王信步来到学馆，同歪乃顺便聊起达启闹学的事，又提及额宜都处死亲子，如何看待这件事。歪乃说："本来，这是主上家事，小臣是汉人，不便多言。既然主上问及此事，恕微臣斗胆。额宜都将军大义灭亲，为主上除去隐患，虽古名将贤相，恐怕也没有几个人能做到。主上有此贤臣，事业定会成功，主上要体谅他的苦心，千万可不能冷落他啊。"

老汗王深服其言。一想几天以来，对额宜都不冷不热，恐其悲观失望，他想出一个笼络额宜都的好办法，以酬谢这位患难朋友对他一生的忠贞。

什么好办法？下次接着讲。

第十章　穆库什改嫁

　　老汗王努尔哈赤不忘故交，想把四女儿穆库什作为赠品，送与额宜都以娱晚年，酬谢这位效忠一辈子的好友兼妹夫为他的事业所做的努力，可是一想到五女的结局他犹豫了，他怕穆库什也会走她胞妹之路。

　　前文书表过，老汗王努尔哈赤五女之夫达启额驸，因种种劣迹屡教不改，被他父亲额宜都捶杀。老汗王开始闻知此信十分不满，后经歪乃的开导，豁然开朗。

　　达启是死了，人死不能复生。可他遗下个年轻妻子只有十七岁，是老汗王的第五女。夫死当然要改嫁。努尔哈赤的打算，要把达启的妻子十七岁的五格格改嫁给她的公爹额宜都。女真之俗，这叫转房婚。女真婚姻不讲伦常，不论辈，子可娶父妾，父可纳子妻，都属合法。老汗王努尔哈赤就是想把年轻女儿的青春赐给额宜都，让他娱度晚年，也算不枉一世的友谊。额宜都得知后自然是感激涕零，誓死报恩。

　　不想事情有变。

　　原来这位五格格，同达启成亲两年来，情投意合，夫妻甚是恩爱。达启突然被他阿玛杀死，格格一时心里难平，对公爹产生怨恨。今见阿玛汗又要将她嫁给额宜都，心里更加悲愤，坚决不从。无奈老汗王家法甚严，只要许婚，谁也抗拒不了。五格格实在拗不过阿玛老汗王，偷着跑到城外，找到了埋葬达启的地方，痛哭一场，吊死在坟旁的一棵树上。待城里有人发现的时候，一切都晚了。

　　从此，赫图阿拉传出五格格猝死的凶信，什么原因，没说，为后世留下疑案。

　　五女殉夫自杀抗婚，这对老汗王努尔哈赤打击很大，事情如果张扬出去，有损他的威名，他只有严令保密，任何人不准泄漏真情，从此举国上下一口同音，五公主急病猝死。上边已经定下了调子，谁有几个脑袋再敢去刨根问底儿？反过来讲，这是你宫中的事情，与平民百姓何干!

可是老汗王努尔哈赤心里总觉是块病,好事变成坏事,愧对额宜都。从此对额宜都高看一眼,登极坐殿后以额宜都为五大臣之首。

几年过去了,达启和他的妻子五格格的死也渐渐淡出人们的视野,大金国蒸蒸日上,女真诸部除了叶赫基本荡平,群雄已灭,下一步该夺取辽西,与大明朝争天下了。

恰在这时,布占泰的死讯传来,老汗王努尔哈赤灵机一动,补偿额宜都的办法有了。投鼠忌器,几年前五格格的结局很让他伤脑筋。如果穆库什也像妹妹那样,重复一遍演过的悲剧,那大金天命皇帝就更声名狼藉了。他踌躇了好几天,一国之君,一家之长的权威占了上风,无论在家里还是在国内,他的话就是圣旨,没有任何人敢抗拒的。

布占泰是大明万历四十六年冬死的。转过年,新年刚过,老汗王努尔哈赤就对四女穆库什公主摊牌了:

"布占泰已经死了,孩子你也该另做打算了。阿玛不忍心你就这么煎熬下去,一定给你找一个可以托付的人。"

穆库什知道,这又是拿她做交易,应是跟哪个部落和亲。她回答道:"孩儿已经二十五岁了,半生已过,我也看透了,人一辈子几十年,怎么都是活,我想找个清静地方,剃度出家,脱离凡世……"

"胡说!"

不等穆库什说完,努尔哈赤大怒,吼道:"我爱新觉罗家的格格都是天生的,到世上来建功立业,不是来吃闲饭的。你趁早打消这种念头,乖乖地听话。"

穆库什胆小,平时惧怕阿玛的严厉,她吓得不敢作声。僵了一会儿,老汗王努尔哈赤缓缓地劝道:"十年前,阿玛把你嫁给布占泰,知道你不愿意。布占泰是一国之主,阿玛不敢得罪他。阿玛忍痛舍了你一个人,换取了乌拉国几十万人,还有那么大一块地盘,才有今日的荣耀。现在你再为阿玛出点力,将来换取的是大明朝的江山。"

穆库什心想,是不是要把我献给明朝皇帝做妃子? 她不敢问。

"我是想,"老汗王努尔哈赤终于说出口:"我是想把你下嫁给额宜都,他为我出力不少。"

穆库什大吃一惊,她怎么也不会想到堂堂一国之君会有这种打算,拿自己女儿当礼品,随便赠送人。她忽然想到五格格,想到达启,想到大姐十一岁就嫁给了何和里,三姐莽古姬十三岁嫁哈达贝勒孟格布禄,后又转嫁他儿子武尔瑚达，灭了哈达国……

老汗王努尔哈赤见女儿低头不语想着心事，等了一会儿见她还无反应，便决定道："就这么定了，我通知额宜都，令他三日后择吉日迎娶。"

穆库什身不由己，悲从中来，立即跪倒在地，痛哭失声："阿玛……"

努尔哈赤令侍女扶起公主，他长叹一声说："孩子，额宜都年老，他更会疼爱你，更会效忠于我，总比嫁布占泰那样的人强，他至死不悟，始终跟我离心。"

穆库什十四岁被逼嫁到了乌拉国和亲，结局还是这个样子，穆库什公主又面临婚姻的难题。

长话短说，就这样，穆库什公主被她阿玛软硬兼施，终于嫁给了年近六十的额宜都，老汗王努尔哈赤算是去了一块心病。三年后，额宜都病死，又被她阿玛转嫁给他的第九子图尔格，这又是一次转房婚。穆库什同额宜都一起生活了三年多，为他生了一个儿子，这个人就是康熙朝的重臣名叫遏必隆。

清朝史籍上说："（额宜都）太祖始妻的族妹，后以公主降焉。"

虽没明说这位公主是何人，其实指的就是这件事。这样尴尬的事，清朝初期还有很多，记到史料上都是一笔糊涂账，认真研究一下皇朝的《玉牒》，语焉不详也就不足为奇。

闲言少叙，继续讲正文。

就在达启被处死不久，老汗王真的逮捕了大阿哥褚英，将他幽禁在高墙以内，让他悔罪反省。可是褚英不服，终于被他阿玛老汗王努尔哈赤杀头。这件事是否与达启有关，难以说清。连老汗王的干儿子扈尔汉也卷进去，被罚没收两牛录，总算没再深究，保住了性命。而深知此事内幕的歪乃师父，也不知何因，不久突然失踪，没有人敢谈论他的去向，据说被老汗王灭族了，成为清初一宗糊涂案。

早在老汗王努尔哈赤登基之前，先后灭了三国。辉发、哈达的国王都被杀害，唯有灭亡乌拉，国王布占泰外逃。他三次遣使去叶赫索要，遭到东西二城贝勒金台石和布扬古拒绝。叶赫不灭，此恨难消。老汗王努尔哈赤下了最大的决心，誓灭叶赫不可。万历四十七年二月，也就是嫁女与额宜都不久，他亲统两万大军，采取突然袭击的方式征讨叶赫。这次出师绝对保密，连一般文武大臣都不知道出兵的日期。也该当叶赫幸运，不想有一个犯了罪的家奴，为了活命，逃到叶赫，把老汗王调兵遣将、准备打叶赫的消息报告给金台石。虽然不知道出兵的准确日期，但也知道他来势汹汹。金台石当机立断，把边境上的张城、吉当阿二城的居民连夜撤走，集中全力守卫都城。老汗王的大军到来，扑了个空，知道叶赫有备，一时难以攻取，准备回师，以后再来。额宜都因为新娶了老汗王努尔哈赤的女儿，年轻貌美的四公主，好友、妹夫变成姑爷，他那感恩之心就不用说了。报答、出力、尽忠，这是报主上知遇之恩的最好办法。额宜都说话了："主上，劳师动众不能白来一趟，赫尔苏还驻有布占泰的残余势力，解决它是个最大收获，也免去后患。"

老汗王问："这支残兵能有多少人？布占泰已死，由谁统领？"

有知道内情的将士回禀道："听说有两千来人，由一个年轻的女子统率，是布占泰新纳的小福晋，金台石的外甥女。"

努尔哈赤一听，心里发恨，好你个布占泰，扔下我的女儿不管，却在这里逍遥。他一声令下：进兵赫尔苏，拿下雅哈城。

且说叶赫格格自布占泰故世，她遵照布占泰的遗愿，训练好这支队伍，等待洪匡的消息。乌拉方面一有动静，她即刻将这支队伍带过去，作为恢复乌拉国的力量。没有想到老汗王统率金兵来得这么快，赫尔苏、雅哈二城同时被围。双方力量悬殊，自布占泰死，这支队伍军心涣散，面对强大的敌人更是不堪一战。叶赫格格仗着刀马纯熟，坚决抵抗，结果寡不敌众，城被攻破，军民大半被杀。至于叶赫格格，有多种传说。族人传说，叶赫格格跟布占泰一起生活了六年来，为他生了一男一女两个孩子，赫尔苏城破，不知所终。有说被乱兵所杀，也有说被人藏匿民间躲过一劫，如今伊通州境内有纳拉氏者，疑为其后裔也。

老汗王努尔哈赤破赫尔苏、雅哈二城，掠叶赫堡寨村屯十九处，毁兀苏、吉当阿、赫尔苏、雅哈、张城等凯旋。

前文书已经讲过，老汗王努尔哈赤打算送子于明朝做人质，换取明朝中立，不要干涉他对付叶赫。可是明朝看穿了他的用心，不但拒绝收留他的人质，反而向叶赫派驻携有火器、战车的军队，又在边关增兵设防，加强戒备。努尔哈赤觉得明朝对自己不信任了，并处处刁难，采取什么手段也难改变明朝防备之心，他也就撕去伪装，公开表露出誓与明朝争天下的野心。

大金天命三年，老汗王努尔哈赤正好六十大寿，诸王贝勒大臣们统统到宫内祝寿。老汗王说出他内心的忧虑，灭叶赫、反明是他念念不忘的两件大事。出兵叶赫，效果并不理想，获得一次小胜，叶赫却丝毫无损。退兵后开始商量攻明的计划，攻明有西去抚顺，南下清河两条路线，先攻哪儿，让众臣议论一下出兵的目标。他已决定，暂时放弃叶赫不打，专攻明朝。明朝边关防守甚严，应先从哪里下手为宜。群臣你言我语，议论了半天也没有个头绪，各说各自理由。大多数人都认为明朝已经有备，急切难以下手，当图谋良策。

可老汗王总觉得，岁月不等人，日月催人老，他要在有生之年完成女真一统，进兵中原的宏图大业。

四贝勒红歹士了解他阿玛的心情，他当众说："要攻明，必须先把抚顺关夺到手。抚顺是我们的必经之路，得到它，咱就有门可入。"

老汗王问道："夺取抚顺，这当然是最要紧的。可这抚顺雄关如铁，又有重兵把守，我们可有什么法子进去吗？"

"儿臣有这么个办法，不知行不行。"

"你说说看。"

红歹士说："听说从四月初八到二十五，抚顺守将李永芳要在城里大开马市，这时边防一定松懈，机会难得。我们可以先派五十人扮作马贩子，分成五伙，赶马入城交易。我率五千兵跟在后边，夜里行军，混到城下，向里边发炮。里边听到炮声，趁混乱之机夺门，内外夹攻，杀他个措手不及，我趁势抢关，抚顺一得，另处不战自下。"

老汗王点点头："这倒是个好办法，不妨试试看，你去布置吧，就按你说的办。"

红歹士领命提前走了。

老汗王调两万马步军兵，集合在天坛。老汗王努尔哈赤身披金甲，步上高坛，对天行了三跪九叩大礼，司礼官按照事前安排，手捧文告，高声朗读。众官兵鸦雀无声，平心静气，认真听司礼官抑扬顿挫，铿锵有力地朗读着文告：

大金国奉天覆育列国英明汗、臣努尔哈赤谨告于皇天后土曰：

我之祖、父于大明禁边，寸土不扰，一草不折，秋毫无犯，彼无端启衅边陲，害我祖、父，恨一也。

明虽启衅，我尚修好，设碑立誓，盟曰："大明于满洲，皆勿越禁边，敢有越者，见之立杀。见而故纵，殃及纵者。"如此盟言，大明背之，逞兵越界，卫助叶赫，恨二也。

自清河之南，江岸之北，大明人每岁窃出边，入吾地侵夺，我遵誓行诛。明负前盟，责我擅杀，拘我广宁使臣纲古里、方吉纳，胁取十人，杀之边境，恨三也。

明越境以兵助叶赫，致使我已聘之女，改嫁蒙古，恨四也。

柴河、三岔、抚安三路，我累世分守。疆土之众，耕田艺谷，明不容收获，遣兵驱逐，恨五也。

边外叶赫，获罪于天，明乃偏听其言，特派使臣，遗书诟詈，肆行凌辱，恨六也。

昔哈达助叶赫侵我二次，我自报之，哈达遂为我有，此天与之也。大明又助哈达，逼令还其国。而哈达之人，数被叶赫掳掠，夫列国之相征伐，顺天心者胜而存，逆天意者败而亡，岂能死于兵者更生，得其人者更还，此理果有之乎？天降大国之君，宜为天下共主，何独构怨于我国也！初扈伦诸国，合兵侵我，我始兴兵，因合天意，天厌扈伦而佑我也。大明助天谴之叶赫，抗天意，倒是非，妄为剖断，恨七也。

凌辱至极，实难容忍，因此七大恨之故，是以征之！

这便是传诵一时的"七恨告天"反明檄文。且不说满篇都是强词夺理，颠倒是非，但可以从这里看出，老汗王对叶赫的痛恨，主要因为他没有得到东哥公主，转而怨恨明朝支持叶赫国。

且说老汗王努尔哈赤天坛誓师，告天"七大恨"檄文宣读完毕，将两万八旗兵分为两路，左翼四旗由大贝勒代善统率，攻东州、马根单二城。老汗王本人亲统右翼四旗，直取抚顺。

这抚顺守将，是明朝游击将军李永芳。自奉命驻防以来，境上倒也平安无事，长期没有得到努尔哈赤的消息，他也就高枕无忧，放松了注意力，认为建州夷人不敢轻易冒犯天朝。万历四十六年四月初八这天，正是他规定的历时半个月的马市交易的头一天，为了给入城交易的卖马买马的方便，他下了一道命令，开放边境，减少盘查，准许各地各部落女真、蒙古、朝鲜和汉人入市交易。抚顺城披红挂彩，燃放鞭炮，吹喇叭敲锣打鼓，庆贺马市开市。开市第一天之后，便移到城外自由买卖。有人向李永芳提议道："马市开这么多天，要谨防有奸细混入。边境也不能松懈，进城交易的人，对可疑的要仔细盘查。"李永芳不以为然。他有他的如意算盘。原来上年建州夷酋努尔哈赤还亲去北京朝贡，抚顺重开马市，制度放宽，对他们市易有利，他怎么会不赚钱而来捣乱呢！

第十一章　汗王破辽东

上回书讲到老汗王发布"七大恨"告天檄文，调兵奇袭抚顺，抚顺守将李永芳光顾忙着开市，松懈了守备。一日城门官来报告："近两天有几伙人，赶着马帮，马留在城外，人进城了。光看进城，不见出城，形迹有些可疑。"

李永芳说："恐怕是远道来的，进城住店这很正常，用不着大惊小怪，疑神疑鬼。"

守门官好像还有话要说，李永芳不耐烦地对他一挥手："马多一定是蒙古人，你们不要难为他们，下次该不来了。"

守门官见主将并不介意，也乐得多一事不如少一事，任其自由出入。

再说老汗王努尔哈赤本来想利用抚顺开市的机会，混进几个奸细，刺探一点情报，摸一摸明军守备的底细。可他也没料到，抚顺关的守备居然如此松弛，进出随便，无人盘查，他就向城里派人混进，一天比一天增多，进出都很顺利。老汗王心中暗喜，真是天助我也！他看到火候了，立即通知诸将按计划行动。

十四日这天，突然来了几个贩马的大汉，门军虽觉可疑，也不敢拦阻，更不敢去向李永芳报告。马市上喧闹了一天，不见有什么异常，晚上静了下来。刚到半夜，突然号炮连天，城里城外，一片沸腾。李永芳从梦中惊醒，忙问："怎么回事？"手下来报："建州夷人大兵围城，不知从什么地方钻出来的，云梯都架到城上了。"又有人来报："城里混进来不少奸细，打开了两道城门，夷人要入城了！"李永芳一惊，这三更半夜，无计可施。好容易盼到天亮，已是十五的早晨。一个被捉去又放回的明军士兵，给他带来一封信。李永芳急忙拆看，乃是大金国天命皇帝的劝降书，令他主动投降，永保富贵。否则大军入城，玉石俱焚，鸡犬不留。李永芳尚在犹豫，不想四贝勒红歹士的部队里应外合，斩关落锁，攻进城内，开门迎接老汗王大队人马进城，抚顺城很快陷落。

李永芳欲战不能，欲逃不可，只有率领文武官员，跪在城门口投降。

老汗王占领了抚顺，又有捷报传来，左翼兵已将东州、马根单二城攻下。努尔哈赤大喜，休兵三日，掠三城人口近三十万，收降民一千余户，奏凯班师。

抚顺失陷，李永芳投降，震动了朝野。明广宁总兵张承荫急率精兵一万，分三路来夺抚顺。

老汗王问李永芳道："这张承荫是个什么样的人物？"李永芳回答："智勇双全，是一员良将。"

"你能不能替我招降他？"

李永芳连连摇头："不行，他绝不能投降。"

"那怎么办，怎么能制服他？"

李永芳觉得，既然已经投降了人家，就得为人家效劳，寸功未立，也很难混下去，什么气节，什么廉耻，就顾不了那么多。他献计道："我看不如先发制人，设伏兵歼灭他。"

"好主意！若能成功，你就是头功一件。"

老汗王采纳了李永芳的话，增兵加强防守抚顺，自率大军，出关迎敌，并设伏兵于险要处。

再说广宁总兵张承荫，同左翼副将颇廷相，右翼参将蒲世方，率领大小将官一百五十余名，兵分三路直扑抚顺。因他夺城心切，误入老汗王的埋伏圈。张承荫不愧是一员良将，并不畏惧，率领官兵，激战了一天，金兵也没有占着便宜。凡事都是天意，谁知傍晚时候，刮起了一阵狂风，直吹明军，把旗帜刮去了不少。金兵占上风头，趁势冲击明军阵地。明军被风沙灰尘困扰睁不开眼，支持不住，只得撤退，且战且走。金兵围上来，前堵后截，明军处于劣势，阵脚大乱，伤亡惨重。张承荫见事已危急，命令左右两翼二将拼力冲杀突围。老汗王在高处看得明白，忙令放箭。张承荫躲闪不及，他同副将颇廷相和参将蒲世方都被乱箭射死。明军失去主帅，无人指挥，四散奔逃，结果一个也没逃出去。有几百人见无路可逃，放下兵器，跪地举手投降，这群杀红了眼的八旗兵，一顿砍杀，降兵也无一幸免，统统抛尸于抚顺城外。

这一仗，金兵大获全胜。老汗王努尔哈赤表彰李永芳投降后首立新功，提升他为副总兵官，统辖明朝投降来的汉人，后来编入了汉军八旗内。又念他家属都留在明朝，吉凶难保，孤身一人来降，特将第七子阿巴泰年仅十一岁的女儿嫁与李永芳为妻，李永芳老汉得少妻，当了大金国的额驸，成了天命皇帝的孙女婿，他感激涕零，从此忘掉故国，死心塌地地为异族效力卖命，充当遗臭万年的贰臣了。[①]

老汗王在抚顺城外大破明总兵张承荫不久，这天李永芳给他引荐来一位书生。一见面，这位书生便说："闻主上龙韬虎略，应天顺人，特来相投。"

老汗王努尔哈赤初见此人，状貌清奇，温文尔雅，先有几分好感。又听他谈吐不俗，更觉喜欢，便问："先生姓氏，里居何地？"

"姓范名文程，字宪斗，沈阳人氏。宋朝范文正公仲淹，乃是学生远祖。"

"晓得，晓得。他的《岳阳楼记》，还真是千古名篇呢！"

范文程一揖："过奖，不敢当。"

"先生见我，有何赐教？"

"尝闻：良禽择木而栖，良臣择主而事。仆虽不敏，隐居多年，今日方得明主，是以来投。"

老汗王笑道："你大明乃天朝大国，先生何不投之？"

范文程不亢不卑，正色道："创业之君，礼贤下士；亡国之君，嫉贤妒能。方今明朝大国，貌似强大，实乃外强中干，如朽木临风，摧折无日，今天降圣主，可取而代之，此气数也。"

老汗王逊谢道："我之出兵，旨在报怨，为民伐罪，非为争疆土也。"

"天与人归，因势利导，到时候自然水到渠成。大明二百多年，积弊日深；妇寺交恶，群小弄权，更兼腐败丛生，积众难返；君臣声色犬马，吸尽民脂民膏，如此朝纲败坏，不亡绝无天理。犹如病入膏肓之人，任何灵丹妙药也无能为力了。"

老汗王大喜道："照先生如此说来，我出兵是顺应天意了！"

"成汤放桀而有天下，武王伐纣以定乾坤，以有道代无道，天实佑之。七恨之文，通情达理，上合天心，下符民意。学生不揣浅陋，是以来投，得遇英主，愿效犬马之劳。"

老汗王十分高兴，连声叫好。即令他主持文馆，参与军机，自老汗王以下，不准呼名，一律称范先生。这范先生后来为大清国的事业，帮了很大的忙呢！死后获得了一个文肃公的谥号，名垂史册。清朝给他很

[①] 尽管李永芳成了皇亲，迭建功勋，为异族卖命效力，但还是被清朝修史时，列入《贰臣传》里。——整理者

高荣誉，因为他和那些降臣不同，他从来没在大明朝做过官。

抚顺即下，又大破张承荫的广宁军，并且收抚了李永芳、范文程一文一武两个人才，老汗王努尔哈赤特别高兴，认为这是四贝勒红歹士的功劳，重赏金银、牛录、女子、土地等。老汗王既要同明朝争天下，须要汉人帮助，所以对范文程、李永芳等分外器重，赏赐从优。

明朝丢失抚顺关，又知李永芳降敌，朝廷震怒，拘捕李永芳家小，按明律，族诛。

老汗王回到赫图阿拉以后，因为得了抚顺，大明边关已被打开，下一个目标就是辽阳和沈阳，只有夺取辽沈，辽东之地就全入大金的版图。他问范文程道："明朝疆域那么大，人口那么多，当用什么办法征服它？"范文程回答说："明朝虽然腐败黑暗，现在仍然号令天下，一时还难制服它。比如蚕吃桑叶，需要一口一口地吃，迟早会吃光它，征服大国应采取蚕吃桑叶的办法。"

老汗王一听，这同他自己主张的，征伐大国如斧子砍树，一斧一斧地砍，才能砍折的想法不谋而合。可是他性急，因为他老了，没有多少时间了。他无奈地望着范文程："先生所言，不是全无道理，可是，那要等得太久了，岁月不饶人啊！"

范文程明白他的意思，于是又说："那是常规的做法，不过还有另外一种可能。"

"请说说看，还有哪种可能？"

"静观其变。"范文程进一步解释道："大明已如日薄西山，奄奄一息，内乱外患，久必生变，我们以不变应万变，历史上这种突发事件是很多的。到时抓住机遇，天予人授，定会完成宏图大业，出现奇迹。"

"好。"老汗王高兴了，对着文臣武将说："那就如范先生所言，一边静观其变，一边蚕食它。"

五月，八旗兵攻下抚安、三岔、白家冲三个堡寨。七月，出兵清河。清河是辽东重镇，城建于清河依山带水的险要处，北通抚顺，南达辽阳，为辽、沈屏障。东北距赫图阿拉一百八十里，中间隔着一座要塞鸦鹘关。清河城就像一颗钉子，死死地钉住大金国的南大门。老汗王早就想拔掉这根钉子，明朝也在加固城墙，增兵防守，丝毫不敢松懈。抚顺陷落以后，明朝急调副将邹储贤，参将张沛统率一万人马增援清河。

老汗王点兵两万出鸦鹘关围住清河城。怎奈守城的明军施放火器，八旗兵死了上千名，攻城受挫。老汗王努尔哈赤急了，命令将士们，把死尸和伤兵摞在一起与城持平，让敢死队顶着盾牌和木板攀登，可是城上防守极严，不等接近城堞就被火箭射着，这个办法还不行，白搭了一些伤兵性命。最后一招就是挖墙，终于将东北角一段城墙挖倒，这才从豁口爬进去一些八旗兵，城内乱了阵脚，明兵上下不能相顾，参将张沛战死于城门边，副将邹储贤看大势已去，即令手下亲兵放火焚烧自己宅第和官署。这时老汗王叫过李永芳，令他去招降邹储贤。李永芳见清河兵如此壮烈，自觉汗颜。他明知邹储贤决不会投降，可他又不敢不去。他顺着叠尸爬到城上，望见了邹储贤正在指挥军士放火烧宅，他硬着头皮喊了一声："邹将军！"

邹储贤回头一望，认识，这不是抚顺游击将军李永芳嘛！

"你来干什么？"

"邹将军，千万别做傻事，大金国汗王英明仁慈，十分钦佩将军忠勇，让我劝将军归顺。"

"你是让我也跟你一样，不顾廉耻，不忠不孝，甘心做乱臣贼子吗？"

李永芳挨了骂，又羞愧又气愤。可他是奉令劝降，只得忍了这口气，说了一句："你不要执迷不悟，识时务者为俊杰。"

邹储贤冷笑一声："哼！你这种人天良丧尽，背叛君父，还敢说是俊杰。你给我滚开！"

只见邹储贤纵身一跳，跃进烈火中，与家人同归于尽。

清河守城兵战死约八千名，连被俘伤员和投降士卒都被杀光，副将陈大道和高炫侥幸逃脱。

清河失守，邹储贤全军尽殁，阖家自焚，辽东告急。

大明朝一连丢失了数个防御建夷的辽东重镇，辽沈危在旦夕，明神宗万历皇帝朱翊钧才有点着急。他召集群臣，商讨对策。

内阁中枢、九卿科道、文臣武将，大家聚在一起商量的结果，一致同意实行重兵围剿，一举荡平夷酋老巢，犁庭扫穴，根除后患。

那么，由谁来领兵挂帅呢？大家你一言，我一语，保举这个，推荐那个，议来议去，都觉得不合适，最后，由大学士方从哲保举一个人才。此人名叫杨镐，河南商丘人，曾任佥都御史，当过驻朝鲜经略。万历二十五年的时候，倭寇侵犯朝鲜，杨镐奉命增援，结果打了败仗，他虚报胜利，欺骗朝廷。后来通过行贿，调任辽东巡抚。他滥杀边民，被御史查出来，参奏革职。在家赋闲多年，今日被大学士方从哲推荐出来，说他曾任职辽东，熟悉辽事，李成梁①之后，再也没有比他更懂得辽东事情的人了。

神宗准了方从哲的奏请，立即起用杨镐，任命为辽东经略，挂衔为兵部左侍郎兼右佥都御史，赐尚方宝剑一口，将帅以下，有不听号令者，先斩后奏。另外，从山西、山东、河北、甘肃、江苏抽调马步军兵十几万人，又从朝鲜借兵一万，加上辽西、辽东驻军，总共二十万人，却虚张声势，号称四十七万。

杨镐来到辽东，已是万历四十六年的冬天。杨镐集合众将，开军事会议。调来辽东的将帅们，大多瞧不起杨镐，他从前那些劣迹尽人皆知，况且无能、无功，如何令人信服！杨镐也颇有自知之明，晓得自己没有威望，难以服众。怎么办？在军中有个惯例，将帅指挥千军万马，杀人才能立威。偏偏有两个倒霉鬼，不知深浅，还想巴结杨镐，捞点好处，得到重用。你道他们是谁？前边已经讲过，老汗王破抚顺后，又攻清河，清河守将邹储贤殉国，陈大道、高炫二人逃出，只身跑回辽阳。杨镐觉得立威的机会有了，出师这天，当众叫出二将，责其临阵脱逃之罪，请出尚方宝剑，将他俩斩首于辕门祭旗，以儆诸将。这一招果然奏效，诸将帅只有服从调遣，不敢再生异心，对杨镐只有唯命是从，齐心破敌了。

军事会议决定，进攻目标是金国的都城赫图阿拉，战略是分进合击，大军分为四路：

第一路，山海关总兵杜松率领一支人马，以保定总兵王宣为副，分巡兵备使张铨监军，由沈阳出抚顺关，从西面取赫图阿拉，叫作左翼西路军。

第二路，令开原总兵马林率领一支人马，兵备佥事潘宗颜监军，会合叶赫兵出三岔口，从北面进攻赫图阿拉，称作左翼北路军。

第三路，右翼南路军，由辽东总兵李如柏统率，兵备参议阎鸣泰监军，从清河出鸦鹘关，从南面攻取赫图阿拉。

第四路，右翼东路军，由辽阳总兵刘铤统率，海盖兵备副使康应乾监军，从宽甸出凉马甸，从东面攻击赫图阿拉。还有朝鲜兵一万三千人，都元帅姜弘立，副元帅金景瑞配合，以镇江都司乔一琦监朝鲜军，随刘铤进攻。

又令总兵宫秉忠，辽东都司张承基驻守辽阳，总兵李光荣驻扎广宁

---

① 李成梁：铁岭人，数任辽东总兵官，时已故世。

策应，以都司王绍勋总督粮草，供应各军。

调配已毕，统帅杨镐坐镇沈阳，指挥各路。杨镐认为，这回万无一失，剿灭建夷指日可待。他和四路将帅约定，万历四十七年二月底，各军会师于二道关。

谁知天不作美，偏偏在这紧要关头下起了鹅毛大雪，天寒路滑，军中很多南方士兵，不耐严寒，士气低落，行进困难。将士们奏请改变计划，延缓出兵。可是大学士方从哲等每天派快马持红旗到军前催促，众将帅只得艰难地坚持行军，行动自然要迟缓，速度自然要放慢，杨镐也不敢违令。

本来就不愿意打仗的辽东总兵李如柏，是已故辽东总兵官李成梁的二公子，他看天气有变，向杨镐建议：一边出兵虚张声势，一边派人去游说努尔哈赤，两家讲和，只要金兵退出抚顺、清河等城，从此各守疆界，每岁增加银两、布匹、贡市如常。老汗王努尔哈赤答复得更干脆：要讲和，可以，明朝让出辽阳、沈阳，以辽河为界，从此各守疆界，互不侵犯。

这个条件，他杨镐敢答应吗？

讲和不成，就得在战场上较量了。

第十二章 萨尔浒大战

　　上文书讲到李如柏向统帅杨镐建议，明兵虚张声势，借着大军压境的优势同老汗王讲和。老汗王的胃口更大，提出以辽河划界，明朝让出沈阳、辽阳，这自然讲不成。

　　辽东总兵李如柏何许人也？他怎么敢提出讲和主张？这李如柏是已故辽东总兵官宁远伯李成梁的次子。李成梁生四子，长子李如松，倒是一员良将，当年倭寇犯朝鲜，他率兵入朝抗击日本入侵者，立有功勋；次子李如柏、三子李如桢、四子李如樟，都是纨绔子弟，本没什么功劳，又无才能，不过仗着老子的余荫，也都当上了高级别的军官。李成梁在世时，在辽东一手遮天，树立党羽，选拔兄弟子侄，李家一门皆掌兵权，在辽东权势无二。李如柏因为没有打仗的经验，又无指挥才能，怕打起仗来不知所措，他敢于在剑拔弩张的时候提出讲和，是依仗他在辽东根子硬，统帅杨镐不得不仰仗于他。意外的是，老汗王努尔哈赤不肯让出抚顺，讲和没成。双方都在做战争的准备。一过年，老汗王就把原驻防在各地的八旗军集中起来，远在乌拉、宁古塔、绥芬等地的驻军，一律撤回，共集中了六万人马，就数量上，同明朝兵力相比，差距还是很大的。不过老汗王心里有底。他暗中同辽东总兵李如柏早有勾结，这次又暗中给他送去了金银，李如柏心领神会，行军自然不积极。可以说，南路军这一面就不用费事了。剩下还有三路，少说也有十五万人马，如何对付？

　　派出的探子不住回来报告军情。二月二十九的晚上，明军灯笼火把出了抚顺关。次日晨，南面东鄂路有明军进驻。三岔口、清河也发现了明军。老汗王努尔哈赤对众将说："敌人兵多，我们人少，凭他几路来，我只一路去。破其一路，别路不战自退。"

　　红歹士说："阿玛汗分析判断是对的。明兵几路同时出现，目的分散我注意力，我舍掉其他，专攻一路，定能获胜。那么，应该先攻哪路呢？"

大贝勒代善是老汗王的次子，他们兄弟从小就跟老子久历沙场，学到些打仗用兵的经验。他说道："李如柏是个没用的家伙，他这一路不用管，用二百人守住鸦鹘关就够了。北路和东路距离远，雪大路滑，一半时还来不到。只有抚顺这一路，先打杜松。"

老汗王大喜道："代善说的，正合我的心意，就这么办，先打抚顺这一路。"

八旗兵每旗七千五百人，一共是六万人。每旗有旗主，也叫额真，都由亲信大臣贝勒掌管。老汗王就率八旗六万将士，直奔萨尔浒山，迎抵抚顺方向的杜松兵马。

萨尔浒山在抚顺关以东，浑河上游与苏子河的交汇处，东距赫图阿拉一百里，西距抚顺七十里，是明朝和建州往返通行的必经之路。大金国一建立，即以此为门户，并在萨尔浒山东北的铁背山上修筑了一座石城，名界凡城。石城依险修筑，下面是断崖，名吉林崖。界凡城从天命三年开始建造，动员一万五千兵役民夫，历时一年，还没有全部竣工。

三月初一，老汗王的大军进入界凡山，同时，杜松的五万西路明军也赶到了。两军相遇，各自安营扎寨。

老汗王一看杜松这支人马，真是名不虚传，军容整肃，盔甲鲜明，旗幡招展，万马欢腾，知道碰上了强硬的对手。老汗王忙聚众将，商讨破敌之策。众将见明军势大，提议让开正面，从间道奇袭。独额宜都认为不可，他说利在速战，不能拖延时间，因为明军分路进攻，并不是这一路。他主张直接冲明军阵地，打硬仗。老汗王问："谁敢当先突阵？"一旁转过扬古利："末将愿打头一阵，如不能胜，甘愿领罚。"老汗王赞许地点点头说："只有你去，我才放心。明军势大，不可轻视，要格外小心。"

扬古利是一员虎将，自投奔努尔哈赤以后，冲锋陷阵，每战必胜，虽然如今年纪已大，勇猛不减当年，他不畏明军势大，自请为先锋，打头阵。

接着是兵力配备的问题。

大贝勒代善主张八旗两翼平均分配，一路击明军的先头部队，一路击明军的大营。还是老将额宜都经验丰富，况且他老年得少妻，被老汗王努尔哈赤赐给一个亲生女儿，由妹夫变成额驸①，他感激涕零，自然格外效力，真正做到了"知无不言，言无不尽"，豁出这把老骨头，也要为

① 额宜都年轻时，娶努尔哈赤族妹，称"妹夫"；老年又娶了努尔哈赤的女儿，改称"额驸"。

老汗王的江山鞠躬尽瘁、死而后已了。

当下额宜都坚持说："明军多，我兵少，明军分四路，我兵只有一路，宜集中兵力，重点攻明军大营，大营一破，明军不战自乱。"

老汗王点点头："有道理，快说说看，实力怎么个分配法？界凡城怎么办？"

额宜都说："攻大营需用六个旗的兵力，界凡城里有一万五千民夫，配备一个'甲喇'的兵力，足可以守住。"什么是"甲喇"？原来老汗王努尔哈赤编立八旗时，还是以从前的牛录为基础，每牛录三百人，设额真一人，称牛录额真，又做牛录章京。五牛录为一甲喇，每甲喇一千五百人，设甲喇额真一员。五甲喇为一固山，固山就是旗，每旗七千五百人，设固山额真，又称为旗主，多由亲信大臣和贝勒充任。后来，固山额真改为都统，甲喇额真改为参领，牛录额真改为佐领，八旗制的性质也改变了。

这是后话，不提。

当下老汗王努尔哈赤，就按照他这位终生好友，妹夫兼女婿的主张，调拨已毕，令扬古利率领两旗"死军"当先冲锋，自己率大队人马随后跟进，数万八旗兵直冲萨尔浒明军的大营。

且说大将扬古利率领正红旗、镶蓝旗两旗"死军"，当先冲阵，直扑明军大营而来。什么叫"死军"？原来老汗王凭着多年出兵打仗的经验，发明了一种以少胜多，克敌制胜的新战术：每当遇着劲敌，他便临时选派一两个旗做"死军"。被选中的"死军"，每名官兵配备两匹战马，骑一匹备用一匹。如果战马伤亡，人不死可换上另一匹马继续冲阵。如果败退回来，不分官兵一律斩首。士兵生还无望，只有奋力杀敌，这就叫作"死军"。就是有"死军"的拼命，八旗兵才每战必胜，以少胜多。"死军"打了胜仗，掠夺的财物也多，得的好处也多，故八旗将士愿意当"死军"。"死军"不固定，战时临阵依次序指派，轮流担任，而战马却是常备的。

单说扬古利率领正红、镶蓝两旗"死军"，呼声震天，万马奔腾，如排山倒海之势冲向明军大营。明军大营虽也挖起堑壕，竖起木栅，摆开战车，排列火器，放火箭、火铳、火炮，八旗兵也被打得人仰马翻，血肉横飞。还是"死军"占了优势，他们光冲不退。明军支持不住，老汗王大队人马赶到，一鼓作气攻破了明军的大营，主帅杜松却不在营中。

杜松在什么地方呢？

现在需要从头交代一下杜松的来历。

单说明军西路军统帅杜松，陕西榆林人，行伍出身，不仅武艺高强，并且臂力过人，他是从士兵一步步升至高级军官，凭的是作战立功。他没有根子，没有背景，全靠自己的努力，这在明军将领中也是不多的。

当年镇守陕西，陕西是个有名寇多的地方，杜松剿寇，成绩显著，身经百战，功勋卓著，匪寇终于肃清，军中呼为杜太保。这次调防山海关任总兵，奉令随杨镐来到辽东作为主力，率领河北、辽西各军四万五千人马，长驱直入，想立头功。他还记得，在辽阳的宴会上，辽东总兵李如柏半开玩笑半是认真地对他说："杜将军，这次剿灭建夷的头功我让给你，你到达赫图阿拉之后可要等我哟。"杜松没有听出来他这种畏缩不前又送空人情的腔调，还真的以为他甘愿让贤呢。

杜松争功心切，从沈阳一出来就耀武扬威，长驱直入，一心想走在诸将头前，第一个进入赫图阿拉。偏赶上天降大雪，行军异常艰苦。出了抚顺关，往前步步是山区，人马行动十分不便。满山峡谷白茫茫一片，分不清哪儿是路，哪儿是沟。杜松当先开路，冒雪前进。监军张铨建议道："这次出兵，声势浩大，可我心里没底。我兵再多，来自各地，没经过统一训练，恐怕指挥不灵。我们这一路，是全军精锐，所以只能胜，不能败。为了稳妥一些，应采取步步为营的办法，连续探听各路的消息，以免孤军深入。"杜松反驳道："兵贵神速，我不第一个攻入努酋老巢，难道让我跟在别人后头进去吗？"张铨又说道："正月间，天空出现一颗长星，光芒四射，经宿不灭。识天文者说那叫蚩尤星，当年被黄帝打败，死后怨气升天，伺机报复人世，它要出现，主刀兵水火之灾，是不祥之兆。我们出兵又下这么大的雪，岂不是老天示警？"

"我从来不信那些事。"

"谨慎小心为好。"

"你不要说了，扰乱军心……"

大军来到浑河岸，河冰没开，上面又覆盖一层厚厚的白雪。张铨又提议："河冰虽然没开，也不会结实，需要凿冰试探水深，或者架设浮桥。"杜松一摆头："那得什么时候！"他一马当先，第一个从冰上驰过去。部下看主帅领头过河，齐刷刷地随后跟进，争先过河。哪里知道，人马多压力大，河冰咔嚓一声坍塌。腿快的赶紧往岸上跑，腿慢地掉进河里。又打捞挣扎折腾了好大一阵，过完以后清点人数，少了一百来名。杜松感到懊丧。

这就叫出师不利。

大军进入萨尔浒山区，已是三月初一。雪住了，天晴了。前军报道："发现建州夷人大队人马。"

由于有了不祥的预兆，杜松也警惕起来，传令就地扎营。

杜松看了看这里的形势，周围群山环绕，一条川谷横贯东西，知道是个险地，即令王宣、张铨驻守大营，树栅挑壕，排列火炮，防敌来攻。自率兵三万，夺取界凡城。界凡城筑在铁背山上，陡峭难登，兵再多也派不上用场。

正在两军攻防相持，难分上下的时候，老汗王努尔哈赤率大队人马杀来，把杜松包围在吉林崖下。

前回书已经讲过，扬古利率正红、镶蓝两旗"死军"当先冲击明军大营，明军发火炮还击，扬古利大喊道："炮火只能打远，不能打近，我们冲到他大营里，火炮就没用了！"八旗"死军"随着扬古利，冒着密集的火器冲向明军阵地。虽然也被击毙若干名，但"死军"的优势锐不可当，虽有树栅为障，因地冻坚实，沟挑得不深，栅埋得也浅，挡不住八旗兵的攻势，跃过沟堑，推倒营栅，很快把大营攻破。

副帅、保定总兵王宣，见大营已破，率领河北军残部，夺路逃出，向山谷里退去，不想遇到伏兵，一阵乱箭射来，军士纷纷倒地。王宣好不容易冲出伏击圈，不想连人带马滑到山涧里，头触石壁，撞得颅骨粉碎，脑浆迸裂，死于涧内。

老汗王攻破了明军大营，立调四旗兵去援界凡城，围攻杜松，杜松见有无数金兵杀来，即令前队做后队，后队做前军，向大营撤退。大军还没有离开吉林崖即被包围。山上大呼："降者免死！"四周也呼喊："活捉杜松！"杜松素有"常胜将军"之称，他如何肯认输！丈八点钢枪一抖，坐马一催，闯入金兵阵里，几百亲兵紧随，保着主帅突围。好容易闯出去，走了不远，迎面来了一支金兵，为首一员青年将军乃是四贝勒红歹士。杜松不敢交锋，夺路而走。金兵一阵乱箭射来，亲兵纷纷倒地，杜松背后中了一箭，翻身落马，穿透心脏，倒地而死。西路军烟消云散。

这一仗，明军损失惨重，将士死伤无数，尸积遍野，血水成渠，死尸与军器冲入浑河，冰雪都被撞开了。老汗王一直追杀到看不见一个活人才收兵。

杜松战死，西路军被歼，萨尔浒战役第一个阶段也就基本结束。老汗王又得到情报，开原总兵马林率领北路军，已出三岔口。努尔哈赤传令不准休息，连夜赶往三岔口，挡住明军。头一仗就大获全胜，八旗兵士气高昂，信心百倍，对付马林就更不在话下了。

开原总兵马林，率领一万五千人马，出了三岔口不远，就得到萨尔浒明军大营被端，杜松战死的败报，不敢前进，令于尚间崖扎住大营。一面派人去沈阳向杨镐报告战况，一面差人去催叶赫援军，令他火速赶来。

三月初二，老汗王率大军攻来，分兵两路，令四贝勒红歹士攻斐芬山潘宗颜的大营；以大贝勒代善、三贝勒莽古尔泰攻马林的大营。八旗兵仗着刚打了胜仗的一股锐气，很快把明军大营攻破，监军潘宗颜被杀，马林逃回开原，总算保住了性命。战车、火炮全被摧毁，器械损失无法统计，明军伤亡数千人，血水染红了岩石，尸体填满了沟壑，北路军彻底崩溃。

叶赫贝勒金台石令长子德尔格勒台吉统东城兵三千，会合西城贝勒布扬古之弟布尔杭领兵两千，共五千人马赶到中固城，听得北路军已败，不敢前进，惊慌逃回去了。

八旗兵大破明军两路人马，军威大振。代善说道："南面清河方向发现明军，已经探明，是李如柏率领的。这个家伙是个饭桶，对付他，用不着费多大力气，我领二十个人去，就足以赶走他。"

老汗王说："不要打了两个胜仗就骄傲了，我听说南路军也有好几万人马呢！"

代善说："正因为打了胜仗，我才有办法对付他。二十人，就二十人，足够了，准能把他赶回辽阳去。他撤了，我们再全力对付刘铤，听说还有朝鲜兵相助，不可轻视。"

老汗王虽然同意代善去了，但是又不放心，即令四贝勒红歹士带领一支人马，随后去接应。

代善挑选了二十名年轻力壮的士兵，每人带一只海螺，随他出发，到达目的地，把他们分散在几个山头上，听代善吹海螺为号。

单说辽东总兵李如柏，慢慢出了清河城，来到鸦鹘关，已经得到杜松败死的消息，心里很是恐慌。又走了不远，猛听得海螺声音，四面山上都吹起了海螺。随着风吹雪花，树枝摇摆，仿佛有千军万马在里边埋伏。李如柏大惊道："中埋伏了，快撤！"于是部队向后转，不管后边有没有追兵，顺原路返回去。由于掉转方向很急，他没有将后队做前军，前军做后队，加上路窄拥挤，造成自相践踏，还伤了百十来人。他这一路总算损失最小，全师而退。

　　李如柏回见杨镐，谎称遇伏打仗伤了一些人，见敌兵势大，不敢深入，避免了全军覆没，保全了全军。他丝毫不提自己贪生怕死，未战先逃的事实。

　　四路大军完了三路，只剩下刘铤这一路右翼东路军了。

第十三章　刘大刀败死

　　上回讲到老汗王努尔哈赤在萨尔浒大破明兵，明军统帅杜松战死，西路军瓦解。东路军消息不灵，对这么重大的事件尚一无所知。

　　东路军统帅刘铤，会合朝鲜兵统领姜弘立元帅，出宽甸口向北进发。

　　刘铤本是一员虎将，有万夫不当之勇，使一口镔铁大刀，重一百二十斤，在马上旋转如飞，军中号称"刘大刀"。假若，刘铤如果有坚定的信心，按照预定的计划，三月初也足以能赶到赫图阿拉外围，即使不能攻下赫图阿拉，也能牵制八旗兵力，不至于使萨尔浒战役一败涂地。可是经略杨镐调度无方，杜松又贪功冒进，本来部署是分进合击，却转变成各自为战的单独行动。刘铤瞧不起杨镐，不愿受他节制，又赶上天下大雪，迟迟不愿出兵。后来朝廷三番两次派红旗催促，才勉强出关，来到辽东。杨镐处决了清河两员逃将陈大道和高炫，杀人立威，主要给他看的，他如何不明白！他表面上不敢抵触，可心里感到别扭，行动自然消极。从宽甸到赫图阿拉，几百里全是山路，山岭连绵、白雪皑皑，他一再强调地势险恶，道路不熟。山路崎岖，沟深路窄，加上雪大路滑，行军速度特别慢，五天的工夫，行了三百里左右。这天来到一座山冈，叫作阿布达里冈，位置在赫图阿拉东南五六十里处，前军来报，前面有敌兵，挡住去路。刘铤传令：抢占高冈。不料迟了一步，山冈已被八旗兵占据。刘铤抬头望望冈上，临风飘扬着龙凤旗幡，銮驾仪仗，一派天子气象。他想，这不是建州夷酋努尔哈赤吗？今日也成气候了！刘铤当即大刀一摆，跃马上前，来冲金兵阵势。

　　这支军队正是老汗王的八旗兵。努尔哈赤击破北路军，吓退南路军，合代善、阿敏、莽古尔泰、红歹士四大贝勒，以及额宜都、扬古利众大臣全军赶来抵挡刘铤，两军相遇于阿布达里冈。

　　老汗王努尔哈赤素闻刘大刀之名，不敢轻敌，他聚诸贝勒、众将商议道："久闻刘铤是一员勇将，部队又训练有素，绝非马林、李如柏可比，看来这个仗还是硬仗哩。"代善说:"阿玛汗尽管放心,刘铤虽勇,可是他孤军深入,三路已败,他还在梦里,我有办法对付他。"

代善说出了他的办法,老汗王认为可行。你道什么好办法?原来在那个时代,交通不便,信息不灵,刘铤深入好几百里,三路军败,他还不知道呢。代善就是抓住这一点,假扮明军,接近刘铤,打他个措手不及。

老汗王努尔哈赤采纳了代善的办法,于是兵分两翼,令红歹士率一军攻右翼,莽古尔泰攻左翼;令阿敏、扈尔汉领一军伏于路旁山谷里,预防明军向赫图阿拉进攻。又令额宜都、扬古利领一军绕山而行,阻断朝鲜援军,不令他们靠近。代善领一军换上明军衣甲旗帜,自去行动。

明军统帅刘铤,发现八旗兵分两路来攻,命令施放火炮、火箭,双方对射一阵,互有死伤。明军坚如磐石,毫不动摇。刘铤战场经验丰富,见八旗兵占据有利地形,自己又不熟悉这里的环境,故坚守营盘不动,并令军士探听各路进展情况。

忽然来了一个军士,穿着明军衣甲,拿着杜松的令箭,催他快去会战,说西路军已经进到赫图阿拉外围了。刘铤一见杜松用令箭传他,很不服气,怒问道:"同为大帅,你杜总兵有什么资格拿令箭传我?分明是看不起我嘛!"军士答道:"事情紧急,攻下敌人都城要紧。"刘铤还是没有消气,又问:"既然紧急,为什么不传炮?"军士不慌不忙地答道:"这里到赫图阿拉五六十里,三里一炮,没有骑马来得快。再说啦,边外偏僻,烽堠不便,更容易误事。"

刘铤还在沉吟。

军士又说:"我回去让杜帅传炮就是了,请刘帅速行,杜帅有人接应。"

传令兵走后,刘铤反复考虑了半天,虽然心生疑惑,他还是下令:"拔营!"

天已渐黑。刘铤领兵长驱直入,也不见有八旗兵拦阻。忽然,远处传来号炮声,刘铤大喜道:"杜帅果不失信!"他怕杜松自己夺了头功,催军加快进度,准备与西路军会师于苏子河岸。

正走之间,一通鼓响,前边一支军队,高擎灯笼火把,照得山谷通明,火光中看得真切,明军衣号,大旗上晃动着一个杜字。刘铤喜出望外,一马当先,高叫:"杜总兵何在?"

一员中年将军,金盔铁甲,马到近前,问道:"你就是刘大刀吗?"刘铤刚应了一声"是",来将趁他不防,手起一刀砍在面门上。刘铤眼前一阵鏊花，翻身落马。这支身穿明军衣甲的骑兵，冲入刘铤队伍中，一阵乱杀乱砍，刘军措手不及，阵势大乱，也顾不了他们的主帅，四散奔逃。因是晚间，山谷幽黑，如千军万马四面包抄之势，明军不知虚实，哪里敢抵抗，前军立溃。刘铤受伤倒在血泊中，无人救护，挣扎良久而死。

刘铤骑兵溃散，监军康应乾统步兵在后，前后相距为二十里。他们正行军间，溃败的前军纷纷跑回报告，前面遇伏，刘总兵已死。康应乾大惊，急令停止前进，派人通知朝鲜兵速来会合。

这个时候，四贝勒红歹士会合额宜都、扬古利等共四旗人马赶到，围攻明军步兵。康应乾就地扎营，层层布防，还是枪炮火器在前。霎时间，火炮轰鸣，一团团火蛇飞向八旗兵阵里，硝烟弥漫山谷，红歹士等不敢前进。

说来也是天意，偏偏这时候刮起了东北风，火炮的硝烟吹向西南，倒流回明军阵地。硝烟弥漫，一片昏黑，明军睁不开眼睛，呛得直咳嗽。额宜都看准是个机会，大叫道："天赐其便，都跟我来，杀呀！"一马当先冲入明军阵里，众官兵随后紧跟，明军阵地大乱。明军不辨敌我，无法抵抗，纷纷逃窜。康应乾见大势已去，仰天叹道："天灭我大明也！"他也趁着混乱之机，摸黑爬山逃走了。

镇江都司乔一琦，奉命为朝鲜兵的监军，率领一支队伍，跟在康应乾的后边。他得令催动朝鲜军加快速度，向前军靠拢。还没搭着前军的影子，马步两军皆溃的消息就传来了，他见无路可走，只得逃入朝鲜兵营里。

东路军只剩下朝鲜军一万多人，都元帅姜弘立和副元帅金景瑞一商量，明军已败，回国的退路已被切断，唯一的出路只有投降。朝鲜军一仗没打，和平解决。

老汗王听得朝鲜军投降，十分高兴，把他们召到赫图阿拉，宾礼相待，一年后放他们回国。

至此，萨尔浒战役全部结束。历时五天，战斗三次，明军死伤四万五千八百余人，将士三百多名，老汗王又创造了一个以少胜多的奇迹。

此后传下老汗王以六万八旗兵大破明军四十七万，这不实，但二十万还是有的。

大金国都城欢庆胜利，打开牢门大赦囚犯，阵亡将士，从优抚恤，人们都感老汗王之德，颂他为亘古少有的圣君。就在这个时候，有人提出，哈达、乌拉、辉发降人出力不少，阵亡也多，应该放归他们王族，自去复国，每岁给大金国进贡就是了。规定，可以立国，不可以养兵，还是按照八旗制管理。这样，复国的贝勒王子们感恩戴德，不致生乱，长治久安。

努尔哈赤听了这种论调，忽然警惕起来，这是谁倡议的？他回顾一下，扈伦四部先后灭亡，四部王族势力还很庞大，哈达贝勒武尔古岱已经复国一次，结果支撑不下去还得携图籍来投；辉发二贝勒苏巴太，已经立下誓言：永不回辉发。现在的乌拉，还剩下一个洪匡，如果再让洪匡当乌拉国贝勒，那不是前功尽弃吗？老汗王努尔哈赤，别的事还好商量，就是这个事情，让扈伦四部复国这件事情，一点儿门儿也没有。有人替洪匡请求过，同时也有人提议，如果不答应洪匡的请求，他心里不平衡，难保不生事端。以防万一，仍恢复乌拉城三旗佐领驻防制度，便于对洪匡监视。老汗王还是不允，他要集中八旗兵力，挺进辽西，同大明朝争天下。应该说，老汗王努尔哈赤心高志大，放眼江山社稷，根本没把洪匡的事放在眼里。他总认为有个孙女放在乌拉宫中，洪匡有什么行动也瞒不过她，早把情况传递过来了。

老汗王努尔哈赤暂时顾及不到洪匡的事情还有个重要原因，那就是他家里有烦心事儿。原来，老汗王努尔哈赤一辈子娶了大小福晋三十来个，原配夫人姓佟，是辽东一个大户之女，给他生了两男一女。两男即长子褚英、次子代善，一女东果，十二岁时被老汗王嫁给栋鄂部长何和里，这何和里只比老汗王小两岁，原来早已娶妻生子。老汗王看何和里武艺好，是个人才，硬逼着何和里休了前妻娶了他的女儿。他一共有十六个儿子，褚英、代善之外，依次是阿拜、汤古代、莽古尔泰、塔拜、阿巴泰、红歹士、巴布泰、德格雷、巴布海、阿济格、赖木布、多尔衮、多铎、费扬果。这十几个儿子之中，第八子红歹士的母亲叶赫纳喇氏，是叶赫国的公主，其父是贝勒，后来红歹士接老汗王宝座，当了皇帝，就改叫皇太极了。皇太极绝对不是原来的名字，是后改的，也是当上皇帝以后改的。第十二子阿济格、十四子多尔衮、十五子多铎的母亲是乌拉贝勒满泰之女，布占泰的亲侄女、洪匡的叔伯姐姐，也是公主。老汗王已经六十多岁，去日无多，这皇帝宝座就成了诸子的争夺目标。你想想，谁不想当皇帝？老汗王自然也就安排后世了。可是他这些儿子，拉帮结伙、树党造势，谁也不肯退让，这就要出现互相攻击，彼此陷害的事情。老汗王本来已经立长子褚英为太子，将来继承皇位。因他是长子，又功勋卓著，名正言顺，没人敢不服。就是在他们兄弟之间争夺帝位的阴谋活动中，老汗王多疑，信了谗言，无缘无故地把太子褚英逮捕拘禁高墙内。这事是不是与达启有关，前文书交代过，没法证实。褚英无辜被囚，当然不服，怨气冲天，他也猜到是谁诬陷他，他发过誓，说等他出去后，将来接了父皇之位，把那些诬陷他的小人通通杀掉。不想在囚室里说的话，却传扬出去。他没有出去杀掉那些诬陷他的人，自己反被他父皇砍头了。

老汗王努尔哈赤听信谗言误杀褚英，不久就反悔了。可是人头落地，悔之晚矣！依次，他选择了次子，同样立有卓越功勋的代善。

代善的太子也是不好当。代善打仗是勇敢，头脑却简单，使心眼、耍阴谋他一门儿不如一门儿。他的太子宝座尚没坐稳，就已经招致老汗王的疑忌。

有这么几件事儿让老汗王对代善不满。他们打下抚顺之后，为了夺取辽沈方便，老汗王决定迁都，先迁界藩城，又觉得界藩城小，再迁萨尔浒城。搬迁之前，对各贝勒的住宅修建标准都做了规定。建完之后，发现代善的府修建得最宽敞漂亮，他大儿子岳托的宅第也比其他人标准高。老汗王要用他的皇宫跟代善调换，代善不同意，嫌皇宫窄小，没换成。你们想想，老汗王既是皇帝又是阿玛，和儿子兼臣子换住宅都不行，他还对代善能有好感吗？代善原来有个称号叫贵盈哥，意思是最尊贵的阿哥，从此老汗王不让再叫，只称代善其名。

萨尔浒大战胜利以后，代善以二十人用疑兵之计吓退李如柏的南路军，接着马不停蹄深入宽甸地面迎击刘铤的东路军。打败刘铤军之后，包围了朝鲜军。朝鲜姜弘立元帅投降，同代善约定，朝鲜兵放弃抵抗，金国保证全军撤回本国，不准伤一兵一卒。老汗王努尔哈赤不满意了，他本来对朝鲜有成见，准备伺机报复，这次朝鲜又帮助明朝，让他全军返回，岂不是太便宜了他？不行！

过不几天，不知怎么谋划的，有人报告说朝鲜兵军纪败坏，在驻地奸淫烧杀。老汗王也不调查是真是假，下令屠杀朝鲜兵三千人，剩下一万人让姜弘立元帅带走返回朝鲜国。代善觉得失信于人，当初是他同朝鲜兵双方谈妥的投降条件，保证一个不杀，现在杀了人家三千人，太过分了！人家已经投降，断无杀降之理。他去质问老汗王："同朝鲜已有盟约，保证不杀一人，安全撤回，为啥说话不算数？"

老汗王不满地说："那是你同他们订的盟约，不是我同他们订的，我没说过什么话，有啥算数不算数的！"

代善一听，那气可就大了，他立时理直气壮地驳斥道："儿臣是以阿玛汗的名义同他们订约的，你叫儿臣失信于天下，以后还怎么做人！"

"你以我的名义，可事先你并没取得我的同意，我想，订盟就订盟吧，我也不深究了，可是，"说到这里，老汗王恨声不绝，"他们军纪败坏，强奸妇女，抢夺财物，烧毁民房……"

代善也来气了，接过说："阿玛汗道听途说，有什么凭据？"

"有人向我禀报，这就是凭据。"

代善看他阿玛汗不讲理，知道事已促成，再争执也没用，于是愤愤地走出去。

"哼！"老汗王看代善走出去，自言自语地叨咕："不教训教训他，他也不知我的厉害！"

还有一件事，也是促使老汗王努尔哈赤对代善更加不满的一件事。那还是萨尔浒大战之前，老汗王还没有撤回驻扎在乌拉城的三旗佐领，这三旗佐领驻在乌拉，主要是监视乌拉地面乌拉国的王族们，也包括洪匡。所以洪匡虽为布特哈贝勒却没有一点自由。代善认为，布占泰已死，乌拉已亡，洪匡已经招为额驸，好歹也是一门皇亲，对他不要太过分了，要使他感恩戴德，同大金国一条心。如果把他逼急了，引起他的仇恨心理，难保将来不出事故。因此，他极力劝说老汗王撤回驻在乌拉的三旗人马。正赶上老汗王要对明朝用兵，人马不足，也是为了集中兵力，老汗王努尔哈赤就稀里糊涂地听了代善的话，调回三旗乌拉驻防军，各归本旗。萨尔浒大战以后，沙家兄弟来投，述说洪匡在暗中招兵买马，又扣留两匹宝马，本来性情多疑的老汗王产生了怀疑，后悔当初听了代善的话撤回三旗，现在更没有理由再派回去，心里就对代善产生了不满。

代善的太子地位朝不保夕。因为代善作战勇敢，武艺高强，为创建大金国立下了汗马功劳，位高权重，手中还掌握两旗人马，可不能像对付褚英那么容易。

老汗王踌躇多日，废代善太子名号又不敢废，帝位交给他又不放心，怎么办？他终于想出一个好办法，他确立四大贝勒、四小贝勒。他退居幕后，让四大贝勒轮流执政，有重大事情由四大贝勒和四小贝勒共同决定，叫作八王议政。这样一来，代善独掌朝政的权力自然被剥夺了。既没废他，又不让他独掌，代善是有苦难言。

后来，代善开悟了，他开始看轻了名利和权位，父子互相猜忌、兄弟钩心斗角，实在是太没意思了，所以，他不再争做帝位继承人，能保住眼前的利益也就满足了。他一想到大哥褚英的结局，三叔舒尔哈齐的下场，这都是争权夺利的结果。

最初，四大贝勒轮流坐庄的顺序是：大贝勒代善、二贝勒阿敏、三贝勒莽古尔泰、四贝勒红歹士。阿敏不是老汗王的儿子，他是舒尔哈齐的儿子，为什么能当上二贝勒呢？第一，他打仗勇敢，战功卓著；第二，在他阿玛舒尔哈齐同老汗王闹翻脸的时候，他没向着阿玛而是向着伯父，这就让老汗王对他有好感，特提拔他当上了二贝勒，也用他来教训自己儿子，谁对他忠心耿耿，谁就有可能继承帝位，不一定是自己儿子。实际这就是老汗王的高明处，用这种办法来控制权力，你当他真能把帝位传给别人吗？

第十四章　熊廷弼守辽

书接前文。

上回书说到老汗王努尔哈赤大破明兵于萨尔浒，辽东震动，文官武将看到关外形势严峻，朝不保夕，他们随着难民，纷纷涌向关里。开原、铁岭、沈阳等大城镇，更加人心惶惶，不少官员连职位也不要了，领着家眷，大车拉着搜刮来的财物，逃进山海关内。

老汗王得胜以后，犒赏有功将士，特别是额宜都，他不仅出力，又出谋，当推首功。老汗王心里明白，他把女儿嫁给他没有白嫁，他确实感恩图报，格外卖力。可他哪里知道，正是由于萨尔浒战役额宜都劳力又劳心，心力交瘁，患了重病，不久身亡。这是后话。

到了六月，老汗王决定要打开原、铁岭。打下开原、铁岭，再打叶赫，明军想来援助，也过不来了。

开原总兵马林，自尚间崖逃回开原，总算保住了性命。不久听得各路军皆败的消息，大骂杨镐是个无能的庸才，朝廷重用这样人，怎么能不败！从此闭门不出，不问军国大事。就连部下游击将军陈维翰私运家财逃跑进关，他也不过问。部下向他反映，揭发陈维翰敛财，贪污大量财物，又私自逃离，马林抱着多一事不如少一事的态度，假装什么也不知道。

八旗兵临开原，已在他的意料之中，这是迟早的事。可是真的来了，他反倒镇定起来。

马林知道，开原城既没修缮加固，兵力也单薄，城防空虚。他手下有一员勇将，名叫于化龙，与八旗兵较量了两次，众寡不敌，退回城里，坚守不出。马林派出两路使者，乞求救兵。一路去沈阳报警，请辽东总兵出援；一路前往叶赫国，求金台石出兵帮助。

明廷由于杨镐丧师，互相埋怨，彼此攻讦，闹得不可开交，对于开原危急，马林求援，置之不理。叶赫倒是顾念前盟，金台石贝勒仍令长子德尔格勒台吉率五千叶赫兵援救开原。可是已经迟了，副将于化龙拒战阵亡，八旗兵攻陷开原，总兵马林巷战死节，开原城已被八旗兵丁毁了。叶赫兵刚出威远堡，就得到开原城陷的消息，未敢前进，全师退回去了。

老汗王努尔哈赤攻陷开原不久，接着攻破铁岭，进犯沈阳，给明朝造成很大的威胁，引起明朝上下一片恐慌。

朝廷那些御史们，都把辽东战败，开原、铁岭丢失的责任推到杨镐身上，说他丧师辱国，罪无可赦。神宗皇帝准奏，将杨镐撤职查办，锁拿入京，下狱治罪。可是杨镐一案拖了十年之久，于崇祯二年才处决。

追查辽东失利诸将，杨镐之外，另一个就是辽东总兵李如柏，三路军皆损失惨重，将帅非死即伤，独有他这一路全师而归，撤得出奇，不能不令人怀疑。他弟弟李如桢的妻子，本是努尔哈赤的侄女，朝野怀疑他们兄弟有通敌的嫌疑。神宗万历皇帝看在他父亲李成梁的面子上，只下旨撤职候查，不予深究。怎奈舆论大哗，廷臣不服，要求严惩。铁岭失陷，追究到他弟弟李如桢头上，因为他是铁岭总兵，未战先逃，致使游击将军哈成名等多人战死，确实该一律坐罪。

这里附带说一句，李如桢是老汗王努尔哈赤的侄女婿，当年李成梁在世的时候，努尔哈赤为了讨好这位镇守辽东的总兵官，将三弟舒尔哈齐之女嫁给李成梁的三儿子李如桢，他们结为亲戚。有了这层关系，李成梁的军队围剿女真人，灭王杲、阿台父子，打击叶赫和哈达，从来不对努尔哈赤用兵，才使老汗王在辽东坐大，攻灭各部，建国称汗。李成梁死后，朝廷命李如柏为辽东总兵，以李如桢为铁岭总兵。这时在辽东地区，京城内外，流传出一套民谣："努酋女婿做镇守，不知辽东归谁有。"民谣传入朝中，廷臣们引以为据大做文章，参奏李家父子兄弟与建州夷人勾结。神宗皇帝顾及舆论民情，传旨查办李如柏，对于李如桢，也就给予免职，不再追究了。这李如柏的发迹是靠着他父亲的关系，当上了辽东总兵官，本人贪财好色，一点本事也没有。知道朝廷怪罪，难逃一劫，来一个畏罪自杀，算是自己了断，不致抛尸刑场。

萨尔浒战败，辽东的残局如何收拾？需要有一个能人来挽回局面。朝中的大臣经过磋商筛选，保举一个人物——熊廷弼。

熊廷弼，字飞白，湖北江夏人，为人耿直，有胆识，熟悉辽东边事。本来早该重用他经营辽东，也不致局面弄得越来越糟，就是因为此人不会结交权贵，更远离那些在皇帝耳边常吹邪风的太监们，所以备受冷落。

在明朝，如果哪个官员得罪了太监，那他的前途也就完了。明朝历代皇帝专听太监的话，太监能当皇帝的家，文武百官无不与之结好，故太监的权威震惊朝野。你想，像熊廷弼这样的人，怎么能吃香！另外还有一个原因，自嘉靖后期以来，辽东的大权落在了李成梁父子手里，他们外捞钱财，内结太监，辽东军政成了他李家的天下，别人很难涉足。这次辽东破碎，杨镐丧师，李家兄弟受到指责，朝中实在无人可派，这才想起熊廷弼，让他出面收拾这个乱摊子，任他为兵部右侍郎兼都察院右佥都御史衔授辽东经略，代替杨镐，镇守辽阳。

可现在的辽东却不是从前的辽东，女真势力扩大，要地尽皆失守，山河破碎，民生凋敝。熊廷弼到辽东观察一下，觉得形势极为严峻，不用说收复失地，就连保持现状都困难重重，没有个十年二十年的休养生息，很难改观。他又怕神宗皇帝耳软多疑，又宠信宦官，廷臣不懂边事，鼓动皇帝主战，皇帝朝令夕改，搞得自己处处被动，战不能战，守不能守，那不仅一事无成，更要坏事，将来把责任推到自己身上，难免成为杨镐第二。他回到北京，向神宗皇帝陈述了辽东形势，面奏道："辽东元气已伤，只能守，不能再战，待恢复几年，形势好转，才能谈到战。就怕廷臣好大喜功，不管实际，催臣决战，那恐怕重蹈杨镐覆辙，危及辽西。"神宗说："杨镐之败，朕已思过。今将重任委卿，一切唯卿调度，你就放心地去筹划吧。"

不过，熊廷弼心里还是没底，他在临行之前，又亲自面呈一奏折，提出自己的主张：

臣闻：辽左乃京师肩背，河东为辽镇腹心，开原又河东根本。今开原已破，则北关难保。朝鲜亦不可恃，辽河抑何可守？乞速遣将，备刍粮，修器械，忽窘臣用，勿延臣期；勿中隔以阻臣气，勿旁挠以掣臣肘；勿独遣臣以艰危，以致误臣误辽兼误国也。

神宗皇帝觉得他提的很有道理，当时来了决心，批准奏请，并赐尚方宝剑一口，令其先斩后奏，便宜行事。

这回，熊廷弼才有了底，他很想振作一番，收拾辽东这个破烂摊子。

熊廷弼还记得，他是万历四十七年八月初来到辽阳。从北京到辽东的一路上，沿途看见很多逃难的百姓，也有临阵脱逃的文臣武将，散兵游勇。熊廷弼安抚了一些民众，也捉了几个逃跑的军官。

这次出京重返辽东，难民倒是少了，还没到达辽阳，警报传来，北关叶赫部已被努尔哈赤灭亡，城池被毁，部民全部被掳，叶赫国两个王子全被杀害。熊廷弼叹息道："北关之陷，已在我预料中，但没想到会来得这么快，辽东兵将难道就不能主动出援？"

有人反映："军饷不足，军无战心。"

熊廷弼怒道："朝廷追征辽饷，全都用在辽东军事，怎么会军费不足？"

"朝廷倒是没少给钱，"这人咳了一声说："可都进了个人腰包。"

熊廷弼愈加愤怒："谁这么大胆！"

"根子硬，惹不起。大人访察访察就知道了。"

熊廷弼到达辽阳的第二天，在辕门外立了一个"言事箱"，号召军民揭发原来辽东文武官员的罪恶，追究抚顺、清河、开原、铁岭失陷的责任。经过半个多月的工夫，收到军民揭发，控告信件数百份，确也反映出来一些问题，查证的结果，大部分都属实。

这天熊廷弼召集辽东所有将帅，集合驻防官兵，他自作一篇祭文，亲祭辽东阵亡的将帅和军民。祭文写得非常沉痛，读到伤心处，痛哭流涕，官兵无不感慨涕零。公祭完了，熊廷弼沉下脸来，对官兵说道："前方将士，流血牺牲，为国捐躯，命丧沙场。还有的官兵连饷银都领不到，饭也吃不饱，这样的兵能打胜仗吗？可是有的人却大发横财，克扣士兵粮饷，贪污军费，你们说，这种人可杀不可杀？该死不该死？"

场上一片高呼："可杀！该死！"

"既然这样，我给大家请出一个人来，你们认识认识。"熊廷弼向人群里一招手，高声道："请辽东兵备道陈大人出来说话！"

兵备道陈仓，一向贪污军费，用钱巴结宫里的宦官。萨尔浒战役前，他扣发军费，拖延军需，吞了不少昧心钱，致使兵无战心，士气低落，这也是萨尔浒战败的另一个原因。辽东将士纷纷议论，甚至告到京里，都被陈仓用钱收买的那些宦官、大臣们压下。熊廷弼早已访查好了这件事，久有惩治他之心。陈仓虽然做贼心虚，但念到他京里有后台，根子硬，谁也拿他没办法。今日听见经略大人叫他，他稍露惊愕之色，很快便镇定下来，慢慢挪动脚步，向上一揖："卑职在。"

熊廷弼盯了他好一会儿，全体官兵也感到肃然，睁大眼睛看着他们。陈仓心里也有点发毛，知道今日要有麻烦，但他仗着后台硬，谅你熊廷弼也不敢把我怎样，他沉不住气了，反问一句："经略大人有何吩咐？"

"不敢。"熊廷弼是个疾恶如仇的人，忽然眼露凶光："我想向你借一样东西。"

陈仓一愣："是钱是物，大人尽管吩咐。"

"都不需要。"熊廷弼说："我想借你的人头，以慰阵亡将士英灵。"

陈仓大惊失色："卑职无罪！"

"你的罪天下无人不晓，不服你就自己看看吧。"

熊廷弼把一摞数十封揭发、控告陈仓的信，向他面前一摔。

陈仓傻眼了，知道大祸临头，他不甘心，极力辩白："那都是诬告，你要访察。"

"我访察过了，完全属实。拿出其中一条，你就够掉脑袋了。"

陈仓为了保命，只得亮出底牌："京中有人参与，我认罪，你把我送京里去吧。"

"这个我知道，你就是背靠朝里宫里的大树，才敢胆大妄为，断送了多少将士的生命，你也该偿还他们了。"说罢，又叫出开原、铁岭三名逃将刘遇节、王捷、王文鼎等，请出尚方宝剑，一声命令："把贪污军饷犯陈仓及临阵脱逃犯三人，推出去，就地正法！"

处治了四名官员之后，开始布防，调来军兵十八万，分守各地，做长期固守的准备。

老汗王努尔哈赤见熊廷弼光守不战，防守严密，无空子可钻，也就不敢轻易冒犯。这时，他才腾出手来，着手整顿内政，完善宫闱制度，要成为一代名实相符的王朝。

大金国八旗制度的确立，被征服来的女真人都编入旗内，从此失去了人身自由。八旗人平时生产，战时打仗，如有逃走，从严从重处罚，还订立个"逃人法"，那些投靠老汗王来的各部头领们，现在后悔也晚了。说明白一点，八旗人在大清国二百多年的时间里，子子孙孙都在给爱新觉罗皇族当奴才，过着吃皇粮的日子。

前回书提过，就有一个没有编入八旗，保留特殊身份，这个人就是乌拉部的洪匡。老汗王自撤回驻防乌拉的三旗佐领后，他仍不放心，时常派遣细作①挑着货担沿街叫卖，以货郎身份当掩护，刺探乌拉情况，了解洪匡的一举一动。

洪匡自从老汗王努尔哈赤调走三旗驻防军兵后，心里合计：真是天意，阿布卡恩都力的保佑，该我纳喇氏有出头露面那一天了。他不再像以前那样前怕狼，后怕虎，这回乌拉城是我的天下了。

---

① 间谍：又作奸细，即情报人员。

他的堂叔孟铿不住提醒他，汗王兵虽然撤走，可是打了胜仗，大明朝损兵折将。说不定哪一天，老汗王重新派来八旗兵，对咱们还是个威胁。所以，一定要谨慎小心，免得被人抓住把柄。洪匡则不以为然，认为趁汗王兵没来之机，正好招兵买马，扩充实力，准备起事。

洪匡做复国的准备，还要背着他的福晋——大金国的公主，老汗王努尔哈赤的孙女。公主出嫁，随嫁带来男女各十名，一有风吹草动，他们都会向老汗王告密，弄不好就要大祸临头，洪匡当然要防着他们。

经过一番筹划，纳喇氏宗族，先后聚集了几百人，又暗中招募了几百士兵，由吴乞发负责操练，又恢复了从前在城外设的铁匠炉、弓箭作坊，现在古城南门外弓通就是当年打造弓箭的场所。

乌拉纳喇氏是个大家族，自从始祖纳齐布禄扈伦立国，历经二百余年，已历十世之久，子孙繁盛，宗枝不下百，族人已过千，绝大多数人对乌拉的灭亡都不服气，不认输。自然，就有不少人愿意跟洪匡起事，重整旗鼓，恢复祖业。洪匡得到族人支持，心中欢喜，只待时机了。

洪匡有了族人的支持，心中多少有些宽慰。于是，他就谋划着复国大业，企图使乌拉国死灰复燃。

消息一传出，不用说那些乌拉国的王族受到鼓舞，就连原属于乌拉国的各部落城寨头人也纷纷来投，一时间乌拉城热闹非凡，紫禁城豪杰云集，只差没有更换旗帜了。洪匡是来者不拒，不分亲疏、不论贵贱、一律收留，他忘记了汗王姥爷努尔哈赤派来细作多起，无时无刻地都在监视他的一举一动。

第十五章　沙摩吉献马

　　洪匡一共有七个哥哥，前文已经表过。另外，他还有六个姐妹，一名叫萨哈连，原许给叶赫国东城贝勒金台石的三儿子沙浑台吉，本来定于乌拉国癸丑五十二年即明万历四十一年，正月十五送到叶赫成亲，不料未等送出，老汗王大军已到，乌拉国灭亡。萨哈连随穆库什公主去了建州，被老汗王努尔哈赤赐予大孙子杜度为妻（褚英长子，生于万历二十四年，卒于崇德七年，终年四十八岁）。沙浑台吉却在叶赫灭国时被老汗王捉住绑到旗杆上乱箭射死。原因是沙浑箭法好，射杀过攻城的金国大将，老汗王为部下报仇。实际不是那么回事，和布占泰之女定亲才是主要原因。洪匡小妹只有一岁，穆库什公主所生，被带回赫图阿拉，随母改姓，长大后因婚事上出现波折，未得善终。其他几个姐妹嫁到外地，有的嫁到蒙古，没人知道她们的结局。

　　洪匡几个哥哥，大哥达尔汉随父上战场，富尔哈兵败他逃往东海，后来率领兄弟们投奔金国，受到红歹士的重用。布占泰的子孙，凡逃出的都是在努尔哈赤死后归附。二哥达拉穆台吉城陷自杀，是他亲眼所见。三哥阿拉木、四哥巴颜、五哥勃延图均避难乡下。六哥茂莫根招为额驸，去了建州，不久派回乌拉，为"上三旗"的正白旗佐领，管理原乌拉纳喇氏王族。七哥嘎图浑是随老汗王去建州的第一个乌拉王子，也最早成为老汗王部下，当了巴牙喇参领世袭佐领。

　　洪匡虽当贝勒，却无实权，而且还孤立无援。自阿玛布占泰故世，叶赫灭国，老汗王一统天下，他更是显得孤苦伶仃，无依无靠，千头万绪，一时又不知从何做起。好在汗王姥爷撤走了三旗人马，他如释重负，才感到有了喘息的机会，他要实现自己的计划。

　　孟铿等叔辈倒是经常进宫提醒他，不要灰心，干大事要有韧性，乌拉国不能就这么完了，等时机成熟，说不定还有东山再起那一天。

　　他们派出人到辉发、哈达、叶赫、东海、科尔沁等地联络，寻找扈伦四部王室家族，以便结为外援。结果不容乐观，扈伦四部中除了乌拉城完好无损，其他如辉发、哈达、叶赫已是断壁颓垣，人烟绝迹，王族不是迁走就是被杀，有的几百里见不到一个人，看不见一座房，大片土地荒芜，成了无人区。所幸者东海诸部至今不肯降服金国，他们还在坚持乌拉国的称号，布占泰的死并没有动摇他们的信念，多次驱逐并扣留老汗王的招降使者，又击退金兵数次进犯，这无疑使洪匡受到了鼓舞，坚定他反金复国的信心。

这一天清晨早起，堂叔孟铿急急走进紫禁城，绕过白花点将台来到洪匡的宫门外，先见了侍卫头领吴乞发，让他进宫去报一个重要消息，说是蒙古科尔沁王爷莽古思推荐两个能人，带来两匹宝马，投奔乌拉效力。吴乞发可不比从前了，他不仅武艺高强，力大无穷，还多长了几个心眼，有智谋。

吴乞发见孟铿一大早就进了紫禁城，忙迎了上来，深深打了一个千儿[1]，赔笑道："三爷，一大早就进宫，有什么好消息了？"

"是不是好消息可不一定，你领我去见洪匡再说。"

洪匡的宫禁原来是很松的，不管是什么人，认识不认识，只要来见他，可以随便出入，门卫并不阻拦。家族亲属更是格外宽松，想来就来，想走就走，从前乌拉国那一套宫禁制度统统废除了。再说乌拉国已灭亡，乌拉国土地成了大金国的领土，昔日王室不复存在，紫禁城只不过是洪匡一家的栖身之所。规矩礼法自然简化。只是有一年春夏之交，洪匡在族人的保护下，去了一趟蒙古科尔沁部。科尔沁三部贝勒原来都是乌拉国的盟友，后来右贝勒明安嫁女与老汗王努尔哈赤，乌拉国同蒙古的关系出现裂变，但是另外两部贝勒莽古思和翁阿岱一直亲近布占泰，直到乌拉国灭，布占泰死，他们仍然抵制大金国老汗王的招抚，洪匡也就通过科尔沁两贝勒从蒙古买到数百匹好马。乌拉国要起死回生，必须有外援，科尔沁就是可借用的力量。洪匡自叶赫灭国，阿玛病故之后的几年间，对外开展广泛的联系，他去过东海，得知东海三国[2]不忘乌拉的帮助，至今不肯投降金国，加上西有蒙古两部为依托，令洪匡对复国大业增强了信心。

就在大金国天命皇帝进兵辽沈的时候，洪匡又一次去了一趟蒙古，

---

① 打千儿：满族人的礼节，就是前腿一曲，后腿一蹬，一手垂直下伸，就是"打千儿"。女人打千儿是双手掐腰儿，两腿微蹲，轻轻一点即止。

② 东海三国：即瓦尔喀部、库尔喀部、窝集部，时称东海三大部或东海三国。

他见到了莽古思和翁阿岱两个贝勒，双方商量了帮助洪匡复国的事。在他从科尔沁返回的当天晚上，发生了一件意想不到的事，居然有人混进紫禁城里，行刺洪匡。刺客杀错人了，他用冷箭射了洪匡的"顶马"①，而洪匡受了惊吓，从此提高了警惕，加强了防卫，用吴乞发做侍卫首领，任何人进紫禁城都得通报，这个侍卫领班就是吴乞发。

吴乞发知道孟铿同洪匡的关系非同一般，遂赔笑道："三爷愿意来就来，乐意进就进，还用通报吗？"

孟铿被吴乞发领到洪匡宅院，宅院不大，在紫禁城的西北隅，因为紫禁城只南开一门，进门来需走一段路，绕过几个宫院，穿过荷花池上的石拱桥，才到达洪匡贝勒的住所。自洪匡同金国公主成婚之后，孟铿根本就没有来过这里，有事都在点将台上的议事厅里商量，如果不是事情紧迫，他也不会一大早就深入内宫。

洪匡知孟铿可能有什么大事，赶紧把他迎入正厅。孟铿刚落座，洪匡就开言了："额其克，起早进宫，有什么情况吗？"

"这倒不是。"孟铿说："昨儿个，科尔沁王爷莽古思打发两个西域人来见我，还带来两匹马，说是投奔乌拉效力来了，他们说是亲哥俩儿，非要见你。"

"见我？是两个什么人物？"

"我不了解内情，你看着办，见不见，你自己拿主意。不见的话，打发他们走算了。"洪匡一听，他们是从蒙古来，又带了两匹马，哪有不见的道理！他告诉堂叔孟铿，让二人带着马匹，在点将台下会见。

孟铿特别关照，这二人来历不明，多少要有点防备。洪匡说："你老不必担心，到时我叫吴乞发在场，不会出差错的。"孟铿放心了，他回去通知二人同洪匡见面。

单说来的两个人，本是一对亲兄弟，哥哥叫沙摩吉，兄弟叫沙摩耳。二人生在西域，以贩马为业，经常往来于天山、吐鲁番、乌梁海、科尔沁、鞑靼等地，结识了不少部落酋长和氏族首领，但二人性情奸诈，唯利是图，人们只跟他们交易，却不欢迎他们，所以多年来，他们四处飘荡，并无站脚之处。早年，兄弟二人随蒙古车臣汗来过乌拉，车臣汗势力衰败，退入波斯边境，兄弟二人脱离了车臣汗东返，仍操旧业，贩马为生。近年来得了两匹宝马，他们从西域辗转万里，越过多少高山、大

---

① 顶马：行在前边的护卫（侍卫）叫"顶马"，职责是起到探路的作用，清代作为一种专职。

川，穿过多少草原、沙漠，经过若干部落，这一日来到科尔沁部，二人本想把宝马献给科尔沁王爷翁阿岱。翁阿岱贝勒在蒙古是出名的骑手，什么样的烈马到了他的手里都会服服帖帖，可是在这两匹马前他却丢了面子，他刚一挨身就被马一头撞倒，再也不敢试了。翁阿岱贝勒降服不了两匹马，沙家兄弟当然也就无法在蒙古存身，乐意不乐意也得离开。

兄弟二人虽然有两匹宝马，他们却不敢骑，因为马不让人挨身，他二人只能骑着另外两匹马，两匹宝马只能链着。他们信马由缰向东行走，流浪中听到乌拉城洪匡贝勒招兵买马的消息，因为他们在从前随着车臣汗的蒙古大军来过乌拉地方，时光已过去接近二十年了，那时他们还年轻，现在已是四十多岁的人了，由于相貌丑陋，五官不正，又加上漂流不定，至今没有成家，他们也很想找个栖身之地安下身来，不然这一生就白混了。可是他们始终也没有如愿以偿，所经过的部落没有人肯收留他们。

这一天他们来到乌拉，牵马进城，来到紫禁城的门外，城门关着，戒备森严，吴乞发查一切行人，陌生面孔一律挡在门外。二人无奈，多方打听，才找到孟铿的宅院，表明有两匹宝马要献给洪匡贝勒，请求帮助通融。孟铿这才一大早叩开紫禁城门，向洪匡说明一切。

书要简单，单说洪匡接见了二人，看了两匹马，知是宝马龙驹，两匹马一样颜色，浑身青色，没有一根杂毛，从头到尾足有八尺长，高下约有六尺。真是蹄上生毛、肚下长鳞，世间很难见到的西域大宛马。

看到如此宝马良驹，洪匡动心了，但他还不知道这马的脾气秉性，他试探试探，看看它的反映。走到近前，轻轻拍了一下马的脑门，这马眨吧几下眼睛，动也没动。识马性的都知道这个常识，马若是见了陌生人，警惕性是很高的。如果它有敌意，即会歪脖子或甩头。它要是不动，即说明它对你友好，俗话说的"不眼生"。接着，洪匡又用双手按了按马背，这马就像见了主人，嘶叫两声，仍然是一动不动，表现出十分驯服的样子。

"我再试试那一匹。"洪匡又对另一匹如法炮制一番，也收到了同样效果，洪匡心中高兴劲儿那就甭提了。

这时候，沙家兄弟说话了：

"贝勒爷，这两匹马出自波斯，长在西域，小口①不大，刚到四岁，

① 口：马的年龄叫口，因为判定宝马的年龄需要把手指伸到马嘴里摸马牙。口能反映出马的年龄，小口就是岁数不大。

到现在还没有遇上识货的！"

"那好。"洪匡说："我试一试它的脚力。"

哥哥沙摩吉说："贝勒爷，我牵这个叫大铁青，那匹叫二铁青，两匹马一个毛病，就是不让人骑，我们哥俩儿一路牵着来的，得由着它的性子。"

洪匡笑问道："它俩哪个最厉害？"

"当然也是大铁青了，二铁青也是不让人上身的。"

"有这么厉害吗？"洪匡从沙摩吉手中接过缰绳，马还没有备鞍子，洪匡就飞身跨了上去。沙摩吉的担心是不用说了，旁边的人也为他捏一把汗。孟铿说了声"小心"，再一看，洪匡已经出了城，在大道上飞跑起来。

洪匡出得城来，沿着环城大道遛了几圈，果然不同凡响。沙家兄弟原以为洪匡会被摔下，没有想到洪匡与两匹宝马结下了不解之缘。沙家兄弟只有将两匹宝马贡献。洪匡得了两匹宝马，心中十分高兴，立即派人精心饲养。

洪匡虽然看中了两匹宝马，却没有看中沙家兄弟。他们其貌丑陋凶恶，一副奸险刁钻相，再加上来历不明，对他们根本信不过。还有语言上似懂非懂，交流困难，实难找到合适的职位。于是重赏了二人，并没派遣什么差使。

时间一长，这哥俩儿闲得无聊，是事没有，再加上生活的不习惯，感到十分厌倦，后悔不该投奔乌拉。时间长了，二人实在清苦难耐，便产生脱离乌拉另投他处之心。他们密谋的结果是盗马逃走。

洪匡自得了两匹良马后，如获至宝，除了派人精心饲养，而且加强了防范，除了洪匡本人和几个饲养人员，任何人也接近不了马厩。就连献马的沙家兄弟想见一见宝马，都比登天还难，可见洪匡重视这两匹宝马到了什么程度。二人想要盗走宝马，谈何容易！

沙家兄弟无计可施，不免露出怨言，很快就在城里城外传开。事情被吴乞发知道了，他急忙来见洪匡，向他报告听到的一些沙家兄弟的情况，他们不该来乌拉，要是投奔辽阳老汗王，高官厚禄早已到手，最低也能当个"牛录额真"。

洪匡问："沙家兄弟献马求官，可这乌拉城里实在没适合他们的位子，你看这事该怎么办？"

吴乞发说："咱们的事都是秘密进行，不能让外人了解内情，二人长久留在这里也不是办法，现在真是手捧刺猬，扔不了，放不下。"

洪匡笑道："要放下也容易，他们不是要去辽阳吗，我成全他们。"

"不妥！"吴乞发说："二人在乌拉待了这么久，对咱们的事情不会不得到一点消息，万一他到辽阳见了老汗王说了咱们的坏话，那可是后患无穷。"

洪匡陷入沉思，一时拿不定主意。吴乞发果断地提议："干大事要有决心，依我看，这兄弟俩也是不良之辈，一对小人，留下必有后患，不如干脆杀掉。"

洪匡摇了摇头："献马来投，杀之不义，让我仔细想想。"

想了一些日子，洪匡终于想好了。一天，他把沙家兄弟叫到紫禁城，对他们说："你们在乌拉住了这么久，可是乌拉国弱民穷，地方狭小，二位在这难以施展抱负，我想把你们推荐给辽阳我姥爷，他在辽阳登基坐殿，衙署也多，定能有二位合适的位子，不知二位是否乐意？"

对于宝马的事，洪匡只字不提，兄弟二人也不敢问，洪匡只吩咐二人收拾行装，过几天叫他们去辽阳。

吴乞发听到这个消息，又急到紫禁城去见洪匡，探问打发沙家兄弟去辽阳，可有此事？洪匡的回答是肯定的。吴乞发说："请贝勒爷收回成命，这事万万使不得。"

"我已经决定了，不能更改，岂可失信于人！"

"那两匹马呢？"

"马当然留下，好不容易碰上这样宝贝，我能撒手吗？"

"奴才斗胆说一句心里话，主子能否听得进？"

"什么主子奴才的，我与你患难之交，你在我面前没有不能说的话。"

"那就好。"吴乞发认真地建议道："依我的意思，做人情就要做到底，连宝马一块还给他们，让兄弟二人去辽阳献给老汗王。"

"这话怎么讲？"洪匡不满地问道："百年难遇的宝马良驹，千金都买不到，我能轻易地撒手吗？"

吴乞发说："贝勒爷你想，二人凭着宝马到处投奔，为的是功名利禄，现在宝马没了，他们空手去辽阳，老汗王能看重他们吗？他们到辽阳，难保不搬弄是非，会误咱们大事的。"

洪匡不听。过几天叫来沙家兄弟，交给他们一封荐书，并嘱咐："汗王姥爷看了我的信，一定会重用二位。也请二位到了辽阳以后，代我向汗王姥爷问候。"

　　洪匡不听吴乞发的劝告，收下两匹宝马，打发走兄弟二人，自以为这么做没什么不妥，宝马也得了，人情也做了，两全其美。

　　宗族们听说洪匡放走沙家兄弟去辽阳，觉得事情严重。他那几个堂叔也找上门来，都说不妥，洪匡始有悔意。有心将沙家兄弟追回来，可是来不及了，他们已经踏上了通往辽阳之路。

第十六章　汗王收二沙

　　压下洪匡因一时失算放走沙家兄弟，闹得乌拉紫禁城里沸沸扬扬暂且不表，回头再说一说老汗王努尔哈赤。

　　自从萨尔浒打了个大胜仗以来，陷开原、破铁岭、灭叶赫，几乎夺了全辽东。万历四十八年，明神宗皇帝去世，光宗即位，改元泰昌，只当了一个月的皇帝，龙墩还没有坐热乎就病死了。熹宗即位改元天启。这个皇帝一登基，大明朝就更无可挽救了。熹宗皇帝朱由校，是一个既昏庸又残暴的君主，他信任一个奇坏无比的太监魏忠贤，打击陷害忠臣良将，引用奸佞小人，朝中把持在这样一帮坏蛋手里，能好吗？朝纲败坏，腐败丛生。上下串通一气，搜刮民脂民膏，本来就腐败透顶的大明王朝，腐败更胜十倍，暗无天日，民怨沸腾，各地反抗，此伏彼起。百姓走死逃亡，宫廷笙歌悦耳。有冤无处诉，衙役如虎狼，一切都是末日景象。官场上下反而粉饰太平，熹宗靠的是宦官执政、太监弄权，到处吹捧魏忠贤，给他立专祠，塑生像，公然称为"九千岁"。人们看出来大明江山气数已尽，什么人也没有回天之力。山东河北的百姓纷纷跑向辽东，投入到大金国的怀抱，很多人干脆加入"汉军八旗"。

　　大金国的力量壮大，大明朝的势力减弱，这对老汗王努尔哈赤大为有利，他也就趁着明朝走向衰败的大好时机，向明朝发动进攻，可以说每战必胜，明兵一碰就垮，辽河以东的土地都被夺去，沈阳、辽阳这些辽东重镇如今都属于大金国的城池了。

　　天启二年，大金国天命七年，老汗王努尔哈赤迁都辽阳称东京，两年后又迁都沈阳称盛京，开始建造金銮宝殿，要跟大明朝北京皇宫一比高低。这时，老汗王努尔哈赤才真正像个一朝人王帝主真龙天子的模样。

　　沙家兄弟到了辽阳，拿出洪匡的推荐信，见到了老汗王努尔哈赤。见二人相貌丑陋凶恶，老汗王先有几分不高兴。本想把二人赶出去，可是有洪匡的书信举荐，信上说二人才干不凡，乌拉城小，无法安置，特推荐去投奔汗王姥爷请酌情量才录用。

老汗王看了书信，沉吟不语，他想着心事。自从乌拉撤走三旗驻防佐领以后，洪匡的一举一动便没人随时通报消息。乌拉已经亡国，布占泰已死，他不再担心还会有人跟他作对。可洪匡毕竟是布占泰的儿子，他能不能老老实实当他的"布特哈贝勒"，他有没有复国报仇的打算，这都不得而知。嫁给他一个孙女，用以监视，她要是和洪匡一心，也是靠不住啊！现在兄弟二人从乌拉来投，说不定以后还能派上用场，他决定收留二人。老汗王问道："你们哥俩儿在乌拉待了多少天？那里的情况你们了解吗？"

兄弟二人就告起洪匡的状来了："汗王陛下，我们从西域来，本意投奔汗王陛下。我们久慕汗王陛下英名，特从西域人手里买得两匹宝马，本想献给汗王爷。可是……可是……"

老汗王见二人说话吞吞吐吐，又兼异地口音还有点听不清楚，他不耐烦了："可是什么？你们说是宝马，都宝在什么地方？我大金国有的是宝马，你们的宝马有什么特别之处，我倒要见识见识。"

"陛下，我那两匹宝马，登山如平地，涉水赛行舟，日行一千五百里，骑上如腾云驾雾……"

老汗王努尔哈赤特别喜欢马，更爱好马。听说有这样好马，如何不动心，不等他说完，就急切地问："好哇！快说，宝马在哪里？"

老大沙摩吉一看，是时候了，该到说话的时候了，他叩了一个头说道："陛下不是问我们在乌拉待了多少天吗？我们为了这两匹马才在那待了八九个月，因为驸马爷洪匡看中了我那两匹马，留下了，说什么也不给，我们等了那么久，白等了。"老汗王一听，斥责二人道："你们的东西他为什么留下不给，你没说是送给我的吗？"

"说了，我们说是送给汗王陛下的礼物，那驸马洪匡说，我留下有大用，汗王姥爷有的是好马，我给你们带封信去，汗王姥爷准能收留你们。所以，我们空手来见陛下。"

老汗王努尔哈赤听得心头痒痒，暗恨洪匡，君子不夺人之爱，这洪匡也太不懂事理了。

沙家兄弟把马献给洪匡的事，却牙儿口风不露，瞒过了老汗王。

"你们先下去歇歇腿儿，过几天看有什么合适的差使，我叫大臣们派给你们。"

二人叩头拜谢，自去。

二人走后，老汗王努尔哈赤一直在想沙家兄弟说过的话，洪匡留下马说有大用，这是何意？再说，洪匡的书信并没有提到马的事，光凭他们兄弟口说，是真是假无法证实，万一他们空手来投，编造理由，又该如何解释，还是慎重点好。

老汗王努尔哈赤近日忙于军国大事，对沙家兄弟的事渐渐忘却了。自占领全辽东之后，同明朝划辽河为界，他并不以此为满足，他要在有生之年占领全辽，同大明朝以长城为边墙，实现大金朝女真国。

这时明朝也感到事态严重，才想起全力保辽西。熊廷弼任辽东经略时，实行养兵屯田，只守不攻，两方处于相持阶段。孙承宗出任辽东经略时，筑城增兵，做反攻的准备。老汗王努尔哈赤根本就没放在心上，他也暂时放弃攻击明朝，而用兵蒙古、东海、黑龙江，扩大金国的版图。这期间，明朝在辽西筑了一座宁远城，像钉子一样钉在通往山海关的咽喉要道上。老汗王得知，气得五雷嚎风，发誓非要拔掉这根钉子，扫清山海关外的一切障碍。这几年间，跟着老汗王打江山那些开国功臣，如今是病死的病死，老死的老死，他身边几乎没有可依靠的人了。他那五大臣，好友、妹夫兼女婿额宜都，大女儿女婿何和里、义子扈尔汉、孙女婿费英东，多年好友安费扬古等人，几年之间全死光了，老汗王努尔哈赤真的成了孤家寡人，他不由地慨叹道："都先我而去，老天就不能留下一个人给我送终！"

不说老汗王努尔哈赤痛悼这些佐命功臣一个接一个地离去，再说沙摩吉、沙摩耳二兄弟，在辽阳住了几个月，不见有任何动静，他们知道，人家根本就没有看起咱们，再等下去看来也不会有什么结果，兄弟二人合计一下，要离开这里投奔他乡。走，不能就这么走了，须向汗王爷辞行，得到允许才能离开。有人说啦，腿脚长在自己身上，走就走呗，什么允许不允许。这可不行，在女真社会，人都是依附关系，人们没有个人自由，只要是这个社会里的成员，一切行动都必须得到主人的允许，不经允许私自出走谓之逃人，逃人被抓回来，处置是十分严厉的，重则杀头。

单说沙家兄弟二人找到老汗王向他辞行，说明他们出来日久，什么事业也没干成，要返回西域。老汗王正在用人之际，他们又是从乌拉来的，而且还有两匹宝马，这一切都没弄清楚，怎么能放他们走呢！

"这些日子，国中出了点事，没来得及安排你们。我已经吩咐下去，先将你们编旗，再分给职务，你们既然来投奔我，就不要走了，我对远道来投者，从不亏待。"

沙家兄弟听了此言，意外地惊喜，汗王陛下终于开了金口，收留我们了。他们忙跪地咕咚咕咚地磕起响头来："感谢汗王陛下恩典，感谢皇上隆恩……"

"都起来吧。"老汗王努尔哈赤见他们站起，便说道："记得你们来到那天，好像有什么话要对我说，隔了这么些日，你们是不是还记得？"

兄弟俩听了，故作迟疑，欲言又止。老汗王心里更疑："说吧，只要不是编造谎言糊弄我，说什么我都爱听。"

"奴才明白。"

即使如此，沙家兄弟二人还是有所顾忌，洪匡毕竟是老汗王的孙女婿，是亲三分向，何况又是亲上加亲，他们一个外乡人，无依无靠，两眼摸黑，弄不好就得搭上脑袋，这样，他们就得分外谨慎小心。沙摩吉老奸巨猾，有保留地回禀道："汗王陛下，我兄弟二人在乌拉城待了半年光景，是看到听到了一些情况，自来到辽阳后，本想全部告诉陛下，以报陛下厚恩，谁知经过几个月的好酒好菜供养，对过去有的事情记得不是那么清楚了，容奴才们想想，想好了再禀告陛下。"

老汗王是何等人，如何听不出来沙家兄弟的牢骚话，不就是想让我收留你们，封个官儿，给个职位吗？那好，我就满足你们，也好叫你们死心踏地地为我效力。想到这里，老汗王努尔哈赤说道："这些日子事情太多，没顾得上你兄弟二人的事儿，现在我封你们为牛录额真，你们就安心留在这里，以后立功再升迁。"

沙摩吉、沙摩耳兄弟二人，见老汗王真心收留他们，又封了官儿，愿望达到了。感激涕零，那个高兴劲儿就甭说了。

二人叩了几个响头谢恩之后说："皇上，奴才一定效力，上刀山下火海，我们也不畏缩。"他们不叫汗王陛下，改称皇上了。

"起来吧。"老汗王说："那就好，只要你们忠心，一定会提拔重用。你们从现在起，就是旗人了，旗人里有很多汉人、朝鲜人、蒙古人，知道吗？"

"奴才知道。"

"下去吧。"老汗王吩咐："给他们安排好住所，按牛录额真待遇，有事随时通报。"

二人被领出去，安置新的住处，并且还有两名下人侍候。

老汗王努尔哈赤安顿了沙家兄弟二人，心想，这两个人其貌不扬，心术不正，奸诈异常，暂时先把他们稳住，说不定以后会派上用场。

　　大金国的事业蒸蒸日上，老汗王的江山版图辽阔。扈伦四国，建州五部，先后荡平，蒙古朝鲜，结盟修好，势力已经深入辽西，同大明朝争夺山海关外、长城以北的广大地盘。老汗王努尔哈赤有心事，他所不放心的就是他的孙女婿，也是他的外孙洪匡。他毕竟是布占泰的儿子，纳喇氏的传人。现在独处北方，千里之外，消息又不灵通，他要干什么，没人能管得了。虽然派去细作、眼线，他们什么也不知道，反回来的信息，没有一样有价值的。其实，老汗王对洪匡的期望也不是太高。他如果能像哈达贝勒孟格布禄的儿子武尔古岱（《八旗通谱》做吴尔瑚达），叶赫贝勒金台石的儿子德尔格勒那样，抛去国恨家仇，效忠大金，以大局为重，那该有多好啊！老汗王努尔哈赤不会忘记往事，他带兵击灭哈达、叶赫两国时，两国的国王孟格布禄贝勒和金台石贝勒都死在他的手里，而他们的儿子却得到了照顾和重用，武尔古岱还招为驸马，当了总兵官。灭亡乌拉国，布占泰并没有被害，而他始终不归附，直到病死叶赫，也没有一点悔悟的表示。这洪匡倒有点像他阿玛布占泰的性格，不甘居于人下，未来会是什么样子，还很难说。从那天沙家兄弟说话吞吞吐吐来看，他们肯定有话要说又有顾虑，想说又不敢说。又过了两天，老汗王找来沙家兄弟，直接问道："你们在乌拉住了那么长的时间，也该知道一些情况，你们没听到一点什么动静吗？没看到一点可疑的情况吗？你们只管说。"

　　"奴才不敢多嘴。"

　　老汗王越加着急，催促道："说吧，你们有啥说啥。说对了，有功，说错了，无过。"

　　沙家兄弟壮壮胆说："驸马爷在乌拉招兵买马，好像要造反的样子。"

　　老汗王乍一听也惊异不已，他想听这话又怕听这话，因为洪匡的身份特殊。于是又问："是吗？你们都看到什么了？"

　　兄弟二人回答说："我们看到洪匡贝勒招兵买马，训练士卒，修城挖壕，行动诡秘，我们想，这不是准备造反是什么。"

　　老汗王努尔哈赤沉吟不语，陷入沉思。沙家兄弟知道汗王爷同洪匡的特殊关系，他不能轻易相信谁的话。事情到此，没有后路了。他们也只有破釜沉舟，达到对洪匡的报复心理，使他进一步相信，硬着头皮说："皇上，请想想，洪匡贝勒不是要造反，他留下我两匹宝马干什么？他为什么不肯撒手，还说有大用。"

老汗王努尔哈赤说道："今儿个的话，到此为止，以后不要再提起，亦不准对任何人说，听明白没有？"

"明白。"

"你们已入旗籍，我叫他们给你们安排个'拜他喇布勒合番'的官职，先留在我身边，以后自有用着你兄弟二人的时候，只要出力，就会有升迁的机会，好好干吧。"

二人谢恩，叩头退出，从此当上一个名义上的官，他们也心满意足了，总算没有白来。

"拜他喇布勒合番"是个什么官？就是佐领，还叫"牛录章京"。八旗制，每牛录管三百人，分世管佐领和公中佐领两类。世管佐领管辖本族户丁人口，牛录章京一职由氏族中挑选，大多是各氏族部落归顺来的领头人物，有的还是部族酋长，家族穆昆达；公中佐领是几个氏族组合一起，或零散的女真各户编在一个牛录，从中挑选一位有威望的领头人当佐领，这个人就是公中佐领。公中佐领可以调换，不能世袭；世管佐领是子孙相继的世袭制。沙家兄弟既不能当世管佐领，又不能选任公中佐领，他们只得个虚名，一个人也管不着，他们不懂得金国的制度，这样他们也感觉满足了。

后来，老汗王努尔哈赤发兵打洪匡，沙家兄弟出了不少力，这是后话。

回头再说洪匡贝勒，自打发走沙家兄弟，想到吴乞发和家族长辈们的话，亦颇有悔意。放走二人本来就是欠考虑，自己一些作为若是被二人探得点风声，到那儿再编笆结枣①搬弄是非，恐怕要有一场乱子。

半年过去了，一切安然如旧，就像什么事也没有发生一样，洪匡也放松了警惕，继续操练士卒，招募人马，寻找时机。他们操练士卒的方法特别，为不使走漏风声遭人怀疑，每次都是以行围狩猎为名，离开城郭，在山里进行，除了内部亲信之外，没人知道他们在干什么。吴乞发武艺高强，他就是这两千多人队伍的总教师，替洪匡办了不少事，成为他的左膀右臂。吴乞发知恩图报，对天发誓，一定帮助主人完成复兴大业，大业未成，终身不娶，故到现在也不成家，独居紫禁城里，警卫宫廷，保护洪匡一家。

光阴如流水一般地逝去，洪匡自十八岁大婚以来，转眼已快十年了。

---

① 编笆结枣：方言土语，意思是无中生有的瞎编造，或把事务颠倒嫁接，改变了原来性质。

这十年来，几个兄长也都有了音信，宗族近支远支也有多人取得联系，已有二三百人参与他的复国计划，紫禁城内外又恢复了昔日繁荣。洪匡的身份是"布特哈贝勒"。为这"布特哈"一词，几年以来，洪匡不知费了多少心思，这"布特哈"的称号要不拿掉，他办起事来就是名不正言不顺，言不顺则事不成，因为这"布特哈贝勒"没有号召力，除了亲族，别人都不会服从。正是有了"布特哈贝勒"这一称号，洪匡的事业受到限制，他始终发展不起来。

放弃它！没那么容易。

也有人向老汗王提建议，要求取消"布特哈"称谓，这样对洪匡伤害太大，会使他产生反感。他已是额驸，皇亲，不能对他太过分了。对这些话，老汗王努尔哈赤一句也听不进。他曾对臣下说："让洪匡当布特哈贝勒，就是看在亲戚的份儿上，用来安抚乌拉国人之心，使他们怀德、感恩。这不是乌拉国的延续，乌拉国自癸丑（指明万历四十一年）年起就不存在了，乌拉不能同哈达国比，你们明白吗？"

第十七章　哈达国后裔

老汗王努尔哈赤几次提到了哈达国。哈达国是怎么回事儿，他和乌拉国是什么关系，需要简单地交代一下，也好使听的人明白。

提起这哈达国来，讲上十天半月也说不完，只好提纲挈领，长话短说。

哈达国和乌拉国同宗，都是老祖纳齐布禄的后代子孙。

老祖纳齐布禄建立扈伦国，传子多拉胡其[1]，多拉胡其生二子：长绰托、次佳玛喀[2]；佳玛喀生四子：长都勒希、次扎拉希、三速黑忒、四绥屯。都勒希继承王位，传子古对珠延；古对珠延传子太栏；太栏传子布颜，筑乌拉城，建乌拉国；传子布干；布干传子满泰；满泰死，弟布占泰继承，癸丑年正月灭亡，这是乌拉一系。从四代二世祖扎拉希、三世祖速黑忒、四世祖绥屯三支移居哈达地，在那里繁衍生息，传下哈达纳喇氏一系。二世祖扎拉希之子倭谟果岱贝勒在哈达地方创业，建立个女真人的国家称满洲国。明朝皇帝封他为满洲女真国汗王，而倭谟果岱自己却称扈伦哈达贝勒，它是作为扈伦国的一部分，这就有了哈达纳喇氏。

后来，三世祖速黑忒的子孙，四世祖绥屯的子孙也在变乱中移居哈达，使哈达纳喇氏壮大起来。

明朝嘉靖初，四世祖绥屯的儿子克什纳任塔山前卫都督。由于家族内讧，克什纳都督被族叔巴岱达拉汉所害，子孙逃散。长子彻彻木同遇难，他的福晋栋鄂氏带领十六岁的儿子万避居于锡伯部境内之绥哈城，其地在吉林城西南约七十里的大绥河，绥河就是绥哈。克什纳都督第四子旺住逃到倭谟果岱所居之地哈达，时倭谟果岱贝勒已死，群龙无首，旺住主其部落，称贝勒，旺住尊称为旺济外兰，对明忠顺，又改

---

[1] 《八旗通谱》记为尚延多尔和齐。
[2] 《八旗通谱》做嘉玛额硕朱古。

名王中，继承倭谟果岱事业，又开创了新的基业，自称哈达贝勒，管辖一百八十八卫，地方千里，人口数十万，这是哈达创业之始，也是事业巅峰时期。不料旺济外兰因胜而骄，失掉民心，被部下刺杀。旺济外兰独生子博尔奔舍进杀死害父仇人那浑，与族人赴绥哈城迎回堂兄万入哈达主部事。万能用其众，有谋略，远交近攻，平服诸部，势力超过旺济外兰，万重新筑城，正式建国，自称哈达汗。万被尊为万汗，明朝默许，称作王台。从此，万对内称哈达汗，对明朝，称塔山前卫都督王台，哈达是明代东北女真地区第一个汗国，这是扈伦国沦亡后的纳喇氏复兴。

哈达国在什么地方？在乌拉国的南方，地在开原边外，广顺关的东南，又称南关。叶赫国在开原威远堡东北，隔着白马山，白马山下有一关口叫作镇北关，叶赫地在镇北关外，又称北关。

南关哈达和北关叶赫，两个女真部落是姻亲，而又几代仇敌。因为哈达首领旺济外兰杀了叶赫首领祝孔格，掠夺了叶赫几百道敕书，又占了叶赫一块地盘。万汗又杀了叶赫继任首领祝孔格的儿子太杵，这就仇上加仇。两个部落纠纷不断，连年打仗，战火不息，结果两败俱伤，谁也没有保住江山。老汗王努尔哈赤先于万历二十七年破哈达，贝勒孟格布禄败死。

哈达是明朝的属国，是明朝承认的，哈达国王还挂着塔山前卫都督的头衔，万汗父子又受封龙虎将军，一旦被努尔哈赤吞并，朝廷如何能容忍？明朝皇帝派出使者来到建州痛责努尔哈赤。那时还没有登基坐殿，只不过是个女真部落酋长。他还是大明朝的臣子，职衔是建州左卫指挥使，也得了个龙虎将军的封号。

老汗王倒挺理智，自知理亏，无端侵占他人土地，又是大明朝所封之国，自己又没有同明朝抗衡的力量，只有把到口的东西再吐出去，按照明朝指令，恢复哈达国，立孟格布禄儿子武尔古岱为哈达贝勒，放他回哈达城，哈达国又复国了。不过老汗王努尔哈赤诡计多端，他肯牺牲女儿，在婚姻上打算盘。他把自己的三女儿莽古姬格格嫁给武尔古岱为妻，随夫去哈达。这样，武尔古岱就置于老汗王的监视之下，一举一动、一言一行，都逃不过三格格的眼睛，可以随时向她阿玛报告。这样，武尔古岱就没有活动的自由。仅仅维持了三年就维持不下去了，哈达因多年内乱外患，房屋田园多被毁坏，土地荒芜，人民极端困苦。偏偏在哈达复国仅仅一年，在明神宗万历二十九年遭遇一场大旱，三个月没下雨，稼禾旱死，土地干裂，江河断流，庄稼颗粒无收。你想那哈达人民饱经战乱之苦，又碰上严重的天灾，那还有活路吗？清代有人作史说什么"以子易子为食"是夸张，没有的事。但是，有个别贫困人家用子女换食物的事儿是有的，说句公道话，"以子易粟为食"的事情确实发生过。国主武尔古岱坐困哈达城中，心急火燎，焦头烂额，无计可施。实在想不出办法，让他的福晋——三格格莽古姬回赫图阿拉，向她阿玛老汗王请求赈济，借点粮食，以渡难关。不料老汗王努尔哈赤令女儿给哈达国主带去这样的口信。

他说："哈达人民已经归顺建州，成为我的子民，我自当体恤。可是大明朝从中作梗，硬要我退出哈达，我遵照退出，哈达人民就不是我的子民，我没有救济他的理由。"

武尔古岱听了大哭道："我明白了，这是趁我遭受灾荒之苦，逼我献出土地。"

三格格莽古姬还是为丈夫着想，她说："人民走死逃亡，江山不稳，难保不生事端，这块国土想守也怕守不住。"

武尔古岱在走投无路的情况下，献上户籍图册，自动取消国号，随着三格格归附建州，老汗王的救济粮才开始源源不断地运到哈达，挽救了一场危机。从此，哈达国彻底灭亡，时万历三十年之事也。这就是清史上记载的哈达贝勒武尔古岱"偕公主归清"的真相。

武尔古岱归附以后，被编入镶黄旗。哈达纳喇氏分别编旗，立了几个牛录，南关之地为墟，居民全被迁出，哈达国再也没有恢复的可能了。

扈伦四部的灭亡，就是从哈达开始。

且看《八旗满洲氏族通谱》卷二十三《哈达地方纳喇氏》是怎么记的：

武尔古岱，镶黄旗人，孟格布禄之长子也。世居哈达地方，国初率部属来归，太祖高皇帝以公主降焉，又以郡主妻其子额森德礼。

这种记法，颠倒了历史事实。若照此说法，是在武尔古岱"率部属来归"之后才以"公主降焉"，这就歪曲了历史真相，混淆了事情的性质。事实是，努尔哈赤先将三女儿莽古姬格格许给孟格布禄，未娶而哈达国灭，孟格布禄败死，哈达纳喇氏王族都被掳到建州。在明朝的强硬干预下，努尔哈赤才放归武尔古岱，为了控制哈达，老汗王又把许给孟格布禄的三格格转嫁给他的儿子武尔古岱。努尔哈赤为了达到目的是不择手段的，所以他成功了。

哈达灭亡后，乌拉的势力上升，布占泰只顾发展自己的事业，唇亡齿寒，最终难免孤立无援而覆灭。

哈达灭亡后，布占泰在建州见过武尔古岱，后来他们又成了连襟，三格格的妹妹——四格格穆库什又成了布占泰的小福晋。

这些都是过去的事情了。

洪匡长大成人之后，哈达的后人也曾来过几位，可洪匡既不认识，也无印象，更不能当他们吐露欲恢复祖业的秘密。

这么些年，洪匡和亲信族人密谋复国是在绝对保密的情况下进行的，就是乌拉纳喇氏的族人，也不是全部知道这一计划，核心机密，就那么几个人知道。

就在洪匡打发沙摩吉、沙摩耳两兄弟去后不久，这天从辽东来了三个人，见了洪匡自报家门，说是哈达纳喇氏，与乌拉同根一脉。洪匡想，哈达纳喇氏的人也见过几个，我怎么没见过这几个人呢？他特别谨慎，恐怕他们是老汗王派来的人，冒充哈达族亲。

"你们见我有什么事吗？"

几人见问，互相望了一下，那位年长者开口了："洪匡贝勒，咱们是同宗，排祖宗板儿，我还是你的长辈。哈达老贝勒旺济外兰是我的太爷，我名叫苏巴海，是老祖纳齐布禄的九世孙，你是第十辈。"

洪匡听到这里，微微一笑："那又怎么样！"

苏巴海说："哈达是我太爷打下的江山，我太爷被害后，我爷爷沙津让位给万玛发①，结果他的子孙无能，没有守住，丢光了先人的基业，我是心中憋气啊！"

洪匡还是无动于衷，淡淡地说了一句："那已是过去的事了，现在你们不是挺吃香的吗？"

苏巴海明白了，洪匡这是对自己不相信，不欢迎。他打了一个"唉"声，颇有伤感地说："说起这个话来，真叫我一言难尽。我爷爷让位给万玛发以后，我们全家就离开了哈达城，搬到自己的庄园，耕田狩猎，与世无争。可谁知道，万玛发不施仁政，勾引外人，把好好一个哈达国，弄得四分五裂，建州大军一到，他就亡国了。我们这一支避居乡里，自立嘎珊，本不想出世。谁知，汗王努尔哈赤派人找到了我们，逼迫我阿玛归降，我阿玛博力多年老体弱，着急上火，不久就过世了。没有办法，我只得领着部民六十户二百来人口，归顺了建州。"

---

① 万玛发：指哈达万汗（王台）。

洪匡对他的叙述，似听非听，也不感兴趣。听他说到这里，又不冷不热地问了一句："那你们今儿个来到乌拉，又是为着何事？"

苏巴海说："哈达亡国，我们不服气，一百多年的扈伦大国，不能就这么说完就完了！"

"不服气又能怎么样？现在是一统江山，天下姓金。"

苏巴海摇头道："你是不知内情。我在建州几年，认识不少扈伦各国的人，叶赫、辉发，他们均不服气，不甘心屈服，一有风吹，他们就会动起来。"

洪匡听到这里，心里有点活动，是啊，只要大家都动起来，那事情就好办了。不过，他还信不过这位哈达宗亲。他试探着问："你们来见我，要我怎么办？"

苏巴海说："哈达、叶赫、辉发三国已经城毁人亡，没有指望，唯有乌拉独处北方，完好无损，洪匡贝勒若能举事，三国定会响应，大事可成。"

这句话说到洪匡的心里去了，他几年来所谋划的正是恢复祖业这件事，如果有人响应，这不是更好吗？可是他转而一想，我并不认识你们，一旦轻易泄露真情，被人抓住把柄，那可是抄家灭族的后果。他明白地告诉他们说："老汗王是我的郭罗玛发①，他待我乌拉不薄，我怎么肯对他生异心。再说，乌拉国已经不存，我手下没几个人，什么事也办不了，实在是无能为力。"

苏巴海碰了一鼻子灰，临别时还警告洪匡："不要忘了，你阿玛布占泰被赶出乌拉，死在异乡，你贪图安逸，不顾后果，将来没你好事儿！我们走，你可不要后悔。"

苏巴海带着几个哈达宗族不敢耽搁，很快离开乌拉城，返回不提。洪匡在他们走后，一直心神不宁，他心情矛盾，进退两难。苏巴海说的倒是个很好机会，扩大势力。反过来讲，他们如果是老汗王派来探我的口风，那将会怎样？

过了几天，他把哈达来人这件事情对几个家族长辈讲了，让大家帮他分析他们的来意，他们专程来乌拉的真实目的是什么。大家因为不认识那几个哈达宗亲，更无从知晓他们的来意，谁也无法表示什么意见。大致的看法是，还是小心为好，免得找麻烦。

---

① 郭罗玛发：满语，即外公，俗称姥爷。

过了几个月，那位叫苏巴海的宗亲又来了。由于他以前来过，又认识了一些人，所以这次见面儿倒是比以前那次又近乎一层。说话也不绕弯子，他直接敞开心扉，毫无保留地对洪匡说道："上次我们回去，反复商讨了几次，今儿个又来见你，是想告诉你，你如果有什么打算，这可是天赐良机。"

洪匡也不再戒备他了，决心冒一次险，同他商量下复国大业，若能取得宗族的帮助，大事可成。

"什么天赐良机？"

苏巴海说："要干大事必须抓住良机，现在的金国，可不是从前的金国。那些能征惯战的开国功臣，死的死，老的老，努尔哈赤年事已高，他没有可靠的人了。他之后，就是子孙争位，宫廷内乱。"

洪匡听了，也很动心。

"那我们该怎么办？"

苏巴海果断地说："复国！恢复我们纳喇氏的江山。乌拉是我们祖上发祥之地，又远在北方，应当挑起这杆大旗。"

洪匡虽然活心了，但还不敢明确表示出来，他说："我们没有实力，再说，人心已散，没有人肯冒这个险。"

"是的。"苏巴海说："哈达一共三大支，三祖速黑忒一支，自德喜大察玛死后，他的两个儿子约兰和夏瑚哥俩，最先脱离家族，现在都是吐气扬眉之人，当然不能指望他出力。我们这一支万汗父子丢了江山，武尔古岱又招为驸马，当上皇亲，当然也不会跟咱们跑。可是，自我玛发沙津让位与万汗，谁知他们祖孙父子三代就丢失了江山，我们心里不服啊。"

洪匡听了有点动心，是啊！纳喇氏从祖辈起，就有一种不服输，不低头的犟劲儿。阿玛战败逃走，直到身死异乡也不肯向老汗王低头。现在哈达的后人也不甘心灭国，如果四部族人都能有这股劲头，联合起来，那事情就好办多了。可是如今，大势已去，死灰还能复燃吗？可是一想起阿玛当年的一再嘱托，他的决心又上来了。因为苏巴海也不是第一次来乌拉，也用不着多疑，遂开诚布公地说："我久有恢复祖业之心，就是力量不足，未敢轻举妄动，只有等待时机了。"

苏巴海说："好。只要你有这个志愿，机会不愁没有。我说过，老汗王死后，他的儿子们必定争位，内乱是避免不了的。到那个时候，我们在内、乌拉在外，里外配合，定能成功。"苏巴海又告诫道："要有耐心，一定等时机成熟。扈伦四国后裔王室都怀不满之心，他们国土被占，人民被虏，贝勒被杀，仇恨难解。只要有人挑头，他们一定群起响应，都把乌拉看作是他们的希望。"

这次苏巴海在乌拉城住了五日，洪匡也从他口中得知了不少关于哈达、辉发、叶赫王族的内情。他们灭国投降，是迫不得已的，内心深处是不服气的。

这就好。看来，乌拉并不是孤立的，它成了纳喇氏的一面旗帜。

送走苏巴海后，洪匡心想，外部的势力已有了。那么内部又如何呢？他要探访一下国人的心思，他们是否还记得从前的乌拉国？

第十八章　乌拉国旧事

　　且说洪匡经过几年的准备，已经招募了两千多人，这些人有来自扈伦四部遗族，未归附大金国的女真部落，原乌拉国逃散的人民。其中有一千来名是布占泰带到赫尔苏的乌拉兵，他们被老汗王努尔哈赤打散后又重新聚集。叶赫格格不知去向，生死不明，但这支队伍齐心，重返乌拉国，加入洪匡部下。

　　洪匡不敢把这些人聚集在一起，目标太大，容易引起注意，他分散驻扎，因为乌拉国实行庄园、嘎珊、拖克索管理体制，有山区、有平原，山区资源丰富，平原土地肥美，江河有利灌溉和交通运输，所以乌拉国是扈伦四部中最富裕的国家。现在虽然乌拉国灭亡了，建州兵只是把都城人口财物掠掳一空，但是对广大国土上的各级管理体制并没造成太大的破坏，生产照常做，日子照常过，只是国号改了，乌拉国改为大金国。平民百姓不管这些，"谁坐天下给谁纳金"，"谁当主子给谁为奴"。

　　洪匡想要安置几千人，那是太容易了。再说，人们还一直认为洪匡就是乌拉国贝勒，继承他阿玛布占泰。乌拉贝勒和乌拉布特哈贝勒有什么不同，他们也不知道，平民百姓根本不懂。不管什么贝勒，反正都是主子。在那门第、等级、身份一成不变的时代，不论谁胜谁败，身份一旦确定，永世不得变更。洪匡还是他们的主子——贝勒爷。

　　洪匡也防着一点，怕走漏风声被老汗王努尔哈赤知道，每次演武操练都是以行围狩猎做掩护，他是"布特哈贝勒"，行围狩猎本来就是他的职责。他所选拔的带兵头目们都是他的亲信，基本都是来自平民阶层，很少重用乌拉纳喇王族成员，这样就更不被人注意。远在辽东的大金国天命汗，老汗王努尔哈赤就更一无所知，专心对付大明朝，同老朱家争天下了。

　　实际老汗王对洪匡也并不是一百个放心。前文提过，他派出多个细作，扮成各种身份，混进乌拉城探听情况，结果一无所得，就是有几百守城兵，也是为了安全的需要，这很正常。

怕泄露秘密，除了宗族里参与机密的几个人外，他人一概不晓。连南去建州的几位阿哥也不肯让他们知道，东去窝集的大阿哥达尔汉等人，也是在洪匡起事失败后才知道。如果当时若能同他联系上，说不定他会带东海兵来援助，也许事情会有转机。

一切都是天意，阿布卡恩都力主宰人间一切，世上的事没有如果或假设。

为了反金复国，仅仅三千人马是远远不够的。何况这三千人马分成多起，准备不足不能轻易集中，一旦出现意外，临时召集也来不及。怎么办？等机会。

前文书提到过，上年从乌拉走出去的沙家兄弟，虽然发现一点苗头，但内情根本不知，他们向老汗王告密也拿不出具体的东西，仅仅是怀疑而已。

乌拉城防守严密，城防、治安均控制在吴乞发手中。这一千人马除了洪匡和吴乞发两人支配外，任何人也调动不了，洪匡的威望逐渐提高，只差没有挂出乌拉国旗帜，恢复乌拉国的国号了。

就在洪匡为复国大业奔走，扈伦四部后裔受到鼓舞，乌拉王族满怀信心的时候，洪匡的主心骨，为他出谋划策的长者，洪匡堂伯噶尔珠因年老病故。生前做了安排，死后留有遗言，让子孙全力支持洪匡复国，把驻守苏瓦延河的两千屯垦军交给洪匡调度。

这是怎么回事，苏瓦延河为什么会有屯垦军？这涉及乌拉一段秘史，不是三言两语能说得清楚的。既然提起来了，那就不免占用一点时间，交代详细些。

这是乌拉纳喇氏家族一段不为外人所知的秘史，也可以说它是纳喇氏家庭一桩见不得人的丑闻。

在那个时代，女真贵族之家，几乎每个家族都有一些见不得阳光的事，用现在的标准衡量，那就是丑闻，可是在当时却很平常、合理合法，这种事每个家族都有，有的传为美谈。比如唐明皇吧，他把儿子寿王李瑁的妻子杨玉环霸占去，封为贵妃，特别宠幸，这本是父纳子妻，伤风败俗的肮脏事，可是却传为千古美谈。

多余的话到此为止。

那么，乌拉纳喇氏发生了什么事呢？话得从头说起。

当年布颜老祖"背土筑城"建国乌拉之后，却也风调雨顺、国泰民安，一派繁荣景象，上下相安无事，没有战争，十几年来休养生息，国势增强，他部外族不敢冒犯，乌拉国在扈伦四部中地位举足轻重。

国王布颜老祖心情反而越来越沉闷，几乎寝食难安。什么事情使他精神压力这么大？不是因为国事，是因为家事。

布颜老祖是太栏老祖的独生子，上下无兄弟。布颜老祖生子六人，老大布干（继贝勒位后尊称布汗）；老二布勒希；老三布三泰，又叫布三代；老四布准，又称布云；老五吴三泰，又称武山泰；老六布克敦，又称博克多。六个儿子，将来继承只能是一个。按照纳喇祖制，国主传幼不传长。自四世祖都勒希从辉发河率众返回乌拉部后，他传位第三子古对珠延。五世祖古对珠延传位次子太栏，令长子太安移居富尔哈。六世祖太栏只生一子布颜，这就不存在长幼的问题。布颜建国称王，纳喇氏势力大了，儿子也多了，这就面临一个继承的问题。立长，违背祖制。立幼，除了老大布干都有继承权。弄不好，兄弟间争位会毁了纳喇氏的事业。

有一天，宗族兄弟孟起来到紫禁城拜见国王布颜老祖。孟起是伯父太安的第六子，富尔哈活吞达就传给了他，这是个可参照的范例。

他们会见之后，布颜说："你来得正好，我有事还想找你帮我拿主意。"接着就把立嗣一事对他说了，也提到了祖训，就是五个儿子之中人选难定，弄错了会出乱子。

孟起说话了："阿哥，你现在是一国之主，非比从前扈伦时代，祖训已经过时，南朝有句成语，叫'废长立幼，取祸之道'。依我看，还立大阿哥布干，兄弟就不好再争了。"

布颜说："你是伯父的幼子，这也是按祖制办事。我要公然改了，怕诸子不服。再说，他们五兄弟的功绩都在其兄之上，怕他们心里不平衡。"孟起说："富尔哈活吞达不过是个大家长，和乌拉国不同，乌拉国是江山社稷，万古千秋大业，继承人要立不准，那江山社稷就毁了。"

布颜听了，沉默不语，陷入深思。孟起自知话说得太直率了，忙起身下拜，然后告辞。

直到孟起走出宫门，布颜一动不动，只是反复思考孟起说的话，虽然认为有理，可是他不敢贸然决定，怕处理不当酿成祸患。

隔了几个月，布颜老祖以拜祭家谱为名，在宫廷侍卫的护卫下，来到富尔哈城。孟起率兄弟子侄出城迎接，富尔哈城是长房，族规、家谱必须供奉长房处，乌拉国堂子里只能供奉牌位，出了五服才允许重新立谱。

富尔哈城堂子很大，里边除了供奉《纳喇氏家谱》外，还供着烧香跳神的祭器，家族大察玛就是孟起三阿哥额色。家谱是四世老祖都勒希创制，使用很少有人懂的女真文，五世祖古对珠延又重修一次，使用蒙古文。布颜老祖建国后，又主修一次，使用中国文（即汉文），修好一律放在富尔哈城长房处。后来满泰当政时又主修一次，从此不再放到富尔哈城，而是迎入乌拉王宫的堂子里供奉，因为这时已经出五服了。

闲言少叙，再说布颜来到富尔哈城，祭拜了家谱，便来到孟起府中休息。孟起置办酒宴，款待国王。布颜老祖又提起立嗣一事，表示六个儿子就属长子布干功绩不显，其他五子均战功卓著，立他，恐怕难以服从。孟起说："这好办，论功行赏，每人分给领地，移驻分守，他们就不会盯住王位了。"布颜恍然大悟，不再多说，并叮嘱所谈之事，绝对保密，不令任何人知道。

从富尔哈城回来，布颜老祖心里就有谱了。他不动声色，着手布置，准备立长子布干为继承人。

在都城的四周，有很多城堡，大半是前朝遗留下来的，乌拉国又筑建了几个，多出于防卫上的考虑，以驻兵为主。城堡周围土地、江河、山林、草场，作为驻军的生活来源，替代兵饷。布颜打算，把这些城堡分封给儿子们，称号由台吉改为贝勒，让他们全家带户移住那里，成为诸侯国，这样纷争就没了。一年年末，全家集中在点将台上的大殿里，布颜当众宣布他的决定：你们都已成家立业，不能没有财产，从转年正月起，各有领地，全家部曲移住各自疆土，永远为业，国中有事，临时通知，平时不得离开驻地。

六个台吉倍感吃惊，他们没有思想准备，更不知父王此举何意，谁也没有说话。

"你们听好没有？"

只有一个人回答："听好了。"

布颜一看，回答的是小儿子博克多。

"那好，你就去江西金州城，离我近一点，你年幼，好有个照应。"

金州城在哪？就和乌拉城一江之隔，古对珠延老祖曾居住过，城高池深、土地肥沃，博克多自然满意。

诸子看父王当真了，纷纷表态："我们都听明白了，听从父王分派。"

"这就对啦！"布颜老祖早已胸有成竹，继续分配："老五你去锡兰城。"

"喳！"武山泰知道，锡兰城也不远，他十分乐意去。

分配的结果，老四布准去罗齐城，老三布三泰去了萨尔达城。兄弟四人已经安置妥当，剩下的，只有长子布干和次子布勒希了。

布颜老祖沉默了一会儿，果断地说："大阿哥布干留下，帮我处理军国大事，我老了，精力不那么充沛了，身边需要有人照顾。就剩下一个布勒希没有决定去哪。"

"我也应该有块地盘，去宜罕山怎么样？"布勒希主动提出了。

"不。"老王爷一摆手，"宜罕山有二太爷后人居住，你不要同人家争食。我给你找个有成大事业的地方，不过离这远一点"。

"哪里？"

"苏斡延河，那里山川秀美，人稠地广，是咱乌拉国的西境。"

布勒希说："儿知道，我带兵征讨过那地方，从前不是锡伯国的地方吗？"

"锡伯国早已灭亡了。据说锡伯国瓜勒察哈拉又有人回去，你去了不要冒犯他们，先在亦迷河、萨喇河立下根基，以后慢慢扩展，说不定锡伯国地盘将来都是你的。"

布颜老祖的一番话，正中布勒希的下怀，他是个野心很大的人，在乌拉纳喇氏中，尚古之外，他又是一个桀骜不驯的人。布颜老祖知道，次子布勒希是个危险人物，他武艺高强，力大无穷，又诡计多端，能争王位的只有他了，所以把他安置远一点，并给他一个发展的空间，如果以后能占了锡伯国的地盘，那就让他独霸一方，只要不威胁到乌拉国就行。

这么说来，布干的王位继承是顺理成章，毫无悬念的了。

人算不如天算，布颜老祖的一片苦心，也只是一厢情愿，到时候还是出了乱子。

领地分封不久，大明万历四年老祖布颜故世，长子布干继位，为乌拉国第二任国王。布颜老祖在位十六年，据传，终年六十九岁，生于正德元年丙寅，属虎。

布干继承乌拉国王，起初没有什么麻烦事，众兄弟各有领地，差不多也是一个小国王，用不着争他大哥的地盘。转眼五六年过去了。到了大明万历十年，扈伦四部的总盟主，哈达国王万汗故世，他的死不要紧，各部没有头行人，形势就乱套了。互相攻战，彼此争夺，谁也不服谁。

如此一来，有野心、有实力的都想试一试身手，扩充势力，争夺地盘，也想"称王争长"。在这种趋势的刺激下，盘踞在苏斡延河的布勒希就不那么老实了。这布勒希几年间好像变了一个人，他自到苏斡延，白手起家，修筑城堡，开辟庄园，招募流民，扩充军队，仅仅五年时间，就占据苏斡延河东岸、亦迷河西岸，就连萨剌河两岸肥美的良田也都被他占去。他是带兵打仗出身，懂得训练士卒，排兵布阵。他招募士卒与众不同，专招山林草寇，拦路盗匪，流氓无赖，亡命歹徒。因为这些人生死不怕，心狠手辣，又大多讲究江湖义气。布勒希放下贝勒架子，同他们平等相处，用绿林中规矩，和他们称兄道弟。很快，他就编练成有两千人的队伍，取名叫"苏斡延河屯垦军"。这伙人中，有海西女真人，建州的逃亡阿哈，东海的山林猎手，还有蒙古人、锡伯人、尼堪人、朝鲜人，他们有一个特点：弓马娴熟，打仗勇敢，不惧生死又讲义气。布勒希训练这支军队干什么用，他要灭掉苏完部，然后进兵乌拉城，废掉国王布干，自己要做乌拉王。

谁知道这时，乌拉国王布干突然患了一种神医也难治的"中风不语"病，经过治疗，总算能说出话，但是整个身子不好使，瘫痪了。消息传到苏斡延，布勒希犯难了，一旦布干国王去世，必立他儿子继承，叔父总不能夺侄子王位吧。那样做不但遭到家族的反对，各部落也不会服从。下手要快，必须赶到布干国王去世以前解决问题，因为他的继承不合法，违背了祖宗立下的"传幼不传长"的家规。

布勒希向来做事雷厉风行，立即率领两千屯垦军，令长子噶尔珠，次子卓内随行，三子阿吉尚小，留在家里由额娘看护。他一心想趁大阿哥布干国王虽病不能亲政，但还活在人世的时候，逼他让位。

布勒希带兵来到乌拉城外，令军士扎下营寨，带上几名亲兵侍卫，直接进了紫禁城王宫，见了国王面才知道，阿哥布干并不像人们传讲的那样，他的中风并不严重，也许是经过治疗已经好转。他只是一只胳膊抬不起来，一条腿不能走路，其他一切正常，这种病俗称"半身不遂"，是中风不语的后遗症。

见此光景，布勒希心凉了。转而一想，我干什么来了，兴师动众，总不能白跑一趟吧。

他给国王行过礼，还是亮出了底牌："听说阿哥病重不能处理国家大事，阿兜（弟弟自称）愿意协助阿哥代劳，国家事大，总得有人料理吧。"

布干听出来了，你这是想趁机夺权篡位，我早知你心中不平，现在逼宫来了。沉默一会儿，布干开口了："感谢关心，要代劳的话，现在还轮不到你。"

两句话谈不来，哥俩儿就谈崩了。布勒希如何肯容忍，他忽地站了起来，毫不客气地大吼道："当初阿玛汗立你，就违背了祖制。你现在快成废人了，还不动一动，这不是耽误国家大事吗！"

"你想干什么？"

"干什么，我就是想让你退位，我都等你十年了。"

"来人！"

宫廷卫士立刻闯入，把布勒希围在中间。布勒希一声冷笑："好哇，你们都不想要命了。阿毛！"

一个身强力壮的大汉上前："贝勒爷有何吩咐？"

"快出城，叫大台吉噶尔珠带兵进宫，把紫禁城的人统统拿下，一个也不准漏掉！"

"那贝勒爷你……"

"我就在这等着，我看他们能把我怎么样。"

国王布干如今骑虎难下，他不敢下令处置布勒希，那样做受害的第一个就是他自己。

就在这工夫，乌拉国王妃，布干的大福晋进来了。

"兄弟间有什么话不好商量，何必如此大动干戈，这要传扬出去，还不叫天下人笑话！"

果然有效，布干能动的胳膊抬一抬，摆摆手，卫士全都退出，布勒希对一个护卫说："快去告诉阿毛，先不要动，等我消息。"

一场冲突真能化解吗？

第十九章　苏斡延逸闻

　　上回讲到二贝勒布勒希带领两千苏斡延屯垦军兵围乌拉城，他自己
进了紫禁城，逼宫夺位，十来年的怨气一旦释放，便失去理智，难免出
现过激行为。关键时刻王妃出场了，三言两语，为双方解了围。布勒希
立时清醒过来，自知这么做于理有亏，但他是一个非常偏执的人，有错
也不认错，可是心里却软了许多。

　　"阿沙（嫂子），我没有别的意思，阿哥三句话不来跟我急眼。"

　　"你说的什么混账话！分明是来闹事儿！"布干国王气犹未息。

　　王妃很压事，她说："算啦，兄弟间争强斗气也是常事，话说开就好
了。老二，你到底因为什么跟你阿哥急赤白脸的？"

　　布勒希用眼睛盯着陪王妃同来的这个美女，他见过，这是布干国王
的小福晋，当初布勒希有意娶她，未成，进了王宫，布勒希耿耿于怀，这
次逼宫迫国王让位，也有这股底火。

　　布勒希见王妃问他，便理直气壮地辩解道："当初阿玛汗传位大阿哥
就是违背祖制。"

　　"是啊，乌拉家规是传幼不传长。"王妃笑道："老王爷有六个儿子，
除了你大哥，还有五个，传幼准知能传到你这吗？我看老四和老六是老
王爷关心的，你不清楚老王爷的打算吗？"

　　布勒希无话可说，他领教了王妃的厉害。

　　布勒希自知理亏，不得不服软，他咚地跪在地上："我刚才喝了酒，
说了醉话，多有冒犯，请阿哥息怒。"

　　布干国王气犹未息，一声不吭，待他认错完了，挥一挥手："没事了，
你走吧。"

　　布勒希临走时说："我现有两千屯垦军，天下无敌，阿哥有事，我自
当带兵前来为你排忧解难，我不会争你王位。"

　　一场危机暂时化解。待布勒希走后，王妃从布勒希话里听出了弦外

之音，她提醒布干国王："老二的话中带刺，早晚他还要闹事。"

"你当我相信他那些鬼话吗？他城外驻扎两千披甲，我怕闹出大乱子才未敢动他，经此一变，我要培育自己的亲兵，不能再受这样窝囊气。"

王妃说："哈哈[①]们都大了，满泰、布占泰已经长大成人，教他们领军带兵，历练历练，以后再出这种事也好应付。"

"也好。"

王妃是谁？她在乌拉国有何影响力？

布干老祖共有福晋四位。先娶长白山讷音部首领家族之女，生一子名布丹。次与辉发部联姻，娶辉发益克得里氏之女，生满泰、布占泰兄弟。三收窝集部女为侧福晋。继承王位后又纳国内某氏族之女为小福晋。因为益克得里氏出身高贵，立为大福晋，通称王妃。

四个福晋之中，小福晋年轻貌美，布干国王并不宠幸她，因其出身微贱，那个时候注重门第和身份，家庭背景决定在宫中地位的高低。大福晋性情和顺，又知书达理，很为小福晋惋惜，很为她抱不平，一个青春女子，刚娶过来就被打入冷宫，不再有人理，大福晋让跟她在一起，行动常伺左右，布干国王得了半身不遂病，后宫的事很少过问，完全靠大福晋调度，大福晋也就行使王妃职权，管理宫中一切。

布勒希夺位不成，要返回苏斡延了。临行，他到紫禁城辞别，顺便提出个无礼要求："我请求阿哥把你的小福晋赐给我，今生今世永不生异心，效忠阿哥到底。"

布干半响无言。赠予女子，在那时是很平常的事，可是小福晋是国王之妾，怎肯随便赠予？当面拒绝又怕他再闹事，答应下来又不情愿，便推脱道："一个女人倒不算啥大事，待我让你阿沙问一问她本人可愿意？"

布勒希大喜："这个不劳阿哥费心，我有办法。"

说完，也不辞谢，带领护卫直闯入后宫，找到了小福晋。

"王爷把你赐给我了，今儿个跟我回苏斡延河。"

也不管小福晋愿意不愿意，吩咐手下，将小福晋架上马，出了乌拉城，拔营起队，向苏斡延河贝勒府急驰而去。

这分明是抢劫。

---

① 哈哈：男孩，儿子。

布干国王行动不便，他们又是亲兄弟，别人不好介入家庭纠纷，军兵卫士也不敢干预，儿戏一般行为弄假成真了。

布干国王得知布勒希强行劫走小福晋的真情后，气得半晌说不出话来，从此病势加重，数月以后，在位不足十年的布干国王，抱恨与世长辞，遗命次子满泰继任乌拉国第三代国王，时乌拉国二十五年，明万历十三年秋七月事也。

布干国王逝世，满泰拒绝布勒希前来奔丧，叔侄从此产生芥蒂，后来满泰巡视苏斡延湿栏被害，也与此有关。

按照布干生前安排，满泰继任国王，称贝勒。布占泰统领护军，称台吉。军政大权都向自己儿孙手里集中，免得政出多门，形成强臣压主局面，布勒希就是个很好的教训。老大布丹，移家宜罕山，永为活吞达，世袭贝勒。乌拉国又恢复了"立幼不立长"的祖制，纳喇氏宗族多无异言。

且说二贝勒布勒希抢走其兄的小福晋，回到苏斡延驻地，他建有贝勒府，原来苏斡延河北流注入亦迷河。从前设有亦迷河卫，地在亦迷河与苏斡延河夹角地带，卫城已废，布勒希来到后，重新修缮，作为贝勒府，几年之间，建成一座宏大的宅院，虽比不上紫禁城宫殿，在这一带也是个首屈一指的贵族庄园。

布勒希从乌拉城的王宫里抢回来小福晋，不想遭到他的大福晋的激烈反对，绝对不准留在贝勒府中。布勒希虽然为人强悍，又武功高强，且臂力过人，但他有一大弱点，惧内。因为他的嫡福晋是名门望族之女，娘家势力大，女儿根子就硬，连老王爷布颜在世时都得敬重三分，布勒希敢得罪人家吗？再说布勒希已经五十多岁了，已经生了三个儿子，老大噶尔珠也已三十来岁，次子卓内也二十七八了，他们均为嫡福晋所生，个个武艺高强，精于骑射。三子阿吉是次妻所生，也快二十了，他们都娶妻生子。布勒希想要纳国王小福晋进宅还真得掂量掂量。现在他犯了难，后悔当初鲁莽行事，一时心血来潮，做事欠考虑。他灵机一动，忽然想出一个办法，他骗大福晋说，根本不是我想要她，看她年纪轻轻在宫里守活寡，还不如救她出来，配给咱的儿子。嫡福晋的态度非常坚决，只要你布勒希不留，爱配给谁配给谁。

多年以来纳喇氏流传一种说法，说乌拉的女强男弱，事实也是如此。谁知，这一变化不要紧，引起布勒希两个儿子为争一美女大动干戈，两三年没能平息，布勒希实实在在办了一件贻笑后世的蠢事。

到了万历十六年，乌拉建国已经二十八年了。国王满泰不甘守护这点家底，他要振作，他要开疆拓土，这时乌拉国已经强盛起来。

事情往往有些巧合，满泰要扩张，偏偏有人提供机会。已经平静上百年的苏斡延地区，突然发生变故，苏斡延河东岸居住的锡伯部人，纷纷避难，逃奔乌拉国，一路盛传，叶赫国发兵来侵，见人就杀，见物就抢，请求满泰国王派兵抗击叶赫，保护他们的土地财产。

机会难得，这回出师有名了。事情的原委是怎么回事儿呢？说来话长，先说一说这锡伯部的来由。远在辽金时期，由于社会变革，居住在北方的室韦人迁到苏斡延河定居下来。这支室韦人趁辽金元相互更替，社会长期动荡之机，发展自己的势力。经过多代的繁衍生息，形成一个强大的部落，称为锡伯国。元朝时锡伯国归附蒙古人，到元末逐渐衰微，衰微的主要原因是内部纷争。

老王达罕生有三个儿子：老大佛勒和，老二尼哈齐①，老三朱察。佛勒和是长子，按室韦旧俗，应为继承人，可是当时他膝下无儿，难以下传。老二老三各有子嗣，又不知传谁为宜。

这个时候，兄弟三人发生争执，争执的产生原因是达罕造成的。老王爷达罕为了考验三个儿子的忠诚，特制了一顶翎冠，什么叫翎冠？就是在帽子上插两支飞禽的翎毛，雕翎、鹘翎、雉翎都可以，象征着权力，北方各族均有此俗。达罕的意图是，谁要强争，就说明谁有私心，有私心的人不可付以重托，最后要把基业托付给谦让的人。所谓"争之不足，让之有余"就是这个道理。

老达罕的想法没错，结果却适得其反，锡伯国也就此葬送了。

令达罕没有想到的是，兄弟三人各不相让，他们都明白，谁得到翎冠谁就是未来的锡伯国王，结果谁也没有得到，兄弟从此反目。

这就是传扬一时的"争翎事件"并被写进史书。那么"争翎事件"真相如何，今天我不说，没人能说得清楚，后世多有误解。"争翎事件"不久，老二尼哈齐赌气带着家属及所属庄丁一千余人，离开了苏斡延，北上绰尔河，同蒙古科尔沁部联合，形成个部落，也称锡伯国②。不久，老三朱察也率众出走，远去东海瓦尔喀。锡伯国更是雪上加霜，人口锐减。

---

① 这是民间口传，据《八旗满洲氏族通谱》，长为佛尔和（尔勒同音），次为尼雅哈齐。

② 史实是先称"瓜勒察部"，以姓氏为部名，明朝中叶锡伯国灭亡，尼哈奇（即尼雅哈齐）后人分化为两部，其中一支以"锡伯部"自称，这就是第二个锡伯国。两个锡伯国，同根一脉，今天却属于两个民族。它的分裂，大大削弱了锡伯国的势力。

到老王达罕去世，长子佛勒和继承时，锡伯国仅是方圆不足百里的弱小部落了。

虽然老祖纳齐布禄在锡伯国招驸马，帮助锡伯王收复一些失地，也没能挽救锡伯国的命运，待他看出来锡伯国已无回天之力时，也脱离锡伯，自立固伦。佛勒和死后，因无子嗣，锡伯国自然寿终正寝。

明代，在锡伯国故地设苏完河卫，管理原锡伯部民。

世事无常，形势多变。一百多年以后，老三朱察的五世孙常卡尼返回来，立部落于河西，称苏完部。现在的苏完部长就是常卡尼的次子索尔果。

常卡尼回来的时候，带回的人不多又杂。其中有一部分东海人，他们落户于苏斡延河西。那里人烟稀少，土地多未开垦。自称苏完部，苏完即苏瓦烟、苏斡延的异称，也就是原来苏完河卫管辖之地。这时河东的锡伯人已经臣服于扈伦国了。

当下满泰得知叶赫出兵侵犯苏完部，他立刻意识到，叶赫出兵不仅仅是收取苏完部，他得到苏完部以后，肯定越过苏斡延河，乘势夺取锡伯部故地，威胁乌拉国的安全。

他叫过三弟布占泰，令他带兵一千去迎敌叶赫，并告诉他，先到布勒希驻地，布勒希就住在苏斡延河下稍，距离苏完部不足百里，过河不出半日可到。

满泰也知道，苏斡延河屯垦军是一支凶悍的队伍，它对乌拉国构成威胁，二叔布勒希敢于从宫中抢走阿玛汗的小福晋，依靠的就是这支军队，满泰一继位就想铲除这股恶势力，苦于没有办法。他让布占泰传达国王的命令给布勒希，令他率领本部人马，过河攻取苏完部，要把苏完部夺到乌拉手中，以免被叶赫国独占。

满泰的用心可谓险恶，他知道叶赫是大国，兵强马壮，屯垦军肯定不是叶赫的对手，可以借叶赫之手，消灭他这支屯垦军，待两败俱伤之后，令布占泰占领苏完部，回头再解决布勒希，追究他往年逼宫抢人的罪名，将他的贝勒革除，降为"巴依新"[①]。

这也是满泰国王的一厢情愿。

布占泰来到苏斡延贝勒府，拜见了二叔，传达了国王满泰的旨令，夺取苏完部。不想布勒希一听，满心高兴，并保证拿下苏完部不费吹灰

---

① 巴依新：比奴隶高一等的平民，也可以称作依尔根。

之力，叶赫兵也不在话下，定杀他个片甲不留。

第二天，布勒希集合队伍，两千屯垦军一听说要上阵打仗，心里都乐开了花，多日无战事他们已经憋得难受很久了。

布勒希准备船只，又搭浮桥，一切准备完毕，领兵渡河，向苏完部发起攻击。这时叶赫兵正对苏完部城堡围攻，城建在险要处，易守难攻，突然又来了一支乌拉兵，苏完部便支持不住了。部长索尔果聚众商量办法，两个强国围攻，如何支撑得了！唯一的办法只有投降，才能保住瓜勒察氏家族的安全。有人主张投降叶赫，也有人主张投降乌拉。正在众议不决之时，人群中站出一个青年将士，此人乃部长索尔果的次子，名叫费英东，武艺高强，有万夫不当之勇，时年二十五岁。他提议，叶赫、乌拉来侵我们，投降哪一国都是屈辱的，哪个也不能投，南方建州部招募人才，不如舍近求远，投奔建州，努尔哈赤必能重用我们。

他的意见得到了族人的支持，于是索尔果决定：放弃苏完部，全族南迁，投奔建州。他们集中五百人，趁乌拉兵刚来，叶赫与之对峙的机会，从薄弱角落钻出城堡，连夜投奔辽东而去。他的这一举措不要紧，这里出现一个奇怪的历史现象，费英东家族编入满洲旗，而他的同宗，二世祖尼哈齐的后裔却被编入锡伯营，另立牛录。太宗天聪九年又把他们列为诸申，干脆排除在满洲八旗之外。现在苏完瓜尔佳氏（朱察后裔）是满族，而二世祖尼哈齐之后却是锡伯族，同宗一脉分成两个不同民族，历史上少见。

索尔果一家出走，就轮到叶赫、乌拉双方争夺苏完部地盘了，就在双方刚要兵戎相见的时候，布占泰赶到了。

布占泰没有执行国王满泰的密令，他不愿意看到纳喇氏自相残杀，他还想收编这支屯垦军，因为乌拉国要扩展，没有足够的军事力量是不行的。

布占泰会见了叶赫国的领兵主将，双方订立盟约，以苏斡延河为界，叶赫不进河东，乌拉不过河西，挖壕植柳，刻石立碑，各守疆界。就这样，乌拉、叶赫两国瓜分了原锡伯和苏完的领土，瓜勒察氏在苏斡延的统治，彻底结束。

盟约签订，双方皆大欢喜，各自退兵。布勒希心中不平，他劳师动众，一仗未打，让叶赫占了便宜，得去那么大一片土地，他不甘心。他不知满泰让布占泰领兵来此的意图，如果不是布占泰以大局为重，不搞内斗，他布勒希什么下场就难说了。

布占泰自作主张，把河东锡伯人居地，划归布勒希掌管，布勒希也心满意足，总算没有白折腾，终于捞到了实惠，他的财产又大大地增加了。

满泰对布占泰处理苏斡延问题并不是十分满意，因为没有解决布勒希，反而给他那么大地盘儿。布占泰做了种种辩解，满泰觉得布占泰年轻，经验不足，处事比较幼稚，也就不深究了。他们兄弟情深，相互依靠，共治国家。

得到苏斡延河东大片领土的二贝勒布勒希，他把领地一分为三，令长子噶尔珠掌管亦迷河东，令次子卓内掌管苏斡延河南，原锡伯人居地，而让小儿子阿吉跟他住在贝勒府。令人意想不到的是，他把从乌拉王宫里抢来的美女，赐给小儿子。他的两个大儿子为此争了几年，流血死人，他们对这个结果实难接受。在一次冲突中，布勒希小儿子阿吉，不明不白地被杀死在贝勒府。因阿吉无子，他这一支属于绝嗣，如今布勒希的后人仅传下噶尔珠和卓内两支，那位从乌拉王宫抢来的美女，也下落不明。

待布占泰即位，噶尔珠投奔布占泰，为其统领原来被收编的苏斡延屯垦军，作为预防叶赫的一支边防力量，几经淘汰，仍保留两千人的数目，但直到乌拉灭国，这支人马也没派上用场，杳无声息地守卫着苏斡延河。

第二十章　布占泰传奇

我们九世祖布占泰的一生，是传奇的一生，虽然结局悲惨，灭国亡家，妻离子散，但他的一生是绚丽多彩、波澜壮阔的。

不要以成败论英雄。

补叙几件事情。

布占泰原来没有自己的军队，处理苏翰延的事件他得了一支部队，从此势力强大。

按照满泰的意图，布占泰解决同叶赫分割苏完部的同时，顺便解决他二叔布勒希。因为布勒希种种行为已招致纳喇氏家族普遍不满，他又是威胁王权的危险人物。他又自恃功高，从布干到满泰两代国王他都不放在眼里。

上回讲了，布占泰为避免同族内斗，没有执行满泰的命令。

可是布勒希并不知道布占泰此来还负有另一个使命，就是顺便解决他。

他已经觊觎苏翰延这块土地很久了，今日刚刚到手，美中不足的是被叶赫占去河西一大块。

然而，河东这片土地，能否归自己还不好说。叶赫兵已撤去了，可布占泰迟迟不肯返回，不知何意。

布勒希心中没底，便让长子噶尔珠去试探一下布占泰的底细，最好能促使他早日撤兵。

试探的结果使他大吃一惊，布占泰对噶尔珠公然表示，他不走了，要自领这块地方，还要筑城建造府第，移家来住。

布勒希听到这个消息，那气愤、懊恼、心急、惊恐可想而知。我惦念多年的土地，今日好不容易才到手，灭了苏完部，赶走了索尔果父子，你布占泰要赖在这里不走，不仅是抢我已到嘴边的肉，无疑也是在监视自己。何况他还带来一千人马，那我今后的日子就不好过了。怎么办？

133

无论如何也不能叫他占据苏翰延地盘。那么，可有什么办法能使布占泰放弃这种打算呢？自己是他的亲叔，长辈不便同晚辈讨价还价，还得让长子噶尔珠去找他谈，他们兄弟感情尚好，可以无话不谈，通过他转述自己的愿望是最合适不过了。

当噶尔珠露出他阿玛有得到这块地盘的欲望时，布占泰干脆交了底，他说："阿哥回去转告二叔，要得这块土地可以，但必须交出苏翰延河两千屯垦军，不然，国主不放心。二叔以前所作所为，已经让宗族疑虑重重，令我坐镇苏完，就是防备万一。"

噶尔珠听明白了，回去向他阿玛传达了布占泰的原话。布勒希听得心惊肉跳，回想自己过去的行为，无怪人们信不过。他想，无论如何也不能让布占泰长驻这里。土地是财富，一方^①也不能放弃，布勒希权衡利害，同意交出屯垦军，换取苏翰延河东大片土地。

布占泰接收了两千屯垦军，将土地交付布勒希，并对他说："这样，大家都放心。额其克一家永葆富贵，过太平日子，贝勒之位可传之久远。"

布勒希得到了方圆几十里的大片土地，数万人口，成为西起刷觇河、东到亦迷河，加上原来占据的萨刺河以西大片领土，布勒希成了当时最大的领主，他的财富在乌拉国宗室贵族中，无人能比。

布占泰达到目的了，他得了两千兵马，终于有了自己的军队。

可是好景不长，他这两千屯垦军加上原有的一千人马共三千人，在后来的"九部联军"兵伐建州时，败于古勒山，三千军队瓦解，连布占泰本人也被俘。

等到布占泰回国继承王位的时候，又对苏翰延屯垦军进行了整顿，又招募一些，仍然保持两千人数，作为布占泰的亲兵，他没有把这支人马带回乌拉都城，留在苏翰延驻扎，说是防备叶赫犯境。

布占泰的传说，还有很多，讲起来，三五日也讲不完，后世子孙们要了解我们祖先布占泰，那就不妨讲上几件有影响的，正史上你是看不到的。

我们祖上历史我们自己清楚。乌拉国由七世祖布颜所建，他看到祖先创建的扈伦国已经名存实亡，他取消了这一国号，改为乌拉国，根基是乌拉部。布颜传长子布干，布干即位时已经四十多岁了。

---

① 方：是当时的土地计算单位。

布颜贝勒生有六子，布干居长，次布勒希，三子布三泰，四子布准，五子武山泰，六子博克多。在老王爷六个儿子中，布干非治世才，六子博克多倒是个人物，可他年轻。布颜熟读经史，通晓典故，废长立幼历来为取祸之道，权衡再三，最后拿定主意，还是由嫡长子继承，家族也无异言，没有出现权位之争。

谁知就在为先王治丧，新王登位庆典，前后忙乱了两个来月，又赶上过年。待一切理出头绪，宫中内外逐渐平静下来的时候，这才发现布干贝勒第三子，小台吉布占泰不见了。

布干贝勒生三子，长子布丹，次子满泰，三子布占泰。布占泰自幼不爱读书，专好练武，四五岁聘武功高手为教师，加上家传绝技，百步穿杨箭法，为先祖纳齐布禄传下。布占泰从小爱惹是生非，打架斗殴。因为他是王子，别人都让他三分，便更加有恃无恐，常常闹得紫禁城不得安宁。阿玛布干见此子顽劣，难成大器，从小就不喜欢他，也不关心他。国中家中连出大事，人们都在忙碌，没人注意布占泰的行踪，因紫禁城宫院大，宫室多，谁也没有留心他会藏在哪个屋内。待事情忙完平静下来才发现，布占泰失踪了。

查遍全城，访遍全国，几个月过去了，音信皆无。告示、悬赏贴出多日，无人揭榜，实在令人心寒。宫内外人们私下议论，八成凶多吉少，一个小孩子丢了这么多天，恐怕早已发生意外了，他仅仅是个不到十岁的孩子，自卫能力有限。

实在无处寻找，紫禁城也就不抱任何希望，王子丢失，这是一件大事。不知不觉，三五年一眨眼就过去，小台吉失踪的事，也渐渐地淡忘了。谁知，奇迹发生了，一天早晨紫禁城门刚开，卫兵首先发现了失踪四五年之久的小台吉布占泰。

布占泰有惊无险，没有发生意外。当年只有十岁的布占泰，见家里家外一片忙碌，无人关照他，便离开紫禁城，自己一人出了西门到江边玩耍。遇到一位鬓发皆白的老爷爷，这位老爷爷是个异人，他见了布占泰只说一句话："我来接你。"接着把布占泰领走。把他领到一个群山环绕的所在，中间有一高山，奇峰耸立，陡峭异常，是个十分险峻的地方。山上有石洞，石壁上镌刻有字，曰："九顶铁刹山，八宝云光洞。"这是个人迹罕至，与世无争的世外桃源。布占泰虽小，胆子很大，只要教他学武功，他什么都不怕。不知不觉，几易春秋，布占泰一晃在山洞里已经待了五年。这五年来，布衣素食，清泉溪涧，鸟语花香，枫红柳绿，比起紫禁城来，别有一番情趣。布占泰爱上了这个地方，愿意永远跟随师父，不再下山。这一日师父告诉他，这里不是你久住的地方，你还有事业可做，在乱世中求生存，这是天意。

师父把他送到乌拉城外，还是当年领走他的地方，告诉他说：这就是你的家，将来你就是这里的主人。说完，师父自己走了，以后不知去向，从此再也没有师父的消息。后来布占泰当上国王，特在奉先堂旁立一神祠，供奉无名师父即是此人，因几年来师父始终没有告诉他自己的名字和法号，有人传说他就是当年刘伯温的师父铁冠道人，可是刘伯温是元末明初人，辅佐朱元璋成帝业，那是二百年前的事，明末怎么还会出现？

布占泰返回途中，还收服了一个部落，并将其三百户带到乌拉城，安置在附近屯寨。

布占泰回来以后，家人见他性情大变，长得一表人才，成为女真人中第一个美男子，紫禁城内又惊又喜，全城沸腾。

万历十三年，在位十年的布干贝勒故世，三十岁的次子满泰继承。满泰虽然精明强干，但性情残暴，国人畏惧，族人不服。这时候乌拉国内分裂成两股势力，本来就很软弱的乌拉国，更加动荡不安。

这事与同宗哈达有关。

哈达王台称汗在乌拉建国之前，布颜立国也借助王台的势力，所以乌拉一建国就极力维护哈达，王台得以成为扈伦四部盟主。王台死，子孙争权，哈达内乱，乌拉仍从属哈达，帮助稳定哈达局势。这个时候，长期与哈达为难的叶赫部强大起来。满泰继位之初，哈达内乱刚刚平息，需要借助同宗乌拉的力量，对付叶赫，这就导致了乌拉王族的分裂。满泰有一堂叔兴尼牙，本是富尔哈太安一支。兴尼牙之父布哈纳，是太安第二子，在创建乌拉国时，他们出过力，自然也就得到了很大的利益。布哈纳生二子，奇雅木居长，兴尼牙为次。布干在位时，将这位堂弟安置在萨尔达城，令为城主，称贝勒。可兴尼牙并不满足靠近松花江边这一小小土堡，而是在内罗城大造府第，全家迁入，使萨尔达城荒废。兴尼牙曾娶叶赫女为妻，他就主张抛弃哈达而依靠叶赫，甚至提出帮助叶赫灭掉哈达，平分哈达领土。在这种情况下，满泰出兵绥哈城，把原属于哈达王台的领地兼并了。塔山变乱时，王台曾在绥哈城避过难，那里有王台的房屋、土地、牲畜、财产，这一来自然会引起同宗哈达的不满。因为乌拉同哈达并不接壤，也就没有扩大事态。兴尼牙的怂恿并不以此为满足，他要全力依靠叶赫，实现更大的阴谋，所以后来发生了流血事件。

兴尼牙在布干当政时就有取而代之的念头，因为布干患了中风症。

兴尼牙为人精明强干，机警过人，野心很大。他见布干、满泰父子无所作为，亲近哈达，心怀不满。他认为哈达已经衰败不堪，叶赫势力强，只有依靠叶赫才能有希望，其实他是想靠叶赫的支持在乌拉称王，取代满泰。

满泰也早有警觉，对兴尼牙也十分戒备。满泰虽然无多大本事，但在家族中有三个依靠的力量：第一个是原配福晋都都祜，出自名门望族，手使一对小小的紫铜锤，把上有环，挂着长链，五十步内击中目标，链子一抖，铜锤立返手中，快速敏捷，成为一手绝活，人见人怕，号称"铜锤娘娘"；第二个，满泰贝勒六叔博克多，手使一对铁鞭，有万夫不当之勇，擒龙缚虎之力，打遍四方，从无敌手，军中呼为"铁鞭将军"；第三个是亲弟布占泰，自失踪又回来之后，几年之间，建功立业，辅佐满泰，平定各部，立有功勋。布占泰又人才出众、武艺高强，善使一杆亮银枪，万人难敌，国中称为"银枪王子"。在当时，乌拉国的"铜锤娘娘"都都祜、"铁鞭将军"博克多、"银枪王子"布占泰，时人呼为三杰。这三杰都对满泰忠心耿耿，别人也就俯首帖耳，兴尼牙纵有通天的谋略，面对这种形势，他光有贼心，而无贼胆，不得不收敛了。

满泰见宗族内称贝勒的不下十余人，国王也称贝勒不够尊贵，提出国王改称大贝勒以示区别。宗族议事上遭到兴尼牙一伙的抵制，二人矛盾日深。满泰为了摆脱困境，振作起来，在六叔博克多和三弟布占泰的支持下，不断对外用兵，开拓疆土。势力伸展，东到窝集，北达呼尔哈，西逼车臣境，南并苏完部。乌拉的壮大，也给满泰带来了极高的声誉。满泰日益骄横，人心渐失。诸部看他多么强大，国内却是不稳，这就是人们所说的外强中干。

满泰尝到了依靠武力的甜头，更加热衷于战争，靠打仗来巩固地位，全不顾国内人民死活，怨声载道。满泰不管这些，我行我素，积极加入扈伦联盟，同叶赫、哈达、辉发搅到了一起，以便有朝一日做扈伦四部盟主，成为当年的王台，在女真中发号施令。

满泰即位时，他的几个亲叔还在世，二叔布勒希和三叔布三泰已老，四叔布准，五叔武山泰，六叔博克多都在中年，身强力壮，演阵行猎，出兵打仗都冲锋在前。满泰几年来就是靠他们打下几块地盘，收服一些部落。可是现在，他们也看出来日益强盛的乌拉国存在危机，他们向满泰进言：不能再打仗了，乌拉国频遭水旱虫灾，连年歉收，人民缺衣少食，当务之急是休养生息，恢复国力，安享太平。满泰不听。相反，在兴尼牙的倡导下，满泰加入以叶赫为首的扈伦联盟，两人的关系有所缓和，兴尼牙又得到了满泰的信任。

大明神宗万历二十年春，满泰亲自率兵一千，同叶赫、哈达、辉发三国贝勒一起，出兵辽东，对建州发动进攻。这是自满泰当政七年以来第一次亲自带兵出征。以前都是派遣几个叔父或兄弟子侄，自己从不上阵。这回是因为他不再相信他们了，才亲自出征的。建州主努尔哈赤很有谋略，仗一打起来，他不去解救被联军围困的户布察寨，却出兵攻哈达国的富尔加齐寨。哈达怕富尔加齐失守敌兵入境，最先退出战斗回救富尔加齐，建州兵趁势反攻，剩下三国几千人马招架不住，只有退走。

这次出兵谁也没有占着便宜，基本打个平手。满泰这才意识到，出兵打仗并不是那么容易的。

四国各自撤兵返回，叶赫达到了目的。叶赫这次倡议出兵有两个目的：第一，看一看扈伦四部能不能听从叶赫的召唤；第二，试探一下建州努尔哈赤的虚实。叶赫认为，扈伦四部听从调遣不成问题，建州的努尔哈赤不能小看，确是一个劲敌。

叶赫同建州发生冲突，根源在何处？这里简单交代一下。

叶赫的始祖名叫星根，生子习尔克，习尔克生子齐尔哈纳，任明朝塔鲁木卫指挥，以盗边被斩首开原市。齐尔哈纳子太杵被明朝唆使哈达汗王台击杀于柴河堡。太杵获罪被杀，子孙不得袭，以其侄清佳努、杨吉努继任。兄弟二人筑东西两城，建叶赫国，皆称贝勒。不料于万历十一年腊月被明朝诱入开原杀于关王庙。清佳努子布寨，杨吉努子纳林布禄继任，时刻思报父仇，自知力量不足，寻求外援。纳林布禄有一妹，名叫孟古，被他阿玛杨吉努许配给建州头领努尔哈赤。纳林布禄即位后，亲自送妹去建州完婚。纳林布禄看建州势力较强，遂向努尔哈赤表示要报父祖被杀之仇，请他支援。努尔哈赤满口答应，并表示叶赫的事就是建州的事，一定会全力以赴。纳林布禄相信了努尔哈赤的保证，出兵反明。明兵在辽东总兵官李成梁的统率下，数万人马围住叶赫两城。叶赫派使去建州求援，努尔哈赤吞食诺言，不予理睬。纳林布禄兄弟知道上当受骗，外援不能指望，只有被迫开城率阖族投降，纳林布禄兄弟险些被杀。

不用问，叶赫纳林布禄兄弟对努尔哈赤的愤恨可知。当初若不是得到你的承诺，我弟兄决不会不自量力去拿鸡蛋碰石头。努尔哈赤怂恿叶赫出兵，明明借刀杀人，这哪里有一点亲戚意思。

这就是叶赫同建州积怨的原因。

四国退兵以后，叶赫纳林布禄贝勒觉得努尔哈赤并不是那么容易对付，需要联合更多的部落重兵围剿。凭着他的交往和人缘，他派出使臣到各部活动，联合各部共同出兵，誓灭建州。

扈伦四部之所以灭亡，这次出兵是一个导火线，老汗王看透了四部的实质，遂产生了吞并四部之心。

这就是天意，阿布卡恩都力主宰一切。

第二十一章　同辉发结亲

前边讲过了，在明代关东大地的女真部落，为了生存发展，壮大自身势力，用联姻的手段也是行之有效的办法之一。特别是扈伦四部时期，联姻之风成为时尚。

拿乌拉来说，除了讲过的同建州女真老汗王努尔哈赤先后十二次联姻而外，同叶赫也有五次。据先人传下，第一次联姻是扈伦国时期，第三世一祖撮托生二子，长子巴岱达尔汉娶妻塔鲁木首领齐尔哈纳之女，叶赫之先就是塔鲁木卫，那时他们还是扈伦国的一部分。巴岱达尔汉敢于刺杀堂侄克什纳都督夺权，依靠的后台就是叶赫。

第二次是乌拉第八世兴尼牙贝勒欲篡夺乌拉国王位，也有叶赫的影响，因为兴尼牙的福晋是叶赫女，满泰被刺杀于苏斡延湿栏，兴尼牙是最大的疑犯。他在谋害布占泰失败后举家逃往叶赫，更说明叶赫对苏斡延事件也脱离不了干系。

布占泰与叶赫公主东哥订婚，这是第三次，这次联姻无果而终。

第四次，布占泰之女萨哈连格格许嫁叶赫贝勒金台石的第三子沙浑台吉，未娶而叶赫灭亡，沙浑被努尔哈赤杀害，而萨哈连格格却被指给褚英儿子杜度为妻，乌拉同叶赫的姻亲又一次黄了。

布占泰逃到叶赫后，不敢娶东哥公主，却娶了金台石的外甥女，这算是他们第五次联姻。

哈达是同宗，女真人严禁族内婚，两国当然不可能联姻。那么，辉发国呢？辉发同叶赫类似，虽然也姓纳喇氏，却不是一族，没有血缘关系，联婚也就在所难免。

可是，乌拉同辉发的联姻，与任何一个部落的婚嫁都不同，每一次都充满了血腥气味，而且都以死人为代价，所以乌拉的后人从不愿意提起同辉发国联姻的事。

先说一说辉发国的起根发源，来龙去脉。

辉发的先人原来不是住在长白山地区，而是在松花江下游。在明朝初期，牡丹江汇入松花江不远处，也有一条大河流入松花江，这条河叫呕罕河①，三江交汇的地方土名叫三姓，这里一直是女真人的聚居地。

在当时，这里最大的家族是益克得里氏，他们是从黑龙江口迁徙而来，占据了呕罕河地区。族长叫星古力，他生了两个儿子，次子必缠英武强悍，亲去北京朝贡，明永乐皇帝就让他当了呕罕河卫的都督，他传子乃胯，乃胯传子你哈答，这一支就在呕罕河扎根创业了。现在倭肯河流域的依兰、桦南地区，仍有他们的后裔。

辉发的直系先人是星古力的长子留臣一支。他们一族离开原地，移居蜚克图河，也同明朝发生了贡市关系，得了肥河卫都督的头衔。他传子刺令哈，再传别里格，三传拉哈，四传噶哈禅，因为噶哈禅都督参与塔鲁木卫的盗边活动，官衔被革除，到他的儿子齐纳根，益克得里氏就变成一介平民。这时候，他们早已离开肥河，而移到张地了。张地在今之伊通东南部，时有纳喇氏部落在张城，嘎珊达图莫土收留了他们，两族合并，齐纳根放弃原来益克得里姓氏，改为纳喇氏，便于区别族属，称辉发纳喇氏。辉发纳喇氏也不是改姓时的原称，是辉发筑城建国后才专称的。

齐纳根生三子，长子奈瑚，次子王机褚，三子汪峇。另外，他还生了几个女儿。

齐纳根死后，统领家族部众的担子就落到二子王机褚的肩上。因为长子奈瑚软弱。王机褚觉得肥河卫都督传到祖父噶哈禅就被革除爵位，丧失了继承权，阿玛变成白身②，很不服气，立志要干出一番事业，重振家风。

这时正是女真社会兼并的最后阶段，哈达最先建国，受到明朝支持，乌拉紧跟，也于嘉靖四十年建国称王。叶赫虽没正式公开国号，他们正在筑城建寨，称王也是迟早的事。王机褚动了建国称王之心，可到哪里去找落脚点呢？他的势力能涉及的地方，没有一座坚固的城池，虽然辽金时期留下一些旧城堡，都破烂不堪，无险可守。为此，他亲自跑一趟哈达城去见万汗，万汗是女真总盟主，他不点头，你就是建号立国也是麻烦事。他见了万汗，表示自己也是纳喇氏，如今没有栖身之所，请求

---

① 呕罕河：今之倭肯河。

② 白身：明清时，无功名，无官职的叫"白身"，就是没有社会地位的一介平民，现在所说的"老百姓"。

万汗给指定一块地方，建号以后，永远服从哈达，听万汗调遣。万汗给他指出一块地方，那里群龙无首，部落分散，群山环抱，河流纵横，与他部阻隔，现无人占据，就是当年大辽时代的灰扒国大王府的辖地。

王机褚早已看出那个地方是最理想的区域，他不敢贸然占据，怕万汗干涉，因为那个地方靠近哈达国。既然你不要，那我自然当仁不让。得到万汗的承诺，王机褚这下放心了，只要你万汗默许了，其他部落都不在话下。

王机褚得到了万汗的承诺，回到张城后集合家族部曲两千多人，毁弃张城，表示决心不再回来，深入到辉发河，平定了一些部族，收服了几个部落，选中辉发河岸边苍岩壁立的扈尔奇山，建造一座十分险要的山城，王机褚自称辉发贝勒，辉发国就算建立了，时在大明隆庆五年。一年后，叶赫正式建号称王，扈伦四部形成。

王机褚摆平了哈达万汗，建国称王之后，给他送了厚礼，年年进贡。万汗把辉发国当作藩属看待，可也相安无事。不料引起了一个蒙古部落的不满，察哈尔部图土门汗率兵来侵，围攻扈尔奇山城半月不克，最后被王机褚击退，辉发城坚地险，部民勇敢从此名扬海西。王机褚乘势扩张，抢占地盘。辉发的发展空间有限，东有讷音部，南有建州部，西临哈达国，唯北边是个三不管的地带，他派出两个儿子领兵北上，却也收服了几个屯寨，掠到一些人畜和财物，不料却捅了马蜂窝，几乎使这个新兴部落国破家亡。

在辉发城北方百里左右有一座山城，叫巴拉城子（半拉城子）。为什么叫巴拉城子呢？因为这座城修筑在山上，什么年代建造不得而知，又俗名"高丽城子"。叫"高丽城子"的地名太多了，不一定都是高句丽人留下。这"巴拉城子"废弃多年，风雨侵蚀，又遇到山体滑坡，致使后部分一段城墙坠毁，就剩下一多半石墙，成了半拉城，所以传为"巴拉城子"。半个残垣，虽无人居住，可它地理位置重要，扼守在辉发通往乌拉的要道上，为兵家必争之地。当辉发兵经由巴拉城子山下大路北进的时候，不料却遭到了一伙人的阻拦。这是乌拉派来修缮巴拉城子的民夫。辉发意识到，如果巴拉城子被乌拉国占据，就等于在辉发的国门上钉上一颗钉子，随时都会对扈尔奇山城构成威胁。

现在看来，这个残破的巴拉城子对辉发太重要了。辉发兵仗着人多，驱散了乌拉民夫，强占了山城，并留兵驻守。

灾祸也就因此而引起。

原来乌拉国王布颜得知王机褚在辉发建国，立即派人维修巴拉城子，作为南境哨所，防止辉发北扩。于是，这个废弃多年的残破山城，就成了抢手的香饽饽，成了乌拉、辉发两国争夺的焦点。

当下老祖布颜得知辉发占了巴拉城子，筑城民夫被驱逐，如何能容忍，聚集家族、子侄、大臣、领主们商量对付的办法。他的次子布勒希挺身而出，说不劳阿玛汗操心，我有两千苏翰延屯垦军，个个都骁勇善战，也莫说一个小小的巴拉城子，就是拿下辉发城子也易如反掌。布颜同意了，令布勒希率军去收服巴拉城子，夺回之后，即驻守在那里。临行又一再告诫，辉发城坚地险，蒙古察哈尔汗都没能攻下，我们不要惹他，夺回巴拉城子就算了。

布勒希嘴上应下，心中却另有打算。

万历四年，老祖布颜病危，长子布干继承。为布颜治丧之后，布勒希领兵出征，南下辉发。布勒希对布干继承王位不服又不满，可这是阿玛汗安排的，宗族会议在堂子通过的，谁也改变不了。如今老王爷已故世，谁还能管得了我？他就打起了辉发部的主意，占据那里，另起炉灶。

布勒希率军来到巴拉城子的时候，没有想到，辉发已派了一千人防守，这又是一支劲旅，其凶悍不逊于苏翰延河屯垦军。

布勒希不管那些，他自己武艺高强，兵强将勇，经过苦战，打败了辉发驻军，辉发兵死亡三百多人，余皆退回去。布勒希部下也伤亡近二百，这一来激怒了布勒希，他挥兵南进，一鼓气来到扈尔奇山下，围住了山城的半面，因为另半面悬崖峭壁，有辉发河环绕。

当时的辉发城并不大，依山筑城，半在山腰半在平地，仅有一道城墙还是半面，后来的大城是拜音达里建造的。

布勒希一心想攻下扈尔奇山城，使辉发变成他的领土。王机褚坚守山城等待外援，他已派出数行使者，到各部落求援。

周围邻部，惧怕乌拉势大，不敢来援。已经建国称王的叶赫倒有点渊源，可是相距较远，又加上政权新立，不敢得罪乌拉大国。

王机褚孤立无援，扈尔奇山城即将陷落。在这危险关头，一个人救了他。谁，哈达万汗。

哈达万汗得知乌拉兵围困辉发城的消息，他不想让辉发落入乌拉之手，虽然是同根一脉，毕竟分支已久，他要保证王机褚的地位，作为他的膀臂，由于同宗关系，又不好派兵支援辉发而对抗乌拉。他派出宗族大臣，一行去乌拉城，劝说布干撤回进攻辉发的人马；一伙去辉发制止乌拉兵攻城。

　　布勒希虽然桀骜不驯，也不敢违抗万汗的命令，把攻城的苏斡延河屯垦军撤下来，就地扎营，等待国中的指示。

　　两天以后，乌拉使者布三泰来传达国王布干的谕令：从辉发撤军。

　　布勒希勉强听令。布三泰是三贝勒，他们是亲兄弟。他告诉二哥，大哥是奉了哈达万汗的旨意，不要吞并辉发部，可以把边界向南延伸，并要王机褚献女和亲，两家罢兵，从此各守疆界。

　　布勒希想，那太便宜了辉发，攻打巴拉城子损失了一百多人，还有七八十名伤号，他不能这么算了。辉发当然不能灭，可王机褚的金钱美女不少，在撤兵之前来一次掠夺，然后满载而归，也不算白来一趟。他提出要带兵进扈尔奇山城休息两日，然后班师回国。王机褚老谋深算，早看出布勒希的用心，是在打他金钱美女的主意。只要打开城门，那后果不堪设想。当然，布勒希的要求被王机褚拒绝。布勒希恼羞成怒，连夜攻城，布三泰劝阻不成，连夜回乌拉报信去了。

　　谁想，王机褚知道了哈达万汗从中斡旋，并不支持他的同族乌拉国，立时增强了信心，号召辉发兵奋起抵抗，坚守城池。这两支军队都是以凶悍闻名，攻守战打了两天两夜也没分上下。辉发兵的勇敢顽强令苏斡延河屯垦军望而却步，伤亡三四百人，也没有攻进山城，最后败下阵来，狼狈退走。布勒希将一千五百多名残兵带到巴拉城子驻扎下来，不走了。

　　王机褚虽然击退乌拉兵，但辉发兵也伤亡较大，山城虽然保住了，可乌拉兵占据巴拉城子，他却无力量攻取。

　　双方都伤了元气，暂时休战，也算服从了万汗的命令。其实，这时候的哈达国已不比从前，万汗老迈昏庸，忠奸不分，贿赂公行，搞得民怨沸腾，表面看来，貌似强大，实则外强中干，危机四伏。万汗的命令亦不像从前的圣旨一样有效了，他在乌拉、辉发两部的争端上，再也号令不灵了。

　　仅仅不到半年时间，形势变化就是那么快。

　　自己事儿还得自己办，自己套儿还得自己解。布勒希在巴拉城子驻扎四五个月，修补城垣，建屋造房，做长期驻守的打算。这样一来，王机褚坐不住了，乌拉的边界要推到巴拉城子，那辉发的日子就难过了，因为那里离辉发城不足百里，大片土地、山林、牧场都被占去，辉发国的生存受到威胁，等于在老虎嘴边上睡觉，随时都有被吃掉的危险。

　　在万般无奈的情况下，王机褚只有委曲求全，向乌拉国服软认错，提出只要把巴拉城子归还辉发，乌拉撤兵，辉发让两处牧场，赠送马匹、山货、珠宝、布匹作为劳军，并订立盟约，各守疆界，互不侵犯。

布勒希答应了，同时又提出一个附加的条件：要用辉发贝勒之女联姻，两部结成亲盟关系。

王机褚为了拔掉安在巴拉城子上的这根钉子，答应了这门亲事。

早在辉发建国之前，王机褚就结好乌拉，把长女嫁给布颜国王长子布干为继室，这是十年以前的事了。现在布干当了乌拉国王，又要提出联姻，反正亲上加亲也不是坏事，可是他的女儿都已出嫁，现在没法满足乌拉的要求。怎么办，王机褚足智多谋，居然想出一个李代桃僵的办法，从亲族中找一个十六七岁的女孩，冒称养女，送到布勒希营中。布勒希也不辨真假，自己乐颠颠地收下了，用毡车把她拉回苏翰延河贝勒府。撤兵之时，不忘毁坏已经补修差不多的巴拉城子，使它又一次残破。

王机褚用假养女骗过布勒希，事情也没能瞒住，结果还是露出了马脚。

布勒希把辉发女拉回贝勒府的第二天，就请人择日，要与女孩成亲，不料辉发女问道："你是什么人？你不是乌拉国王，我嫁的是国王，不是下人。"

原来王机褚用她代女联姻时就明确告诉她，把你嫁到乌拉王宫，你就是贝勒侧福晋，同我的女儿也是个伴儿，永享富贵。这样，辉发女信以为真，被王机褚派兵保护，送到巴拉城子，这就是用女换城的两部结盟。

但是辉发女被拉到苏翰延河地方，看这里是荒凉的屯寨，不像王都，贝勒府虽深宅大院，不过是个庄园，她觉得受骗了。据说女孩已有了爱根①，要不是王机褚许以乌拉国王，她死活不会答应。

现在事情变化得这么离谱，她转而怨恨王机褚贝勒，不该骗我，不该拆散我们的姻缘。这个女孩很有女真人的个性，便当布勒希说了实话。他说，我不是贝勒爷的养女，是贝勒爷临时找到我的，说送我进乌拉王宫，给王爷当福晋，你送我去乌拉王宫，我不在这里。布勒希一听不是辉发贝勒女，也觉得受了愚弄，但一看此女，很美。他的信念是，我不管你是不是贝勒女，只要年轻美貌，供我玩乐就可以。

他说，不管你是不是贝勒女，只要你讨得爷喜欢，爷不看你出身，

---

① 爱根：男朋友、爱人、丈夫都称爱根，女真语。

一样疼爱你。

不料，辉发女坚持不肯，一定要送往乌拉，不成就回辉发，多一天也不想留在这里。

布勒希的脾气，他能容忍不听他摆布的女人吗？公然告诉她，辉发贝勒王机褚用你换我的巴拉城子，把你嫁给谁得我说了算，我阿哥身为国主，宫里有的是美女，你就不用指望迈入我乌拉宫廷。爷我喜欢上你是你的造化，乖乖地跟爷过日子，包你享不尽的荣华富贵。

不想这位辉发女，性情更火爆，她气极骂道："你妄想！你们乌拉国人都是骗子，送格格我回家去。"

布勒希挨了骂，气得火冒三丈，吩咐手下家奴把她吊在拴马竿子上，用马鞭抽打，边打边骂："小兔崽子，我叫你嘴硬，爷我长这么大，从来还没有碰上敢跟我犟嘴的人。"

更让布勒希没有想到的是，这个辉发女孩任怎样抽打，一声不哼，也不求饶，女孩被打得鲜血淋漓，皮开肉绽。

布勒希今天碰上了硬茬，弄得骑虎难下，但他气没消，更加暴跳如雷，口中不住叨咕："打死你这个贱奴才，我叫你嘴硬……"

下人不敢上前劝解，怕出人命，有人偷偷地跑到正厅，报告了大福晋。布勒希再凶，可他最怕大福晋，大福晋武功厉害，又是名门望族之女，她才是贝勒府的真正主人。大福晋绝不允许布勒希胡来，听到这件事立刻赶过来，这时辉发女已经奄奄一息了。

放下女孩，问清了事情经过之后，大福晋瞅着布勒希骂了一声："造孽！"

接着吩咐道："给她敷点红伤止痛药，将养好了，送她回辉发。"

大福晋离去，布勒希知道惹了麻烦。果然，大福晋就此事专门立了家规，今后不准往家收娶任何女人，违者逐出贝勒府。

布勒希十分扫兴，但他毫无悔意，反而怨恨王机褚骗了他。若真是王机褚之女，那可是公主，他是万万不敢截留的，因为是异姓，他才敢色胆包天，留为己用。

一个月后，辉发女伤愈被送回娘家。布勒希为了报复王机褚，带兵偷袭巴拉城子，结果被辉发兵打败，又伤亡了百来人，布勒希从此也就消气儿了，再也不敢冒犯辉发。

第二十二章　辉发部内乱

　　万历十三年，布干去世，次子满泰继位，乌拉纳喇氏又恢复了"立幼不立长"的传统，划宜罕山城为老大布丹的领地，异地安置，是乌拉避免权利争端而行之有效的办法。布颜老祖对他六个儿子就是这么做的，虽然布勒希屡生事端，终未酿成大祸，大体还算安静。

　　前边讲了，布勒希虽对乃兄继承耿耿于怀，久有取而代之之心，可如今他已死，满泰是侄儿，叔父总不能夺侄儿的位子吧，他也就收敛起时起时落的野心，老老实实地待在苏斡延河的贝勒府，以待时机了。

　　布干国王去世三年以后，辉发贝勒王机褚死。王机褚原来生八个儿子，长子拉丹早亡，拉丹留下两个儿子，长子拜音达里，次子苏巴泰。除此，王机褚还有七个儿子，均年富力强，个个英勇过人。老贝勒王机褚从七个儿子中选择继承人，已经考察了多时，还没来得及公布就突发急病，嘴淌涎沫，口不能言，这种病叫"急性中风不语"，很快就寿终正寝了，至死也没说出立谁为继承人，谁也不知道他是怎么打算的。

　　就在这个时候，拉丹的长子拜音达里，发动政变，杀死了七个叔叔，夺取了贝勒之位。

　　几年以来，拜音达里就暗藏野心，收买死党，待老贝勒晏驾时不立自己继承，就采取果断措施，以非常手段夺位。他收买的死党中有两名勇士，一名苏猛格，一名克充格。果然，老贝勒急病而死，没有来得及指定贝勒人选，这是个机会，他假传遗命，说玛发咽气前指定他为继承人，他的叔叔们当然不会相信，要看先王遗书。拜音达里说老贝勒是口谕，来不及写遗嘱，一个中风不语说不出话，又身体瘫痪的人能口授遗嘱，当然没人相信。拜音达里同苏猛格、克充格密谋，只有杀掉有争位的人，不留后患。事成之后，分辉发土地与二人各立部落，自做主子。二人见有利可图，自然效劳。于是，惨案发生了，他的七个叔叔命丧宫院。七家子女眷属大多外逃避难，拜音达里顺利地登上了贝勒的宝座。

辉发国人得知拜音达里以孙子辈分接替爷爷，虽不合礼制，但他们多认为真是王机褚的遗命。他们还以为，王机褚老糊涂了，即使立孙子也不该让孙子杀他叔父，人伦何在，天理何在？

辉发国人为什么会相信老贝勒立孙子呢？这里有民间谣传的一段绯闻，不知是真是假。

据说，王机褚长子拉丹，年轻病亡，他的年轻妻子领着两个男孩，被王机褚接入贝勒府供养。王机褚见儿媳年轻貌美，不准外嫁便与之通奸。在明代的女真社会里，除了严禁"族内婚"而外并无伦常之说，只要不是同一血缘，不论名分，不分辈数，子可娶父妾，父可纳子妻，都是合法，这叫"接续婚"。最初实行"接续婚"是为了财产，后来变成了习俗。其实王机褚可以公开地收儿媳为侧福晋，谁也不会非议。可是辉发的情况特殊，除拉丹之外，还有七个弟弟，三四个已经成家立业，他们都在打他嫂子的主意，因为只要嫂子娶到家，便会得到一笔财产和大批阿哈，壮大自己势力。小叔娶嫂子，这叫"转房婚"。"转房婚"是当时受人尊重的一种婚姻制度，要比"接续婚"被人容易接受。王机褚当然明白这一点，他感觉到几个儿子有"转房婚"的打算时，他犹豫了，作为一国之主跟儿子争女人，总不是美事。他有过令次子或三子"转房"的打算，可他又舍不得这个年轻貌美，又对他温顺体贴的儿媳。这样，老公公和儿媳，就这样偷偷摸摸地继续保持不干不净的乱伦关系。

拜音达里兄弟慢慢长大，看出了玛发跟额娘有些不正常，他们还不懂得这是怎么回事。直到有一年夏天，拜音达里从山上望江楼看到玛发搂着额娘，二人滚做一团，而且赤身露体，躺在铺着的厚厚垫子上。公公、儿媳的事儿被孙子看见，这还是头一回，很觉尴尬，十几岁的孩子毕竟也懂点事儿了。王机褚为了笼络孙子，减轻他的反感，当时说了这么一句话："你阿玛不在了，贝勒将来就是你的。"

从此，拜音达里知道了母亲和爷爷那种不光彩的事，也记住了爷爷许下的贝勒承诺。可是随着日月的推移，王机褚从不提起当年许下的诺言，他要从七个儿子中物色继承人，因为他发现这个孙子心术不正，奸险狠毒，绝不是仁慈之主，事业交到这样的人手上，他王机褚是不放心的，他毕竟是创业之主，创业之主都是英明的。

可是拜音达里却当真了。国人也知道了老贝勒和儿媳的风流事，同时也流传老贝勒为此要立孙子为他的继承人之说，所以拜音达里杀叔夺位，反而认为是正常。

这是你家的事，与老百姓何干，贝勒宝座，爱谁坐谁坐，谁坐给谁纳金，平民百姓过的是太平日子，别无他求，就这么简单。

可事实并不像人们想象的那样，新国王拜音达里上台不久，把老贝勒王机褚的政令全改变了，赋税加重，徭役频繁，聚敛搜刮，层层加码，部民才知道这个新主的厉害，有承受不了的便移家外迁。但部落实行的是依附制，所有国人全是奴隶，他们为领主而生，为领主而活，没有人身自由，而且管理极严，处罚极重，逃走如被抓回，全家处死。辉发人逃出去的有限，而被捕杀的更多。

在严酷的暴力高压下，国内逐渐安静下来。可是辉发宫廷又出了事故，被杀害的七个叔叔家不答应了，他们联合起来向拜音达里讨说法。辉发王族也起来反抗，形成一股强大的势力，威胁着拜音达里的统治。拜音达里抛开扈伦各部，向建州努尔哈赤求援。努尔哈赤刚刚有点势力，很痛快地答应了辉发的请求，派大将额宜都率兵两千，进入辉发国。这两千兵奉了努尔哈赤密令，不论王族平民，只要是辉发国人，见着就杀，一个不留。这伙建州兵在辉发境内烧杀掠夺，所过为墟，他们攻破了几处辉发王族反抗的据点，平毁了几个村寨，杀了近千名辉发平民，包括儿童老人，年轻妇女全被掳走。辉发王族受到沉重打击，只好外逃，逃不掉的同样皆无幸免，人们躲进森山密林，家园被毁，颠沛流离，这还是幸运的，好歹算保住了性命。

拜音达里得知建州兵不分叛族平民一律屠杀的消息，他才后悔做了一件错事兼蠢事，请外族帮助镇压国内反抗者，反而危及自身的安全。他后悔当初的鲁莽行事，造成难以弥补的后果。眼看建州兵逼近扈尔奇山城，他慌了手脚，一面派人去赫图阿拉请努尔哈赤召回建州人马，一面派人去见额宜都，声明辉发内乱已除，感谢贵军帮助，并恳请撤兵回国。

常言说得好："请神容易送神难。"额宜都的使命是"杀尽辉发人，占据辉发地"，没有努尔哈赤的命令，他怎肯轻易撤兵？最终还是努尔哈赤权衡利害，认为占据海西地盘还不到时候，向拜音达里索要了大批财物之后，令额宜都撤回了。

辉发王族趁着建州军进入捕杀人的混乱之机，逃出去一百多人。这些人绝大多数逃到叶赫，哭诉家人被杀，庄园被毁，拜音达里残暴不仁，勾引建州兵屠杀本国同胞的罪行，请叶赫看在昔日联盟的情分上，帮助挽救辉发。

提起辉发与叶赫同盟关系，那还是几代以前的事。两部建国之前，王机褚的祖父肥河卫都督噶哈禅，参与过叶赫先人，塔鲁木卫都督祝孔格反明盗边，从此被革除了职位，叶赫子孙总觉愧对辉发家族，不忘先人之间的情谊，对辉发建国提供方便。如今辉发政变，建州兵又介入，本来叶赫新的当权者布寨、纳林布禄对努尔哈赤没好感，便答应帮助辉发王族驱逐拜音达里，另立新君。不过，急不得，等机会。

辉发王族在叶赫有了安身之处，以叶赫为基地，不断潜回辉发，策动在辉发的亲朋故旧大量越境叛逃，辉发局势又出现动荡。拜音达里派使去叶赫索要逃亡家族，被叶赫拒绝。索不回逃亡家族，拜音达里只有加强边境管理，从严惩处逃人，大批逃亡才有所减少。

转过年春暖花开之时，拜音达里觉得政权巩固了，宝位坐稳了，又露出了他的本性。

辉发国是个山高林密，河流纵横，土地肥沃，物产丰富的鱼米之乡，太平时节人民安居乐业。春天到来，万物复苏。在女真社会，这个季节禁止捕猎，可下河打鱼。为什么？因为春季是林中兽类繁殖时期，令其繁衍后代，秋后到冬季才是捕猎季节，这样不会减少猎物。可是拜音达里一反常规，单要在春暖花开时期捕猎。辉发城的北、东、南三面都是山岭相连的围场，他偏偏选中地势较平，无高山峻岭的西边，五十里外有座古城，叫海龙城。那里没有围场捕什么猎？原来那地方水秀土肥，是个出美女的地方。拜音达里打的是美女的主意，他令苏猛格带三百护卫保驾，驻进海龙城就不动了，命令活吞达①给他从民间选美女，要一百名，多咱够数多咱离开，限期一个月内完成。

谁想这个选美的消息一传出去，并不像预想中那样，家有女孩都主动奉献，令国王挑选，选中者便以为荣幸。相反，有女孩的人家闻风躲避，人们讨厌这个国主，不愿让女孩落入虎口。活吞达也是有意让女孩家躲避，行动之前大肆宣扬，唯恐人民不知，这就给百姓提供了机会，得以外逃。等到拜音达里派兵搜索的时候，已经晚了，当然他什么也得不到。

几天过去，并没选到几个美女，风声却传遍了关东大地，辉发贝勒强抢美女的消息被各部落了解得清清楚楚。

消息很快传到叶赫国，布寨、纳林布禄两贝勒认为这真是天赐良机，

---

① 活吞达：城长。

他们顾虑的就是辉发王都扈尔奇山城险要，蒙古兵都败于城下，叶赫骑兵虽强也望而却步。现在拜音达里离开险峻的山城，驻进无险可守的海龙土堡，确是个千载难逢的好机会，不在此时活捉拜音达里，还等待何时？于是，由西城贝勒布寨率领三千披甲，星夜赶来，把拜音达里围在了海龙城里。

叶赫兵突然从天而降，拜音达里甚觉意外，他也知道，这准是逃亡的家族怂恿的。他有苏猛格保护，也并没把叶赫兵放在眼里。

海龙是个小小的土堡，经不起大军围攻，只有主动出击，挫他的锐气，等辉发城援兵一到，布寨就滚蛋了。

这天清晨，拜音达里上了寨墙，叫叶赫主帅答话。布寨来到城下，望见拜音达里出现在城上，用鞭梢一指叫道："拜音达里，你可听好：你篡位夺权，血洗宗族，又勾引建州兵，屠杀国人，罪恶滔天，人神共愤。要想活命，赶快献城投降，我饶你不死，不然我可要攻城了！"

拜音达里笑道："这是我们家事，你收我逃人，我正要找你算账，你今送上门儿来了。"

"我这是吊民伐罪，铲除凶暴，为被你杀害的族人报仇。"

这时，城门一开，放下吊桥，有几百人拥出城来，为首一将，手执板斧，边跑边叫："不怕死的过来！"

布寨未及答话，他身后闪出一员大将，催马拧枪直奔苏猛格，二人杀在一处。这是布寨西城贝勒府的护军总领，名叫依尔当，也有万夫不当之勇。二人都是海西勇士，女真巴图鲁，彼此知名，又各不服气，今日相遇，真是棋逢对手。较量的结果，苏猛格自知不是依尔当的对手，倒提板斧，退进城去，二百军兵随后跟进，一拥进城，扯起吊桥，关闭城门，再也不出来了。

苏猛格败退进城，见了拜音达里说："叶赫兵多，我们人少，拼不过他们，只可坚守待援。"

拜音达里心里明白，你苏猛格心怀怨恨，不肯为我出力。凭你的武艺，叶赫将帅不一定打得过。他自己身处危境，不敢对败军之将发脾气，好言抚慰道："是啊，我们人少，城又小，困在这里也不是事儿，应该求援。"

他离开辉发城时，留下大将克充格守卫。他不敢令克充格率军来援，怕扈尔奇山城空虚，被人钻了空子，弄得老窝被端，无家可归。既然本部兵马指不上，那就得请外援。不过，建州努尔哈赤的人马他是万万不敢请了。

拜音达里知道苏猛格不肯为他出力卖命，克充格又离不开，建州又不敢请，周边的邻部讷音、朱舍里、完颜等部素无来往，而且他们实力有限，帮不上忙。哈达倒是强国，现在内乱，自顾不暇，管不了别人，实在指望不上。拜音达里想来想去，只有一条路可走：向乌拉求援。

辉发同乌拉有姻亲关系，拜音达里的姑姑是乌拉贝勒满泰的额娘，虽非亲生，但有母子名分，他不会不给面子。可是，求人出兵打仗，要死人的，以后如何赔偿人家？求援是有条件的，不给人家好处，人家能干吗？

拜音达里奸诈中还有点小聪明，他立时想出一个主意，乌拉不是惦念我巴拉城子吗？我就用巴拉城子换你援助，你乌拉求之不得。

拜音达里立即修书一封，派一个心腹，夜间趁叶赫兵疏于监控之机，偷偷出城，顺西北的荒山小路，飞驰而去。

打发走求援使者，他盘算着，躲过这一劫，以后的事儿就好办了。他已知道对苏猛格、克充格二人不公道。血洗宫院时，答应事成之后分给二人土地、城堡、人民，令其自立部落，可是成功了，说过话不算数了，答应的条件作废了，难怪二人心里不平，这是很危险的。苏猛格的家眷在辉发城里，那倒可以放心，待我回到辉发城的贝勒府，我一定履行我的诺言，叫你们都满意，我辉发便无后顾之忧了。

果然，海龙解围后，拜音达里把国之南境拨出大片土地，分给二人，并将多璧城让给二人。多璧城是东西连体形如肺叶的山城，各自独立，又彼此连接，二人各据一面，为拜音达里看守着南大门，二人感激万分，最终为辉发国尽了忠。这是后来的事情，不提。

再说辉发使者昼夜不停，很快来到乌拉国的都城。见了满泰贝勒，呈上拜音达里的求援信。满泰新立不久，宝座尚没坐稳，国内局势动荡，随时都可能出事故。原本不想管别人的事，可是辉发答应，解围之后，割让巴拉城子周围土地山场作为酬谢。满泰动心了，占据巴拉城子，这不是先人的遗愿吗？为争夺这个残破不堪的旧城堡，双方几次搏斗，拼个你死我活，亲情都抛弃了。可是，对外出兵这么大的事，非同儿戏，要慎重考虑。再说，同叶赫并无利害冲突，平白无故得罪人家，犯得上吗？满泰急召集宗族大臣，在堂子议事。这是乌拉国的一项制度，也是乌拉纳喇氏的家规，凡遇重大难决之事，必聚堂子公议，再做出决定，这是古代"宗族合议制"的遗风。到了明代，女真民族还是在用，并且成为一项宗法制度。

顺便说明一下，在五世祖古对珠延时代，他将占据的洪尼城和富尔哈分作两支，长房太安居富尔哈，次房太栏仍居洪尼，堂子归长房，自然立在富尔哈。按纳喇氏"立幼不立长"的家规，由太栏继承扈伦国贝勒。可是传到布颜老祖，他不使用扈伦国号，而是重建乌拉国，修筑紫禁城，另立堂子。从此，两支出现两个堂子，共同祭俸自纳齐布禄以下先人，加上哈达、纳喇氏就出现了三处堂子，均以纳齐布禄为始祖的特殊现象，这在明代女真诸部中是绝无仅有的。叶赫虽然也分东西两城各自为政，但他们的堂子却是一处，供奉在西城。

再说满泰召集的宗族会议，议合的结果是同意出兵，帮辉发解围，可是也有两个顾虑：一、得罪叶赫，无端树敌，以后引起交涉怎么办？二、拜音达里名声不好，为人言而无信。即使帮他解了围，渡过难关，他好了疮疤忘了疼，到时候赖账怎么办？巴拉城子关系到辉发安危，他肯心甘情愿地让出来吗？

但是，大多数人都认为，辉发目前危急，你救了他，他不会过后反悔。

就这样，乌拉决定援救辉发，解海龙围。

熟悉辉发的事，唯有二贝勒布勒希，可是满泰不敢让他带兵。那么谁去合适呢？满泰想到了亲兄弟布占泰，只有他去，满泰才能放心，他能听自己的。

他叫过布占泰，令他带兵一千，去辉发解围，临行一再嘱咐，尽量避免同叶赫冲突，可相机行事，令二家和好。

布占泰自然听从兄长的，他就按照满泰"少战多和，避免冲突"的嘱托，带兵上路了。

第二十三章 射雕救辉发

坐困海龙城里的辉发君臣，得知乌拉出兵来援，立刻来了精神，他们知道，这回有救了，你叶赫能奈我何！

布寨也得到乌拉出兵的消息，心中说，真是怕什么来什么，就怕乌拉出兵，还真的来了。

他令探子探一探乌拉援军有多少。探马报告，大约千儿八百人，都是马队。布寨放心了，千八兵马，与我叶赫三千铁骑相比，我怕什么！于是，他下令猛攻，力争在乌拉兵来到之前拿下海龙城，活捉拜音达里。因有外援，拜音达里更信心十足，督率几百兵严密防守，他自己亲自上城指挥，固守待援。双方攻守战打得异常激烈，彼此都在争取时间。

叶赫兵正攻之际，忽见布寨贝勒令旗一摆，大军后撤，远处尘土飞空，一支人马，风驰电掣般地赶来。

乌拉兵到了。

叶赫兵后撤十里扎营，令人打探。乌拉兵立住阵脚，选择一处靠近河流的地方安营下寨，忙活了一天，并没采取什么行动。叶赫兵调整部署，做好决斗的准备。布寨早知乌拉兵强将勇，虽然人马不及自己一半，也不可小看。常言说得好："兵在精而不在多。"看到乌拉军容整肃，旗幡招展，盔明甲亮，知道是一支劲旅。布寨心里纳闷，拜音达里是什么人？居然还有人帮助他！你乌拉号称大国，扈伦正统，如此不分是非，助此凶徒，天下谁能服你！

一切就绪，有乌拉军士来到叶赫大营，求见布寨贝勒说："奉主帅布占泰贝勒将令，来请叶赫国布寨王爷，明日过营赴宴。"

这是什么意思？你乌拉兵远道而来不是援助辉发吗？请我赴的哪门儿的宴？

布寨贝勒聚部下商议，乌拉兵请过营赴宴，去还是不去？

大将依尔当说："不去吧，表示软弱，好像怕他们。去吧，又恐有诈，上当受骗。"

布寨大眼睛一瞪，吼道："我叶赫是天下无敌的，怕过谁来！就是龙潭虎穴我也要闯一闯，布占泰一个小毛孩子，我怕他什么！"

依尔当说："贝勒爷说得对，去是一定要去，不过应做点准备，以防万一，我护送贝勒爷去。"

次日，依尔当暗穿铠甲，佩带宝剑，挑了五十名精壮卫士，护送布寨贝勒来到乌拉大营。布占泰亲自接入。帐中已摆好了酒宴，席上坐着一人，正是辉发贝勒拜音达里，他身后立着一员大将，乃是苏猛格，手按剑把，虎视眈眈。布寨大惊，觉得上当受骗，转身要走。布占泰一把拉住，笑吟吟地说："王爷勿疑，我奉家兄之命，不是来打仗，是来给你两家和解。"

布寨见拜音达里坐着一动不动，也只得硬着头皮，勉强入座。

这时，布占泰向布寨、拜音达里深施一礼，笑道："家兄知二位贝勒失和，特派我来调解。扈伦四国，情同手足，不能自相残杀。如今建州势力方强，是扈伦心腹之患，自己大动干戈，将来被人渔利，那时后悔就晚了，二位王爷以为如何呢？请二位三思。"

拜音达里接过说："我没有得罪叶赫，他收容我逃人，又虎儿巴①地兴兵犯境，真是欺人太甚！"

布寨说："你暴虐无道，国人皆叛，你又勾引建州兵，屠杀自己宗族，罪大恶极，阿布卡恩都力也不会宽恕你。"

拜音达里仗着布占泰在场，不服道："这是我的家事，我还怕你不成？"

布寨大眼一瞪："你城破被虏，就在眼前！"

苏猛格腾地跳出来，唰地抽出宝剑。依尔当也甩掉外衣，露出了铠甲。眼看两个就要动手，就在这时，忽听一声吆喝："不得无礼！"布占泰慢慢站起来，瞅瞅叶赫和辉发君臣四人，微微一笑："这是什么地方？我请你们来是饮酒赴宴，不是请你们来打仗。都给我坐下，有话慢慢讲嘛。"

待了一会儿，二人还是不肯坐，彼此怒目相视。布占泰伸手拉二人的胳膊说："你们这是干什么？都请坐！"说着，双手往下一摁，二人便

---

① 虎儿巴：无缘无故。

觉得半侧身子发麻，扑通扑通都坐在地上了①。依尔当和苏猛格二人都心里暗暗吃惊，他们都知道了布占泰的厉害。

布占泰吩咐上酒菜，并给布寨、拜音达里二人敬酒，又让苏猛格、依尔当二将及随军将领同聚一桌，热情招待。

别扭的宴会勉强进行下去，布占泰不住劝酒。叶赫、辉发两国君臣四人心里有事，不敢多喝。好不容易应酬下来，双方四人就要告辞，布占泰说话了。他郑重地对两国君臣说："二位贝勒还是息争和解为好，扈伦四国不能自相残杀，今日给晚辈一个明确的答复，也好回见家兄交令。"布寨心想，这明明是向着辉发说话，我大老远兴师动众，难道就白来一趟不成？这绝不能轻易答应。依尔当见布寨沉吟不语，知他有口难开，便从旁斡旋道："大贝勒，既然乌拉好意来调解，也得给个面子。只要有利于叶赫，不妨多少做一点退让，大贝勒您说呢？"一句话提醒布寨，他当即开出了两项撤兵的条件："拜音达里知过必改，从今不得迫害宗族，广施仁政，不再扰民。"说白了，这"不再扰民"暗示他抢夺民女。"第二，割让靠近赫尔苏的三处城寨给叶赫，作为酬劳，叶赫就撤兵。"

拜音达里心里明白，广施仁政不过是个借口，割让三城才是本意。于是断然拒绝："土地城堡先人留下，哪能随便割让与人！"布寨怒道："你不割让，我也能取。"

叶赫为什么惦念靠近赫尔苏附近的三座城堡？这里有一段历史渊源，简略地交代几句。

辉发祖先从松花江下游南迁，先落脚于蜚克图河，后来经涞流水（拉林河），一秃河（伊通河），亦迷河（饮马河）来到张地，同这里的豪族纳喇氏结盟，加入该族，改姓纳喇。后来，在明朝开原驻军的征剿下，他们离开张地进入辉发河地区，最后选中辉发河岸边扈尔奇山筑城建国。他们原来居住地张城就成了辉发纳喇氏祖宗的遗产，周边几个屯寨就属于辉发部的领土。叶赫建国后，也想将张地并为己有，因已被辉发先占，未能如愿。张地距叶赫重要城堡赫尔苏仅四十里，南北对峙，阻碍了叶赫东扩，所以叶赫一直惦念这个地方。今日布寨提出割让张地三个老寨，拜音达里当然不会答应。又自恃有布占泰在场，乌拉相助，反而提出向叶赫索还逃人的要求。双方争执不下，又各不相让。布占泰从中劝解、阻拦，无一肯听，几乎到了剑拔弩张的地步。布占泰年轻，又是头一回

---

① 女真人出兵打仗，吃饭皆席地而坐，没有椅子。后来演变成坐炕上吃饭，还能盘上双腿。

遇见这等事，没有经验，一时也不知如何是好。临时领的使命是调解，不是来打仗，布占泰纵有万夫不当之勇，此时也无能为力，对两个国主争吵而毫无办法，他们二人各不相让，甚至忘了回去。两员大将也摩拳擦掌，只是在乌拉军营，有布占泰在场，他们才没有动手。

正在相持不下，难分难解之际，忽听空中有飞鸟喧叫。布占泰忙问："什么声音？"军士回道："鹞子捕捉小鸟，小鸟成群喧闹。"布占泰心中一动，立刻起身对两国君臣说："请，到外面看看去，我没见过鹞子是啥样的。"四人不敢不依，一同来到帐外。只见空中有一只大鹞鹰正追逐一只小鸟，群鸟跟在后面喧叫。看样子，生怕同类落入敌手。布占泰笑指天上说："鹞鹰恃强凌弱，小鸟群起而攻之，虽然力不能及，精神可嘉。禽类尚能护己，人何自相残杀？我当助它一臂之力。"说完令军士取过弓箭，布占泰箭搭弦上，对他们说："我今日凭着上天神灵的意愿，要是射下鹞子来，那就是天神让你两家罢兵，要是射不下来，那是天神让你们打仗，我谁也不帮助，立刻撤兵回国，怎么样？"布寨答应道："全听小贝勒的。"拜音达里也只好应允。

"好，一言为定，不准反悔。"

众人都注视空中，忽听军士喊道："又飞来了，又飞来了！"

约离地面百余步左右，折向西南方向。说时迟，那时快，只听"嘭"的一声弓弦响，一只雕翎箭飞上高空，只见老鹞鹰一个跟头扎下来，掉在远处的草坪上。军士跑去捡起来，箭还在膀下穿着，已经断气儿。群鸟惊散，全军喝彩，两国君臣也都暗暗称奇。

布占泰这一招，实出二人意外，布寨满以为空中飞鸟是活的，没有固定目标，怎么能射中？拜音达里以为鸟已飞走，不会再回，根本就没有开弓的机会。这样你布占泰的承诺就无效，你总得给我解围。

可是，他们忘记了，布占泰是纳齐布禄的后人，祖传箭法，并有秘诀，天下无双。二百年前纳齐布禄就是凭着祖传绝技，射退追兵，又箭穿红心，据住吉外郎城的，这吉外郎城应该在辉发境内。

布占泰箭射飞雕，心中得意，呵呵大笑道："这是阿布卡恩都力的旨意，令你两家和解。咱们有言在先，谁要是不服，那可要得罪了。"布寨问依尔当："今儿个的事情，你看怎么办？"依尔当小声说："布占泰武艺高强，力大无比，我们不是对手。这个人情，贝勒爷就做了吧。"布寨同意，遂对布占泰说："小将军既然说了，我一定照办，从此撤兵回国，不再侵犯辉发。"拜音达里本来希望乌拉兵参战，把叶赫杀个片甲不留。今见布占泰用儿戏般的手段给他解围，虽不乐意，可也别无办法，只好表示感谢，各自告辞。

次日，拜音达里又把布占泰、布寨等请到海龙城里，杀猪宰羊招待两国君臣，又给乌拉兵送去礼物，作为酬谢。另外，又送给布寨一份厚礼。两国从此和好，双方订立盟约。盟约规定，两国互不侵犯，今后彼此不准容留叛逃者，以前逃亡家族去留听其自便。辉发、乌拉、叶赫从此步调一致，一方有事，相互支援。再有，拜音达里从今以后不准屠杀宗族，返回去的家族亦不再追究，废除苛政，等等。

这是万历十七年发生的事情。三年后，叶赫邀集"九部联军"讨伐建州之战，拜音达里遵守这一盟约，率三千兵积极参加，表示诚意。

海龙解围，双方和约，布寨率三千兵返回叶赫。

送走布寨，布占泰也要告辞回国，拜音达里设宴欢送。席上，拜音达里说出了他考虑多时的话："小将军少年英雄，可敬可佩。乌拉又是大国，我有一妹，年方十五，愿与台吉结为姻亲，同时也是亲上加亲，不知你同意不同意两国联姻？"

布占泰很感意外，心中很不满意，我领兵来解围，是出于公事，若纳你妹，那不成假公济私，会引起人们议论不说，这拜音达里名声不好，与他结亲，叶赫怎么看？想到这里，说道："感谢贝勒美意，不过，这个事情须由家兄做主，末将不敢贸然答应。"拜音达里点点头："也好。我就给你带回一封书信，致意贵国满泰贝勒，双方联姻，他一定会同意。"

布占泰辞别回国，向其兄满泰贝勒详述了海龙解围的实情，可是他并没有交出拜音达里的信件，亲事也就不了了之。"布占泰射雕救辉发"，从此扬名海内外，甚至传到了朝鲜，李氏王朝上下皆知乌拉夫者太[①]悍勇无双。

过了一段时间，乌拉并没有得到辉发割让巴拉城子的承诺，派使去辉发催促履行当初求援时的许诺，速速交割巴拉城子及其周边屯寨部落。令满泰没有想到的是，拜音达里赖账了。赖账的理由是，乌拉兵虽来，但是并没参战，一仗没打，是叶赫自动撤退的。当然也就谈不上援助。

拜音达里拒不履行求援时的许诺，反而加强了防卫，在扈尔奇山城之外，又筑一套卫城。后来为预防建州的攻击，又修筑一套外城，至此，辉发王城分内中外三层，成为仅次于乌拉都城的扈伦四部中第二大城，

---

① 夫者太：李氏朝鲜称布占泰为夫者太，朝语音译。

至今遗迹犹在。史书上说，拜音达里为了抗拒努尔哈赤入侵，"筑城三重以自固"，此说不准确，实际辉发城是分三期筑完的。王机褚称王筑扈尔奇山城，是在隆庆末，是为第一次筑城；海龙解围后，约在万历十八年，筑环套外城；万历三十二年前后，为防御建州，又筑一套大城，称外城，原来的外城变为中城。至此，三道坚固的王城矗立在辉发河岸边，拱卫着辉发纳喇氏的王宫。圣人云："自古皆有死，人无信不立。"拜音达里失信的后果是严重的。大明万历三十五年，也就是他第三套城墙修筑不久，自以为固若金汤。可是努尔哈赤大军一到，拜音达里坐困城中，派使去乌拉、叶赫求援，无一肯出兵相助，拜音达里城破被杀，这也是他言而无信的下场，是个很好的教训。

关于拜音达里的结局还有另一种说法，说他并没被杀，而是听到建州出兵来侵的消息，即让位于他的弟弟二贝勒苏巴泰，自己带领一部分家族翻山越岭逃走了，去向不明，谁也不知道他去了哪里。建州大军围城之日，二贝勒苏巴泰"奉母投诚"，努尔哈赤兵不血刃就灭了辉发，王族、臣民都得到了妥善安置，这就同清朝史书记载的不符。据清朝史料记载，努尔哈赤灭辉发时，"诛拜音达里父子，屠其兵，迁其民"，同时也把辉发城毁掉了。

两种说法谁的是真，谁的是假，一时难以考证。但有一点，辉发国亡于万历三十五年秋，乃是事实。

辉发自王机褚于隆庆五年筑扈尔奇山城自称贝勒，至其孙仅两代而亡，存国三十七年，在扈伦四部中，是存续年代最短的一个部落国。究其原因，大势所趋是一个方面，但最主要的原因还是拜音达里血腥篡权，广施暴政，失掉民心，丧失信誉，首鼠两端，孤立无援的结果。

其兴也忽，其亡也速。

关于叶赫方面，布寨贝勒无功而返，东城贝勒纳林布禄听了退兵的原因，很觉奇怪，布占泰一个名不见经传的小孩子，竟用儿戏般的手段促使叶赫同辉发讲和，有点离谱。于是他派细作潜入乌拉打探布占泰的身世，在乌拉国中的地位，家属人丁等情况。得知确是国主满泰亲弟，初授台吉，只因往年处理苏翰延事务有功，新晋贝勒，现在已有三房妻室，子女四人，是一个二十几岁的年轻巴图鲁。

纳林布禄把布占泰的情况了解清楚后，他心中打定了一个主意。后来，就是在纳林布禄的撮合下，叶赫同乌拉联姻，布寨之女东哥格格许给布占泰为婚。这次联姻布占泰满意。真是谋事在人，成事在天。这段婚事历尽波折最终还是黄了，我已讲过，不再重述。

还有一种说法，拜音达里赖账不交巴拉城子，是因为他联姻的提议未被乌拉接受，认为满泰瞧不起他。其实这事不怪满泰，布占泰根本没交出他的信，满泰到死也不知道拜音达里有过结亲之意，真是阴差阳错，闹成很多误会。反过来说，当年乌拉如果援助辉发，共同抗拒建州，保住辉发免遭覆灭，则乌拉也不至于唇亡齿寒，受到努尔哈赤直接攻击，也很快灭亡。

凡事皆有定数，天意不可违也。

不要扯远，回归正题。

在拜音达里拒绝履行承诺的当时，满泰非常气愤。你拜音达里算什么人？堂堂一国之君说话不算数，这成什么事儿！他有心用武力夺取。但是他也知道，要夺取巴拉城子只有两个人能办到，布占泰、布勒希。布占泰已经去了一次，回来不久，不能再派。布勒希以前夺取过巴拉城子，也围攻过辉发城，可是满泰贝勒不敢再让他领兵，一句话，对这位二叔，他不放心。再说啦，他那两千苏斡延河屯垦军现在也不在他手里，如果把军队还给他，他捣乱怎么办？上年吞并苏完部的时候，就让布占泰顺便解决他。布占泰没有办到，只是收缴了他那支剽悍的屯垦军，布勒希现在只能在贝勒府里寻欢作乐，再也没有兴风作浪的本事了。算了，宁肯不要巴拉城子也绝不会再让二叔摸着兵权，那可是个危险人物啊。

满泰的心理已被布占泰猜到，他提议，暂时放弃巴拉城子，辉发、乌拉和叶赫三方已经订盟，乌拉不能带头败盟，巴拉城子的事可以派使去交涉。满泰当即表示不必了。拜音达里既然背信弃义，说话不算数，去交涉也是白搭，不如让他耍一回赖，知道他是什么人就行了。

乌拉退让了，索地的事情再也不提。拜音达里自然万分得意。

苏斡延河闲居无事的布勒希，除了射猎打鱼而外，闲得难受。他是待不住的人，武艺高强、刀马纯熟，他知道满泰不让他领兵，乌拉城里有他的耳目，向他通风报信，他把满泰恨得了不得，暗中策划寻机报复，可是他不敢踏进紫禁城半步。

机会终于有了，五年后满泰巡视苏斡延湿栏被杀害，有传说是兴尼牙串通布勒希共同策划的。事后兴尼牙背上最大嫌疑，以致举家外逃，却没人追究到布勒希的头上，怀疑归怀疑，传言归传言，仅此而已。

第二十四章　古勒山大战

上一讲说到叶赫国同老汗王努尔哈赤结怨，邀集哈达、乌拉、辉发四部人马对建州部进行一次试探性的挑战，结果并没占着便宜，还稍有损失。

叶赫两贝勒布寨和纳林布禄自知轻易是对付不了努尔哈赤的，下定决心，于本年秋九月，邀集了除扈伦四部之外的蒙古科尔沁部、绰尔河的锡伯部①，与之为邻又同宗的瓜勒察部（原来是一部），长白山下两部朱舍里和讷音，加上扈伦四部共是九部。

乌拉满泰自知带兵打仗不行，再加上国内形势不稳，不敢再去冒险。那么由谁领兵去呢？兴尼牙主动要去，可他没多少人马，别人的军队又不肯交给他，自然是去不成。满泰想到六叔博克多贝勒，博克多告诉他，现在国内谣言很多，宗族心怀异志，国主身边不能无人照应，所以不便离开都城。满泰想来想去，只有令三弟布占泰去最合适。布占泰自己有三千人马，以前曾领兵解辉发围，又同叶赫订了亲事，他去帮助叶赫是最合适的了。这样，布占泰的三千人马就成了援助叶赫的主力军。

九部联军共三万人，浩浩荡荡杀入建州。

三万人马人倒是不少，可心不齐，叶赫贝勒纳林布禄为统帅，却调遣不灵。比如说辉发国，同叶赫本来有矛盾，根本不服纳林布禄，关键时刻他贻误军机，导致联军失败。哈达贝勒孟格布禄为前锋，可是进入建州攻第一道关札喀关都攻不下来。没有办法，叶赫西城贝勒布寨只得当先开路，直取古勒山。没等两军接触，布寨贝勒被努尔哈赤冷箭射中，意外地被杀。联军被分割包围，一战而败。统帅纳林布禄有布占泰保护，才保住性命，可是布占泰单人独马跑到柴河岸，被建州伏兵绊马索绊倒

---

① 绰尔河，今之洮儿河。元末明初，居于雅挞澜水（今双阳河）的锡伯国瓜尔佳氏（瓜勒察氏）家族分裂，其中一支迁居绰尔河自立其国，亦称锡伯部，后分裂出一支，另建瓜勒察部，即以姓氏为部名。

而当了俘虏。

努尔哈赤战胜九部联军，阵斩布寨，俘获布占泰，从此军威大震，无人能敌。

布占泰虽被俘获，努尔哈赤并没杀他，而是养起来，用他来牵制满泰贝勒，所以对被俘的布占泰，百般优待。布占泰自被俘到释放，又继承王位，反复联姻，娶了老汗王努尔哈赤三个公主，但他心里对老汗王总感到别扭，他亲见目睹的一宗事情始终忘不掉，耿耿于怀。结合老汗王努尔哈赤对自己的种种做法，前因后果，令他刻骨铭心。到后来抛妻舍子，家破人散，也不肯归附他的老丈人，其根源就是因为古勒山之战发生的一宗令人想不到的事情。所谓"冰冻三尺，非一日之寒"就是这个道理。

古勒山之战，九部联军已经失利，叶赫大贝勒布寨丧生沙场，疆场之上，兵戎相见，流血死人这很正常。但是作为胜利者的努尔哈赤因胜而骄，做出了出格举动，太不应该了，未免过分。

这事儿我得从头给你们好好说道说道。

古勒山这场大战，双方损失都不小，联军三万人马旗倒兵散，伤亡失踪四千多人。建州兵也付出了伤亡千余人，失踪五百多的代价。努尔哈赤胜利喜悦中又掺着几分沮丧，诸将为使他高兴，纷纷报捷，献纳战利品。有一件特殊的战利品摆在了努尔哈赤的面前，这就是阵亡的叶赫大贝勒布寨的尸体。论亲戚，布寨的堂妹孟古格格与努尔哈赤成婚不久，算是他的妻兄。努尔哈赤出营来到近前，对着布寨尸体，沉默片刻，对左右说："真没想到，我的舅兄今儿个见我会是这副模样。"他吩咐部下，好好看管，不要处理，我约莫着，叶赫必来认领收尸，先给他留两天。

没过多久，叶赫果然派人来，求见努尔哈赤。老汗王努尔哈赤叫领进来。叶赫使者二人，一老一少，老者六十有余，少者三十多岁。努尔哈赤一看，认识，白斯汉和图尔德，他们俩以前都来过建州。

话要说回来。

联军败退后，全军总盟主，叶赫东城贝勒纳林布禄一口气跑到柴河岸，收拢溃卒扎下营寨。各部联军也向这里集合，蒙古科尔沁三贝勒、锡伯部、瓜勒察部首领亦不知去向，乌拉兵连夜回国，布占泰下落不明。辉发、朱舍里、纳殷三部未战先退，已是不辞而别。来聚者只有哈达贝勒孟格布禄一人，哈达三千兵也已损伤十之二三，因为他担任先锋攻坚，在扎喀关受挫。损失最大的还是叶赫兵，两城一万人马回来不到八千，前军布寨贝勒生死未卜，令人担忧。到了晚上，科尔沁贝勒明安狼狈逃回，见了纳林布禄哭诉道："贵国大贝勒已经阵亡了，我亲眼所见。"纳林布禄贝勒一听所言，惊得目瞪口呆，半晌才半信半疑地问道："这消息可靠吗？"明安急道："出事时我就在眼前，可这太意外了。"他略述了经过："布寨大贝勒当先开路，已经接近了努酋大营，不料努酋放冷箭，射中大贝勒坐马，坐马一跳，头触木桩子上倒地，压住了大贝勒的脚，这时努酋一侍卫跳下来，将大贝勒刺死，谁想救都来不及，真是祸从天降。"现场目睹眼见，这是真的了，天塌一般大祸发生了。纳林布禄平时与堂兄感情深，他又是个很重义气的人，如何受得了这么大的打击，当下放声大哭，几乎昏厥，所有在场人无不悲伤落泪。

这时从外边走进来一个人，他是东城贝勒纳林布禄的亲弟弟，名叫金台石。也已听说布寨阵亡，但他是个有主见的人，进来就对阿哥纳林布禄说："光桑咕①也没用，得想个办法把大阿哥灵请回来。"

对呀！死者亡灵还在人家手上，迎回亡灵才是头等大事，这个仗，没法再打下去，联军已解体，叶赫已伤元气，再打断无取胜之可能，那就认输讲和吧，接回布寨遗体是当务之急。

明安辞别纳林布禄兄弟，连夜返回科尔沁草原不提。叶赫开始商讨迎布寨亡灵的事。

因老臣白斯汉和图尔德从前几次出使建州，同努尔哈赤认识，就被派往建州去见努尔哈赤，请求送还布寨遗体。就这样一老一少两位叶赫使者，来到了古勒山大营。

二人见了努尔哈赤，首先表达叶赫息兵罢战之意，接着转入正题，请求帮助找到布寨贝勒金身，迎接归国安葬。

那时的老汗王努尔哈赤，正在年轻气盛之时，又以少胜多打败九部联军，一副不可一世的狂傲姿态表露无遗，他冷笑一声，口出狂言："你叶赫三番两次起兵来犯，今儿个怎么想起息兵罢战了？有本事再来打啊？你们纳林布禄贝勒怎么没来啊？我奉陪他到底！"

至于布寨尸体，没说还也没说不还，只字不提。

图尔德见他盛气凌人，高傲得目中无人的样子坐不住了。他是同努尔哈赤见过几次面的人，本来彼此都很熟悉，见他现在一点面子都不给，肺都要气炸了。他瞅一瞅白斯汉，也冷笑一声对努尔哈赤说："胜败乃

---

① 桑咕：满语（女真语）哭。

兵家之常事。我国虽败，可还有披甲万人，只不过国出丧事，葬仪为先，暂时偃旗息鼓罢了。"

"这么说，你们是要布寨尸首来了？"

白斯汉年纪较大，处事沉稳，他见话不投机，怕闹成僵局，忙接过来说道："都督息怒，叶赫与建州，本来是姻亲之国，只是由于误会，才弄得刀兵相见。我家布寨贝勒命丧沙场，今日特来迎接亡灵，归国安葬，请都督行个方便。从今，彼此引以为戒，永结盟好。"

努尔哈赤瞅一瞅这个老头子，轻轻点了点头。白斯汉出使建州多次，不仅认识，还对他比较尊重。可他又看见图尔德正怒目而视，胜利者的气焰又高涨起来，努尔哈赤成心要刺激他一下。他转过脸对图尔德挖苦道："你们的纳林布禄贝勒怎么不亲自来？他又给你捎什么口信来了？"

努尔哈赤指的是春天那次出兵之前，纳林布禄令图尔德去赫图阿拉向建州索要被占的额尔敏两处土地，当时图尔德传达了纳林布禄的口信说："如果你要不给，我主说了，他要带兵来取，看谁敢拦截。"努尔哈赤气得拔刀劈掉桌角，之后就发生了战争。从此，努尔哈赤对图尔德印象很深，所以抓住这个机会成心要羞辱羞辱他。

面对如此无礼的刁难，年轻气盛而又有雄辩口才的图尔德如何能忍受得了，他瞪着努尔哈赤说："我主没有捎什么话来，可我倒有几句话，不知当讲不当讲？"

领教过图尔德口才的努尔哈赤，像被蝎子蜇了一下，立时涨红了脸，"你说！"

图尔德说道："我主战败求和，是为苍生着想。布寨贝勒不幸阵亡，实属天意。我们请求全尸归还，此乃分内，并非无礼。昔日努尔哈赤贝勒祖、父被明兵所杀，李成梁尚能全尸而归。他族都讲信义，何况咱们都是女真人。"

这话刺中努尔哈赤内心深处，他十分怒恼。可此话是理，挑不出毛病，不好发作。他呼出一口长气，令部下出营集合，当众送还布寨尸体。

诸将、兵丁都已传齐，布占泰也在其中，他怕被叶赫使者认出来，影在后边。

布寨血迹斑斑的尸体被抬出来，尸体已经僵硬。叶赫二位使者跪在尘埃，对尸体叩了三个头。白斯汉老泪纵横，呜咽着说："大贝勒，我奉纳林布禄贝勒之命，接你来了……"

图尔德一看布寨一只眼睛半睁不闭，愤愤地说："大贝勒，知道你死得屈，你在天之灵保佑叶赫强大，打败我们的敌人，为你报仇……"

努尔哈赤勃然大怒，"唰"的一声拔出刀来，对准尸体，"咔嚓"一下，将布寨尸体从中间一劈两半，血已凝固，并没流出，只是肠子冒了出来。众皆愕然。努尔哈赤伸手抓过半具尸体，扔给图尔德："拿走吧！"

这一意外事情的发生只是一瞬间，在场所有人都被此举吓得毛骨悚然，有人想阻止都来不及。

叶赫两位使者目瞪口呆，半天怔在那里，不知所措。有人催促道："快走吧，快回去吧！"他们才缓过神来。图尔德令随从打开带来的红布，包起半具尸体，捆在马背上。白斯汉不忘礼貌地打了招呼："告辞。"图尔德咬牙切齿地一摆手："好哇，你等着！"

有人会问，这是真的吗？努尔哈赤是大清国开基始祖，英明过人，能做出这样下流人干的事情吗？我告诉你们，这是千真万确，不光是咱们先人传下，明朝时代就有人记述了这件事。明代史家王在晋写了一部《三朝辽事实录》，书里记道：

> （万历）二十二年，那林孛罗，卜寨又纠西虏宰赛、暖兔、恍惚太及东夷灰扒[①]、兀堂[②]与猛骨孛罗等十余营，兵七八万同抢奴首，以兵邀之于隘。卜寨马猓被杀，奴势大振。北关请卜寨尸，奴儿哈赤剖其半归之，北关、建州遂为不可解之仇。

事情发生在万历二十一年，二十二年是误记，"剖卜寨尸"这是没有疑问的。

程开祜《筹辽硕画》也记了："卜寨酋竟为奴酋所杀，比北关请卜酋尸，奴酋剖其半归之。"

明人的史料中，记述这件事的还有一些，可见，当时确实发生了常人难以想象的怪事，这就是一代开国之君所做出来的荒唐事。

布占泰起先并不知道叶赫使者来请布寨尸，等他出来后才知道刚才一瞬间发生的事，叶赫使者已经上路，他只看到半具尸体横在地上，努尔哈赤气犹未息，诸将议论纷纷。这时，他才知道布寨已经阵亡。半个时辰前他对努尔哈赤感恩戴德，敬仰万分，这一幕让他心里彻底凉了，

---

① 灰扒：即辉发。
② 兀堂：指乌拉。

有一种难以形容的复杂感情，他对努尔哈赤这一举动，十分不解。女真人的风俗是"宁取其命，不辱其尸，宁杀其头，不折其股"，毁尸是最大的忌讳。

布占泰走到尸体旁，双膝跪倒，默不作声地叩了几个头。建州诸将无不诧异，努尔哈赤也被此举惊呆了，你乌拉同叶赫只不过是军事上的联盟，布占泰这么做是为了什么。待布占泰站起，努尔哈赤不满地问道："布占泰台吉，叶赫勾引你们九部之师无辜来侵，天实厌之。前日阵斩布寨，我念姻亲之谊，他的使臣又羞辱我，剖尸还其半，我已做到了仁至义尽。你刚被我赦免，可你心里还向着叶赫，是何道理？"

布占泰自感处境危险，只得如实相告："家兄满泰曾为末将聘叶赫布寨贝勒之女为婚，虽没成亲，他毕竟是我的阿母哥①。末将感亲戚之情，故而叩拜，以尽孝道，不想冒犯了都督，请恕罪。"说着，即给努尔哈赤跪下。

"噢，是这样。"

努尔哈赤实感意外，无意中又知道了乌拉和叶赫联姻的事，他立即在心中打定了一个主意。于是摆摆手说："快请起，台吉情深义重，佩服，佩服。其实布寨贝勒也是我的妻兄，我也不愿看到这种结局。"

布占泰叩了一个头站起，紧张的心情又松弛下来。

努尔哈赤下令把布寨半个尸体就地埋了，并令深埋不留封土，怕以后被叶赫找到。

班师途中，努尔哈赤让布占泰随护在他身边，同他攀谈。先问他娶了几房福晋，生了几个子女。布占泰老老实实地告诉他，已娶三位福晋，生了四个子女。

又问："叶赫格格叫什么名字，今年多大了，相貌如何？"布占泰答道："她叫东哥，今年十几岁，见过一面，此女美丽无双。"

努尔哈赤自然想到了小福晋孟古，便自言自语地说道："叶赫地方，山明水秀，多出美女，怪不得布占泰台吉为叶赫出力呢！"布占泰听出他话里有话，不就是在战场上挡了他一下，使纳林布禄贝勒逃走，至今还耿耿于怀吗？布占泰也笑道："两军交锋，各为其主。此一时，彼一时，布占泰蒙恩免死，命就是都督给的，今后也定当为都督效力。"

努尔哈赤高兴了，彼此哈哈大笑，笑得是那么开心。笑过之后，努

---

① 阿母哥：有的做阿布哈。女真语，岳父。

尔哈赤心里说，乌拉、叶赫的婚事，我一定要给他们拆散，布占泰也不能放，永留建州。

布占泰已经意识到，他这后半生看来要在异国他乡，千里之遥的建州度过了。当年在高山学艺，师父送下山时一再叮嘱，命中注定，临终不得还乡，切记切记。今日当了俘虏，性命操在人家手里，羁留的日子不好过，要格外谨慎小心就是了。

谁也没有想到，三年以后，老汗王努尔哈赤居然放他回国，又继承王位，他就不再相信师父的告诫，什么"临终不得还乡"，这是没影的事。

师父的警告没错，羁留建州仅三年放归，可是二十几年后还是客死异乡，病殁于叶赫，这不是"临终不得还乡"是什么！

回来再说老汗王努尔哈赤，从布占泰口中得知叶赫公主许婚乌拉之事，心中打定了主意。转过年，他派出使者，到叶赫西城去见新的国主布扬古。他是布寨贝勒长子，布寨已死，按叶赫纳喇氏族规当然是王位继承人。叶赫一部分成两支，各驻一城，彼此互不干涉内部事务，此为叶赫国的一大缺憾。一国两主，力量分散，这也是它成不了气候，终于灭亡的主要原因。

单说建州使者来到叶赫西城，见了布扬古贝勒，直接提出，建州主动要同叶赫联姻，化解往日恩怨，公然提出建州都督看中了布寨贝勒遗女东哥格格。布扬古当即表示，东哥已许给布占泰，同乌拉订了婚约。建州使者说，这个不成问题，布占泰已在我们手上，他不能回乌拉了。我主说了，这门亲事你答应也得答应，不答应也得答应，一切由不了你。气焰嚣张，说完也不等布扬古表态，放下聘礼就走，还说，就这么定了，年末我主来迎娶。

布扬古没了主意，对妹妹东哥公主说起建州逼婚强聘之事，不料东哥公主一听是杀父仇人逼婚，坚决不嫁，誓死也不会答应努尔哈赤婚事。如若强逼，我就死给他看！布扬古说："布占泰囚居建州，乌拉的婚事没有希望。"不料东哥公主却说："谁要帮我杀了努贼，报了父仇，我就嫁给谁。"

努尔哈赤始终没娶到东哥，是他一生最丢脸的事。

第二十五章　苏斡延血案

这一讲，我要讲一讲二爷满泰被杀事件，也就是"苏斡延血案"。

在咱们乌拉纳喇氏的历史上，发生了两次骨肉相残，同族流血的大事件。第一次是发生在明嘉靖年间的塔山变乱，宗族巴岱达尔汉杀害克什纳都督，这是叔父害侄子，当然是为了夺权，为了利益。这事的经过我已讲过了。那次血案发生，都督的孙子逃往锡伯部绥哈城避难，二十多年后成了哈达国王，史称万汗，现在哈达贝勒孟格布禄就是万汗的小儿子，这是哈达族内的事。

乌拉家族，二爷满泰被害是个典型案例，因为他不像当年塔山事件那么明目张胆，那是巴岱达尔汉亲自动手干的。满泰案件就不同了，它明明也是家族制造的，却很隐蔽，主谋人并没亲自动手，躲在暗处，操纵了整个事件，只是到最后和布占泰争位时露了马脚，狼狈外逃，这才使人怀疑到他就是刺杀满泰国王的幕后主谋。

这个人就是兴尼牙。

兴尼牙是谁？

五辈老祖古对珠延生二子，长太安、次泰栏。按照祖制，国主传幼不传长，所以次子太栏继承扈伦国第六代部主，而长子移居富尔哈城，世为城主。太安生六子，次子布哈纳，布哈纳生二子，次子就是兴尼牙。太安子孙繁盛，人口增多，富尔哈城小，容纳不了众多王族贵戚，布干当政时异地安置一些，兴尼牙能文能武，是个人才，特迁其家于萨尔达城，准予称贝勒。兴尼牙不甘居松花江边一废弃的城堡，他把用来维修萨尔达城垣的钱财改在乌拉内罗城造府建宅，使年久失修的江边要塞萨尔达城又一次废弃。

满泰即位后，因其是长辈，只得忍让，只在暗中注意，留心他的动向。当时乌拉国宫廷有两位危险人物，一个是二贝勒布勒希，另一个就是兴尼牙，两人都是叔辈。布勒希远在亦迷河，离开王城，构不成威胁，那最值得注意的人就是兴尼牙了。兴尼牙也处处给满泰出难题，在堂子宗族合议会上，兴尼牙援引祖制，坚决反对满泰改称"大贝勒"的打算，满泰动议只有作罢。

兴尼牙虽有取代满泰之心，却没有下手的机会，横在他实现野心面前的障碍，有三个人令他望而生畏，满泰嫡福晋都都祜王妃，亲叔博克多贝勒，亲弟布占泰台吉。

古勒山之战，布占泰被俘，扫去一个障碍，兴尼牙认为天赐良机，可以找机会实现野心了。

大凡人世间所发生的一切，都是上天的安排，阿布卡恩都力主宰，老汗王努尔哈赤给他提供了间接的机会。收养布占泰，用意是在牵制乌拉满泰，进一步瓦解扈伦联盟。

这一招果然厉害，以后叶赫急于要报布寨被杀之仇，几次联络四部共同出兵，就是因为乌拉不参与而没有实现。满泰同布占泰兄弟情深，现在兄弟在人家手里，他还敢冒犯人家吗？他如果不知好歹再出兵建州，布占泰的性命就可想而知了，这是人所共知的事情。

叶赫却不这么看，纳林布禄责备乌拉背盟，不顾大局，几次协调不成，纳林布禄恼羞成怒，放弃进攻建州的打算，开始报复乌拉。

满泰当政之初，南境的锡伯、苏完等部并入乌拉，而苏完部长索尔果和他的儿子费英东率家族部曲五百户抛弃几代久居之地，南投建州努尔哈赤。叶赫、辉发的势力也向北扩张，他们同乌拉国发生了边界纠纷。苏完原是锡伯的分支，锡伯部建立之初，有女真瓜尔佳氏兄弟三人，长曰佛尔和，居刷觇河之滨。次曰尼雅哈奇迁居绰尔河，仍以锡伯命名其部。他们这部分清初编入锡伯营，后西迁新疆伊犁戍边。三曰珠察，东迁图们江口，几代以后又返回原籍，落脚于刷觇河东岸，建堡以居。刷觇河意为"黄色的河"，于是，苏瓦延、苏斡延、刷烟、拴延、苏完等名相继出现，而皆系同一地区，即今之吉林省双阳。锡伯部兴起，仍然占据同一地区，苏完灭亡后，该地为乌拉兼并，这时叶赫也趁机东进，强占刷觇河西大片土地。刷觇河是一条南北走向的河流，是亦迷河一个分支，全长不过二百里。这里山川秀美，人杰地灵，水草丰盛，适于耕稼、狩猎，是诸部竞争之地。当时两部关系尚好，双方划定以刷觇河为界，河东属乌拉，河西归叶赫，并挖壕植柳作为边界，立有界石为凭，两国倒也相安无事好几年。可自从九部联军古勒山战役失败，满泰不再参与四部军事联盟，拒绝对建州用兵，并且还倡议四部同建州讲和。这一来惹恼了叶赫，纳林布禄鼓动边民在边界上捣乱，他们砍柳填壕，移动界石，越过河东狩猎放牧，逐渐东侵，蚕食乌拉领土，向亦迷河推进，侵犯了布勒希的领地。

在当时划界之前，乌拉方面由兴尼牙贝勒已同叶赫商定，刷觇河让给叶赫，界壕在河东，离河岸五里，乌拉边民不得到刷觇河捕鱼，叶赫边民不得过河东狩猎或放牧。边界勘定，兴尼牙回去复命，满泰虽不同意，但已既成事实，也就默认了。兴尼牙也有他的道理，怕两国边民为争渔利发生冲突，这么做是为了长治久安，叶赫只能独享刷觇河的渔利，却不允许他一人一马过河来。这块土地已归乌拉国有，自万历二十二年初开始形势急转直下，叶赫人不仅大批移入河东，并且侵入边里，夺取乌拉边民财物，垦殖乌拉边民土地，嘎珊、拖克索被毁，世居的哈拉、穆昆被逐。

受害的边民向国王诉苦。

面对如此严峻的形势，满泰贝勒遂于万历二十四年春夏之交，亲率宗族大臣去苏斡延地方查边划界，安定民心。博克多留守都城，兴尼牙随往查边，因为他是勘界的知情者和当事人，与叶赫交涉，自然少不了他。这样一来，就给他施展阴谋以有机可乘。

乌拉国整饬边界的队伍一行数千人浩浩荡荡来到了苏斡延湿栏安营扎寨，满泰贝勒立了行宫，护卫随身保护，开始招集边民，驱逐越境的叶赫人，重新挖壕植柳，埋界石，建房舍，经过半个多月的整治，边界又有了眉目，仍旧命名为苏斡延湿栏。湿栏是边界的意思，也就是说，苏斡延河是两国的边界。

修边挖壕大功告成，满泰终于松了一口气，休息两天，他就要返回都城了。谁知就在这时，发生了意想不到的突发事件，满泰贝勒行宫混进刺客，国王被杀，连他随行的长子撮胡里台吉也同时被杀。事发的第二天，流传出两种谣言：一说贝勒父子奸淫民妇，被其夫闯入杀死；一说叶赫刺客夜入制造血案，是对满泰排斥叶赫的报复。随行的宗族大臣大多否认这两种说法，认为行宫警卫森严，任何人也靠近不了，怎么可能闯到里边行刺？血案发生如此蹊跷，没有内部人勾结，根本是不可能的。可是就在这时，随行宗族大臣佛索诺、胡斯二人捉住两个形迹可疑的人，随着返回的队伍押往都城。此二人也是满泰贝勒堂叔，富尔哈城主太安之孙，是兴尼牙的亲叔伯兄弟，满泰巡边令他俩随行，是有深意的。他们不仅对纳喇氏事业忠心耿耿，对国主满泰也尽力维护，自布占泰被俘留居建州，这兄弟二人就成了满泰贝勒的依靠力量。此次整饬边界，二人带兵扈从，并且还暗中监视兴尼牙的一举一动。

二十多天来，并没发现异常情况，住了最后一宿，次日就要拔营返回了，人们忙着整理行装，大功告成。

也该当出事。

人们放松警惕，陶醉在成功的喜悦之中，把盏庆祝，飘飘欲仙之际，可佛索诺、胡斯二人不敢懈怠，带上几名武士，加强了巡逻。他们俩商议着，他们的堂兄兴尼牙贝勒好像心里有事，不断往国主行宫里跑，也不知国主在这最后的一个晚上，有什么要事没办完，与兴尼牙联系得这么密切。兴尼牙是负责同叶赫交涉的人，往往代表国主会见叶赫使者，因他的福晋是叶赫王族之女，对叶赫熟悉，满泰同叶赫打交道，少不了他的参与，所以这次巡边特令他扈从。

但是，今天的情形有些奇怪，处理善后，即将返回，那还有什么需要办的呢？佛索诺、胡斯大惑不解，他们不敢去当面问满泰，也只能是加倍巡逻而已。他们希望，今晚可别出事儿，过了今晚，次日天一亮就万事大吉。大营一撤，人马返回，这次使命就顺利完成了。

老天就是不遂人愿，怕出事还是出事了，而且是乌拉建国以来头一宗大事，国王父子被刺杀。

且说天交三更时分，二人带领一小队武士，重点巡察国王驻地，突然从行宫里跑出几个黑影，形迹十分可疑。这三更半夜从行宫出来，佛索诺暗说不好，忙令胡斯带几个武士去追，自己率其余人从侧面堵截。说时迟，那时快，两人各捉住一个，另有两个逃脱，因天黑无处寻找，任其逃窜。

再看捉住这两个人，每人手里有钢刀一口，刀上沾有血迹。佛索诺心里说，完了！要出大事！

这是两名刺客。

佛索诺令胡斯押走两名刺客，自己跑向行宫，行宫已被封锁，任何人不准进入。各营已熄灯就寝，行宫内外发生的事没人知道。亮天传出凶信，国王满泰及其长子撮胡里台吉被杀。

问其情由，兴尼牙说，国王父子看中两名苏完女子，召入行宫淫乱，不想其夫闯入杀了国王父子。

有人问："那两个凶手呢？"

兴尼牙撒谎说："我知道已晚了，只好拿住凶手，连那两个女子一并处死，为国王报仇。"

人们都信了。只有佛索诺、胡斯二人心中有数，不露声色。这时的兴尼牙势力很大，又在叶赫边界上，他要挑明真相怕发生意外，所以故作不知，赶紧拔营返回，以免夜长梦多。兴尼牙还不知道两名凶手已落在他们手中，却盘算着如何顺理成章地登上国王的宝座。

大车拉着国王父子尸体，一路举哀，奔回乌拉。人还没有到达都城，可在乌拉城乡中就已传扬出"国王父子奸淫村妇惹祸杀身"的谣言。

佛索诺先到六贝勒博克多府，向他反映苏斡延最后一夜的种种可疑现象，已捉住两名疑犯，或许从他们口中能获得真情。

博克多说："好。明日在堂子召集宗族，会审嫌犯。"

国主被杀，当然是特大事故，仿佛天要塌下来似的。

国不可一日无君，纳喇氏家法，国中出现重大事故国主更替，必须在宗族会议上决定，称"宗族合议制"，是从早期部落时代衍习下来的老规矩。

兴尼牙满怀信心，要在宗族会议上圆他的国王梦，布占泰已远离，满泰已死，乌拉国主，舍我其谁？

宗族会议上，兴尼牙自我推荐道："国主被害，事发突然，怪我麻痹大意。如今国内无主，人心浮动，非有稳健持重之主，不足以撑危局，国不可一日无君，由我暂代，待以后推举出德才兼备，文武双全的人为王，我甘让位。"

几十位宗族老幼，有多一半的人表示赞同，拥护兴尼牙继任国王。

兴尼牙目的达到了，当即表示："那我就当仁不让，明日举行即位典礼，后天为已故满泰父子治丧。"他看博克多一言不发，用眼睛盯着他，心里说，你又能奈何！出于礼节，他不得不向他打招呼："老六，你看这么安排行不行？"

"可以。"博克多慢慢站起来，对在座众人说："这里有一宗案子，趁家族老少爷们儿在场，我要当众审问明白，然后再办别的事情。""带上来！"

佛索诺对外一招手，两名人犯被绳子捆着推了进来。佛索诺对众人说："这是在国王寝宫门前捉到的，一共四个人，逃了两个。"

带血迹的钢刀摆在了桌案上。

兴尼牙一见这两名人犯，脑袋"嗡"的一声，几乎真魂出窍，暗骂佛索诺、胡斯二人坏我大事，简直亲疏不分。慌乱片刻，他镇定下来，假装不知，若无其事。

由博克多、佛索诺主审。

"是你们杀害国王吗？"

"是。"

"因为什么？"

"国王无道。"

"你一个奴才，你懂得什么有道无道。说！谁指使你们干的？"

"没人指使，是奴才鬼迷心窍，做了错事。"

博克多冷笑道："不给你点厉害，你们不可能招供，来呀！"

刑具上来，是两把钢钩，一头穿在木架正中的铁环上。扒去二犯衣服，钩子钩进哈拉巴①的缝隙，绳索一收，人吊在半空，这种刑具叫"吊挂"。起初，二犯尚在坚持，一口咬定没人主使。不过半个时辰，二犯就坚持不住了，愿意招供，说出实情。

二犯放下，瘫倒在地，恢复片刻，看见兴尼牙在座，二人像捞到了救命稻草，跪爬过去："贝勒爷，你可不能见死不救啊……"兴尼牙忽地起身，眼露凶光，飞起一脚踢中一人脑门，又一脚踢中另一人耳后，两名疑犯，抽搐几下，呜呼哀哉，什么也没有讲出来。速度之快，任何人阻止已来不及。

兴尼牙踢死二犯，还理气壮地说："该死的奴才，不能听他胡嘞嘞，耽误正事。"兴尼牙这一举动，增加了人们的疑虑，心生反感，但二犯已毙命，死无对证，这桩疑案就被掩饰过去，成了千古之谜。

兴尼牙谋杀满泰的事情虽然没有暴露，却也引起宗族们的怀疑，尤其是审案时他踢死两名嫌犯，更令人觉得他是个危险人物，他要接替国王之位，宗族会议自然通不过。

兴尼牙无计可施。

那么，国王的位子究竟由谁来继承？长子撒胡里已死，其他几个尚幼，无一能当此大任。宗族们都倾向六贝勒铁鞭将军博克多，认为除了他，谁也支撑不了乌拉国这危险局面。博克多固辞不受，认为以叔继侄于礼不合。再说，博克多武功盖世而有勇无谋，非文武双全才华出众的人实难胜任，而且还必须是近支宗族。

就在这个时候，一件出人意料的喜讯传来，留居建州三年之久的布

---

① 哈拉巴：肩胛骨。

占泰回来了。

他是被努尔哈赤放回来的。

努尔哈赤释放布占泰，得益于满泰的努力。自古勒山战后三年多来，满泰主持与建州议和，又给努尔哈赤送了不少财物和好马，拒绝与叶赫联盟。努尔哈赤看到扈伦联盟已经瓦解，这正是放归布占泰的大好时机。在他看来，布占泰长期留居建州也不是办法，久拖难保不生变故，放归布占泰，乌拉更会靠近建州。再说，还能得到乌拉地产和东海珍珠。

听说要放归布占泰，建州众将众大臣很不理解，多方劝阻，但努尔哈赤决心已下，特命安费扬古和黄占二大臣带兵五百沿途保护，路上不准出差错，安然无恙地护送到乌拉，就算完成使命。

一行人还没到达乌拉界上，苏斡延事变满泰被杀的消息便传来了，布占泰急于要见兄长，如今见不到了，如同晴天霹雳，令他悲恸万分，恨不得插上翅膀飞回去了解一下事情发生的经过。他猜测，可能宗族内部有人搞鬼，设下圈套。不然，行宫戒备森严，怎么可能有人进去行刺。

他们一行到达乌拉都城南门外，看见了城上挂了黑纱和白幡，庄严肃穆，正在办着丧事，全城挂孝，军民举哀。这时，城门大开，兴尼牙率领百余人迎出城来。布占泰急于要进城，不顾建州二将的劝阻，单人独马奔向城门。兴尼牙霎时露出本来面目，要置布占泰于死地。在这千钧一发之际，建州二将当机立断，率五百兵冲过来，驱散兴尼牙的人马，保护布占泰安全进城。

布占泰受到宗族们的欢迎，被立为乌拉之主，继承满泰。兴尼牙谋位的阴谋未能得逞，杀害布占泰的行动失败，又怕揭出苏斡延事件老底，便连夜收拾资财，带上一家老小，偷开城门，逃之夭夭。后来据说他先逃到叶赫，后又去了蒙古，清初被召回来编旗。按照纳喇氏族规家法，兴尼牙一支被逐出家族，削宗籍，也就是不准上纳喇氏家谱，故其后世子孙至今无考。

在乌拉纳喇氏这一庞大的族群里，在能找到的宗谱里，有两支后人失踪，没人知道去向，那就是哈达系统的巴岱达尔汉和乌拉系统的兴尼牙。

关于二爷满泰被杀事件，后世有些误传，甚至史书都以讹传讹，把谎言当历史，现在该是澄清事实的时候了。世上如何谬传，我们不管，但我们后代子孙却不能相信那些不负责任的胡说八道，也不要信有的史书别有用心地歪曲事实，记住。

先说满泰被害真相。

社会上有部分流传，说满泰被害是老汗王努尔哈赤一手策划，派人干的。理由是，为什么偏偏在那个时候释放布占泰，难道这是巧合吗？他派两员大将带兵保护，又在乌拉击败兴尼牙，扶布占泰上台，如果不是事先策划好，哪能安排得如此天衣无缝？如果不是早知底细，为什么布占泰刚上路，惨案就发生了，兴尼牙要夺位之前并不知道布占泰已在回来的途中，如果早知道，他还敢胆大妄为吗？正是他有争位的野心，所以把谋杀事件扣在他的头上，让他跳到黄河也洗不清。

这种说法，似乎有理，但家族不承认，因为有佛索诺、胡斯二人在现场，又逮住两名疑犯，又在审讯时被兴尼牙踢死，到死也没供出什么来。如果二人是建州刺客，兴尼牙踢死他还有这个必要吗？正是兴尼牙有杀人灭口的行为，联系他欲害布占泰争位的事实，虽然二犯并没开口招供，他成为制造血案的最大怀疑对象，是顺理成章的。

关于血案发生地的问题。

有人认为是在乌拉街北二十里的"西兰站"发生的。试问，"西兰站"距乌拉都城仅二十多里，是乌拉国的腹地，在此修边壕，合乎常理吗？挖壕植柳，是为了解决边境问题，提防叶赫。叶赫、乌拉两国边境就在苏斡延湿栏。苏斡延就是苏瓦烟，今天的双阳河，湿栏又音锡兰，是边界的意思。至于乌拉街北的"西兰站"，是清代设驿站时才有其名，与明代苏斡延湿栏扯不上，这是近代人望文生义的瞎猜测，是缺乏常识的妄断。很早，日本人就已经指出"苏斡延湿栏在双阳"[①]的事实，多看看文献史料就清楚了。

总之来讲，二爷满泰被害事发突然，被谋杀是定了的，死后还背上恶名，什么"淫村中二妇，其夫夜入"杀人。谁也不会相信村民能闯入国王住地行凶，一句话，没有内部人配合作案，是办不到的。

内部人就是家鬼。

---

① ［日］今西春秋：《海西女真境域考·乌拉国》记述了满泰父子掘边壕是为了防备叶赫，叶赫、乌拉边境在苏斡延。又说，乌拉城极近处二十至三十里，不能有特殊需要防备的部族。

第二十六章　十二次联姻

　　史籍上说，乌拉同建州共"五次联姻"，不对。据文献可查，谱牒可证，仅从乌拉国建立到灭亡的五十年间就有九次。乌拉亡国到洪匡败死之前又有三次，加起来是十二次，还都是在老汗王努尔哈赤在世时。清入关以后，到逊位的二百六十年间那就更多了。如雍正孝敬宪皇后，乾隆皇后等，都是乌拉纳喇氏，都是老祖纳齐布禄的后代。

　　别的不提，单说说乌拉与建州的"十二次联姻"，就可以知道老汗王努尔哈赤是怎样利用和亲的手段来取得成功的，可以说，翻开中国三千年历史，和亲的事例也不少，但利用联姻为手段来达到建国称王的目的，还是绝无仅有。在中国历史上，这是个特例。

　　从嘉靖末到万历中，这正是北方女真的发展壮大时期，也是女真三大部分化、演变时期。老汗王努尔哈赤由一名"常胡之子"胜出，扫灭群雄，一统天下，他之所以成功，联姻的手段起了重要作用。

　　比如，还在他没有发迹之前，他将妹妹嫁给了一个屯寨头领噶哈善。噶哈善死后，又改嫁沾河寨主杨书，他们结亲，壮大了他们在地方上的势力。为争取栋鄂部，努尔哈赤把十一岁的长女嫁给二十八岁的栋鄂部长何和里，迫使何和里同原配妻子离婚。为笼络住好友额宜都，先嫁给一妹，称妹夫。额宜都老年又娶了老汗王的亲女，称额驸，前边已经讲过，不再重复。

　　那么，对外更是如此，同哈达，同叶赫联姻，最终还是灭了他们。

　　最典型的还是同乌拉的联姻，乌拉的灭亡就是被这种联姻的假象拖垮的。

　　十二次联姻非同寻常，每次都有特殊意义，都是对老汗王努尔哈赤有利。

　　第一次联姻，是在乌拉建国不久。明万历初，在布干当政时期，建州首领塔克世主动上门和亲，把他的一个女儿许给布干三弟布三泰贝勒的长子常住为妻，这时常住只有十四岁，而塔克世之女已经十七岁了，他们结下了儿女亲家，这也是两部联姻的开端。

这次婚姻被认为是政治联姻，以后又进行了多次，都是这种政治联姻的继续。这时候的建州女真，仍处于分裂状态，努尔哈赤家族没什么势力，借助与乌拉联姻来扩大自己的影响。

后来发生明军血洗古勒城事件，塔克世与其父觉昌安被杀，努尔哈赤以报父、祖之仇起兵，他不敢碰明朝大国，却以讨伐尼堪外兰为借口，开始了创业活动，乌拉也暗中支持。塔克世就是老汗王努尔哈赤的阿玛，常住也就成了老汗王的姐夫。正是有这层关系，在乌碣岩之战中，常住父子兄弟被生俘而未被杀害，以礼送往建州，从此留居赫图阿拉，不久把家眷也接去了。为了拉拢乌拉王族脱离布占泰，瓦解纳喇氏家族势力，老汗王又把一个侄女嫁给常住长子查木布为妻，号称多罗额驸，从此这一支纳喇氏，在乌拉灭亡之前就成了大金国的重要成员，为其从征效力，立下了汗马功劳。常住元孙查郎阿，是雍正、乾隆两朝重臣，任文华殿大学士兼兵部尚书，《八旗满洲氏族通谱》的总纂修官之一，就是这位查郎阿，在纂修乌拉纳喇氏谱系时，可能做了手脚，没有反映出历史的真实面貌，后人看出了很多漏洞是自然的事。

这是有史料可证的一次通婚，应该算是乌拉与建州第一次和亲。

第二次是布占泰亲妹嫁给舒尔哈齐。布占泰被放归乌拉继承王位的第二年，时舒尔哈齐原配福晋死，布占泰为表示亲善，主动提出将妹滹奈格格嫁于老汗王三弟舒尔哈齐贝勒为继室。

布占泰回国后，为感激老汗王放归之恩，亲率扈从三百人去建州答谢，老汗王努尔哈赤赠敕书十道，铠甲五十副，并以养女额实泰嫁之，此为第三次和亲。

老汗王努尔哈赤听说满泰贝勒有遗女貌美，派使提亲，布占泰从之，以十三岁侄女阿巴亥格格嫁四十多岁的老汗王努尔哈赤，这是第四次。

为了进一步联姻，又指令六叔博克多之女，嫁给老汗王第四子红歹士为福晋，后来生肃亲王豪格兄弟，这是第五次。正是有这次婚姻，乌碣岩之战红歹士并没有参与，而是他的两个哥哥褚英、代善主持，他们全不念亲情，杀了博克多父子，从此与红歹士结怨。后来红歹士为谋取皇位打击他二人，一死一贬，也多少与此有关。

古勒山之战后，蒙古科尔沁贝勒明安兵败逃回草原，为结盟扈伦四部以自保，当布占泰归国后，提出和亲，布占泰纳了聘礼（金鞍、驼马、珍珠、彩缎）而不娶，反而同建州结亲，又娶了老汗王的养女。起因是，当努尔哈赤听到布占泰联姻蒙古的消息非常吃惊，他假装不知此事，以比布占泰礼物还重的条件，提出什么"闻此女美而且贤"诚心婚娶。明安本来对布占泰娶建州女不满，为报复布占泰，不但答应了这门亲事，他退还乌拉聘礼，而且亲自送女去建州，从此蒙古科尔沁一部倒向建州。布占泰失去与蒙古联姻的机会，从此失去优势，导致最后亡国。这次婚姻不仅仅是和亲问题，更是两个部族的联盟问题，在当时形势下，谁争取到蒙古的支持，谁就会胜利，反之，必败无疑。老汗王努尔哈赤不仅仅是同布占泰争一个女子，而是为了拆散他们的同盟。明安出于意气用事，疏远了乌拉。此女在老汗王家中并不受重视，他拆散两部的联盟，目的达到了，此女也就没用了，独守空门，郁郁寡欢，青春耗尽，郁郁而终，结束了一生的不幸。这都是政治婚姻造成的后果，灾难无辜降到女人头上。

不久布占泰醒悟了，知道蒙古的亲事出现反复是老汗王背后捣鬼，加上叶赫东哥公主的事勾起他的积怨，他想出个一箭双雕的办法。你道什么办法？布占泰派宗族大臣为使，给老汗王努尔哈赤送去一封信。信上说："前聘叶赫女而不嫁，后聘蒙古女而悔婚，我甚耻之。愿求父汗再降一女与我，我则岁岁与两公主来朝，永为依赖矣！"

老汗王努尔哈赤怎么能看不懂布占泰信中语言带刺的深意，他也明知装不知，答应他的要求，不过没有许给亲女，而是将额实泰的妹妹，十四岁的养女娥恩哲格格嫁给布占泰，派大臣以礼往送焉。这是第六次联姻。

这次联姻，无异于一场赌博，三方拿女儿做赌注，输家是女孩，两个女孩都没有好结局，葬送了青春年华。

乌碣岩之战的第二年，也就是万历三十六年，老汗王努尔哈赤命长子褚英，侄阿敏（额实泰姐妹的亲哥哥）率兵五千，攻陷乌拉宜罕山城，杀守城贝勒阿斋以下两千余人。布占泰觉得形势越来越不利，才想起同叶赫国联合共同抵制建州。老汗王努尔哈赤得知此信，他最担心的就怕乌拉、叶赫结成联盟。他想出了个嫁祸于人的好办法。

你当什么好办法，可以说是最阴险的一招。

原来，布占泰得知褚英、阿敏兵围伊罕山城，城主阿斋贝勒是他长兄布丹之子，英勇善战，伊罕山城坚地险，依山带水，易守难攻，他估计必有建州大批人马，乌拉兵败于乌碣岩，实力减弱，恐怕难以对抗，必须借助外援，他派使去科尔沁请来蒙古兵三千，在翁阿岱贝勒的率领下，星夜赶来增援，可是晚了，伊罕山城家族内出了叛徒，开门引建州兵破城，阿斋贝勒拒战不利自杀，伊罕山城陷落。待布占泰与翁阿岱联军出援的时候已经迟了，建州兵杀光守城兵，押着俘获男女老少，毁城撤走了。清史上说什么"望见建州军容之盛未敢追"是谎言，实际是，蒙古军到达乌拉时，建州军已撤去，山城已毁，根本没有搭着建州兵的影子，这都是褚英、阿敏他们回去制造的谎言，抬高自己。

这还不算，更有甚者，他们撤兵的途中，无意中遇到五十名猎人，问过之后，才知道是从叶赫来的采参户。褚英、阿敏如获至宝，回去献功说这是"布占泰献出的叶赫驻乌拉使团"，换取退兵。努尔哈赤信以为真，他要拿这五十条生命做文章，用以离间乌拉和叶赫的关系。

他给叶赫国王金台石送去一封信，信上说，你叶赫派驻乌拉的使者已被布占泰缚献给我，你要保全这五十人的性命，就割让边境土地来换。

叶赫根本就没有派驻乌拉的使者，忙派人去乌拉问这是怎么回事。布占泰答复，不晓得，建州兵从没跟乌拉兵正面接触，只是屠伊罕山城而去，科尔沁贝勒翁阿岱可证。

金台石知道努尔哈赤诡计多端，不知又玩什么鬼花样，不予理睬。

努尔哈赤见一计不成，又生一计。他下令把这五十名叶赫人，不问情由，杀于境上，然后派人去乌拉见布占泰，说用兵伊罕山城，纯属误会，褚英等出兵是为了追捕叶赫奸细，叶赫奸细匿藏伊罕山，才引起战争，所俘乌拉亲族都是妥善安置，优礼有加，希望同乌拉仍续前盟，恢复亲戚之谊。

布占泰提出条件，讲和也可以，必须以汗王亲女联姻，否则免谈。

建州使者答应，一定回去转告贝勒之意，并说，最好乌拉主动提亲，也好给我家主子一点面子。布占泰答应可以，定会派人去提亲事。

布占泰的意图很明显，是想要一个老汗王亲女放在身边，等于人质，你努尔哈赤还能肆意来侵吗？

这就是第七次联姻。穆库什公主嫁到乌拉。

乌拉灭亡前，布占泰女儿萨哈连公主，本来许嫁叶赫贝勒金台石第三子沙浑台吉，老汗王灭叶赫，杀死金台石不算，又把沙浑台吉绑到旗杆上乱箭射死，将萨哈连公主指给褚英长子杜度为妻，成了他的孙媳妇。这是第八次结亲。

乌拉灭亡后，老汗王努尔哈赤把一个孙女嫁给布占泰第六子茂莫根，意在招服其父布占泰。这是第九次结亲。

于此前后，又将一个侄女嫁给大妃阿巴亥之弟阿布泰（满泰第三子），这是第十次结亲。

第十一次是嫁孙女与洪匡。加上常住之子查木布娶了老汗王的侄女（时间不详，但史料有记），前后联姻计十二次之多。清朝入关后又多次，就不计算了。

婚姻不是挡箭牌，在利益面前是没有亲情的。《清史稿》说得好："疆场之事不以婚媾谊，有时乃借口以启戎，自古则然，不足异也。"

那么，这十二次联姻，从形势上来讲，比较重要的是哪几次呢？

在明代女真社会里，虽然是形成了部落酋长制，部落酋长又被明朝招抚，封官赐爵，但这仅是名义上的。酋长们虽有"都督""指挥"之类头衔，他们却不能从朝廷拿到任何俸银，只能靠朝贡、市易来换点银钱和物资，远远不够部落的生活消费，日子过得并不富裕。怎么办？他们靠兼并与掠夺来满足自己，这就出现了攻战予夺的暴力事件，"强凌弱，众暴寡"是那一时期主流。为了生存与发展，部落酋长们寻求靠山和外援，唯一的手段就是"联姻"，借助姻盟来壮大自己。联姻也叫和亲，当时十分盛行。

所谓的酋长，部落首领，他们虽有官衔而无衙署，能像个庄园那就不错了，绝大多数还是随时流动的部落，有的还居无定所。

就拿当时最先建国称汗的王台来说吧，他本来叫万，"万"和"住"都是女真贵族子弟的称呼，万建国称汗后本应称为万汗，可是明朝皇帝却赐给他一个名字叫王台，所以万汗对明朝以"王台"自称。

王台建国称汗，说明他势力强，领地大，明朝支持他统领四分五裂的女真诸部。可是他的势力只能达到海西女真诸部。南方的建州女真他还有点鞭长莫及，势力达不到，他也就通过联姻来施加影响，他看到苏子河畔建州左卫的后裔全氏家族人多势众，主动联姻，把自己的养女嫁给索长阿的儿子吴泰，不久又将亲女嫁给了塔克世为继室，成了努尔哈赤的后母。这样，王台的势力伸到辽东，哈达国的力量空前壮大，他也成了东方女真诸部的总盟主。同时，建州左卫残余势力也借王台势力得到了发展，全氏家族自此坐大。

现在都知道清朝皇族姓爱新觉罗，可这不是他们本姓，那是他们创业成功之后，为了显示其出身高贵，硬往金朝皇族上贴，改为与金字谐音的爱新，外加觉罗一词是穆坤（族），爱新是哈拉，哈拉是姓，哈拉和穆坤联到一起，意思就是他们这一族（穆坤）是金代的皇族遗民，实际是为自己的祖先制造光环，以示荣耀。那么，他们编造出"三天女"生布库里雍顺的神话传说又怎么解释呢？这不是自相矛盾吗？

古语说得好，"胜者王侯败者贼"。反正人家成功了，怎么说怎么有理，你敢较真儿吗？古往今来，历朝历代，都为自己贴金而编造历史，当时没人敢言，待他政权丢失，朝代更替，一切都失去了，事实真相便会浮出水面，后世才能恍然大悟。

明末时期便有人说过："海西山寨之夷，完颜种。""建州乃大氏遗孽"，指出了努尔哈赤的祖上是出自渤海国，渤海是大氏所建。

当然，年代久远，好些事无法考证了，但有一点是不会错的，那就是爱新觉罗的姓氏是自造的，它不是历史的本来面目，查遍渤海国和金朝加到一起三百多年时间，没有一个女真姓氏为爱新觉罗。有人说"觉罗"系"交鲁"氏，也无资料可证，而且也被清皇族自己否定了，虽音同而字异。有文献可证者就是全姓，全也作佟，这是没有疑问的。

好了。交代了几句题外话，回来继续讲"十二次联姻"的事吧。

方才提到第一次联姻，是由哈达汗王台开始，双方都受益。乌拉的第一次是在万历初，八世祖布干当政时，建州塔克世主动登门结亲，把女儿嫁给布干三弟布三泰的长子，年仅十四岁的常住。这就是建州看中了乌拉实力雄厚，又是哈达的同宗，这对老汗王努尔哈赤家族是有利的，一般女真部族不敢轻易冒犯他们，因为他有哈达和乌拉的强大后盾。常住归顺建州后，改称常卓，因为"住"是乌拉贵族尊称，归入建州已经失去了，不能再称"住"，谐音改称卓。后来，常卓家族隶镶白旗世管佐领，从关外到关内，常卓家族为清朝立下了汗马功劳，子孙数代成为清朝重臣。在整个乌拉纳喇氏中，他们一族是对清朝贡献最大的。

在洪匡败亡之前，老汗王努尔哈赤宴请亲族女眷，并让洪匡同她们相见，其中就有常卓的福晋，也就是努尔哈赤之姐，这时她已是老迈年残的贵妇，洪匡还是第一次见到他这位堂嫂。这在后边我还要讲到，暂且搁下不提。

第四次联姻是对建州女真最有深远影响的一次。

万历二十九年，努尔哈赤有意进一步结好乌拉，听说已故贝勒满泰有女美貌聪明，便派人提亲。布占泰有心答应，因不是自己亲女而是侄女，事情需要满泰福晋，也就是侄女的额娘都都祜王妃做主。都都祜王妃得知努尔哈赤已经四十多岁了，又有众多妻妾和子女，自己的女儿阿巴亥格格才十三岁，心里一百个不愿意。当时的女真社会，尤其是上层贵族之家，联姻就是政治交易，至于年龄相差、重婚、子女、名分都不是婚姻的障碍，只要门当户对就行，那么都都祜王妃所顾虑的是什么呢？因为她久已听说，努尔哈赤残暴凶狠，薄情寡恩，是一个喜怒无常的人，她怕女儿受到伤害。但布占泰自有他的打算，他想的是，如今我是努尔哈赤的女婿，比他矮一辈，在他面前抬不起头来，始终以晚辈屈尊，如果把侄女嫁过去，我就成了努尔哈赤的叔丈人，比他还高一辈，即使不能以长辈压你，起码也能平起平坐，不致矮你一头。他说服了嫂子，并保证建州绝不敢慢待侄女，因为乌拉是大国，大国公主身份高贵，谁敢慢待。

就这样，乌拉公主阿巴亥，嫁与建州都督努尔哈赤。建州以最隆重的仪式，迎娶阿巴亥到辽东，布占泰派六叔博克多贝勒代表纳喇氏王族往送，女真婚俗，叫作送亲。

这次联姻，谁也预料不到后来改变了中国历史发展的轨迹，影响了中国历史发展的进程。

阿巴亥为努尔哈赤生了三个儿子，其中多尔衮雄才大略，挥师入关，破李自成，灭南明，拥立小皇帝福临（顺治）统一中原，建立了延续二百多年，传承十帝的大清王朝。

可是这位阿巴亥公主命运却是悲惨的。在老汗王努尔哈赤死后，诸子争位，公然违背父皇遗命，拥立红歹士为帝。老汗王努尔哈赤遗命是立十五子多尔衮为汗，因其少年，由大贝勒代善辅政到十八岁。但在他们争权夺位中，代善背叛了父汗遗命，与红歹士等人合谋，假传遗命，立四贝勒红歹士为汗，由代善、阿敏、莽古尔泰等合议执政，与汗面南平坐。

为了毁灭证据，首先要铲除知情者和当事人，伪造遗诏，逼令大妃阿巴亥殉葬去侍奉先帝，同时把知道内情的另外两个小福晋厄济根和代因察也一并绞死，理由都是"父汗遗命"。详情我以后还要讲。

阿巴亥在无助中自杀，成了后金政权之争的第一个受害者。因为这是诸贝勒合谋，他们都是知情者和当事人，彼此都有戒心，因此也不敢过分，阿巴亥的三个儿子便平安无事。后来，红歹士（已改为皇太极）为了打击政敌，争取多尔衮兄弟支持，又百般拉拢多尔衮兄弟，这是因为他们兄弟手里掌握两白旗，这是老汗王努尔哈赤在世时留下的，一旦确立旗主，任何人也改变不了，否则就会引起动荡，局势混乱。

还是红歹士手段高明，"四大贝勒面南平坐"共同摄政的局面很快被打破，除了代善彻底服输而外，居功自傲的阿敏、莽古尔泰两人均被迫害致死。红歹士独揽大权，并于天聪九年政元崇德，国号改为大清，正式名正言顺地当上了皇帝，称为太宗，老汗王努尔哈赤被尊为太祖了。

清太宗就是依靠多尔衮兄弟的拼杀，逐步扩大了大清国的势力，为后来入关奠定了基础。

至于第七次联姻，也是最关键的一次，这次联姻，导致了乌拉国在孤立无援中快速灭亡。

万历三十五年乌碣岩之战，三十六年屠宜罕山城，乌拉两次失败后，本应紧密靠拢叶赫，同建州形成鼎足之势，或许尚能支撑下去，鹿死谁手，还真难说呢。也许是天意，阿布卡恩都力有意安排，这时的布占泰鬼迷心窍，办了一件错事，也可以说是蠢事。当建州修好的使者走后，他派堂弟噶兰满贝勒出使建州，正式实现老汗王努尔哈赤提出"姻盟"之请，说什么从前虽娶建州之女，但她们毕竟不是汗的亲生，如果父汗能许以亲女联姻，那就不一样了，我便会永远依赖父汗，不再三心二意。

老汗王见布占泰两年两次失败，不结援自保，反而请婚，这是他万万没有料到的，也是他求之不得的，他爽快地答应了这门亲事，决定将十五岁的四格格穆库什公主许婚，又怕夜长梦多，布占泰反悔，急令宗族大臣择日送至乌拉与布占泰成婚。

建州诸大臣都迷惑不解，两次战败之国，主上同意和亲，嫁之以亲女，未免本末倒置，殊不值得。

老汗王努尔哈赤解释道："乌拉败而求婚，实出意外，这也是天助我建州。现在叶赫强盛，用东哥做诱饵极力拉拢布占泰，我是怕布占泰情急之下，倒向叶赫，迎娶东哥，结为同盟，则我腹背受敌，很难扩展。今布占泰已娶吾女，叶赫自然绝望，两国非但离心，还有可能内斗，谁攻击哪一方都不会得到外援，亡国必然矣！"

众将齐声赞道："主上高明。"

在乌拉这方面，更有宗族贝勒们想不通。建州觊觎乌拉已非一日，近年连连下手，国主不是结援求助，靠拢蒙古和叶赫，而是一味地向建州求婚，坐失良机，必自孤立。可是布占泰却另有他的打算。他表白说：

"趁我失败之机，请婚努酋，他必然会应允，如果他不答应，我必娶叶赫东哥，同叶赫订立同盟，对抗建州，这是努酋最怕的结局，所以他不敢不答应我的请求，他怕就怕乌拉、叶赫联起手来，用亲女和亲以绝叶赫之望。至于建州公主吗，她已在我的手里，努酋再要侵犯我，他必然投鼠忌器，不能不考虑他女儿的安危。"

以这番话为据，布占泰的本意是想以努尔哈赤亲女做人质，牵制建州，这只是他的一厢情愿，他还是没有看懂努尔哈赤的为人。老汗王努尔哈赤是一个毫无亲情，只达目的，不择手段，敢于下最大赌注的人，布占泰遇见这样对手，焉有不输之理。可是也有人提议，结好叶赫方为上策。布占泰有他的顾虑：

叶赫一旦雄踞海西，对乌拉也是个最大的威胁，我不能前门拒狼，后门引虎，我只能顾一头，防不了两处。

布占泰同努尔哈赤，心照不宣，想到一块去了。

就是这次非理性的联姻，反而捆住了布占泰的手脚，牵制并没起作用。相反失去了叶赫的支援，大军一到，兵败亡国。

人算不如天算。

第二十七章　汗王屠辽东

老汗王努尔哈赤自萨尔浒大破明经略杨镐二十多万兵之后，又连连得手，收抚顺、陷东洲、占三岔口、破清河城，进而攻取辽东首府辽阳。辽阳是座千年古城，为辽东第一重镇。当时的关外有两座较大的城池，既是军事政治中心，又是商业繁华之地。辽阳为首，雄踞辽河东，濒临太子河，次为广宁①，地处辽西，近广宁大山②，这两座雄伟的城池，就像两把锁钥，严密地控制着关东大地，威慑蒙古、女真等部落，拱卫着京师北境。

明代自洪武年间开始，陆续设置三百多个卫所，羁縻女真部落，借女真人势力抵制蒙古，辽阳和广宁这两个城堡都发挥了很大的作用。

到了后期，羁縻作用不灵了，女真部落兼并已经完成，松辽大地出现了扈伦四国，明朝又扶植四国中势力最强的哈达部为其统驭诸国，后又扶植叶赫，最后一个也没有剩下，都灭亡了。建州女真努尔哈赤一家坐大，全辽失陷。大明天下，也进入风雨飘摇时期，还是那句话：天意。

好啦，归入正题吧。

老汗王近几年来，为了同明朝争夺辽东地盘，出兵打仗方便，他把驻地一挪再挪，离开他的老家赫图阿拉，后来叫兴京，挪到界藩山筑城，又筑萨尔浒城。可两处都没有住多久，到他打下辽阳之后，见辽阳城的雄伟壮观，确是建都之所，就把全部人马迁来辽阳。他另在辽阳老城外，太子河东岸筑新城一座，命名为东京城，并且把祖宗家族墓地迁葬在东京城附近的阳鲁山上，就是现在的东京陵。但没过多久，后来又把迁葬东京陵的先人遗骸又迁回原地，就是现在叫永陵的地方，离赫图阿拉不远。剩下几座墓葬未动，他们是三贝勒舒尔哈齐，后封庄亲王；二贝勒

---

① 广宁：今北镇。
② 广宁大山：今称医巫闾山。

穆勒噶齐；大太子褚英，他是洪匡的岳父，被他阿玛老汗王努尔哈赤处死的，他死于权位之争，被人诬陷，是个冤案，至今没人为他平反昭雪。你想想，他是被红歹士设计诬陷致死的，而红歹士建立大清王朝称帝，子孙继承，哪一朝哪一帝肯为他翻历史的旧案，为他平反，那不是令祖宗难堪吗？所以，清初的冤案、错案都翻了，就是褚英的案不能翻，它涉及太宗皇帝红歹士。

有一点值得注意，在名义上，褚英并没有平反，有墓无碑。但在事实上也等于为他平反了，褚英的儿孙们没有受到先人的牵连，而是倍受优待，飞黄腾达，名声显赫，成为大清王朝的开国元勋，名垂史册，在清朝修史时，写到褚英而是玩弄文字游戏，用"杵上获罪""被谴"等轻描淡写一笔掩过，而对褚英所获何罪却只字不提。种种迹象表明，为了照顾到红歹士的面子，褚英也只好委屈一下，丢掉一个封爵和谥号而已，他的后代子孙也心知肚明，历史旧账也无须追究了，让后世史家来探究和考评吧。

东京城修筑完工之后，不知从哪里飞来金光耀眼的凤鸟，被称作"金凤凰"，有人说是从辽东凤凰山飞来的，大吉之兆。金凤凰落在老汗王宫殿的脊瓦上，万人欢呼，齐喊万岁，老汗王努尔哈赤开心极了。有术士进言说，凤鸟来仪为帝王隆兴之兆，汗王爷事业有成身居九五，万古不替。努尔哈赤打算，待攻取了辽西后，关东一统天下，就要改朝换代，做女真国的大皇帝了。他至今的称号还是"英明汗"，这是蒙古人劝进奉送的，也是为了联合，争取蒙古诸部勉强接受的尊号。

总有那么一天，我要同大明天子平起平坐，你坐关内，我坐关外，金銮殿，尊号台到底有什么区别？

老汗王努尔哈赤正在盘算大展宏图，改号称尊，大过皇帝瘾的时候，飞来那只金凤凰又飞走了，据说飞到了沈阳。所以老汗王为了追逐金凤凰，扔下新建的辽阳东京城和宫殿，又把都城迁到沈阳，开始建造沈阳皇宫。可是令他没有想到的是，在修建城墙挖地基时，居然挖出一块石碑，石碑上刻着"灭建州者叶赫"六个大字。老汗王努尔哈赤惊得目瞪口呆，寝食难安。石碑虽然被打碎，垫了地基，毕竟有人看到，传了出去，沈阳城内沸沸扬扬，说得有鼻子有眼，可是一较真儿，没有人敢说亲眼所见。不管石碑事情有还是无，可是传布得很快，也很久，二三百年了，现今还在流传，是不是"三人成市虎"的效应亦未可知。

什么是"三人成市虎"呢？这是古文献《战国策》上的一则，意思是，一个人说市上有虎，你不会相信；两个人说有虎，你可能半信半疑；如果三个人都说市上有虎，你肯定相信这是真的有虎了。这个典故比喻多人说出的东西，假的也会当真。石碑的事是不是也因说的人多也就假变真了呢？目前还无法证实，那就信者则信，疑者存疑吧。后来人们又肯定石碑上的字应验了，清朝慈禧、隆裕两太后，都是叶赫纳喇氏，叶赫贝勒金台石的后代，是她们葬送了大清王朝，"灭建州者叶赫"，三百年前已有预言。

那么，叶赫灭国，金台石贝勒临死前说了什么呢？

大明万历四十七年，也就是老汗王努尔哈赤天命四年，这年春大破明兵二十多万于萨尔浒，秋天灭叶赫国。叶赫东城贝勒金台石被杀前对努尔哈赤说了这么一番话："我生前抗不了你，死后也不会放过你，叶赫人你是杀不完的，无论叶赫将来传下一男一女，早晚必报此仇！"

老汗王时时记起金台石的话，今又挖出石碑，是不是冥冥中自有主宰，阿布卡恩都力早有安排？以后注意叶赫王族就是了。可是他的子孙并没有遵照老子的遗训，进兵关内、一统中原以后，被胜利冲昏头脑，早把什么石碑的谶语和叶赫贝勒的誓言放在耳朵以后去了，大清国终于亡在了两个女人执政时期，她们是姑侄，叶赫纳喇氏，难道是偶然的巧合吗？

天理昭彰，报应不爽。人世间争名夺利，古今常理，但做事不要过分，努尔哈赤杀死叶赫两贝勒，全不念亲戚情谊，未免过分，而且因洪匡的事，杀了我们乌拉纳喇氏五百零七人，这不仅仅是过分的问题了，简直是伤天害理！

这以后再讲。

沈阳建城挖出石碑，使老汗王努尔哈赤大为扫兴。常言说得好，"人莫心高自有生成造化，命由天定何须巧用机关"，人算不如天算，不知何时，从辽阳飞来那只金凤凰又飞走了，而且去向不明。

老汗王努尔哈赤毕竟是英明的开国之主，他下了一道命令：在凤凰飞走的地方建造"翔凤楼"，用来显示"凤鸟来仪"，可不知什么原因，"翔凤楼"后来改为"凤凰楼"了，也许是"翔"字是"飞"的意思，是一个不吉利的字眼吧。

的确，自打努尔哈赤迁都辽阳以后，在他生命最后的两三年间，没有一样顺心事，凤鸟飞走，挖出石碑，洪匡起事，海州民变，宁远兵败负伤，以致送了命，这一系列事故，不是天意吗？努尔哈赤生前并没有过上皇帝瘾，还是他死后借了子孙的光，后人给他加了尊号，"太祖高皇帝""太祖武皇帝"，这也只是写在史书上的皇帝了。

这些都是后话。

现在说一说老汗王努尔哈赤的对手大明朝。这时的明神宗万历皇帝已死，做了四十八年糊涂皇帝，把国家搞得乱七八糟，危机四伏，社会动荡，特别是辽东陷落，国本动摇。继任者泰昌帝不到一年一命呜呼，死后得了个光宗的庙号。天启帝朱由校立，治国倒没有啥本事，残暴昏庸却不逊他的先人，专信奸佞小人，宦官魏忠贤专政，贪污腐败，残害忠良，激起多处民变，朝政更是乱上加乱，大明末世景象更加明显。虽有后来崇祯帝振作一番，奈亡国征兆无可挽回，天意灭明，谁也挽救不了这个腐朽王朝覆亡的命运。老汗王努尔哈赤对明朝内情了解得一清二楚，不趁这时出兵，尚待何时？机不可失，时不再来。他确定大明天启五年秋九月出兵辽西，攻取山海关。

他调集八旗劲旅，筹备粮草物资，准备一年时间，待一切就绪，他要御驾亲征。老汗王努尔哈赤自感已经老了，去日无多，生前不能一统关东，终究是块心病，死不瞑目。他毕竟是马上皇帝，凭着自己努力，打拼出来的江山，现在大金国仅占有辽东一隅，连三四百年前的大金朝三分之一都不到，他不甘心。

转眼到了大明天启四年，老汗王努尔哈赤也已当了九年"英明汗"了，这年他正好六十六岁，时逢"甲子"。按民俗，"甲子"为多事之秋。寿六十六，俗云："人到六十六，不死掉块肉。"说明这个岁数是人生的一道坎儿。偏偏又赶上连续两年辽东大旱，有的颗粒无收，人民缺衣少食。老汗王准备攻明，整军备战，粮草供给是必须保证的，所谓"兵马未动，粮草先行"就是这个道理。

老汗王努尔哈赤派出大批官兵差役下乡征粮，结果不但人民无粮可征，还要消耗大批粮食。

粮食征不上来，军需得不到保证，影响伐明战争，人民又消费大笔粮食，造成紧张又恐慌，汉人有骚动趋势。老汗王努尔哈赤冥思苦想，终于想出一个节省粮食的办法，这也是古往今来治国之主从无先例的野蛮办法，他命令挨家挨户检查粮食，有粮者免死，无粮者统统杀掉，这样可以节省不少粮食，有粮户便不敢不拿出部分粮食充做军用，问题就解决了，就这么简单。

金国官兵如狼似虎，深入辽东各个屯寨，翻箱倒柜，查验粮食。辽东是山区，土地贫瘠，又遭荒旱，大多农户家无存粮，尚有用树皮野菜充饥者，有粮的是少数，有粮户趁机抛售余粮，抬高粮价，农民折卖家底，甚至卖妻卖儿女也要保命免得饿死。常言说，穷汉盼来年，只要渡过目前困境，以后还有希望。

可是，他们万万没有想到，大金国的汗王爷公然下令屠杀无粮户，海州、盖州、凤凰城、宽甸、暖阳等广大地区皆无幸免，一时人心惶惶，纷纷逃亡。虽然命大的逃出去一些，不到半个月光景已有五万人做了刀下之鬼，鲜血染红了辽东大地。海州、盖州人民暴动反抗，结果被血腥镇压，受害更惨，暴动地区不分穷人、富人，有粮无粮，基本斩草除根，鸡犬不留。女真人本来是爱犬的，这次却破了规矩，连犬也捕杀不放，理由是汉人的犬，它向着它的主人。

暴行持续了半个多月，辽东无粮的汉人除了侥幸逃出一部分，余皆被杀光。

这是老汗王努尔哈赤吞并辽东之后所犯的不可饶恕的罪行。以致后来田园荒芜，土地无人耕种，好多年人烟稀少，房倒屋塌。至清兵入关之后拨八旗兵带家眷回辽东驻防屯田，情况才有了好转。但是，满人和汉人的比例失调，满人比汉人原住民多两倍。

且说老汗王努尔哈赤屠杀辽东无粮的汉人激起民变时，汉人组成了义军，提出"驱逐胡人""还我山河"的口号，并派人到镇江①明军毛文龙大营，一来求救，二来联合，请毛文龙的明兵配合海州义军，收复辽东失地，恢复大明江山。

毛文龙原是辽东总兵官李成梁部将，老汗王努尔哈赤早年在李成梁处住了两年多，他们认识。后来毛文龙脱离了李成梁，自成一股势力，与大金国为敌。他先在旅顺，后入海，占据海岛，威胁大金国的后方。前不久，他派兵攻取镇江，杀了金国守城大将终养性，控制了鸭绿江的出海口，留下部将王绍勋守卫镇江，毛文龙返回驻地皮岛。海州义军使者到达镇江求援时，王绍勋不敢做主，须请示统帅毛文龙。待毛文龙得报决定出兵配合海州义军反金时，已经迟了，海盖义军已经失败，遭到了金兵的镇压，汉人军民又是几万人头落地。

毛文龙出师无功，不能就此罢休，他选择一个突破口，从另一地方下手，扰乱大金国的腹地，这个地方就是从前的辉发国。

---

① 镇江：今丹东附近。

辉发自万历三十五年灭国，居民全被迁走，城寨被毁，田园废弃，地广人稀，一片萧条。毛文龙选择这里突袭，得手之后，北上乌拉，扶植各部王族，恢复扈伦四国，共同对付努尔哈赤，扫荡建州女真。

自古道：谋事在人，成事在天。腐败没落的大明王朝，自顾不暇，还有那个精力管别人的事吗？毛文龙统兵沿鸭绿江上溯，绕过长白山，进入辉发河地区，令他没有想到的是，一路丛山峻岭，荒无人烟，地方无粮，转运困难，军士疲惫不堪，又兼乏粮少食，不得已而退兵，白忙活一场，从此，再也不敢来了。

毛文龙进兵辉发的消息，有人报给了乌拉洪匡。洪匡欣喜万分，大明终于出兵了，说不定就是扈伦四部起死回生的大好时机。他即派亲信，去长白山，辉发城子等地探听虚实，一方面准备聚拢人马响应明军，待明军一到便换上乌拉国的大旗，宣告复国。

吴乞发告诉他暂不动声色，看一看情况，目前还无法判定明军的去向。洪匡依了吴乞发的话，暂且按兵不动，一如既往，暗中留心。

果然如吴乞发所言，半个月后，准确情报传来，明军虽绕过长白山，但未能到达辉发城，被金兵击退，返回去了，总兵官毛文龙已渡海回到皮岛了。

洪匡和所有乌拉部人都空欢喜一场。洪匡对心腹们说："谁也不能指望，找机会，我们自己干。"

吴乞发说："不能轻举妄动，一旦举事，只能成功，不能失败。"

这失败的后果，洪匡很清楚，他又不能轻易放弃，那样将是乌拉纳喇氏不肖子孙，对不住阿玛布占泰，对不住乌拉纳喇氏列祖列宗。

进入秋季，乌拉地方粮食丰收在望，这里同辽东地区截然相反，连续两年辽东旱灾严重，粮食欠产，而北方乌拉地方却是风调雨顺，年景一年比一年好，粮草充足，无后顾之忧。老汗王努尔哈赤灭掉乌拉国之后，只迁出部分王室落户辽东，其他则编户万家，设立牛录，人民还居原地生产生活。为了笼络乌拉国人，免征税赋，这也是他收买人心的一种手段，也是做给布占泰看的，因为那时布占泰还活着。后来布占泰去世，老汗王也忙于出兵打仗，无暇顾及北方，后来连派驻乌拉城的三旗佐领也撤了。乌拉虽没复国，实际上已成了洪匡的天下。

扈伦四部灭亡后，首领被杀，人民被掠，城寨被毁，田园荒芜，落寞不堪，没有一国具备恢复重建的条件，唯乌拉是个例外。

人们不禁要问，灭亡的扈伦四部，幅员辽阔，土地肥美，物产丰富，足可以生产出大批粮食，还用屠杀辽东缺粮户以节约粮食吗？激起辽东民变，又屠杀了大量汉人，受到历史的谴责，作为一个开国之主，这么做值得吗？

这个道理谁都懂得，老汗王努尔哈赤当然懂得。可你要知道，老汗王是以征服者的心态对待汉人，想用暴力来威慑汉人，这种暴力一直持续到后来进入关内，有名的"扬州十日""嘉定三日"就是延续了他先人的暴政，多尔衮提出"留头不留发，留发不留头"也是继承了他老子强迫"辽东汉人一律剃发"的野蛮政策。这种民族对立，以暴服人，强迫汉人接受屈辱的现象，到康熙、乾隆时才有所缓解。而且，又大兴文字狱，对汉人实行思想禁锢。

这些都算是闲言，不做深究了，我们只要认清这位大清开国皇帝的真面目就可以了，历史就是这样。

再说洪匡派出的探子送回准确情报，他们已经探明，老汗王原计划于天命十年春率师伐明，又怕辽东汉人趁机反抗，勾结明军毛文龙部进犯辽阳，现在举棋不定，各贝勒大臣们意见不一，老汗王打算求助蒙古，出兵广宁作为声援，只要蒙古骑兵南下，他就立即引八旗兵渡辽河西取锦州。目前不明确的是，蒙古兵能不能出援尚不清楚，老汗王已派他的四贝勒红歹士去科尔沁联络去了。

洪匡得到这一消息，认为是天赐良机，只要你老汗王离开东京城，国内空虚，我就可以长驱直入端你老窝，辽东汉人再一波动，明兵出援，那就大事可成，到时只怕你汗王姥爷过到辽西，就回不到辽东了。

从那一刻起，洪匡又加派了几伙密探，务必把老汗王的出兵时间探听明白。另一面，同吴乞发等心腹暗地集中分散在各屯寨的人马，听候命令，做好出征的准备。

洪匡天天盼老汗王努尔哈赤出兵的确切消息，盼了好几个月也没有他需要的准确消息，金兵还是纹丝没动。经过两次劫难的辽东人民，现在也老实了，为了生存，汉人都剃发留辫，做大金国的顺民。洪匡感到沮丧，只好耐心地等待时机了。

到了江河封冻的冬季，繁华的乌拉王城又进入商贾交易的旺季，街道上人群熙攘，店铺生意兴隆，附近村屯农民猎人推车挑担，进街买卖，再过半个多月，就要过年了。

洪匡离开紫禁城，领着一对小台吉，来到街市上闲逛，借以排解心中的烦闷。他有一对小台吉，长子取名乌隆阿，谐音"乌拉"，含义是乌拉国后裔，现在方六岁。次子取名布他哈，从小就冠以徽号，称乌拉布他哈。小兄弟二人均是金国公主——老汗王孙女所生，他们自成亲八年来，公主对洪匡暗中的活动却一无所知，因为紫禁城内除了由吴乞发统管的五百护卫而外，没有发现别的兵马出入。老汗王努尔哈赤长期得不到乌拉方面的情报，对洪匡也就放心了。当年沙摩吉兄弟来投时提供的可疑之处，也渐渐忘却，他能记得住，印象比较深的，是沙家兄弟说出的，他们留在乌拉那两匹宝马。

可是洪匡早把沙家兄弟忘掉了，他谋划复国，丝毫没有放松。

这天他走在街上，漫不经心，毫无目的，两个孩子有侍卫和女奴照看，游人很多，大多认识这位布特哈贝勒，所过之处，游人让路。洪匡不知不觉来到内城的西门，内外城西墙合为一体，城门共用。西门临江，已经封冻。一出西门，他就远远地望见江对岸那棵大榆树，那年就在那棵树下，向阿玛布占泰下了保证，一定恢复祖业。可是几年过去了，什么事情也没办成。他出了城门，让两个孩子同他一起，对着遥远的那棵大榆树跪下，默默念道："请阿玛放心，复国大事，绝不敢忘！"说完叩了三个头站起来，对二子说："记住，看见那棵树，就看见玛发了。"两个孩子睁大眼睛，盯住江对岸，望了半天，什么也没看见，光秃秃的一棵树。洪匡心情好了一些，吩咐道："天太冷，回去吧。"

他们返回紫禁城，刚走到城门口，见吴乞发急急地走来报告："大金国使者找贝勒爷有事儿！"

第二十八章　东京城拜年

　　洪匡进了紫禁城，顺着点将台的石阶登上顶端，进入平时很少进的大殿里。这是昔日乌拉国王处理军国大事的地方，"议政殿"三字金匾还在悬挂着，可今非昔比，它已没有了当年那种威严肃穆的气氛，现在变成了接待客人的场所。

　　铜炉里升着木炭，大铁盆里闪着红红的火星，这是为迎接客人新准备的取暖用具，因为乌拉地处北方，又靠江边，冬季寒冷。

　　见洪匡进来，两位金国使者站起来，异口同音地叫了一声："阿斗！"[①]

　　洪匡认识其中一人，他是伯父满泰贝勒的第三子阿布泰，现在是金国的额驸，老汗王努尔哈赤的侄女婿，他姐姐是汗王姥爷的正宫娘娘，名叫阿巴亥，洪匡光听说没见过。阿布泰三十刚出头，一表人才，风流倜傥，现在官居梅勒额真[②]。

　　"来，阿斗，认识一下。"阿布泰指着另一位说："安巴额牟其[③]家三阿哥图达里。"

　　洪匡上前行礼，叫一声"三阿哥"。洪匡没有见过大伯父布丹家的人，当年老汗王派兵攻陷宜罕阿林城，领兵的主帅正是大太子褚英，听说那次城陷后杀戮很重，牤牛河水都染红了，大阿哥阿斋贝勒自杀，家人全被掳去辽东，不知音信，不想今日出现在面前，虽为至亲骨肉，确有生疏之感。图达里比阿布泰大一些，看样子也不超过四十岁。

　　图达里叹道："今儿个还能见到洪匡八弟，恍如隔世。"

　　阿布泰又开言了："三阿哥图达里，现在是梅勒额真，管理镶白旗，同我们不在一个旗。"

　　洪匡没有"在旗"，是扈伦四部灭亡后唯一的一个特殊人物，当然

---

① 阿斗：弟弟，也作阿兜。
② 梅勒额真：副都统，后升都统。
③ 安巴额牟其：大伯父。

193

他不明白编旗的意义。阿布泰告诉他，现在乌拉纳喇氏王族，编到好几个旗，宜罕山一支归镶白旗；紫禁城两支属正白旗；富尔哈一支人口多，编在黄、蓝、红旗的都有。

当洪匡问起他的几位哥哥的情况时，阿布泰告诉他，六哥茂莫根、七哥嘎图浑都在辽阳，大阿哥达尔汉等还是下落不明。洪匡说："二阿哥达拉穆的死是我亲眼所见，别人至今音信皆无，我很想念他们。"

阿布泰安慰他说："老八放心，我们兄弟早晚会有团聚那一天，就看阿布卡恩都力睁眼不睁眼。"

阿布泰说的话后来实现了，二十多年后，在他和图达里以及后来投奔太宗红歹士的达尔汉等人的谋划下，从北京返回乌拉故都，办了一次聚会全族、声势浩大的修谱祭祖活动。遗憾的是，此时的紫禁城已变废墟，洪匡也已死亡二十五六年之久了。然而，庆幸的是，他们找到了洪匡大儿子乌隆阿，也算不幸中之幸。

二人述罢别后离情，开始说正事了。他们此来的使命，是传达老汗王努尔哈赤的口谕：今年除夕，老汗王庆贺送走六十六不利流年，奔向大吉的开局之年，通知远在各地的额驸去东京为他贺岁，以示天下归心，万民乐业。二人特别提示，老汗王所说乌拉得了两匹宝马，让洪匡带去，他要见识见识。洪匡答应了。

于是，洪匡请二位兄长下台，进入后宫，同家人见面，他们是家族，否则也进不了后宫。

洪匡家很简单，仅有一位福晋两个儿子才四口人，另有一些随侍、护卫、仆妇、女奴、阿哈等人员，加到一起也不过几十人。宽阔的宫院使用不足一半，余皆空闲，有些房子还上了锁。

阿布泰是在紫禁城出生并长大的，他住过的宫室至今记得，他特意故地重游，到房前看一看，也已空闲无人住，上锁了。阿布泰似有沧桑之感，默默地离开。洪匡引导二人来到自己居住的宫室，叫过两个儿子，给二位伯父叩头。两个孩子从江边回来，手脚冻得冰凉，刚刚暖和过来。洪匡介绍二子的名字、生年、属相。

二人在乌拉紫禁城的王宫里住了两天，人马歇好以后，要告辞返回了。临行一再嘱咐，汗王爷要看看你这两匹宝马，到时一定带去，洪匡表示：一定照办。

二人拉出坐骑，笑对洪匡说："我们这马也算军中上好的战马了，可从东京跑到乌拉，足足走了四天，也算最快的了。可我们听说你那宝马能日行千里，不知是真是假。如果那样的话，你一天就到辽阳了。"

洪匡笑道："马的脚力是快了点，也不是传的那样神奇。反正说吧，一天四五百里还是绰绰有余。"

洪匡让吴乞发牵出两匹宝马，给二人见识见识。二人感觉，除了一色铁青，身无杂毛，看不出有什么奇特之处。

"阿斗请回，除夕晚上东京城见，我们回去复命。"

送走二人，洪匡向吴乞发说了二人的来意。吴乞发觉得，离年傍节，去祝贺是应该的，就为了这儿点事，派人千里宣召，特别提出要看看宝马，这是何意？他劝洪匡还是小心、慎重为好。他担心的是他们暗蓄军队，多年准备，一旦泄漏内情，那麻烦可就大了。洪匡觉得，是福不是祸，是祸躲不过，我还正想要摸摸汗王姥爷的底细，已经筹划了这么多年，不能半途而废，就这么自消自灭，破釜沉舟，也要找准机会干一把。他告诉吴乞发，送走这两人是我的堂兄，他们不会糊弄我，祝寿就是祝寿，拜年就是拜年，不会有别地说道。

提到宝马的事，吴乞发主张不要骑铁青去，可骑着普通马，提前几天走，如问到马的事，就说马有毛病上不了路。洪匡不听，他坚持骑宝马去，这么大的场面，各部落头人，包括蒙古王子，朝鲜将军都去，我乌拉也不能示弱。

吴乞发与洪匡年岁相仿，可他却比洪匡细心、老练，他还是劝洪匡谨慎小心，好去好回。

过了几天，就到了腊月二十三小年。洪匡挑选了几宗土特产品，择定良辰吉日，挑了几颗上好的东珠，上路出发了。临行吩咐吴乞发初一早之前我必回来，按照以往规矩，祭自己祖先。另命令全城放假喜迎新年。

这一天正是大明天启四年，大金天命九年腊月二十八，岁在甲子。

有人给占卜过，说甲子年腊月为忌日，百日内流年不利，不宜出行，行必有祸，而乙丑交接太岁在南，主凶。洪匡不听。

按照女真人的传统，过年必须阖家团聚，过"团圆年"，就是在外地也必须赶回来，接神、祭祖，作为一项族规。老汗王努尔哈赤传谕宣召额驸们给他贺年并祝寿，他是为了冲淡他六十六岁不利流年，同时也坏了女真人的风俗，他团圆了，可别家却无法团圆，奉召之人，又不敢不去。这是一项不得人心的决定。

洪匡不在乎，他有千里马，拜过年后，连夜可以回来，祭自己的祖先也不算晚。堂子还在紫禁城，宗族还有几十户，他只要初三以前赶回来就可以了。

洪匡以前也去拜过年，那是在赫图阿拉，也和公主同去过。老汗王家规，逢年过节，嫁到外地的公主格格们都得回去给他拜年，时间自己确定，只要不出正月十五，哪天到达都可以。洪匡每次都提前去，往返须要十天，回来再拜家庙祠堂，祭祖先，往返疲劳，心情沮丧，年都过不好。

可今年派人来宣召，并规定了时间，这还是第一次。

过年逢"小进"，二十九除夕，限令必须赶到。乌拉城到东京差不多有一千里，洪匡相信宝马的速度，他骑上大铁青，带上二铁青，一个从人也不带，自个儿走了。这马果然名不虚传，如腾云驾雾，耳边风在呼啸，二十八头晌出发傍晚到了辽阳，洪匡自得宝马后，这也是第一次出远门儿。同时，洪匡也是第一次进大金国的新都东京城。

远远近近，拜年来的额驸们纷纷到达，有接待的官员妥善安置，洪匡大多不认识。和以往不同的是，老汗王家女眷却一个也不露面儿，至亲骨肉也难得一见。东京城街上很少行人，显得冷清，可汗王宫却张灯结彩，一片喜庆气氛。

除夕宴会是在大厅内举行，老汗王的儿子们，亲信的宗族大臣们，贺岁拜年的额驸们，欢聚一堂，大家依次给坐在龙墩上的老汗王磕头行大礼，谁都看得出，老汗王的心情好极了。因为过了年，他就要亲统大军进攻明朝，要拿下整个关东，做真正的大金朝皇帝了。

拜年礼节完了，酒宴开始。

老汗王努尔哈赤特地把洪匡的座位安排在他的旁边，表示亲近。这在别人看来，是十分荣耀的事，可是洪匡的心里却很不平静，他本来就对这位汗王姥爷抱有抵触情绪，所以他沉默不语。老汗王也很少说话，只是举杯劝大家喝酒。特别关照洪匡，并且还招呼大家向洪匡劝酒。洪匡本来不能饮酒，架不住大伙相劝，又在汗王姥爷面前，不敢失礼。他放下这杯，又接过那杯。女真人有一项不成文的规矩，在酒会上，如果接了一人敬酒或劝酒，那么所有人劝酒你就必须接过，否则就是瞧不起人，结下梁子。这样一来，也莫说洪匡酒量不大，不能饮酒，你就是海量豪饮至此也招架不住，醉倒了事。

老汗王努尔哈赤看洪匡已有点过量，他不能让他躺倒不省人事，他还有话要说，有事要问。现在半醉，是时候了。他突然当着众人的面儿问洪匡："你阿玛反对我，自取灭亡，我不究，又立你当贝勒，你为什么对我不忠？"

这样的突然袭击，顿时使洪匡感到难堪，又很愤怒。他情绪一激动，酒劲全上来了。本来洪匡对汗王姥爷没什么好感，你赶走了我阿玛，占了我们的国家，现在大庭广众之下，你又出言不逊羞辱我。他借着酒劲，傲慢地反问道："说我对姥爷不忠，可有什么证据？"当面顶撞老汗王，那还了得！多年形成的惯例，他的话就是圣旨，不论对与错，听者只能顺从，绝不允许有异议，否则就要大祸临头。臣下只得谄媚奉承，溜须拍马，把当权者捧上了天，君叫臣死，不敢不死，统治者唯我独尊就是这么养成的。

对于洪匡当面顶撞，老汗王并没发火，反而平静地说："根据吗，当然有。沙家兄弟给我送来两匹宝马，经过乌拉，被你扣留，这难道不是事实吗？"洪匡解释道："两匹马的事不假，可那是沙家兄弟送给我的，不信的话，请姥爷叫来二人，当面对证。"洪匡处于半醉状态，本来应该说送给"孙婿"或"孙儿"的，却失言说成"我"，这是犯了最大的忌讳。在老汗王努尔哈赤的面前，从来还没有人敢以"我"字相称，在座的人都很吃惊，也为洪匡捏了一把汗。

可老奸巨猾的努尔哈赤并没发火，他冷笑道："你要这两匹马何用？听说你已经带来了，那就给我留下吧。过了年，我要出兵打明朝，像这样良马，实在难得。打江山，离不开好马，这道理你是懂得的。"

洪匡哪里能舍得两匹宝马，借着酒劲，脱口而出："你要它为了打江山，我还要它帮我创业呢！"

话一出口，自觉失言，于是假装醉倒，不省人事，想以此搪塞过去。可一切掩饰均为无效，他已将心里秘密暴露出来了。

酒后吐真言，老汗王努尔哈赤要的就是这个效果。

当下老汗王努尔哈赤听了洪匡说出宝马要它帮我"创业"的话，半晌无言，即令宫人服侍他去别室休息，筵席不欢而散。

老汗王即找来子侄，宗族和亲信大臣，说沙家兄弟所言并非虚语，洪匡确实心怀不轨，酒会上已经露出反意，该如何处理。

现在老汗王周围已经没有几个亲信大臣了，帮他创业打江山的五大臣额宜都、何和里、费英东、扈尔汉、安费扬古等人，均已作古，他变得除了自己子侄，谁也信不过了。因此，不管议论什么事，大家都不发言，揣摩他的心思，按他的心理行事。

见大家你瞅我，我瞅你，谁也不吱声，老汗王努尔哈赤自己表态了："洪匡已有反意，我想将他留在辽阳，不让他回乌拉。"

有人说，留在辽阳，下一步怎么办？

派兵去乌拉搜查，找出谋反的证据，就可以定罪。

也有人表示异议，如果查找不到谋反的证据，又该如何处理，总不能凭着酒后的醉话给他定罪吧，小题大做，一场虚惊，会令天下人耻笑。何况，主上正是同明朝争天下，事业蒸蒸日上时期，总不能为这点家事因小失大。

一时各抒己见，都围绕汗王宏图大业来考虑。特别大贝勒代善提到，洪匡也是额驸，金国公主还在乌拉城中，一定慎重。

本来，老汗王努尔哈赤几年以来最大一块心病，今天被代善点破了。当年处死大太子褚英，是迫不得已，他受到多方压力。褚英居功自傲，近似狂悖，却有人抓住他的弱点，串联群臣，向汗王施压，努尔哈赤为平服诸臣贝勒的不满情绪，将战功卓著，已被立为大太子的褚英处死。他也是做了一件违心的事，杀褚英同杀三贝勒舒尔哈齐是两种性质。杀三贝勒，是兄弟间权力之争，舒尔哈齐的势力、威望都已赶超乃兄，努尔哈赤为使大权不致旁落，除掉竞争者以巩固地位，古往今来都这么做，可以理解。除掉褚英就不一样了，褚英已被明令为汗位继承人，大贝勒、大太子，构不成对汗位的威胁。那么处死他的罪名是"有野心、要篡权"，这不是荒唐的罪名吗？放着顺理成章稳妥接班不做，偏要夺权篡位，背负骂名，试问，天下有这样的傻瓜吗？

事后，努尔哈赤暗中访察，了解到一点内幕，他自知事情搞错了，但他知错不认错，不敢公开真相，也就一错再错，坚持褚英有罪，但在内心深处，已经悔恨万分。怎么办，优厚褚英子女，善待褚英遗孤，只有这样，算是对冤死的褚英后事补偿了。但在名义上，他绝不会为褚英平反，他不能否定自己，他是汗王，是大金国君主，对的是对的，错的也是对的，凡是统治者皆如此。

代善提到的金国公主正是褚英之女，老汗王努尔哈赤思绪万千，他反倒没主意了。

这时候四贝勒红歹士开口说话了："主上，洪匡同他阿玛布占泰一样，怎么恩养也不会使他和咱们一条心，趁此机会，把他扣下，然后兵伐乌拉，找他谋反的证据，昭告天下，消除隐患。"

老汗王努尔哈赤认为红歹士言之有理，下了决心，暂将洪匡软禁在东京，派人去乌拉接回公主，如查到乌拉有异常行为，便将洪匡就地处死。

父子亲信十余人为这件事商量了小半夜，可是当他们来到洪匡休息的寝室一看，屋内空空，洪匡已不知去向。

这是怎么回事儿？

不料他们的密谋已被大福晋在无意中听到。大福晋又称大妃，是二爷满泰贝勒之女，洪匡的堂姐。二十年前嫁给老汗王努尔哈赤，当时是两部联姻，前面已讲过。今晚除夕，宫里宫外喜气洋洋，一派新年气象。后宫妃嫔们没被允许参加宴会，这也是从前没有过的。酒筵完了，努尔哈赤又找了一伙人到另一个屋子鬼鬼祟祟不知何意，大妃顺便出来从后窗下过去茅房，忽然听到老汗王在大声说话："……我想将他留在辽阳，不让他回乌拉！"头一句没有听清，她当时吓了一跳，这乌拉又是谁来了呢？他问了知情人，告诉她乌拉洪匡贝勒，还骑了两匹宝马来。大妃预感事态严重，来不及多想，也不想再听下去了，她找到洪匡寝室，把正在半睡不睡的洪匡叫起，告诉他："兄弟快走！汗王要杀你，走晚可要没命了！"

洪匡问："你是谁？你怎么知道汗王要杀我？"大妃说："我是你姐阿巴亥，汗王大福晋。不要说了，快走。一会儿亮天就出不去了，一路留神，多多保重。"

洪匡知道有这么个姐姐，二十几年前嫁给了老汗王努尔哈赤，他还是小时候见过。现在听她这么一说，记起了筵席上的失言，酒醉立被惊醒，他流下泪来，跪下道："姐姐保重，兄弟永远不忘今日相救之恩。"大妃一把将他拉起来："都什么时候了，还说这些！这有腰牌一块，你拿着，一路无人敢拦。快走，越快越好！"

于是洪匡趁除夕燃放鞭炮热闹而混乱之机，牵出两匹铁青马，混出东京城，顶着满天星斗，连夜向乌拉方向，飞驰而去。

第二十九章　公主泄真情

洪匡不辞而别，老汗王努尔哈赤十分恼火，知道有人泄密，第一个怀疑对象就是大妃，她是洪匡堂姐，后宫之主，出入宫廷随便。但是没有十足的证据。也可能洪匡心虚，自感危机，趁乱逃走。令人到马棚一看究竟，果然两匹铁青马不见了。

那么，洪匡逃回去又有何行动，目前还不知晓，等几天看看再说吧。

过了正月初五，乌拉方面有了消息，公主派人送来密报，洪匡已经起事，又打出了乌拉国的旗号，和老汗王的大金国，公开决裂了。

原来洪匡半夜离开东京城，骑着大铁青，带着二铁青，翻山越岭，腾云驾雾，天亮以后就来到乌拉城下，叫开城门，回到宫里。见了公主，便生气地说："你那汗王爷爷太无理！"公主见他拜年回来生这么大的气，忙问是怎么回事。洪匡就把筵席上老汗王说过的话，述说一遍，并表示特别不满："他要我的铁青马，我没给，他还要扣留我，真是蛮不讲理！"公主一听，说："什么大不了的事，不就是一匹马吗！"

"我这马跟别的马不一样。"

公主冷笑道："你也太不懂事儿！汗王爷爷让你当上了贝勒，你应该知恩报答才是。他喜欢好马，你就送给他呗。"

跑了一宿又累又气的洪匡，一听公主处处向着老汗王说话，更加来气，他呵斥公主道："好哇！向着你爷爷说话，你就告诉他，喜欢两匹宝马，让他拿江山来换，他把乌拉国还给我，我就给他宝马。"

公主一听，也来气了，反驳道："你真是忘恩负义，你不想想，你这贝勒爷的位子是谁给的？你们亲哥八个，属你最小，要是没有我，怎么能轮到你的头上？"洪匡怒不可遏，咆哮起来："你爷爷占了我的国土，赶走了我阿玛，叫我当什么布特哈贝勒，等于他的家奴，我不干！"公主依仗汗王爷爷，顶撞起洪匡来："那你想干什么？"洪匡把对老汗王努尔哈赤的一腔怒火，全对公主发泄出来："我要当真贝勒！我不当乌拉布特哈贝勒，我要当乌拉国的哈萨虎贝勒！"

洪匡情绪越发激动，几近失控的状态。公主也是怒火中烧，她容不得有人对爷爷不忠，她从小就是在爷爷家养大的，至于爷爷与他们父子恩怨，家庭变故，她一概不晓，她只知道自阿玛死后，爷爷特别疼爱她。自嫁到乌拉以来，十来年夫妻没有伤过和气，两人都没红过脸，今天这是怎么了，公主不但不收敛，反而更刺激洪匡，她冷笑一声道："别做你那乌拉国贝勒美梦了，你能把我汗王玛发怎样？他拔根汗毛，比你腰都粗。"洪匡气得浑身发抖，狠狠地说："我能把他怎样？我就是要依靠这两匹宝马，手中亮银枪，恢复我纳喇氏祖宗基业。你汗王爷爷不是要争夺明朝的天下吗？他前脚出兵走，我后脚就抄他的老窝，叫他知道我的厉害！"公主怒道："你敢造反？就叫你和你阿玛布占泰一样，死到外国他乡。"

这话够尖刻的了，又戳到了洪匡的痛处，他如何能忍。失去理智，暴怒下的洪匡，抓住公主打了几下，边打边骂："不要依仗你有个汗王爷爷，我并不怕他……"从人、侍女看事情闹大，一边拉着洪匡，一边劝说公主，把二人拉开。洪匡长途奔波，加上生气，实在疲惫不堪，躺到炕上便睡着了。公主啼哭了一阵，侍女百般劝解，安慰，她才渐渐平静。

公主有生以来还是第一次受这么大的委屈，她不反思自己的过火言行，对洪匡造成多大的伤害，她却想着洪匡说过的话，这不是真的要造反吗？他趁洪匡沉睡之机，赶紧修书一封，把洪匡说的话全都写在上面，派了个心腹侍从，不分昼夜，兼程赶路，送到东京。

到了傍晚，洪匡醒来。回想起近几天内发生的一切，连年都没过好，家里又出这么大的风波。他想到，事情已经到了这个份儿上，想挽救也来不及了，反正你老汗王也是不能放过我，何况我已准备了多年，只待时机，如今问题已经挑明，我也用不着再藏着掖着了。一不做，二不休。传下命令，把城上城下大金国的旗帜都撤下来，一律换上乌拉国的旗帜。这是他早已秘密准备好的，今日派上了用场。同时，取缔大金国的天命年号，恢复乌拉国的干支纪年，从今日起，改为洪匡元年。

这就涉及乌拉一桩秘史，洪匡的名字实际就是年号，而不是人名。那么，洪匡的真名叫什么呢？由于起事失败，家族被抄，真名便被隐去，所以后来续修家谱时，就以"洪匡"年号作为他的名字，而真名从此失传了。我们现在所传的洪匡，也就是布占泰第八子的代名，锦州哈达山后的"八太妈妈坟"就是洪匡的墓葬，他的真名就待考了。这是一桩绝密的历史，传了几百年，如今已没有几个人知道它的内幕了，我今不言，后世更无人知晓。为什么从清代史籍上查不到洪匡的名字，原因就在此。清朝也有意掩盖这段简短的历史，一直讳言其事，我们也被蒙蔽了三百多年，该正本清源了。

叫什么名字并不重要，洪匡就是我们的十世祖，这就是历史。

事情发生的是那么突然，一瞬间，纳喇氏又登上了历史舞台，乌拉国又死灰复燃。

洪匡的一切举措，虽然早有预谋，可事先并没同家族商量，连他的心腹吴乞发也不知情。

正月初三一早，城里城外发现天下变了，城头上飘扬起乌拉国的大旗，街道上贴上了"洪匡元年"的告示，人们有的惊讶，有的欣喜，还有的人疑惑。

"乌拉国真的恢复了！"

城乡人民议论着，传扬着。

吴乞发看这一切变得那么快，带着疑惑的心情跑进紫禁城的后院去见洪匡，直截了当地问道："民间议论纷纷，城上换了旗帜，这是怎么回事？"

"你来得正好，"洪匡说："事情有变，我们不能坐以待毙，该是下决心的时候了。"

吴乞发说："这么大的事，没有充分准备，仓促发动，太冒险了。"

"我也知道，"洪匡说："时间来不及，汗王姥爷早就打我的主意了。要不是这次去辽阳给他拜年，我还一直蒙在鼓里，其实他早对咱们的计划有察觉。"

吴乞发默然良久，像是下了决心："也罢，箭在弦上，该发就得发。吴乞发今生今世交给贝勒爷了，我这臭皮囊是老王爷给的。"说罢即给洪匡跪下。洪匡一把拉起："你我是兄弟，患难之交，我的事也是你的事，没有提前同你商量，是家里出点事，我心情不好，不冷静。"

于是，洪匡即把去东京城所发生的一切，大致对他说一遍，并分析道：在辽阳听到的，说汗王姥爷过了年就出兵打明朝，国内空虚，这正是咱们起事的好机会，已经准备多年，就等待这一天。

提到换旗，改年号，洪匡自有他的想法，乌拉国虽已灭亡十多年了，人心思旧，打出乌拉国的旗帜作为号召，使人民知道乌拉国又回来了。改年号是效仿老汗王努尔哈赤，他反叛大明，自立大金，改元天命，我是在自己国土上改元，有何不妥。不管起事能否成功，我毕竟做了一件大事，因为我是乌拉纳喇氏的子孙后代，我终于站出来了。

二人又商量一下具体办法，过了正月十五，把养在各城寨嘎珊的军兵集合在一起，统计一下，大约五千人左右，足可以抵挡一阵，他更相信，只要乌拉带头起事，扈伦各部都会响应，辽东汉人也会反抗，因为老汗王努尔哈赤由于闹粮荒，屠杀辽民数万人，激起民变，至今也未平服，何况，他还要打明朝，争天下。

按照洪匡的预想，条条是道，处处有理，可是他忽视了一个最根本的问题，老汗王努尔哈赤绝不会容忍内部分离，他绝不会让乌拉烧起的这把火，扩大、蔓延，他会尽快扑灭它。

这时的乌拉国，经过几年的经营准备，也已初具规模。确如洪匡所言，人心思旧，当年灭国时，老汗王努尔哈赤只是收缴了府库档册图籍，金银珠宝，迁走了一部分纳喇氏王族，人民编户万家并没带走，还在原地上生活。可阵亡将士上万人的家属却仇恨难解，无时不想为死难者报仇雪耻，这些人响应复国活动是最积极的。洪匡也就充满了信心，认为大事可成，他派出多起探子往来传递情报，时时了解东京方面的动向。

只需半年的时间，你就是出兵来犯，我也不怕了。

洪匡正在盘算下一步如何应对的时候，不想公主找到他这里来，向他透漏一个可怕的消息，汗王兵很快就来了，让他赶快逃命。

原来洪匡同公主二人发生争执，洪匡一气之下，打了公主。公主气恼之中派人去东京告密，这一切洪匡并不知道。过后两人都很后悔，他们毕竟是结婚十来年的夫妻，而且还生了两个孩子。后悔最厉害的还是公主，她明白，汗王爷爷要是接到她的密信，一定会来兴兵问罪，那是抄家灭门的。那样，两个孩子也保不住。只为一时赌气，不计后果，铸成大错，想补救都来不及了，唯一可行的就是远走避祸，过一段时间再回来，天大的事情，只要不留下把柄，自然就会不了了之。

公主住在宫里，很少出紫禁城，对近几天外边的变化一无所知，对洪匡几年以来背着她的一切活动，丝毫也没有察觉。她很单纯，认为洪匡得罪了汗王爷爷，不过是因为两匹宝马引起的，舍出两匹马，便万事大吉了。

她也意识到，送信告密的后果将是一场灾难，意气用事，小题大做了，洪匡的不敬言行不过是酒后失言信口开河而已。

信已送出，追不回来，暂时出走，方是上策，公主的头脑太简单。

她劝洪匡赶快离开乌拉城，到东海或是到蒙古暂避一下。

洪匡问："为什么？"

公主急了："汗王爷爷很快就会带兵来，那时想走也走不了了。"

洪匡笑道："不可能。他信息再灵，没有个把月也摸不清咱们底细，我有十天半月就会把兵集合好，他来我也不怕。"

公主还是苦苦劝说丈夫，献出宝马，认罪悔过，求得汗王爷爷宽恕，方能免杀身灭门之祸。洪匡不听，他一直坚持认为，老汗王努尔哈赤同明朝争天下是头等大事，只要得知他出兵渡辽河，我就偷袭他东京城，天下就会变过来。

洪匡是何等幼稚，到现在也没悟出公主话中的含意，仍一意孤行。因为他不知道公主派人告密的事。公主嫁过来时，老汗王陪嫁男女各十名随来伺候，这二十名男女奴仆都是精心挑选的，他们也就在乌拉城安家落户，成为公主的"户下人"，专听公主调遣。其实，他们也在监视洪匡的一举一动，只要他们发现一点蛛丝马迹，就会立即向老汗王通报。洪匡对他们也十分警惕，所有活动都避开他们，也暗中派人跟踪他们，如果发现异常，即刻处置，所以十年来，谁也没有暴露内情，倒也相安无事。

乌拉城突然换旗，这么大的事，就是公主不派人去，他们也会向老汗王努尔哈赤报信的。

公主见洪匡还蒙在鼓里，暗示他说："你准知道汗王爷爷先打明朝吗？他要是先打乌拉，后打明朝，你该怎么办？"

"那我就跟他拼了！不是鱼死，就是网破，我们纳喇氏子孙，不能辱没祖先。"洪匡这样应付公主，心里却在说：你知道什么！等我把五千人马集中起来，足可以挡他一阵子。弄不好，大不了背城一战，我也不能向他低头。

公主见洪匡还不开悟，暗自伤心，干着急又毫无办法。她根本不了解洪匡暗蓄军队，图谋复国的事。

"你还是快拿主意，赶紧躲一躲吧，汗王爷爷很快就会来的。"

洪匡固执地说："他现在来我也不怕，就凭我手中的亮银枪，坐下的铁青马，他能奈何我……"

"你一个人能跑出去倒有理了，我和孩子怎么办？"

这句话，令洪匡心中一动，是啊，弄不好就会大祸临头，两个孩子怎么办？可他还是说："你是他孙女，他不会把你怎样，只是两个孩子，那就难说了。汗王姥爷心狠手辣，我是知道的，怕就怕他斩草除根，断了香烟，这是我纳喇氏的骨肉……"公主一听，更加伤心，万分后悔，不该因夫妻几句口角，派人告密，这严重的后果，该如何收拾。她不敢说明告密的事，又觉得事情紧迫，好像马上就要发生天塌的大祸。情急之下，她想出一个补救办法，让洪匡暂避一下，自己去见汗王爷爷求情。洪匡心里想，这倒是个好办法，求不求情倒无所谓。公主可以把孩子带走，这样安全些，能否成功，也不致绝种断后。

于是二人商定，把两个孩子分开，小布他哈由公主带走，大乌隆阿留下，二人只要保住一个，也好给纳喇氏传宗接代。洪匡表示坚决不走，并向公主暗示，我已做好了准备。

这年过的实在不愉快，厨房还端来乌拉年节特有的食品——饺子。洪匡吩咐套车，对外只说送公主回娘家拜年。

外边的车辆已经备好，只等公主收拾好动身。公主简单地整理一下行装，带上五岁的布他哈，一个侍女伴护，车把式执鞭恭立，洪匡领着七岁的乌隆阿，送到后宫的大门口，请公主上车。

"公主一路保重吧！这里的事情，你就不用惦念啦。"

公主不上车，突然跪在洪匡面前，大哭道："我不能就这样丢下你们走啊！我有罪，我对不起你，你杀了我吧！"

洪匡扶起公主说："何必如此，快快起来。"

公主不肯起来，仍大哭不止，不住说："我有罪，我对不起你，我已经给爷爷送过信了……"

洪匡一听，全明白了，怪不得说汗王大兵很快就会来，原来如此。这样，我的计划全打乱了。他一怒之下，拔出宝剑："你敢坏我大事！"公主闭上眼睛，口里还叨咕着："我该死，该死，死而无怨……"

送行的人骇然，气氛异常紧张，没人敢吭一声。

等了一会儿，不见动静，只听"当啷"一声，洪匡扔剑于地，吩咐道："伺候福晋上车！"

公主一听，心里更加难受，抱住丈夫大腿不放，心中无限悔恨。洪匡叹口气说："天意，一切都是天意，我额娘是金国公主，我阿玛就亡国了；我的福晋也是金国公主，这回该我灭族了。天意如此，我能怪谁呢？"

公主哭道："都是我不好，害了你啊……"洪匡扶起公主，说："你打乱了我复国的计划，可是我并不怪你，你就是不告我的状，你那汗王爷爷也绝不会放过我。汗王为人，顺我者生，逆我者死，不要亲情，不讲道理，你阿玛褚英为他打江山，立了那么多功劳，只因索要你阿玛一个小妾没给，就借口把他处死，夺去了那个小妾，还给你阿玛加上了那么多的罪名。他和我阿玛布占泰争叶赫女和蒙古女，而灭了我们的国家，这些往事，难道都忘了不成？我与他，只有你死我活，别无选择。"

公主一听到洪匡提起阿玛褚英的事，心里更加悲愤。汗王爷爷疼她，是因为在她阿玛褚英身上有过，把她嫁给洪匡，又让洪匡当布特哈贝勒，也是因为在他阿玛布占泰身上有过。他采用的是一种洗刷心灵创伤、赎罪、收买人心的手段。然而，事与愿违，冰火不可能同炉。

公主哪里懂得这些复杂的因果关系，她一时任性，做了个错误的选择，可是如今已经铸成大错，一切办法都无济于事了。目前唯一能做到的，只有按照洪匡的说法，两个孩子，分别抚养，平安无事，再全家团聚，事情糟糕了，两个孩子保住一个是一个。覆巢之下，就不要指望有完卵。

洪匡想了想对公主说："事已至此，我有一事相求公主，小布他哈跟你去后，很难回来了，你无论如何，也要把他抚养成人，继承我纳喇氏的血统。为了防备意外，从此要改姓讷，不要再姓纳喇，可在布他哈上加乌拉，叫乌拉布他哈，可证为乌拉国的后代，千万千万，拜托了。"洪匡给公主行了礼，又让七岁的乌隆阿同额娘拜别。可奇怪的是，这一切变故，在场人都心惊肉跳，可两个孩子并没显出害怕的样子，一声没哭。

天已经不早，接近中午。车子离开后宫的正门，慢慢绕过点将台，出了紫禁城。这时公主才发现，城上城下的旗帜已经换成了乌拉国的了，金国的八旗已经不见了。公主终于明白了洪匡的意图，可是他的部署已被打乱，汗王爷爷能饶过他吗？公主越想越害怕，唯一可能做到的，就是早日赶回娘家，阻止汗王爷爷延缓发兵，为洪匡复国活动赢得时间。

她的想法太天真了。

这一去，成了他们一家四口的生离死别，夫妻、父子、母子、兄弟再无见面之机。

据传，乌拉布他哈留有后人。清末，曾来过乌拉寻找家族，当时在打牲总管衙门任职的乌隆阿后人有十人之多，但是没有一个肯相认，那位布他哈后人也是一名品级不低的官员，寻找无果，最后拜辞紫禁城，洒泪离去，从此音信皆无，失去了这唯一一次家族相认的机会，近些年多方查找，至今无果。

乌隆阿的墓葬在锦州屯①西北一公里处，那就是我们赵姓的祖先，"十大支"的始祖。

---

① 锦州屯：即今吉林省九台区莽卡乡。

第三十章　破哨口江防

　　送走公主，洪匡即把吴乞发叫到宫中，告诉他跟公主冲突的事，估计老汗王努尔哈赤有可能提前来打乌拉，叫他抓紧时间，速集兵马，做自卫的准备。吴乞发表示疑难，他说过年已经放假，很多人距离较远，回家过团圆年，过了正月十五才能归队，马上集中，居住分散，很难办到，只有元宵节后，才能按规定回来。

　　原来乌拉国时期的兵制是抽丁制，无定员，无服役期限，无兵饷。办法是，以户档为准，男子十六为"丁"，十五以下为"幼丁"。过了十六岁，即可领到一份土地，不纳赋税，作为"丁饷"。十八岁为"壮丁"，即可归入军营，正式服役，农忙时在家莳弄地，农闲时集中训练，练习骑射、武艺。从中选拔"丁达"，每一"丁达"管三十人，十丁达为一牛录，五牛录为一领催，领催可称为总领，基本上是女真人原始狩猎的组织，总领由贝勒、国王直接掌管，这样一来，全国的军队就由国王或贝勒一人统率。牛录以上头目由国王直接委派，牛录额真、总领大多由王族大臣兼任。幼丁到了十六岁，即拨给田地，也算吃粮当兵了。兵丁打仗阵亡了，也没有抚恤金，打胜仗了，可以分到一点战利品，如果阵亡人员有子女，可继承丁田，永不纳金①。

　　幼丁原则上不上战场，不服现役，是后备的预备军人，清朝时管它叫"西丹兵"，就是由幼丁演变而来，闲言少表。

　　再说乌拉国的兵役制度，除了抽丁之外，还有一项募兵制度，从社会上招收户籍以外的闲散游民，作为补充，这部分人员无户籍当然无土地，有家口者，划拨生地②，无家口者，按月发赏银。

　　乌拉国灭亡了，但乌拉地方土地属性未变，依旧维持从前的嘎珊

---

① 纳金：缴纳税赋叫纳金。
② 生地：未开垦的荒地。

制，"拖无索"还是最基层的管理单位，但取消了乌拉国的抽丁制度，以为这样就可以切断乌拉国的兵源，使它没有重新发展势力东山再起的机会。并驻扎三旗佐领统管地面，但是不久又撤了，这就给洪匡暗中招兵，积蓄力量，做反金复国的准备创造了条件。洪匡虽不敢抽丁，却在不断地扩大招募范围，分散在各地的人马大约也有五千人。这么一支庞大的军队，足以应付意外的变故。洪匡要公开集中这支人马，必须名正言顺，那就是换旗、改号、复国，彻底脱离老汗王努尔哈赤的大金国。

有人评论说，洪匡起事仓促又盲目，意气用事，缺乏理智。这是以成败论英雄。我们说，洪匡起事选择的时候没有错，趁老汗王出兵攻明，国内空虚，加上辽东人民反抗暴政此伏彼起，毛文龙从海上威胁金国后方，这确是个千载难逢的好机会，只是因为除夕拜年，酒后醉话引起老汗王的怀疑。洪匡连夜跑回，提前起事，加上公主派人告密，使老汗王努尔哈赤改变了计划，突袭乌拉，以致出现那么严重的后果，否则的话，还真难说呢！所谓"人莫心高自有生成造化，命由天定何须巧用机关"，一切都是天意，阿布卡恩都力主宰人间一切。

没过几天，探马传回准确的消息，老汗王努尔哈赤亲统一万大军，向乌拉进发了。

公主初三由乌拉启程，走得再快，也得初八以后到东京，老汗王的人马初六就从辽阳出发了，此时公主尚在途中。

老汗王努尔哈赤怎么来得那么快呢？

从打洪匡不辞而别，老汗王努尔哈赤就怀疑有人通风报信，让洪匡脱离险地，一开始就怀疑到大妃，因她是乌拉公主、洪匡的堂姐。其他乌拉族人虽然不少，但他们都不住在宫内，对宫内的事一无所知。老汗王努尔哈赤左思右想，走就走了吧，洪匡虽酒筵上出言不敬，那是醉话，凭着一句酒后失言，扣留人家，于理不合。他回去以后，如果心中没鬼，便不会有什么行动，若确心存反意，今已暴露，他必有反应，那时再剿灭你也不迟，这样的话，也好向天下交代。

老汗王不愧为开国之主，老谋深算，他的猜想没错，洪匡果然有所举动，正月初五的消息传来，洪匡果然造反了。

公主的信非常简单，只说洪匡除夕拜年回来，对爷爷心怀不满，口出怨言，有图谋不轨思想。因公主并不了解洪匡准备复国的内情，信中自然没有明确指向，仅是猜测而已。可老汗王努尔哈赤何等聪明，公主信中虽然没有具体讲什么，他已看出来洪匡确实有举动了。于是他便问送信人："你在乌拉都听到，看到什么？"送信人说："没听到什么也没看到什么，公主就吩咐一定把信送到，赶快回去复命。"老汗王沉吟片刻又问："乌拉的城里城外，一点动静也没有吗？你再好好想想。"送信人说："没发现什么动静，跟往常一样，可是奴才出城时，城上城下旗帜好像有变动。"老汗王一惊："是吗？你看清楚了吗？"

"奴才记得旗是方形的，分黄白红蓝色，有的还镶边儿，可是奴才出城时，见城上插的是三角旗。"

"你看清楚了？"

"奴才不敢撒谎。"

老汗王努尔哈赤明白了，摆一摆手："你下去歇歇吧，不用回乌拉了。"

送信人被领走，老汗王努尔哈赤立即招来他那轮流执政的四大贝勒，主管旗务的四小贝勒及一批亲信大臣。

四大贝勒：

大贝勒代善，老汗王次子。

二贝勒阿敏，老汗王侄儿。

三贝勒莽古尔泰，老汗王第五子。

四贝勒红歹士，老汗王第八子，史称皇太极。

四小贝勒：

阿济格，老汗王第十二子，时年二十岁。

多尔衮，老汗王第十四子，时年十四岁。

多铎，老汗王第十五子，时年十二岁。

济尔哈朗，老汗王侄儿，阿敏之弟，二人为舒尔哈齐子，时年二十五岁。

老汗王努尔哈赤一共有十六个儿子，除了长子褚英已死，十六子费扬果仅有五岁幼小外，尚有八个成年的儿子，为什么不能被选为执政的"四大贝勒"和管旗的"四小贝勒"呢？

原来在女真的社会，贵族的继承是子以母贵，儿子要看母亲的地位，母亲的地位也要依照娘家出身，四大贝勒第一位代善，是辽东大户佟佳氏所生，佟佳氏为老汗王元妃，也就是原配福晋，对老汗王创业有很大的帮助。传说努尔哈赤创业是以"十三副遗甲"起兵，这"十三副"盔甲本来是抚顺佟氏资助的，并不是努尔哈赤先人所留。佟佳氏早死，他的儿子自然被重视。三贝勒莽古尔泰，其母是老汗王继妃富察氏，娘家是沙济城主，很有势力。富察氏原嫁老汗王堂兄威准，威准骑马摔死，富察氏带着财产改嫁努尔哈赤，使老汗王创业又多了一笔财富，所以成为执掌后宫的继妃。

四贝勒红歹士的母亲是叶赫国公主。

四小贝勒有三个是大妃的儿子，大妃是乌拉国公主，身份高贵，地位自然不同一般。

前回讲过，跟随老汗王努尔哈赤打天下那些开国功臣差不多都去世了，老汗王能依靠的力量，就是他那年富力强的儿子和对他忠心耿耿的侄子们。

众贝勒听了老汗王肯定洪匡已经换旗复国的消息，不敢有任何怀疑，这是真的了。

红歹士先说话了："那就出兵讨伐，斩草除根，不留后患。"

代善说："乌拉是小事，伐明是大事，待伐明胜利回来，再解决乌拉的事也不晚。近来，儿臣听说明朝调来个叫袁崇焕的，加筑宁远城备战，要不趁早赶跑他，待他城防坚固以后，对我们进兵不利。"

是啊！老汗王努尔哈赤也知道大明朝加筑宁远城的事，也担心城筑坚固了，阻碍进兵，因为此城就在通往山海关的咽喉要道上，所以他已做出决定，过了正月十五，兵分两路进攻辽西，拔掉宁远这根钉子，挥师夺取山海关，与大明划长城而治。他听了代善的话，认为很有道理，洪匡不过是家事，伐明才是大事。没有想到，阿敏、莽古尔泰都附和红歹士的意见，认为伐明可早可晚，乌拉乃心腹之患，一旦成气候，那国家就乱套了。

四大贝勒分成两派，三人意见一致，代善孤掌难鸣。四小贝勒不敢随便说话，老汗王采纳多数意见，改变计划，决定先讨伐洪匡，伐明推迟一年，改在来年。谁知这一改变不要紧，形势不同了，明朝利用一年时间把宁远城筑得铜墙铁壁一般。不用说宁远变成一座坚城，又增加了城防设施，西洋人铸造的红衣大炮也已架到了城上。导致一年后老汗王兵败于宁远城下，十三万八旗兵狼狈逃窜，连老汗王努尔哈赤也被弹丸击中，身负重伤，因此送命。

以红歹士为首的三大贝勒改变老汗王的命运，他一统关东做大金皇帝的美梦未能实现，抱恨而终。

这是天意，天意不可违。

当下老汗王努尔哈赤点兵一万，令四大贝勒中红歹士、莽古尔泰统率，四小贝勒中阿济格、多尔衮随行，留代善处理国政，其他人该过年的过年，该休息的休息。就这样决定了。

留代善处理国政，是因为他不同意对乌拉用兵，主张先打明朝；不令阿敏、济尔哈朗随军，是因为他们哥俩儿是洪匡的亲舅舅，洪匡额娘额实泰公主和他们一奶同胞。老汗王可谓虑事周详，老谋深算。阿济格、多尔衮随行，也是有深意，因为他们是乌拉国的外甥，而不是布占泰的直系，他们同阿敏兄弟不同，让他们在大风大浪里锻炼锻炼，早日成材。

这是多尔衮第一次随军远征，从此开始了他的军事生涯。

大军出发前，老汗王努尔哈赤忽然想起两个人来。谁？他就是上年从乌拉来投的沙摩吉、沙摩耳兄弟。二人从梦中被叫醒不知何事，见了老汗王咕咚跪倒，连连叩头："拜见皇上，拜见皇上！"

"起来吧！"老汗王微微一笑，问道："知道叫你们为什么吗？"

二人心惊肉跳，不知惹了什么祸，不敢起来："奴才该死！奴才该死！"

"你们从乌拉来，对那里的道路还记得吗？"

"记得记得，奴才来时，早把那里情况熟记于心。"

"那就好。"老汗王说出了他的用意："亮天之后，我起兵征讨乌拉，我十几年没去乌拉了，对那里早已陌生。这次出兵，想用你二人为向导，免得多走冤枉路，你们可能胜任？这也是你们立功的机会。"

二人暗喜，知道老汗王要讨伐洪匡了，忙叩头说："奴才愿效犬马之劳，保证不会误事。"

"好。你们回去准备一下，辰时集合，巳时出发，不得有误！"

"嗻！"二人叩头退出。

正月初六巳时，老汗王努尔哈赤顶盔贯甲，在两大贝勒、两小贝勒的伴随下，率军一万，出了东京城，沿着太子河东岸，穿过阳鲁山，向北飞驰而去。河西的辽阳城内根本不知道出了这么大的事，当他们惊愕地探询事情的究竟时，大军已经远去。

乌拉国自明万历四十一年癸丑春正月灭亡后，领土全并入金国版图，洪匡袭爵布特哈贝勒，实际上只守乌拉一座孤城。所以老汗王兵马一路并没遇到抵抗或阻拦，长驱直入，正月初十傍晚就抵达乌拉城的江西岸。望见对岸有临时搭建的营垒，知是有备，更令努尔哈赤惊疑的是，正月时节地冻江封，怎么江面上流水，是不是江冰已开，化冻了？真是个怪异的地方。老汗王努尔哈赤不敢贸然行动，令扎营休息，拾干柴锯枯木，引火烧开水，吃糗粮①。

老汗王努尔哈赤向来出兵打仗都是速战速决，所以他并不多运粮草，如人马乏食，他就下令一路抢掠、补充军用。这样既省钱又省时间，部队机动灵活性强，战争多取得主动。

那么，松花江早已冰封，现在满江流水是哪里来的呢？话要从头说起。

乌拉城自公主走后，洪匡才意识到问题的严重。射出的箭难回，泼出去的水难收，已经上了虎背，想下来是不可能了。几天以来，吴乞发一共集中了一千人马，散在外地的兵丁实在指望不上。洪匡将这一千人分做两支，吴乞发率领五百扼守江边要塞哨口，另五百由自己统带坚守乌拉城。洪匡的想法，只要坚守五天，老汗王人马粮草断绝，过年休假的兵丁赶来增援，定会把金兵赶走。

洪匡特地把二铁青赐予吴乞发嘱咐他："若能击退金兵更好，实在寡不敌众，你就不用回城了，远走高飞，这马太快，他们是追不上你的。"

吴乞发拜辞道："吴乞发这条命是老王爷给的，今生今世誓死相报，如不能阻止敌军，吴乞发绝不回城，来生还伺候贝勒爷。"

洪匡一把拉起："看你都说些什么！老天必能佑我乌拉。"

吴乞发点齐五百兵丁，这是经他手训练出来的守城部队，年轻力壮、武艺高强，能以一当十，平时又和吴乞发友好，吴乞发是下层出身，虽为统领，却同部下亲如兄弟。他们出了乌拉城的南门，一条宽阔平坦的大道，直通江岸。江岸有旧时遗留的营垒，今已废弃。江岸营垒原是乌拉国的哨所，扼住通往乌拉城的咽喉要道，称作哨口。这一段江面较宽，足有二里多，中流水又深，上下皆是柳条通、丛林，无路可通，渡江必经哨口。平时有摆渡船只，哨口又成了水陆交通枢纽，一年四季商旅不绝。哨口堡垒距乌拉城十来里，东距富尔哈城十里，地理位置优越。当年老汗王努尔哈赤灭乌拉时，未敢攻哨口堡垒，而是选择富尔哈城作为进攻目标。如果不是布占泰率军出城去救富尔哈，与之决战，以至都城被偷袭，导致战场失利，最后谁输谁赢还很难说呢！

乌拉战败亡国，哨口堡垒自然废弃，吴乞发的五百人进驻旧营垒后，立即哨探金兵的进程，待得知距离哨口不到百里的时候，吴乞发带上

---

① 糗粮：古代少数民族为应付战争需要，用米和面制成干粮（其中也包括炒米）贮存于库中，行军时士兵各自携带，临时充饥，简称糗粮。

三百人向上游富尔哈河与松花江的合流处，将冰面凿开，江水涌出，向下游流去。吴乞发出城前已经准备好了钢钻铁钎，作为破冰之用，凿早了，水要结冰，不管用。当老汗王大队人马到达哨口江西岸时，江水汹涌向下倾泻，把他的一万人马阻在了江岸边。

歇了一宿，次日天刚亮，老汗王努尔哈赤开始进攻。他令士兵砍树木，串木筏，打造渡河用具，试探几次，还是登不了岸，乌拉兵防守甚严，不等接近就被射落水中。老汗王行军打仗大多选在冬季，那时江河封冻，不用备渡船，可是这次令他意想不到的是江里流水，他只好下令停攻，聚众商议。

这时用着沙家兄弟了，问他们，附近可有渡江便捷之路，沙摩耳说，上游五里有一处浅滩，江面窄，中间还有两座沙丘，当地管它叫通，可以搭浮桥。老汗王依了他的计，令他带五百人马绕道而去。

沙摩耳的计策果然有效，他在江面窄处搭浮桥成功，将被叫作通的两个沙丘联在一起，通实际就是江里的小岛，一般的江心小岛，荒无人烟，只有大一些的通才有村落，多半渔人所居。

沙摩耳偷渡成功，老汗王立即把人马分做两下，一部分令莽古尔泰统带，过浮桥，进攻哨口堡垒，另一部分令红歹士绕道金州，直攻乌拉西门。这时老汗王也知道了，江水是因上游凿冰所致，因为沙摩耳搭浮桥时已经探到水下是冰，这让老汗王心中有底了。

凿冰放水的办法虽好，它只能管一时，而且，溢出水还会结冰，凿出的冰眼还会封冻。沙摩耳的五百人偷渡成功之后，吴乞发就没有精力继续凿冰，他和金兵短兵相接，拼上了。

吴乞发果然不弱，率领五百军兵奋起反击。沙摩耳在乌拉待过多时，认识吴乞发，也知他是洪匡最倚重的助手，可他并不知道吴乞发的厉害，他想捉拿吴乞发献功，不想刚一交手，即被吴乞发一铁棍打于马下，他成了第一个送死鬼。

沙摩耳落马，金兵吓得不敢上前，待莽古尔泰大军过江，将哨口堡垒包围，吴乞发再勇，双拳不敌四手，血战三昼夜，部下伤亡惨重，吴乞发终于筋疲力尽，吐血而亡，手下残兵，全部战死，无一投降，就连那匹宝马二铁青，也倒在了战场上。

哨口的攻防战结束了，共用四天时间，金兵也付出了三百多人的代价，总算打赢了这一仗。

这一天是正月十五，元宵佳节。

第三十一章　火烧乌拉城

哨口被围攻的同时，红歹士的人马已经从金州过江，攻打乌拉西门。乌拉城四门紧闭，城上飘扬着乌拉国的旗帜，黄白红蓝四色绣龙的旗帜被换上了绣有虎豹熊狮的白色三角旗。

老汗王努尔哈赤看到这一幕，什么都明白了，他对红歹士等人狠狠地说："破城之后，拿住乌拉族人，斩草除根，以绝后患！"

乌拉墙高池深，城墙坚固，尤其是在冬天，分层夯筑的土城墙更加坚硬，易守难攻。

怎奈，洪匡手下只有五百多人，分门防守也是力量薄弱，开始，洪匡尚出城与之厮杀几阵，金兵人多，兵强将勇，只得退回城里，闭门坚守，寄希望于吴乞发的哨口防军。吴乞发败亡以后，老汗王两股大军合一，围攻乌拉城。

乌拉城岌岌可危，要守不住了，老汗王下令，四面围困，不叫洪匡和他的部下逃出一人一骑，捉住洪匡重赏。这时沙摩吉上前请令："皇上，乌拉城破在即，可那洪匡马快枪尖，容易闯出去，请给我五百人马在城北埋伏，防止他逃过江北。"

老汗王说："好，你熟悉这里的地势，你就带兵去吧，只要不使洪匡漏网，就是头功一件。"

沙家兄弟当年从西域来时，就是走的这条路，这是一条通往山后的大路，洪匡突围必走此路，这条大路直通蒙古，洪匡可去的地方只有蒙古，因为科尔沁贝勒莽古思、翁阿岱一直同乌拉往来密切。

真被他猜中了。他便领着五百军兵自去，老汗王还是不放心，唯恐有失，又令阿济格带着胞弟多尔衮领兵一千去接应，实际也是防备沙摩吉，老汗王还是对他信不过。

从正月十四开始，老汗王大队人马围攻乌拉城，洪匡坚守了几天，内无粮草，外无救兵，渐渐支持不住，他绝望了。他想，我不能投降，也不能当俘虏，那么就得突围出去求援，投奔蒙古，还有一线希望。敌兵太多，带着家族无法脱身，只有单人独马，才容易闯出去。

这时南门已被攻破，莽古尔泰率军攻入外城，事已到了紧急关头，洪匡来不及多想，忙抱起七岁的儿子乌隆阿，上了大铁青，他一手擎着亮银枪，一手搂住乌隆阿，出了紫禁城，顺着内城护城河边，穿过几条巷道，奔向北门。喊杀声丛远处传来，但敌兵尚距离较远，忽见小巷里转出一人，上前拦住："贝勒爷，外边千军万马，您带着少爷怎么能闯出去？快把少爷交给我，我有办法掩藏他。"洪匡一瞅此人，不认识，他不肯。那人急了，说道："赶快交给我，不要犹豫了。如不这样，你们父子谁也逃不出去。"接着又补充一句："以前我见过少爷，那是贝勒爷逛街时，记得还有一位。"他说的实在有理，这抱一个孩子如何能打仗？就在这时，城里如同翻滚一般，喊杀声越来越近。实在别无他法，洪匡一狠心，把孩子交给了他，说道："孩子记住，若能脱离虎口，长大不要忘了按巴巴得利①。"敌兵已出现在眼前，洪匡不敢拖延，说了句："孩子叫乌隆阿，拜托了！"说罢，即把手上唯一的扳指儿撸下来递给他："这是我祖上留下的传家之宝，做个物证，以后也好相认。"

这时喊声大起，洪匡拍马拧枪向北门闯去。后边送来几句："贝勒爷保重，他日回来，还在这里见，保证少爷平安无事，贝勒爷请放心吧！"他背起七岁的小乌隆阿，窜进一条狭窄的小巷里。

洪匡马快枪尖，武艺高强，无人拦挡得住，趁混乱之机，闯出重围，向城东北跑了二十多里，才松了一口气。他停住马，望了一下，这是一个屯寨，距江岸不远。不远处是一个杂草丛生的墓地，中间有古墓一座，虽然年久失修，风蚀雨浸有些颓圮，仍有六七尺高，墓前有石碑一通，早已倾斜下沉。洪匡依稀记得，听人们传说，这座古墓是"巴拉铁头"坟，当金朝末期，纳喇氏先人据洪尼勒城，建立海都国。海都国王完颜氏是金朝皇族，他的女儿白花公主误杀忠臣巴拉铁头，埋尸于此地，白花公主领兵抗敌保国，名垂青史。想到这里，洪匡下定决心，我也一定抗敌复国，学一学白花公主这种精神。

他来到岸边，江中有一个芦苇丛生的小岛，昔日建有城堡，今已废弃，岛上也无人迹。洪匡准备上岛，到旧城堡里休息一下。刚要踏冰渡江，忽然江坎下的柳塘里一声呼哨，吹起牛角号，一股伏兵冲上来。为

---

① 按巴巴得利：女真语，大恩人。

首一将，哈哈笑道："洪匡贝勒，久违了，我就知道你会走这条路，特在此恭候。"

洪匡一看，不是别人，正是以前献马并被推荐给汗王姥爷的沙摩吉。洪匡驱马出城，正遇拦截的沙摩吉。洪匡大怒道："沙摩吉！你要干什么？"沙摩吉狞笑一声道："干什么？来讨还我的宝马，连你一并交给汗王爷请功受赏。"洪匡单枪匹马，见他有四五百人之多，不敢恋战，顺着江岸夺路而走。沙摩吉一马当先，迎头拦住："你哪里走！"洪匡对准沙摩吉就是一枪，沙摩吉没有防备，来不及躲闪，被挑于马下。这一枪并没命中要害，只挑在肩膀上，穿透铠甲，刺破皮肉不深。沙摩吉翻身爬起，抓住战马一跃上去，招呼军士："给我追！不要叫他跑了！"

洪匡枪挑沙摩吉落马，满以为他送命了，今见沙摩吉追来，洪匡马再快，因江岸凸凹不平，又有冰雪覆盖，什么样的快马也跑不起来。沙摩吉人多，拉出包抄的架势。洪匡忙压住枪，摘下弓箭，看他追得切近，回身一箭，正中沙摩吉头颅，沙摩吉翻身落马而死，追兵惊散。

洪匡走不多远，后面喊声如雷，又一支人马赶来。这是老汗王派出的接应沙摩吉的人马，迎着那五百人，两股合为一处，他们谁也没有经管沙摩吉的尸体，直到春暖时被人发现，才草草地掩埋在江堤下，不久又被洪水冲走。

单说老汗王派出一千人马接应沙摩吉，怕的是被洪匡跑掉，远走蒙古。领兵官是两个小贝勒阿济格和多尔衮。

这哥俩儿从小就受到额娘阿巴亥的教育，乌拉是舅家，长大了要亲近些，所以二人对乌拉心存敬意。

他们也认识洪匡，不想今日兵戎相见。阿济格年纪稍大一些，他有意让洪匡逃出去，又怕违了阿玛汗军令。他假装穷追不舍，却不令军士靠前。洪匡虽然马快，因走江岸，道路起伏不平，急于寻找渡江之处。他心里明白，什么样的快马在光滑如镜的冰面儿上，也是有劲使不上。

洪匡一边跑着一边暗想，追兵这么多，自己一个人，常言道："好虎架不住一群狼。"追兵摆的是什么迷魂阵，这么多人就是不合围。他满腹狐疑毫无目标地寻找过江的机会时，正月十六的天气，松花江的冰封大开，满江是水，还冒着白气儿，这不是吴乞发在上游凿冰放水，吴乞发已死三天了，漾出的江水早已结冰，那么这水是哪儿来的呢？是天意？是神灵所为？多年之后，当地人谈论这一话题时，异口同音都说那水是因独角龙豁开江冰，救洪匡脱险。

洪匡忽见江冰开裂，江水汹涌，起初也心惊胆战，这么宽的江水，又不知有多深，如何过得去？大铁青涉水如平地那只是传说，从来还没有真的试验过。怎么办，大批追兵就在身后，眼看要到近前了，他并不知道统兵的头领是谁，不管是谁，也不能叫他们捉去当俘虏，反正捉去也是死，掉江淹死也是死，已到了紧急关头，洪匡纵马跃入江中，是死是活那就凭命由天了。说来也是神助，这宝马名不虚传，果然是宝马良驹，不同凡响，它奔驰在水中，如履平地，转眼间到达了对岸，追兵只隔岸喊叫，却无一骑能过得江来。洪匡哪里知道，这是阿济格、多尔衮兄弟有意放他一马，不然的话，你洪匡再有本事也跑不出一千多人的包围圈。

这一点洪匡全然不知。

洪匡上了北岸，金兵过不了江，只得回城交令。他们回见老汗王说，隆冬季节，江冰裂开，水漫江堤，人马难下，可那洪匡却飞马跑过去了，似有神助。还有随军将士作证，他们先听见像沉雷一样响声，江冰裂开，还冒着黑气，水就像山洪暴发一样，转眼间就灌满了，洪匡就如跑在平地上一般，轻松地过了江，而我军却不敢下水。老汗王努尔哈赤听了，也不觉惊奇，他相信这是宝马的神力。那么江上无故破冰又如何解释呢？

"也许洪匡命不该绝，乌拉自有神助。"

于是，老汗王努尔哈赤下了两道死命令：第一，要找到公主，他的孙女及她所生的两个哈哈[1]；第二，搜查乌拉城中所有纳喇氏族人，不分男女老幼，一律同俘获的兵丁侍卫关在一起，听候发落。

其实，公主早已到了东京，只是他们不走一条路，所以不曾遇见，老汗王对此并不知情。

乌拉紫禁城并不大，而且分做两部分，前半部以点将台为中心，上建议事堂，算作大殿，两边分布几个办事机构，作为处理军政大事的官衙。后半部分是住宅，也称后宫。后宫只供洪匡一家居住，侍卫、阿哈、侍女并不多，统共也不过三四十人，这就是贝勒府的全班人马。公主的仆人中，基本上都是老汗王陪嫁带过来的。这些人也都被押到紫禁城外集中，从他们的口中得知，公主已经回娘家了，仅带走一个小布他哈。对此，老汗王放心了，不用担心十几年前灭乌拉国时，洪匡母亲宫中自

---

① 哈哈：男孩。

缢的悲剧再重演一次了。

于是，老汗王努尔哈赤又下了一道死命令，焚毁紫禁城，断绝乌拉纳喇氏死灰复燃的任何妄想。这时的乌拉城，数千金兵，抓人的抓人，放火的放火，当然也免不了抢夺财物，掳掠妇女，乌拉全城大乱，死人无数，哭号声远近皆闻。

最先起火的是点将台上的议事堂，接着是后宫前边的宗祠，宗祠也称"堂子"，是乌拉国王室的家庙，内供俸自始祖纳齐布禄以下历代祖宗牌位及画像，这是女真人最尊崇的圣地，不允许有丝毫的不敬，更不用说毁损亵渎了。

在女真部族的争斗中，最不能容忍的行为是毁堂子，可努尔哈赤打天下时，每破一城，灭一国，所做的头一件大事就是毁堂子，拆宗祠，有的还把堂子俸祭的祖宗灵牌、画像、神偶置于马屁股上进行污辱，完全超出了女真人能容忍的极限，所以他树敌过多。但是他胜利了，成功了，在胜利者面前是无理可讲的。

经过一天的搜索，有五十几名乌拉纳喇氏族人被搜到，这些人是十几年前灭国时留下来的。因为他们不是布占泰直系，属于远支宗族，所以老汗王并没带走，带去辽东的都是近支王族直系。留下的人，依旧过他们的巴依新①生活，洪匡酝酿起事复国，他们既没参与也不知情，今日被株连实属冤枉。

老汗王努尔哈赤临时开了一个会，商讨对这些人怎么个处置法。莽古尔泰和红歹士主张将这些人，加上俘获的洪匡部下全部杀死，就连紫禁城贝勒府的仆人也统统处决，不留后患。

老汗王问："加到一起，共有多少人？"

红歹士说："清点过了，大约八百多，多一半是乌拉守城兵，洪匡的死党。"

老汗王又问："我军伤亡多少？"

莽古尔泰答道："攻哨口阵亡一百七十多，另外负伤五十来个。"

"沙摩吉兄弟怎么不见？他们哪儿去了？"当老汗王得知沙家兄弟全部战死时，并无表情，仅轻轻点了点头："是吗？"

很快，老汗王努尔哈赤对被俘被捕人员做了决定：杀一多半，放一少半，分两批处理。

---

① 巴依新：平民。

晚饭以后，杀戮开始。一拨由莽古尔泰押到紫禁城里，借着冲天的火光，驱赶到点将台下，一部分杀死，一部分被火烧死。红歹士押着大约三百来人，在紫禁城外西北隅一个空场，那是一处取土留下的大坑，坑里积水已经结冰。老汗王努尔哈赤为了培养儿子们作战勇敢，早日成材，锻炼一下他们的胆量，特叫过小儿子多尔衮，让他先试第一刀，指着押到坑边一个壮年俘虏："不要怕，见识多了就习惯了，将帅之才都是杀人练出来的。"说完递过一口钢刀："你就拿他开刀吧。"多尔衮虽然从小练武，这杀人还是头一回，他既好奇，又害怕，为了在父汗面前表现好一些，他双手抡起钢刀砍向那俘虏，血光一闪，人头落地，鲜血溅了他一身，连脸都迸上血点了。

"好！是我的儿子。"努尔哈赤高兴了。

这是多尔衮初出茅庐第一次杀人，还是在他母亲的故乡，这年他十四岁。后来多尔衮多次提及此事。

一时间哭喊声震天，阴风惨惨，紫禁城大火蔓延，就连内外城街道也被波及，民居也遭了殃。当年靠近内城建造的三旗佐领衙门也化为灰烬，居民伤亡无法计算。这是乌拉自洪尼建城以来，三百多年间空前未有之大劫。

后来据统计，正月十六的晚上，老汗王努尔哈赤两处共杀死包括洪匡族人在内五百零七人，一部分埋在刑场的土坑里，另一部分被火烧焦的尸骨埋在点将台的附近。但也有的族人说埋在点将台的土堆内。不管埋在哪儿，事情是发生了，这就是历史，历史是不可改变的。从此，一座历时三百多年繁荣昌盛的关东第一大城，萧条冷落，真正是"紫禁城中，阒无人迹；点将台上，狼狈不堪"。后来待红歹士当了皇帝后，又记起乌拉这块宝地，派人打牲，才又逐渐恢复，而紫禁城却永远成为废墟了。

乌拉城的大火，一连烧了七天七夜，宫宇殿宇，街道民房，多化为灰烬。这其间，老汗王努尔哈赤刻意寻找洪匡长子乌隆阿，几乎挨门逐户搜查，几天以来仍无下落，他估计，一个七岁的孩子能跑到哪去呢？说不定死于乱军之中了。

找不到算了。

老汗王下令班师，他不从原路返回，特地取道沈阳，他要顺便看一看沈阳为他营造的宫殿进展如何，在进攻明朝之前，他又要迁都了。

且说洪匡逃过江北，上了岸，金兵过不来，只好退去。过江便是一条南北大道，这条道直通蒙古科尔沁大草原，那里有三个部落，他都见过，认识，特别是科尔沁左贝勒翁阿岱，从他阿玛布占泰时代就同乌拉国结盟友好，如今乌拉国虽已灭亡十几年了，洪匡同他们交往反而密切了。这些年来，洪匡去过科尔沁，翁阿岱也来过乌拉城，洪匡以长辈之礼接待他，并且馈赠他最好的珍珠，这是乌拉国的特产。翁阿岱也送给洪匡上百匹蒙古马，洪匡筹划复国也把蒙古作为外援。由于除夕拜年酒后失言惹祸，仓促起事，败逃江北，他唯一可去的地方就是科尔沁，向蒙古王翁阿岱贝勒借兵求援。他又不放心乌拉城里情况。江边大路旁有一山矗立岸边，山不甚高，东南两面陡峭异常，西侧山岭连绵，唯北面山势平缓。山顶有城堡一座，从山下到山顶人工开凿两条上下山通道，各宽三丈，是一条运输线，直通山顶城门口，这是乌拉国的军事瞭望哨所，常驻军兵五十人。城里有房舍，有仓库，还有一口水井，设施完善，山下建有营房两座，江岸有码头，有渡船，小山城交通十分便捷。这些，现在均不见了，营房、山城空无一人，只是在山下有几所民居，这些女真人都是老汗王一打乌拉时，从乌拉城对岸金州城逃出的居民，来到这山脚下避难，现在就成了这里的"占山户"，他们也叫此地为金州，不知从何时起，金州被叫成锦州，可能女真语（满语）发音致误，用汉字书写讹传造成的，一直沿用到现在。

洪匡来到山下，望望山上巍峨的城堡，居高临下，俯视大江南北，扼守交通要道，是先人遗迹。他感慨万分，想我祖先当年雄踞松辽大地，纵横辽东海西，何等英雄，而我今日狼狈逃窜，同我阿玛一样有家难回。他发誓，一定去蒙古借兵复仇，恢复我先人的基业，为阿玛布占泰雪亡国客死他乡之耻。想到这，他看天色不早，打算在城里住一宿，次日起早赶往蒙古。人也乏了，马也饿了，他把大铁青放在山坡上吃草，自己顺着登山马道，上到山顶。山城在东墙开一门，他进到城中，城中地势东南高、西北低，房舍完好无损，靠北墙排列整齐，靠近南墙有一长方形土台，与城墙持平，这就是瞭望台。天已近黄昏，整个山城里只有洪匡一人。他顺着台阶上了瞭望台，台阶有扶手，台上有护栏，洪匡借着落山太阳的余晖望向乌拉城。这一望不要紧，惊得他目瞪口呆。只见乌拉城中大火冲天，全城被烧，浓烟遮蔽半空，隐约传来人喊马嘶声。

"完了！"

洪匡知老汗王努尔哈赤下毒手了，他把我的一线希望全毁了，即使我去蒙古借得兵来，也无可挽救了。

"老天要灭我乌拉不成？阿布卡恩都力对我乌拉太不公平！"

他下了瞭望台，仰天长叹，怀着绝望的心情，走出城去。顺着城墙转到西侧，恰好墙角有一棵已经掉叶光秃的大树，他一怒之下，解下白绫，自缢而死，终年二十八岁，时大明天启五年，大金天命十年正月十六。

洪匡自杀之后，尸体被乡民发现，因不知此系何人，无人认领。便草草地埋在哈达山城附近一沟边。多年以后被乌拉后人确认，为避免清朝追查株连，命其墓为"八太妈妈坟"，按时俸祭，从无间断。即现在锦州屯西山下古墓是也，虽经数百年风雨剥蚀，墓基尚存，不能不说是一个奇迹，天佑乌拉后人也。

乌拉城破后，按巴巴得利背着乌隆阿混出城去，几经辗转，后流落到锦州，即洪匡自杀之地。乌隆阿长大后娶妻三房，生子十人，即现在的十大支始祖。大太太娘家姓赵，所以从此改为赵姓至今。

乌隆阿教谕后代子孙，乌拉纳喇氏没有断后绝支，要感谢当日的救命恩人，因忘记姓名，按父遗言，故以按巴巴得利称之，修谱祭祖，先拜此人，后拜祖先，代代相传，数百年矣！

第三十二章　红歹士谋权

老汗王努尔哈赤摧毁乌拉城，放火烧了宫殿，杀了五百多与洪匡事件有牵连的人，但未确知洪匡下落，积怨尚未消除，他猜测，洪匡可能跑蒙古去了，待以后得到他确切消息再做打算。

他在沈阳住了三天，即返回东京，往返二十多天，回到东京城汗王宫里，已是二月初一了。

第二天是二月初二，关东地区有一项传之已久的风俗，叫二月初二"龙抬头"，无论贵族平民，这一天都要吃猪头肉，以示庆贺，并预祝当年风调雨顺，粮食丰收。老汗王努尔哈赤虽是六十七岁的老人，又鞍马劳顿，他不顾疲乏，特在这一天召集家族、亲戚、勋臣、武将五十余人，到宫中吃"猪头宴"。四大贝勒、四小贝勒、八旗旗主、固山额真、梅勒章京，给汗王跪拜叩头，颂扬出兵乌拉，讨灭洪匡的奇功。

老汗王努尔哈赤在众人一片颂扬声中，没有高兴的表情，他心绪烦乱，感情十分矛盾，也不知是喜还是悲，他默然良久，还是开口说话了。他还特意把乌拉几位显贵人物叫到跟前，他说："你们都是乌拉家族，又都是我的亲戚和故旧，洪匡之事，今天的结局，实不得已，我有话要说，你们记住。"

众人异口同音："请主上谕示。"

这些人都是谁呢？

为首的是：协理朝政的都堂阿布泰，他是满泰贝勒第三子，大妃阿巴亥之弟，算是老汗王努尔哈赤的内弟，属于皇亲国戚，国舅身份；依次是图达里，满泰之兄布丹之子，褚英等破宜罕山城被掳，归顺老汗王，现任镶白旗梅勒章亲（副都统）；茂莫根，洪匡六哥，金国贝勒之婿，称郡马，任正白旗佐领；嘎图浑，洪匡七哥，任巴牙拉①参领；常住，洪匡

---

① 巴牙拉：即守卫宫廷的护军，参领为最高长官，正三品。

的堂伯，他是老汗王努尔哈赤的姐夫，以前提到过。他现在已年老，曾任过镶白旗佐领，他是乌拉族人年纪最大者。

这些人都是乌拉王室成员，老汗王努尔哈赤特别关照他们，是有深意的。

老汗王当着这些人，他要说什么呢？

据清入关后的顺治九年壬辰，乌拉纳喇氏家族自灭国后第一次修谱祭祖时，发起人之一的阿布泰和主持人之一图达里的回忆，大致意思是这样：

老汗王当着他们和众皇子大臣们说，洪匡拜年突然不辞而别，他可能知道点风声，害怕了。想一想这宫里，关心洪匡的人唯有大妃，她怎么会知道我要扣留洪匡？是不是也有人向她泄露秘密？他怀疑这个人可能是大贝勒代善，可大贝勒一直在老汗王的身边，没有这个机会。他认为，洪匡逃走可能酒后失言露出破绽，心虚恐惧，连夜逃走。而他回到乌拉就立刻换番易旗，改号复国，更证明老汗王的判断，他也就排除了对所有人的怀疑。

老汗王又说，事情会有多种可能。如果除夕晚上按照决议把洪匡扣留，抓不到他把柄怎么办？你总不能凭着几句酒后的醉话就处置人家吧？那叫天下人怎么看，后世怎么评价？洪匡毕竟是额驸啊。

可是他又说，洪匡像他阿玛布占泰。当年布占泰兵败被俘，我恩养他三年，扶助他当了乌拉国王，先后嫁与三女，他还是不跟我一心，同我争天下，我灭了他的国家，打算招抚他为我效力，可他跑到叶赫不回来，抛下我的女儿，他连小福晋都不要了，至死不悟。洪匡在这一点上，和他阿玛一模一样，复仇之心未已，我今铲除祸源，毁掉他根基，以后虽欲为乱，不可得也！

阿布泰又讲了老汗王努尔哈赤死，诸王争位，违背汗王遗命，害死其姐大妃的内幕。

特别他讲了一件他亲眼所见的一宗奇怪的事情，也是历史绝密。阿布泰说，老汗王当他们讲完对洪匡事件的评论后，即让随军的巴克什[①]把记录的《档子》呈上来，上面记道：

天命十年乙丑春正月，乌拉洪匡叛，上亲率诸王贝勒讨灭

————————

① 巴克什：记事官。

之，焚其城，洪匡遁，诛其同谋者五百余，越十日，返。

老汗王对巴克什说，以后实录也不要记此事，吩咐将此条以火焚之，不留痕迹，让它成千古之谜。由此，洪匡其人其事在历史上消失了，并谕令，第八子不能空位，以七子嘎图浑下移。当时嘎图浑也在场，证实了此事，但他不敢纠正，因为这是皇上口谕，必须遵照执行，凡是官私史书，包括家谱均记布占泰八子中的七子之名，而第七子空位，原因在此。智者千虑，必有一失，后世还是能从文献史料上发现蛛丝马迹，找出布占泰第七子实际是第八子的线索。

我们的家谱、档册，记载得非常清楚。

这个事情暂时先讲到这儿，以后还要详细交代。

回来再讲一讲老汗王努尔哈赤，自他回到东京之后，什么事也不在乎了，他收拾全部家当，做好迁都的准备。前边提过，老汗王原本打算在辽阳东京城扎根不动了，可没想到，飞来的金凤凰又飞走了，飞到沈阳去了，所以他决定迁都沈阳，一定跟随金凤凰，并修了一座栖凤楼。他选定三月十五，为离开东京的良辰吉日，八旗官兵，各办事衙门，诸王贝勒，后宫妃嫔，皇亲国戚，勋臣故旧，浩浩荡荡，旗幡招展，人欢马嘶，二十多万人足足折腾了半个来月，才安静下来。

在迁都前后的过程中，又发生了两件闹心事，一是金凤凰又飞走了，去向不明；二是修皇城挖地基时，掘出一块镌刻着"灭建州者叶赫"的石碑。石碑虽被打碎垫了地基，事情还是传到了老汗王的耳中，令他扫兴。大贝勒代善进言道："凤凰和石碑的事皆属虚妄，不足为虑。所虑者，袁崇焕筑宁远城，不能等闲视之。"

老汗王狂笑道："一个书生有什么可怕！他筑什么城，能挡住我军前进吗？我累了，休养生息一年，来年我大军一出，彻底扫清明朝在关外的势力，看谁敢阻挡我！"

代善不敢再谏，只是暗中担忧，这老爷子怎么了，这么大的事不放在心上，等敌人坚城筑就，如虎添翼，八旗兵还能有优势吗？他又提出可调两旗人马，过河骚扰，打乱明军筑城计划，为我军总攻赢得时间，也被老汗王拒绝。

现在的大金国，表面上刀枪入库，马放南山，歌舞升平，一片和谐太平景象。可是暗地里，争权夺利，钩心斗角，耍阴谋，放冷箭，几乎到了白热化的程度。老汗王努尔哈赤对此一无所知。

大金宫廷权位之争，很早就出现了。大太子褚英就是这场权位之争的牺牲品。

褚英和代善一奶同胞，都是努尔哈赤原配福晋佟佳氏生，褚英又战功卓著，太子之位是天经地义，谁也撼不动。但就有一个不服气，他就是老汗王第八子红歹士，他的额娘是叶赫纳喇氏孟古，她是叶赫贝勒杨吉努之女，身份自然高贵。孟古早死，老汗王对她生的儿子格外怜爱，红歹士也就恃宠而骄，心高志大，决心在十几个兄弟中胜出，做老汗王的继承人。那么要想达到此目的，也不是容易的事，必须跨越几道障碍。大阿哥褚英就是头一个目标。偏偏褚英脾气暴躁，又居功自傲，众大臣都不喜欢他，红歹士看准褚英的弱点，鼓动当时还健在的开国元勋五大臣，联名上书揭发褚英种种错误。老汗王也想借众人攻击褚英之机，杀一杀他的傲气，就把他禁锢在高墙内。褚英不服，口出怨言，又被添油加醋地传到了老汗王的耳里，再加上别的原因，褚英便被处死。是年为大明万历四十三年，褚英死时年三十六，是在老汗王努尔哈赤改元天命建立金朝的前一年。褚英被杀，纯属冤案，可是老汗王知错不认错，坚持不为褚英昭雪，仅优待他的子女了事。

没有费多大的力气就扳倒了大太子，这使红歹士的野心更加膨胀，下一个目标就是代善，代善接替褚英，也是顺理成章的事，果不其然，老汗王登极坐殿封四大贝勒，代善名列第一。扳倒代善，怕不那么容易，而同他串通一气陷害褚英的五大臣，一个一个的故世了，他失去了依靠的力量。怎么办？他把目光放在父汗的后宫里。他知道，能够直接同父汗说上话的人，只有后宫那些妃嫔大小福晋们。

努尔哈赤妻妾众多，记入谱牒者有十六位，还有相当一部分没有名分，没有记入谱档的。褚英死，他所纳的蒙古美女阿济根被努尔哈赤收入后宫，在女真社会，父纳子妻成为合法。不久红歹士又得一年轻少女代因察献给父汗。努尔哈赤有一种怪癖，越到老来越好色，只要年轻美貌，多多益善。

一天，红歹士趁老汗王不在之机，把阿济根和代因察找到他的家，对她们说："父汗日渐老迈，将来父汗归天之后，你们的结局如何，我们的家规你们应该知道。"二人一听，惊得冷汗都冒出来了。她们当然知道，没有生育的后宫嫔妃，主人死是要陪葬的，她们二人谁也没生过孩子。二人忙给红歹士跪下，哀求道："四贝勒救命。"

"你们起来吧。"红歹士为难地说："这是家法，谁也更改不得。不然，你们给阿玛汗生一男半女，自然就躲过一劫。"

二人说："主上很少到我们屋中，十天半月也见不到一面，多一半都在大妃那里，我们争不过。"

红歹士指着阿济根说："你原是大阿哥的人，只是大阿哥获罪处死，你拣了一条命，被主上看中收入后宫，大阿哥的死，你也脱不了干系。主上要不在了，二阿哥继承汗位，那就难说了。二阿哥同大贝勒一母所生，他能容得下你不为大贝勒殉身，又高攀上阿玛汗，他能留下你吗？"

阿济根哭道："我是身不由己，主上要我来，我不敢不来，四贝勒给我们指一条活路吧。"

红歹士心里说，你们害怕了，知道求我了，我要的就是这个效果。他让二人坐在旁边，说出了他已经盘算了很久的话："要想活命，只有一个办法，那就是阻止二阿哥接替汗位，换上别人，也许有救。"

二人一听，更泄了气，二阿哥代善现在已是大贝勒，不可动摇的汗位继承人，她们虽为小福晋，与奴仆何异，这事她们连想都不敢想。

红歹士笑道："当然你们很为难，不过事在人为嘛！"

代因察年轻聪明，立刻悟出红歹士话里的玄机，她是红歹士献给老汗王的，对他说话稍随便些，不像阿济根拘束。她大大方方地说道："将来四贝勒要能坐天下，我们姊妹就有依靠了，你说吧，我们怎么办？我们俩的一生全交给四贝勒，你叫我们怎么做，我们听你的。"

"好。"红歹士满意了。

"注意大贝勒，注意宫内，有什么异常情况及时禀告主上，只要主上对大贝勒有疑心，那事情就对我们有利。"

一场夺位的阴谋就这样形成了，红歹士向她们保证，事成之后，将二人收为后宫，因为二人年轻貌美，这一点二人深信不疑。红歹士规定，自今以后，尽量少见面，不联系，一切待事物的发展，听其自然。

这是三百年前一件宫廷秘密，连老汗王努尔哈赤都蒙在鼓里，一步一步上了红歹士的圈套。从后来事情的发展和变化来看，这一传说是有一定根据的。

这一秘史，也是熟谙清初宫廷内幕的阿布泰等人传下。令人遗憾的是，红歹士成功了，可他吞食了诺言，阿济根和代因察二人并没保住性命，死得更惨。这在后边再讲。

且说两个小福晋同四贝勒红歹士达成默契，像中了邪一样，朝天每日盯着大妃阿巴亥的一举一动，注意大贝勒代善的一言一行。世上无难事，只怕有心人。时间久了，磨道找驴蹄，没有不留痕迹的。

原来女真人有"收继婚"之俗，老汗王努尔哈赤自感老之将至，对后事预做安排。他对大妃阿巴亥说过："待吾百年后，将你托付给大贝勒代善收养。"这句话有两层意思，一是令代善奉养这位继母，指养老；一是令代善收继大妃，大妃比代善小八岁，应该算年貌相当。从这两层意思来看，代善的汗位继承人是板子钉钉，不可撼动的了。

大妃有了老汗王的许诺，信以为真，从此对代善关心起来。可是努尔哈赤有个原则，那就是待他百年之后，他生前绝不允许任何人有越轨行为。如果宫内外出现风言风语，当事人就会大祸临头。所以，宫内的人言行非常谨慎，多一事不如少一事，谁也不想找麻烦。

宫里风平浪静，什么事也没有发生。

这一日老汗王心血来潮，来到几个月也不曾去的小福晋代因察房中，小福晋只有十七岁，早熟，聪明伶俐，她进宫一年多来，为自己未能怀孕而暗暗叫苦。无子女的年轻妃嫔，其后果的严重性令人不寒而栗，四贝勒给她指出了生路，以后还有可能进宫得宠，她当然是费尽心机的了。

老汗王努尔哈赤来到她的屋中，令她惊喜，这也是个难得的机会，她试探性地对主子说："主上，没听说近来宫中有些流言吗？"

老汗王一惊："什么流言？"

代因察笑道："奴才也不太清楚，仅听到一点点，不敢对主上隐瞒，奴才听到的也不多。"

"那你听到多少，就告诉我多少。"

"都是说大福晋的，说大福晋经常晚上出宫，去找大贝勒。"

老汗王毫无表情地说："就这么点？还有别的吗？"

"阿济根可能知道的更多些。"

"好。"老汗王训谕道："这话以后不许再提，再有人传布谣言搬弄是非，我剥了他的皮！"

代因察吓得忙跪地叩头："主上开恩，奴婢再不敢了。"

老汗王露出了笑容："起来吧，你能当我反映情况，这很好。别人什么事也不告诉我，背地里散布流言，这种人更可恨！"

"谢主上恩典。"代因察叩头起来，伺候努尔哈赤吃饭，努尔哈赤又破例令代因察同他一起吃，这是从来没有过的事，宫中管这种现象叫"升桌"，妃嫔有升桌待遇，说明她得宠了。

老奸巨猾的老汗王努尔哈赤，他一面制止小福晋代因察等传布大妃和大贝勒的谣言，一面暗中做了调查，他按代因察提供的线索，直接找到了阿济根。不用试探，不用拐弯抹角，直截了当问道："我不在的时候，你们散布流言蜚语，背后讲大妃的坏话，你都知道些什么，如实对我讲，不得隐瞒，如有谎言，绝不轻饶！"

阿济根一听，吓得魂飞天外，心里说："坏了！"她只得老老实实地跪下禀告："大妃给四贝勒送过食物，四贝勒不吃；给大贝勒送，大贝勒留下吃了，就是这些。"

"这能说明什么！大妃关心贝勒们也是应该的。"

阿济根自恃原来是褚英的人，你汗王爷生前不会把我怎么样，她为汗王百年之后争一条活路，时时记住四贝勒的嘱托，一想到这，她胆子便大了起来："大妃关心贝勒们是应该的，可四贝勒却不领情，大贝勒反而热心。另外，大妃也经常背着你去找大贝勒。"

在老汗王面前称你我，整个宫里没有第二个人，阿济根虽然地位不高，关系特殊。努尔哈赤不想再听下去了，他反而安慰她："你说的这件事儿，我记下了。以后找时间，我要提高你的地位，晋封为侧妃。"

从此，老汗王努尔哈赤对代善产生了戒心。他以前说过让代善抚养大妃母子的话也不算数了。他采取的手段是，把八旗中正白旗和镶白旗分给大妃所生之子阿济格和多尔衮掌管，金国的军事力量这哥俩儿就控制了四分之一，谁也不知道老汗王的葫芦里卖的什么药，他心里是怎么想的。

代善倒是被疏远了，但他还是大贝勒，手握两红旗。红歹士仅管领正黄旗一旗，仍是少数，他想取代代善的太子地位，仍须跨越很多障碍，他又摸不清父汗怎样安排继承人，最后到底能把汗位传给谁。

令人不解的是，天命十年正月剿灭洪匡火烧乌拉城后，在迁都沈阳前的二月中旬，命红歹士去蒙古，科尔沁贝勒斋桑之女嫁之为妻，这就是后来的孝庄皇后，这桩婚姻看似很平常，可后来它不仅改变了清皇室的命运，同时也改变了中国历史的走向，天意乎？神意乎？

自开国元勋五大臣谢世后，老汗王努尔哈赤不再相信任何人，他不会把兵权交给家族以外任何人。他的子孙、侄子多半长大成人，老汗王精心培养，着意提拔，都成了统率军队的将领。八旗兵都掌握在他们手上，侄子阿敏、济尔哈朗领两蓝旗，就剩下一个镶黄旗也由老汗王亲自统带，作为他的护卫亲兵。全国只有努尔哈赤一人能调动八旗人马，他不会让任何人统管全局的，这就是专制独裁君主的特点。

第三十三章　汗王攻宁远

大金天命十一年丙寅春正月十四,六十八岁的老汗王努尔哈赤亲率十三万八旗军对明朝发动进攻。经过一年的休养生息,士兵从疲乏中得到恢复,个个精神饱满,身强力壮,确是一支能征惯战的劲旅,号称二十万。当大军过了辽河以后,辽西大地上没有遇见一个明军,成了真空地带。八旗军在没有任何阻拦的情况下,顺利地来到辽西走廊地区,锦州附近的几个城堡,如大凌河、小凌河、连山、松山、塔山、杏山六城,以前都是驻有重兵,现在连一个人也看不见,全都是空城,这让八旗军将领们很觉意外。山海关,拿下来,不费吹灰之力了。

就在八旗军席卷长城之外,胜利在望之际,老汗王努尔哈赤突然接到探报:宁远城四门紧闭,有明兵驻守。

不久又探听明白,驻守宁远的明将叫袁崇焕,守城兵不过一万人。老汗王努尔哈赤不屑一顾地说道:"我知道这个袁崇焕,除非他长三头六臂,不然敢抗拒我,他是死定了!"接着传下命令:先令两旗人马攻城,打他个措手不及。

当时的辽西形势是,八旗兵有时过河西掠夺一番,破几个堡寨,杀几个明兵,俘获几个汉人和牛马猪羊,然后就退回来,不留驻军,不设防守。金兵退走,明兵再回来,形成拉锯战。

熊廷弼任辽东经略时,主张只守不攻,积蓄力量,不久被撤职。又命孙承宗为辽东督师,统管山海关一带军事。明熹宗天启皇帝是个无知、昏庸、残暴的主儿,他信任一个太监魏忠贤,为人贪婪、凶狠,把持朝政,结党营私,引用宵小,残害忠良。古往今来,大凡即将灭亡的政权都有先兆,所谓"国家将兴,必有祯祥;国家将亡,必出妖孽",像魏忠贤这类权阉奸党,就属于妖孽。孙承宗懂军事,性耿直,当然不肯巴结魏忠贤等阉党,他们十分恼火,经常在熹宗面前说孙承宗的坏话。爱听谗言,是一切昏君的共同特点。终于抓住了孙承宗把柄,说他同熊廷弼一样,一味退让，不思进取。根据什么？原来孙承宗出关以后，看了关外的形势，真是山河破碎，赤地千里，根本不具备主动进攻的条件，恢复也不是短期内能办到的，他采取步步为营，稳扎稳打，以守为攻的策略，筑城堡多处，贯彻"以辽人守辽土"的方针，防卫力量逐步增强。这一点被魏忠贤借题发挥，报告给熹宗，说孙承宗同熊廷弼一样，没有收复辽东失地的打算，是不是得了建州夷人的好处也未可知。毫无主见，又性情多疑的熹宗天启皇帝，下旨罢免孙承宗辽东督师职，魏忠贤又保举一个叫高第的接替孙承宗。孙承宗在卸任前，特别嘱咐袁崇焕，一定筑好宁远城，增强守备，只要宁远城在，建州夷人就难进山海关，大明方有一线希望。袁崇焕应下，真的把宁远筑成关外唯一的铜墙铁壁，又购置了西洋红衣大炮。

新任督师高第出关一看，这个破烂摊子他无力收拾。他是个不学无术，又胆小如鼠，凭着给魏忠贤行贿送礼，捞到这个职位。他本以为这是一个既有权又有钱的肥缺，谁想出关一看，还是这个样子，地方破烂不堪，人民一贫如洗，实在没有油水可捞。他估计，以辽西现有的兵力，战不能战，守不能守，夷人来攻，实难招架。我不能当替死鬼，早知这样，悔不该来冒这个险，白花了几千两银子，买了个沙滩上的楼阁，随时都会倒塌。他盘算了多日，终于想出了个脱身的办法，派人去见魏忠贤，诉说关外已无险可守，兵疲民累，不耐一战，若为长治久安计，只有退守山海关一线，凭长城可挡建夷铁骑，可保京城万无一失。

魏忠贤同意了，熹宗天启皇帝当然也就准了。高第不敢延迟，怕朝廷变卦，即令军队全部退回关内，只在山海关等几个长城隘口设防。辽西大大小小数十个城堡，一律放弃，一个兵卒也不留，撤得干净利落，这是所有经略辽东军事的将帅从来没有过的。

全军退入关内，等于放弃关外大好河山，命令下达到宁远，袁崇焕没有执行高第的命令，他按照孙承宗的嘱托，继续加固宁远城。因此，老汗王努尔哈赤大军到达城下的时候，宁远城上，旗幡招展，四门紧闭，戒备森严。

努尔哈赤身经百战，破城无数，根本也没把这个小小的宁远城放在眼里，他令两旗人马攻北门，不克；又转攻东门，也难奏效。老汗王被激怒了，他亲率八旗兵猛攻东门，已经接近护城壕，城上滚木礌石，灰瓶炮子，箭弩齐下，八旗兵死伤不少。大金兵占不着便宜，只好停攻。

次日，老汗王努尔哈赤调整了部署，先用两旗兵打头阵，然后再用两旗接替，每两个时辰轮换一次，这叫车轮战，待城上守军疲惫不堪无力招架时，最后竖云梯爬城，可一鼓而下。

算计的倒是不错，可他的对手早料到这一招，袁崇焕就怕用车轮战术攻城，消耗他的防守力量，他的红衣大炮派上了用场。

城上的袁崇焕看得明明白白，第一拨攻了一会儿，退去休息，换上第二拨。

不能再等了，袁崇焕下了命令：

"向中军目标，开炮！"

八旗兵正在攻城之际，忽听沉雷一般几声巨响，弹丸石子呼哨而下，片刻间八旗兵落马无数。骁勇善战的八旗兵，从没吃过这样的亏，一时四散逃窜。老汗王努尔哈赤也始料不及，他一边下令撤退，一边说："袁崇焕厉害，袁崇焕厉害！"谁知，他的背部被弹丸击中，他被击落马下，被亲兵救起，安放在战车上，全军又扔下几百八旗将士尸体外，余皆向辽东退去。

这是努尔哈赤自起兵打天下以来，最大的一次败仗，也是他致命的一次负伤，归根结底，是轻敌。

事后，老汗王努尔哈赤总结这次失败的经验教训，说过这样的话："我自二十五岁起兵以来，大小数百战，战无不胜，攻无不克。没想到今日竟败在一个白面书生袁崇焕之手，惭愧。"

有人安慰他："主上，自古以来胜负乃兵家常事，早晚我们必雪今日之耻，以主上的神威，他袁崇焕不过是秋后蚂蚱，多蹦跶几天。"

"不。"老汗王意味深长地自责道："过错在我。当初没有听代善的话，上年没有出兵扰乱辽西，使袁崇焕筑就了宁远城，又添设了火器，才使我军攻城受挫。如果我不先去征乌拉，打洪匡，也不至于拖到今年才出兵攻明。洪匡的事是家事，征明的事是国事，大事小事我弄颠倒了，这是老天爷的安排！"

老汗王努尔哈赤自尊心极强，从来没有认错，自责过。他一生做了很多错事，没有一点忏悔之心，凡事都是别人错，自己永远是正确的，今日能够认错，这也是破天荒的一次，也许应了古今一句俗语："人之将死其言也善"吧。

宁远大捷使这个垂死的大明王朝出现了回光返照的局面，大肆吹嘘一番，着实也兴奋了几天。可是，他们高兴太早了，一个行将就木的人，什么神医也难以使之起死回生。人是如此，国家也是如此。二十年后，大明王朝土崩瓦解。思宗崇祯皇帝虽有雄心振作起来，然而由于积弊日深，气数已尽，陕北民变，李闯造反，京师陷落，崇祯自缢，清兵入关，朝代更替，神州大地换上了新主人，这不是此书要讲的内容，就此打住，不表。

回来说一说大金国八旗兵攻宁远失败，全军退回辽东。

老汗王努尔哈赤虽然背部中了弹丸，仅是皮肉伤，伤势不重，不过对他的精神打击太大，他经常自负，"身经百战，所向无敌"。晚年遭此重挫，不仅一世英明扫地，统一全辽的雄心不能实现，恐怕从此也就彻底告别戎马生涯了。他的心情郁闷，病势自然加重。时当冬去春来，万物复苏，阳气上升的时节，这个季节也是各种疾病多发的季节。老汗王努尔哈赤伤势渐愈，偏偏因急火内攻，在原创口又生出恶疮来。经名医诊视，此病名叫"瘩背"，俗称"手够"，现在称此病为"痈疽"。诊断此病的要领，是疮发于背部，无论从肩上还是从腋下，伸手去摸患部，怎么也摸不到、够不着，所以民间土名叫"手够"，手难够的意思。治疗这种病，光用药物内饮外敷也并不能消除病痛，最主要的还得心平气和，控制情绪，避免冲动，还要生活在僻静之处，无声响的刺激，无色彩的干扰，还要长期疗养。你想想，谁有那个耐性？谁有那条件？何况，老汗王努尔哈赤是心性高傲，干大事的人，他能有那个耐性吗？

待不上一个月，他已经好好坏坏反复数次，疮口流脓淌水，疼痛难忍。从宁远回来，他已经不理朝政，一切交给大贝勒代善处理，若遇重大事情，由四大贝勒合议，合议不决，禀告他最后裁决，国内倒也安静，政务井井有条。

就在这看似风平浪静的假象中，一场争夺汗位的斗争在暗地里悄然地展开。当然，唱主角的还是才高志大、野心勃勃的四贝勒红歹士。

其实，红歹士为了达到目的，早已做好了准备，结交元老重臣，拉拢诸王子、贝勒、台吉，形成以自己为核心的圈子，培养自己管领的正黄旗官兵效忠自己。争取四大贝勒中的阿敏和莽古尔泰，孤立代善。在决定重大事情的问题上，代善往往做不了主，事情捅到老汗王处，时间长了，老汗王自然对代善产生不满，认为他优柔寡断，处事拖拉，老诚有余，果断不足，非治世才。加上以前的一些鸡毛蒜皮的小事，老汗王努尔哈赤在继承人上动摇了，他对代善感到失望。至于红歹士等人幕后活动，处处给代善出难题，老汗王却一无所知。

大贝勒逐渐不被阿玛汗信任，已经被诸贝勒、众大臣看出来，人们转投红歹士，代善愈加孤立，又不敢向汗王老子讲述实情，因为阿玛汗正在病中，经受不起大的刺激，真是有苦难言。

在大金国汗位继承上，老汗王还是恪守家传章法，就是立嫡不立庶。在他众多的儿子中，嫡子要看他母亲的出身，元妃佟佳氏的两个儿子褚英和代善，当然是嫡子中的首领，有具备继立的资格，可是褚英获罪已死，代善又不被看好。甚至老汗王有过立长孙杜度的想法，他是褚英长子，但又考虑到，褚英是获罪被杀，立其子有为褚英昭雪的嫌疑，这就从事实上否定了褚英一案的处理不当，他不能认错。再想到当年明太祖朱元璋立皇孙允文，引起家庭内乱、骨肉相残，朱棣兴"靖难之师"夺取皇位，死了那么多人。那自己要是这样做，说不定会发生什么样意想不到的事情，会产生什么样的严重后果。他那十几个儿子，哪个也不是省油的灯，他偶尔透漏出这层意思，马上就打消了这种念头：

"不妥。"

嫡子中，第八子红歹士之母，叶赫国公主，身份高贵，但已早死，只活了二十九岁，留下一子红歹士，为老汗王所钟爱。红歹士聪明伶俐，处处效仿乃父，揣摩阿玛汗心思，深得老汗王喜爱。可是时间长了，老汗王努尔哈赤发觉这个令他十分喜爱的儿子很有心机。他最不能容忍的就是有人猜测他的心思，大概所有独裁者都是这样，既要你迎合他，又不许揣摩他，这是君主最忌讳的。从此，老汗王对红歹士亲近中却保持警惕。最后还是被红歹士算计了。

嫡子之中尚有阿济格、多尔衮、多铎三人，他们是大妃阿巴亥所生，其母是乌拉国的公主，身份更为高贵。如今嫡福晋在世的仅阿巴亥一人，时年三十七岁，正在青春鼎盛时期。另一个继妃富察氏，原为沙济城主之女，先嫁老汗王努尔哈赤堂兄威准，威准死，按照转房婚女真之俗，改嫁努尔哈赤，并给他带来一笔财产，对他的创业帮助很大。后来不知何种原因，被努尔哈赤休离，又死得不明不白。她死时，留下一个婴儿，这就是老汗王努尔哈赤最小的儿子，名叫费扬果，富察氏死时，费扬果只有六岁。有的史家说费扬果是继妃富察氏所生，此说没有道理，也不符合常识。三十年前富察氏转嫁努尔哈赤时，以时年二十岁算起，到费扬果出生已过了三十年，她生了老汗王第五子莽古尔泰已经三十五岁，她最低的年岁应在五十五到五十八岁之间，试问，女人到了这个年岁，还能生育吗？这是一。再有，继妃富察氏死于万历四十八年，也就是大金天命五年二月，而费扬果生于天命五年十月，死去半年多的女人尚能生孩子，这不是天大的笑话吗？

　　还有另一种传说：老汗王努尔哈赤到晚年又纳一少女，生于女真平民之家，只承想进了汗王宫享受荣华富贵，改变一下命运，不想一年之后，于大明万历四十三年因产后大流血送了命，不足二十岁，时老汗王努尔哈赤正好五十七岁生日。这个女孩子连个名分也没有，可她偏偏生了个男孩，老汗王非常珍惜，是为第十六子，进入阿哥之列。生母已殁，老汗王命继妃富察氏抚养。五年后，富察氏死，又由大妃乌拉纳喇氏阿巴亥抚养。还有人说，在富察氏死前，已对后事做了安排，将这个老儿子托付给大妃，认为大妃心地善良，别人她信不过。这个孩子就叫费扬果，又称费扬古，意思即是老儿子，以排行命名，也是女真之俗。

　　在嫡子中，莽古尔泰一来因母亲关系受到牵连，二来莽古尔泰除了作战勇敢，武功过人，其他一无长处，性情暴躁，目不识丁，行为粗鲁，这些缺憾都使他丧失了汗位继承人资格，他本人也知趣，没争位的野心，保住目前所得，就满足了。红歹士对这种莽汉当然不会放在心上。不过，他毕竟是"四大贝勒"之一，还有利用价值，所以红歹士对这位五阿哥特别亲近，二人关系胜过其他兄弟。再说，莽古尔泰掌握正蓝旗，同他的正黄旗合在一起，也是一支不可忽视的力量。

　　那么，排除大贝勒代善，三贝勒莽古尔泰，最有力的竞争者就剩下大妃所生的三个儿子。如果父汗从他们中选立一个，那将是最糟糕的事，这种可能并不是没有。

　　心急火燎的红歹士，现在只有把赌注押在父汗两个小福晋阿济根和代因察身上，靠她俩在宫内制造流言蜚语，拿大妃和代善不清不浑的谣言做文章，并设法传到老汗王努尔哈赤的耳中，令他对二人产生厌恶之心，达到离间他们父子、夫妻之目的。

　　这一切没有效果，因为老汗王遵医嘱，在养病期间远离女人，谁也进不了他的寝宫。而且大妃派人日夜防护，不经传唤，任何人不准踏入寝宫半步，违者就地处死。

　　即使这样，也没能缓解努尔哈赤的病情，反而日渐加重。这时，有位神医给出了个主意，他说，看来任何药物是难以奏效了，古有一法，可疗疗疮，那就是浴汤泉①。汤泉水从地下出，经过地下硫黄燃烧加热，可疗百病，特别对外伤效果更好，老汗王同意了。辽东有温泉数处，他

———————————
① 浴汤泉：温泉。

选在条件较好的清河汤泉，决定于七月二十三日起驾，去清河汤泉洗浴疗养。

七月二十一日，他命人召集一些人到宫里，他趁神志尚清晰之时，要对后事做一个交代，万一回不来，人们也有个章法，不致乱套。

他都找些什么人物呢？

四大贝勒、四小贝勒、八旗额真，还有几位皇亲国戚。

他明确谕示道："你们记住我的话，我二十五岁起兵，拼搏四十余年，大小百余战，才挣得这份基业，我死之后，你们不要争权夺位，共同维护好这片家业，子孙后世永保平安、富贵。无论将来谁继承我，大家都要同心合力辅佐，不要生异志。"

众人齐跪倒表忠心："主上尽管放心，臣等谨遵圣命！"

"好，你们都退下吧。"

众人退出，老汗王留下两个人：大贝勒代善，正白旗固山额真阿布泰，他是大妃阿巴亥的亲弟弟。

"代善，无论我以后做出什么决定，你能不能按我的意思去办？"

代善忙跪下："阿玛汗请放宽心，儿臣一定照办。"

"好。"老汗王说："你为人太老实，容易被人利用，你也该长点心眼了，都四五十岁的人了。"

"儿臣愚钝。"

"那么我问你，我以后托付你大事，你能完成我的心愿吗？"

代善双手一擎："儿臣对天发誓，如负主上重托，必遭天谴，恩都力为证。"

"好。"老汗王稍有喜色："这我就放心了。阿布泰，今天有你在场，日后也好证明。"

阿布泰忙跪倒："谨遵主上训谕，日后必当效忠大贝勒。"

"你错会我的意思了。好啦，今儿个我累了，都退下吧。"

二人退出，各自狐疑，他们不明白老汗王努尔哈赤话里的含意。

第三十四章　逼大妃殉葬

　　老汗王努尔哈赤的车驾离开沈阳，已是七月二十三日的中午，时天气温热，正在处暑前后，一行人耐着酷热，头上顶着烈日，不用说身患重病的老汗王努尔哈赤，就是那些护驾的青壮年八旗将士，也身如蒸笼，大汗淋漓。沈阳到清河汤泉不过二百里左右的路程，他们却走了三天才到达。

　　一切安置妥当，又忙乱了一天，汤泉主人亲自调好泉水，温度适中，伺候老汗王洗浴疗养。送行人等回归沈阳，只留下两个人护驾，一个是额驸阿布泰，他是大妃亲弟，官居都统，统领禁军，既是近亲，又是心腹。另一个巴雅拉①参领嘎图浑，他是布占泰的第七子，自归顺老汗王以来，忠心效力，深得努尔哈赤器重。嘎图浑跟他阿玛布占泰不一样，也同他弟弟洪匡有根本上的区别。洪匡起事，他自己不参与，还串联身在金国的几个哥哥不要介入，用现在的话来说，就是同洪匡划清界限，为此，深得老汗王的欢心，视若亲族子弟。

　　在这个紧要关头，老汗王没留下别人护理，偏偏留下两位乌拉族人，是有深意的。

　　一晃过了七八天，所谓温泉能治百病恐系误传，徒有虚名。老汗王努尔哈赤不仅没减轻病痛，反而越来越重。老汗王心里明白，自己到寿禄了，任何灵丹妙药都不会起作用了，他反而看开，什么争名夺利，人生不过是一场梦。但是，他戎马一生，拼搏半世，打下这点家业，不能在他死后毁于继承人的手里。秦始皇并吞六国，一统天下，二世而亡，就是继承人没有选好。他想到前朝大辽国，圣宗耶律隆绪十二岁登基，在他母后肖燕燕的扶持下，振兴了日益衰败的辽朝，又延续了一百五十来年。他把这种想法，有意无意地当阿布泰、嘎图浑二人透露了，二人

---

　　① 巴雅拉：宫廷卫队，参领是卫队长，正三品。

茫然不知所措，猜不出老汗王葫芦里卖的什么药，他们不敢猜，也不敢问，只是唯唯而已。

到了八月初二，老汗王努尔哈赤把阿布泰叫到床前，令他速回沈阳，把大贝勒代善、三贝勒莽古尔泰叫来，昼夜兼程，越快越好。

这时的两位贝勒正同所有阿哥并后宫福晋们为老汗王禳灾祈福，求天神保佑大汗平安无事，早日病愈。突然听到父汗急召，立时吃惊不小，预感到事情不妙，忙随阿布泰快马加鞭，赶到清河，进入汤泉老汗王的寝室，见父汗并无特别的反常，也没明显的变化，二人稍稍放心，进前跪禀、请安、问候。

老汗王努尔哈赤神志清晰、口齿利落，开门见山地说："急召你们来，是有事相嘱。代善你答应过我的，你们听好：我百年之后，立十五阿哥多尔衮为嗣君，由代善摄政到十八岁，尔兄弟同心协力，勿生他念，是嘱。"

代善一听，惊得半死，这太突然了，原来父汗所嘱之重大事情原来如此。他不敢违拗，忙叩头道："儿臣遵旨。"

莽古尔泰光叩头不吱一声。

老汗王瞅瞅莽古尔泰说："你作战勇敢，金国的事业靠你来发扬光大，不要令我失望。"

莽古尔泰吭哧几下，冒出一句："老爷子，放心吧。"

不仅两位贝勒没有思想准备，感到吃惊和意外，就连在场的阿布泰都万分惊愕，怔得不知所措。老汗王之所以叫一个非家族人听到如此重大的秘密决策，是叫他做个历史的见证人，免得后世说不清楚。再说，他也不是外人，多尔衮的娘舅，努尔哈赤的内弟，又是他的侄女婿。

世上传言，人死前有预兆，自己知道，老汗王努尔哈赤已经意识到他在人世上不会太久了，油干灯灭，就在瞬间。

两贝勒辞别之前，老汗王又特嘱两件事，多尔衮年少暂不能亲政，先由其母大妃抚养调教，多读些书籍，增长知识；后宫妃嫔，有子女者，由其子女供养，无子女者，年长的养于宫中，年轻的放出宫去，听其自便，以后也不许生殉。

二人记下，没敢久留，贪黑连夜返回沈阳去了。

二人回到沈阳，已是次日拂晓，天还没大亮。代善累了，回到府中就倒在炕上睡下了。此刻莽古尔泰反倒来了精神，他不回自己的贝勒府去休息，却跑到红歹士的家去叫门。

父汗叫走代善和莽古尔泰去汤泉，偏偏没有叫他，红歹士的疑惧、忐忑之心情可想而知。他暗中派人盯住两位贝勒府，打探他们返回的时间，没想到这么快，莽古尔泰就来敲自己的府门了。他亲自迎了出来："五阿哥一路辛苦！"

"坏了坏了！"

这没头没脑的话，红歹士已感到了很大的压力。但他是个城府很深的人，遇事心慌而表面镇静。他把莽古尔泰请进内室，先问："阿玛汗病情如何，几天的汤泉疗养，可有好转？"

莽古尔泰不耐烦地说："父汗倒没啥差样，事情却是糟得很。"

红歹士一听，心里暗暗吃惊，表面却装得若无其事的样子："是不是阿玛汗还是立二阿哥代善将来继承金国汗位？"

"要那样还说啥。"莽古尔泰气急败坏地说："立十五阿哥多尔衮，二阿哥摄政到十八岁，暂时由大福晋宫中调教，这是老爷子亲口对我俩说的，二阿哥都当面保证，对天发誓了。"

红歹士如五雷轰顶，惊得半天缓不过气来。到手的汗位，要泡汤，他不甘心。

莽古尔泰又催促道："你说怎么办吧，不能就这么认输了。"

"五阿哥说的对，不能就这么认输了。"红歹士说："不过，五阿哥得帮帮我，事成之后，权力均担，富贵共享。"

"我倒好说，就怕二阿哥这道坎儿迈不过去，他是大贝勒，老爷子又亲自嘱托。"

红歹士已从焦急中平静下来，他不愧称足智多谋，他说道："老爷子嘱托不嘱托，你不说，谁知道？大贝勒那边，我自有办法。"

红歹士吩咐下人，扶莽古尔泰先去休息，他也确实既困又累，一躺下便打起了呼噜。等他被从梦中叫醒，看见屋中多了几个人，大贝勒代善、二贝勒阿敏也在其中。

代善被请到四贝勒府，一看有莽古尔泰在场，他心中已明白了八九分，平时他同四贝勒走得很近，也是拥立红歹士最力者。

红歹士郑重、严肃地对大家说："今儿个请几位阿哥来鄙处商量一件大事，关系到国家存亡，我家族的命运。父汗汤泉疗伤并不见效，已由五阿哥传来口谕，及早选定嗣君，以免措手不及，局势动荡，引发混乱。"

代善一听，这是哪里的话！父汗已有安排，现在怎么说出这种话来，简直是无风起浪。没等他想好怎么传达汗谕，莽古尔泰抢先发言了："我同大贝勒今早从汤泉回来，老爷子状况不好，谕令议立汗位继承人。"

代善如被棍棒击顶，当时蒙了，仅仅一宿的工夫，莽古尔泰怎么会有这么大的胆子，篡改上谕。还没等他反应过来，又听莽古尔泰说："我同意拥立四贝勒，老爷子也会满意。"

有人附和："可以。"但关键人物二贝勒阿敏不表态。阿敏不是老汗王儿子，无汗位继承权，爱立谁立谁，反正是你们兄弟间的事。

由于阿敏没有态度，代善又满腔怒火，会议不欢而散。有了莽古尔泰首倡拥立，红歹士有了主动权，他也没有把另几个兄弟放在心上。

代善没有走，红歹士也有意留下他进一步劝说。当屋里就剩下代善、莽古尔泰、红歹士三人时，代善怒不可遏地质问莽古尔泰："阿玛汗是怎么谕示的，你今天为什么会这样说，四贝勒你们背后都干了些什么见不得人的事，你们眼里还有没有家法？"

红歹士笑道："大贝勒别上火，我已知父汗的本意是立十五阿哥多尔衮，由你摄政。可是你想到没有，这么做的后果。"

见代善气呼呼的不吭声，他继续说："你摄政三年以后归政，待多尔衮亲政以后，为了尊严，清算你同他额娘大福晋那些不干净的事，他会轻饶你？"

"没有的事，纯是诬陷。"代善终于开口了。

"就算没有什么事，风波却传扬出去了，世人谁会知道内情？多尔衮肯为其母洗刷清白吗？那不越刷越黑吗？没有一个蠢人会这么做，他只会拿你出气。"

是啊，自古以来宫廷内幕是说不清道不明的，很多人为此而付出惨重的代价，代善当然懂得这些。听了红歹士的话，他动摇了，为了身家性命，他不得不考虑后果。这时他想什么呢？他想，幸亏平日处事谨慎，没有当众宣布父汗嘱托，否则就没有退路了。同时他也明白了，莽古尔泰他们已串通好了。论势力，我的正红旗是少数，他们已掌握了三旗人马，较起真儿来，自己不占上风。

他们做成了第一笔肮脏交易，老汗王的密谕秘而不宣，暂时只有他们三人知道，视父汗的病势好坏再定，多尔衮的继承便被排除了。

沈阳城内一切如常，平民百姓根本无法知道宫廷内幕，八旗官兵也都蒙在鼓里。这事直到五年后，莽古尔泰自认为帮助红歹士夺取汗位有功，又对红歹士逐步走向专制独裁不满，居功自傲。并在一次征伐回来，传说他得到一口宝刀，在红歹士面前炫耀，被抓住把柄，以"君前露刃、失礼犯上"罪被囚禁。莽古尔泰不服，公然讲出红歹士他们谋位的秘密，引起红歹士的忌恨，终于因他的妹妹、弟弟以谋反罪被诛，他被牵连处死。这一年是红歹士即汗位的天聪六年，莽古尔泰只活了四十六岁。至于那个二贝勒阿敏，也因在拥立红歹士的问题上表现不积极，后也遭到清算，被革除爵位、幽禁而死。只剩下一个大贝勒代善，为了自保，只有效忠红歹士，总算善终，获得了亲王爵位。这是后来的事，不再多提。

沈阳事情初步有了头绪，清河方面却传来老汗王努尔哈赤病危的消息。努尔哈赤打发走代善兄弟二人，不料病势加重，他自知大限到了，决定返回京城沈阳，他不能死在外边。这时他已不能骑马坐车，他受不了颠簸，改由坐船，从太子河入浑河。阿布泰、嘎图浑率亲兵禁军护驾随行，八月初十到达沈阳南四十里的爱鸡堡，令人进城急召大妃阿巴亥速来，有事嘱托。这时的老汗王努尔哈赤已处于半昏迷状态，口不能言。待大妃心急火燎赶到船上的时候，老汗王努尔哈赤只是眼皮颤动一下，与世长辞了，时大金天命十一年八月十一，寿六十八岁。

大妃除了悲痛欲绝，什么话也没有听到，更无法知道他生前的安排，而等待她的是更大的凶险，她此刻一点也没有意识到。

倒是阿布泰安慰姐姐说："主上对后事已做了安排，姐姐只管放心，相信大贝勒必能按主上遗嘱执行。"

大妃对此并不放在心上，她唯一能做的，就是指挥亲兵侍卫把汗王遗体护送到宫殿内。

红歹士得知父汗独召大妃到船上相会，心中极度恐慌，生怕老汗王把他立多尔衮的主张对大妃如实交代，那所有的计划就全泡汤了，多年的努力白费了。他急把代善、莽古尔泰、阿敏及几个较大的兄弟召到一起，议论一下阿玛汗宾天后的打算，在莽古尔泰的积极主持下，拥立四贝勒继承，对于大妃阿巴亥，留着终归是隐患，要除掉。这是红歹士他们背地商量好的。问题就看大贝勒代善了。代善权衡利弊，也觉得有大妃在，纸里包不住火，篡改遗命的事早晚会暴露，他自然而然地站在了红歹士一边。不过他提出，大妃三子，阿济格已长成，多尔衮、多铎尚幼，这是个棘手的难题，因为他们手里有两白旗，弄不好就是一场骨肉相残的内战。红歹士当众保证，对大妃的儿子，格外恩待，仍掌两白旗。众人一致同意，代善也认为既然保障了哥俩儿的安全，也算对得起大妃和阿玛汗了。

老汗王努尔哈赤的灵车进了沈阳城，停在大殿外。

筹备治丧，众臣哭临，后宫妃嫔，人人挂孝，为升天的主子祭灵。

正在这时，只见大贝勒代善、二贝勒阿敏、三贝勒莽古尔泰、四贝勒红歹士、小贝勒之一济尔哈朗以及老汗王几个较大的儿子齐刷刷地排列在灵前，大妃一看，其中没有自己的三个儿子，她心里咯噔一下，意识到，要出事了。大不了你们把我撵出宫去，那也没什么。她太善良了，也太单纯了，总不把别人想得太坏。

一切都不是她预料的那样。

只听莽古尔泰大声说道："现在由四贝勒宣布父汗的遗命，请额娘听好。"

四贝勒红歹士不慌不忙走到前边，大声说道："阿玛汗前有遗言，吾百年之后，要大妃生殉，伺吾于九泉之下，此谕！"

简直如晴天霹雳，大妃好像耳朵听错了，她万万没有想到，汗王老子刚咽气，尸骨尚温，他的儿子们竟做出这等荒唐的事来。她静一静心，不慌不忙地说："你阿玛生前并没露出过这个意思，他什么时候谕示的，都有谁在场？"

红歹士接言道："主上去汤泉之前，向儿等明确交代的。"

"我不信！先王尸骨未寒，你们逼宫，欺负我们孤儿寡母，你们还有一点良心没有？"

莽古尔泰带头煽动道："老爷子的遗言，谁都得遵守，我们都听到了，大伙说是不是？"

"是，是。"群体附和，声震屋顶。甚至有人说："先王的遗言，谁不听也不行！"

大妃阿巴亥一看这副架势，知道说什么也没用，只有把一线希望寄托到代善身上，希望他能主持公道。

"大贝勒，请你说一说这到底是怎么回事？"

代善不敢抬头面对大妃，喃喃地回答道："阿玛汗是有此谕，他和额娘恩爱情深，舍不得额娘。"

够了！人若昧了良心，什么谎言都能说得出来，大妃绝望了。她看透了险恶的人心，也看清这帮汗王子弟的丑恶嘴脸。人迟早难免一死，我还有什么放不下的，不就是我的两个幼小的儿子吗？他们会对多尔衮、多铎怎么样？

"我愿意随先王而去，可我那两个没成年的孩子，阿玛不在了，额娘也走了，孤苦伶仃，谁人照顾？"

意外的是，以代善、莽古尔泰、红歹士为首的众贝勒，齐跪倒在地：

"请母后放心，两位幼弟，儿等妥善抚养，如有食言，必遭天谴，特在父汗灵前宣誓！"

大妃心里明白，只要我同意殉葬，他们什么条件都会答应，他们这是策划好了的。

"我相信你们誓言。什么时候上路，用何种办法？"

"今日吉时。"红歹士不知什么时候准备一条白绫，送了上去。莽古尔泰递上一张弓。他们说："按规矩，额娘若肯自裁，当用白绫；若额娘自己下不了手，可用弓弦相扣，由儿等代劳。"

人性哪里去了！这都是名利、权力惹的祸。

"你们想得挺周全，难为你们了。"大妃对着他们微微一笑："这样去见你父汗不妥，待我装饰打扮一下，你父汗见着我也会高兴。"说完，转身回到自己寝宫。工夫不大，又走回来，众人一看，与刚才大不相同，她穿上了大妃作为六宫之主的服饰冠带，满身珠宝，金银钻石首饰，并且化了妆。大妃本来就是美女，经过这一打扮，如同天宫仙子，所有人都看得呆了。大妃对着红歹士、代善轻轻点一点头："怎么样，你们满意了吧？我十二岁起侍奉先王，荣华富贵，享尽清福，如今先王孤单，我相从于地下与之为伴。"说罢，拣起白绫，转身而去。不到半个时辰，传出大妃上吊自缢的凶信。红歹士等满意了，也放心了。代善五味杂陈，不知是受到良心谴责，还是在父汗灵前违背遗命，怕遭报应，自此每夜不能寐，如此年余。

为了平息谣言，制造大妃甘愿殉死的假象，将大妃同老汗王同枢，并由代善说服多尔衮、多铎兄弟，说你们的额娘自愿追随父汗，到天上与父汗相伴。二人被领到灵堂，看见母亲盛装官带与父汗并列躺在停床板上，居然信以为真。直到后来多尔衮长大了，统率千军万马打仗了，才慢慢了解到额娘殉死的真实情况。他除了把仇恨埋在心中，还有什么法子呢？同时，他也利用母亲"自愿从殉"的声誉，借以抬高他们兄弟在家族中的地位。

大妃阿巴亥，乌拉公主，二爷满泰的女儿，成了金国权位之争的牺牲品，终年只有三十七岁。后世史家有人评论大妃甘愿殉葬是维护大金国的统一，避免分裂，这是用现代观点论古代的事，三百多年以前的人的思想境界太超前了，不符合实际。也许，从客观上产生了这样效果，那是另一回事。

据当时乌拉族人分析，大妃之所以甘愿自殉，主要是为了保全自己的儿子。她曾产生拒绝自殉的念头，令红歹士他们动手杀自己，背上逼宫弑母的恶名，但这么做的结果势必给自己儿子带来灾难，他们既然发难，就什么也不在乎，只达目的，不择手段，斩草除根是干得出来的。所以，当她听到他们跪地宣誓的时候，她放心了，在大势已去，孤立无助的环境下，选择了自殉，是最明智的。尽管如何制造假象，怎样三番五次伪造历史，并给大妃加了诬蔑之词，谎言掩盖不了事实，红歹士等人的恶行还是暴露于世。人在做，天在看。

了断了大妃，还有两个隐患必须除掉，他们是知道内幕的人。

阿济根、代因察，也不能留，红歹士以"无子女者殉主"的家法为借口，使莽古尔泰出面，以弓弦扣杀二人。阿济根无怨无悔，只说我本该为大贝勒①殉死，今日已迟了。而代因察百般不情愿，哭喊要见四贝勒，他已经答应我的，我为他出了那么多的力，他不能说话不算数，没人理她的哭喊，莽古尔泰完成他"以弓弦扣毙"的使命，扬长而去。

四大贝勒共同面南坐朝理政仅维持了四个多月，过了年由红歹士独坐正面，改元天聪，令通告全国，天聪汗御名皇太极，再有妄称红歹士者以犯上论处。

九年后又改女真为满洲，十年改国号为清，年号崇德，自称皇帝。

大清崇德皇帝皇太极只活了五十二岁，于崇德八年八月初九突然驾崩，原来什么病也没有，身强体壮，无疾而终，免不了引起议论和猜疑，还有人说是被他父汗努尔哈赤叫去，因为他逼宫夺位，报应！

---

① 大贝勒：指褚英。

尾　声

——没讲完的秘史

　　大清开国皇帝皇太极①，庙号太宗。他是一个能干的君主，当政十七年，把大清国的事业推向顶峰，统一全辽，跃马关内，进逼北京，为清兵入关打下了坚实的基础。尽管他夺位手段不够光彩，但他却是个开明的君主，有作为的皇帝。

　　从历史上看，大凡用不正当手段夺取帝位的人，几乎都是开明之主，励精图治、文武兼备、有所作为。

　　为什么用不光彩的手段夺得皇位的人多是英明之主呢？

　　原因一：凡是有夺位之心的人，都是心高志大，才能出众的人，他要干一番大事业。

　　原因二：夺位本来名声不好，为人所不齿，为了改变这种形象，他掌权后，一心建功立业，为国家做出贡献，使人们忘掉他的不道德，记起他的好处，从而在历史上树立起高大形象，留给后世的是他的政绩，丑行就被轻轻地掩盖过去了。

　　清太宗皇太极是如此，历史还有一些例子也是如此。

　　唐太宗李世民是个政治野心家，而不能立为太子，成不了高祖李渊的继承人，他就同收降的瓦岗军响马结成死党，发动玄武门之变，杀死同胞兄弟太子建成和齐王元吉，逼其父高祖李渊让位，是为唐太宗，开辟了一代盛世，史称"贞观之治"。历史上，李世民作为一代明君而为人乐道，谁又会计较他杀兄诛弟逼宫夺位那些见不得阳光的勾当呢？

　　再一个例子是明太宗朱棣，封燕王，镇守北平。明太祖朱元璋死，其孙允文继位是为建文帝，燕王朱棣发动兵变夺权，称"靖难之师"，灭掉侄儿建文帝，自己当了皇帝，朱棣是野心家中最不道德、最不光彩的一位叛逆者，可是他上台以后把国家治理得井井有条，文治武功兼备，

---

　　① 皇太极始改为清朝称帝，所以他才是清朝开国皇帝。太祖是谥号，他并没有当皇帝，只称金国汗。

并给后世留下了一部《永乐大典》，名垂史册。

尽管他们身上劣迹斑斑，但他们成功了，"一俊遮百丑"。

另一位篡夺皇位的英明君主却没这么幸运，他成了历史的反面教材。这个人就是完颜氏大金朝的海陵王完颜亮。

完颜亮为金太祖阿骨打之孙，是金熙宗完颜亶的同父异母兄弟。完颜亮恃才傲物，素具雄心壮志，刺杀熙宗夺权自立。他上台后，干了几件大事，迁都燕京，兴兵伐宋，吞并南宋偏安一隅的半壁江山，并亲笔写下豪言壮语的诗句：

> 万里舟车一混同，
> 江南岂有别疆封。
> 屯兵百万西湖上，
> 立马吴山第一峰！

要不是在他统兵南征途中发生兵变被刺杀，未来局势如何发展还很难说呢，中国的历史将会是另一个样子。

完颜亮失败了，"胜者王侯败者贼"，他成了历史的遗弃儿。但我们仍然相信他是一个有作为的英主。

清太宗皇太极奠定了大清国的基业，实行宽松政策，包括扈伦四部流亡贵族领主在内的女真头面人物，纷纷来投，心甘情愿地为新朝效力，使大清国的事业，如日中天，欣欣向荣。

逃亡到东海的布占泰的几个儿子，如达尔汉、阿拉木等人，主动来投，均被皇太极收留重用，编入"老满洲"，各领牛录，出任佐领。达尔汉屡建奇功，获封世职，成为清朝功臣。松山之战破获明统帅洪承畴，山海关之战击退闯王李自成，以功加至二等轻车都尉。

这时，在布占泰的八个儿子中，除次子达拉穆、八子洪匡自杀外，已有长子达尔汉，三子阿拉木，四子巴颜，五子勃延图，六子茂莫根，七子嘎图浑六人投到大清国，从征效力，建功立业。亡国之痛，屠城之惨，随着时间的推移，已经淡漠了。

相信时间，时间会改变一切。

在皇太极执政这十七年中，进行了重大改革，他先后铲除莽古尔泰和阿敏的势力，重用多尔衮兄弟。不到十年的时间，多尔衮由一个普通的正白旗贝勒，逐步成为指挥千军万马的统帅，皇太极死后，拥立顺治福临，挥师入关，平定李自成的农民军，清朝由沈阳迁都北京，开始了对中原地区的统治。大明几股地方势力覆灭之后，朱家二百多年的王朝政权从此退出历史舞台。

在多尔衮的关照下，乌拉纳喇氏家族又开始活跃起来，在达尔汉、阿布泰、图达里的倡议下，联合所有乌拉国宗族，准备恢复祭祖修谱，建立堂子，推举穆坤，培养察玛。初步定于顺治七年庚寅虎年举行，但因多种缘故，这个计划未能实现。不想朝局动荡，权力之争并没平息，当年冬，身为皇父摄政王的多尔衮竟无缘无故地在喀喇活吞被刺杀，被掩盖成"暴病而卒"，接着便有人揭发多尔衮种种罪行，又说他"私制黄袍，图谋篡位"，一个为大清立下不朽功劳的军事统帅，就这样被陷害了，死后还背上恶名。（乾隆朝才昭雪翻案）

朝局的变化，对乌拉纳喇氏影响很大，他们不敢在北京聚族修谱了，而改在两千里外的乌拉旧都，那里是他们祖先的发祥地，其先人陵园坟墓多在乌拉，那里还有未被诛杀的部分族人，而且离京城较远，不被人注意。

虎年没有办成，那就改在龙年。顺治九年壬辰，不能再拖了，因为几位发起人年事已高，达尔汉、图达里等都六十多岁了，他们等不起。按照规矩，这次不办，还得等上十二年，岁月是无情的。

他们从顺治八年夏开始筹备，联络族人，经过半年的准备，于腊月底前纷纷赶到了阔别已久的故乡，乌拉国旧都洪尼勒城。城市尚属繁华，人烟也还稠密，经济也算繁荣。这里只有太宗时设立的捕鱼狩猎机构，头目是个嘎善达职位，是太宗皇帝派到乌拉地面为采集贡品，捞取蚌珠而设。头目名叫迈图，东海富察氏，蜚悠城人。嘎善达迈图对乌拉贵族回乡祭祖，给以很大的支持。因为这些王族都是新朝高官，他连个品级都没有的地方小头目，敢慢待吗？

祭祖大典定于正月初三，地点在紫禁城内。这时的紫禁城今非昔比，全城蒿草，遍地瓦砾，满目疮痍，连一所像样的房子也没有了。往时那金碧辉煌，斗拱飞檐，雕梁画栋，明屋亮几统统不存在了，只有中央那白花点将台还矗立在寒冬冰雪之中，台上的大殿因烧毁，其残架已被清除了。

幸好，他们在紫禁城的东墙根，找到一处宽大的房子。这不是宫廷原有的房子，是火烧紫禁城后利用劫余废料新建的，原准备用来贮存贡品，因捕捞贡品的嘎善达无衙署公办，用作仓库的，但因人手少，捕不到更多的贡品，随捕获随上交，仓库派不上用场，闲置起来。现在正好借用此屋，方便不少。

他们又找到了堂子（宗祠）的位置，进行了简单的清理。

二十多年了，一场大火过后，几乎没剩下什么完整的建筑，砖石能用的已被百姓运去造屋砌墙，碎瓦残砖弃之遍地，无人清理。蒿草丛生，鼬鼠出没，见之者皆有沧桑之感，其兴也忽，其亡也速，百年不过一瞬间。

由于组织严密，联系广泛，过了正月初一，族人陆续到达，计有百人之多。乌拉纳喇氏不愧是一个大家族，又是一个有向心力和凝聚力的家族，老祖布颜一系的各支子孙基本上全到齐了。老谱并没丢失，已被达尔汉家人保存下来。他们重新绘制谱图，填写《档子》，又制成了用满文书写的一套完整的家谱档册。

令谁都不曾想到的是，留居在乌拉城的族人从江北给他们带来一位三十岁左右的年轻人，他就是被按巴巴得利救出来的洪匡长子乌隆阿，现在姓赵，当地居民都知道他是乌拉国的后人。同时还跟来一个人，年龄和乌隆阿相仿，他作为知情者和见证人，特来向办谱的主持人说明情况的。

这人名叫娃子，他的父亲就是当年藏匿乌隆阿被称为"按巴巴得利"的人。

娃子说出事情的原委。

当年按巴巴得利从洪匡手中接过七岁的乌隆阿，又接过扳指儿，这一人一物就成了他生活的全部。为此，他搬出乌拉城，神差鬼使地最后落脚在哈达山下的金州，正是洪匡自杀之地。

多年过去了，乌隆阿已长大成家立业了，按巴巴得利的儿子也当了打牲丁①。几年前按巴巴得利患病去世。临死之前，把他的儿子和乌隆阿叫到跟前，向他交代：日后迟早会有那么一天，乌拉族人会来找大少爷，事情经过就是以前当你们讲过的，这有贝勒爷留下的扳指儿为证，那时你就认祖归宗吧。

今天娃子说出了实情，又交出扳指儿物证，乌隆阿依稀还记得一点当年那纷乱的场面，记得他的额娘和小弟布他哈。

几位乌拉王子并不认识乌隆阿，可他们都认识这只扳指儿，确为家

---

① 打牲丁：捕鱼狩猎的差役（苦力）。

传遗物，因此深信不疑。于是达尔汉、巴颜、茂莫根、嘎图浑等布占泰之子，阿布泰、图达里等堂兄弟，特地踏冰过江北找到洪匡墓葬，哭吊这位胞弟。

乌隆阿认祖归宗了，他也得到了属于自己的家谱档册，不过他从此同堂伯弟兄们分道扬镳，并规定今后不再联系，也不要恢复纳喇姓氏，所以至今，仍然姓赵。

按照乌拉王室规格，祭祖修谱进行了九天，他们经过调查，大致弄清楚了当年被斩杀五百多人的身份，大部分是纳喇氏族人和参与洪匡起事的亲友和部下。达尔汉他们刻了一块铜匾，书上死难者的名字，埋在了点将台下。他们既不敢为洪匡修墓，又不敢给吴乞发立碑，在当时，他们两人是清廷查找的对象。也就是从那时起，哈达山麓多了一座神秘的土冢，叫"八太妈妈坟"。

特别是阿布泰，他把所见所闻的一些清宫内幕，他姐姐大妃阿巴亥是怎样被逼死的。又讲了多尔衮与皇太后①成亲的事实，多尔衮不是病死，是被谋杀的讲给族人听。听得人们心惊胆战，目瞪口呆。在当时，没有人敢讲宫里的事，阿布泰是额驸，是清太祖皇帝的侄女婿，当今天子顺治皇帝的姑夫，他对太宗皇太极和礼亲王代善恨之入骨，是他们合谋逼死姐姐的。

纳喇氏祖先事迹，清初宫廷秘闻，世人无法知道的王朝内幕，也毫无顾忌地宣扬出来，引起一时轰动，造成负面影响，以致后来受到朝廷追查，最终也没有查出什么名堂，自然也就不了了之。

讲祖先事迹，表示不忘本，作为家规，也是从那时传下。大概就是我们今天所传讲的"乌勒本"吧。

可喜的是，乌隆阿已进过学，念过书，学会了满汉文。按巴巴得利自己的儿子没上过学，不识字，却把乌隆阿培养成材，认为他是王子之后，金枝玉叶，与众不同，这是那个时代的人的普遍心理。乌隆阿本是个一无所有的劫后幸存者，却娶了三位夫人，而每一位夫人娘家都陪嫁了大笔财产，使他成了当地首屈一指的富裕户。这里仍保留女真人旧时的习俗。

讲到最后，附带说明几件不大不小的事儿。

顺治九年那次祭祖以后，乌隆阿再也没有同家族联系过，只是二爷

---

① 皇太后：指孝庄皇后。

满泰之孙白塔柱一支同他共上一谱。因为白塔柱曾同乌隆阿共处一段时间，不怕冒风险，愿意和乌隆阿同谱共族。

顺治十四年，将乌拉采捕嘎善达改为打牲总管衙门，作为都京内务府分司[1]，以富察氏，迈图为六品总管，始有了正式编制。打牲之外，还领有监视乌拉地方的秘密使命，说白了，就是监视乌拉国后人动向。

那次祭祖之后，乌隆阿以普通满洲人的身份归入正白旗当差，隐去了纳喇氏本姓，只云姓赵，曾一度被误传为依尔根觉罗氏[2]。

娃子老年穷困潦倒，由乌隆阿供养。同时立下家规，以后子孙烧香祭祖办谱，必先祭拜按巴巴得利，以示不忘救命之恩，如今仍在遵照执行，代代相传。

---

① 都京内务府分司：派出机构。
② 依尔根觉罗氏：满洲依尔根觉罗氏，汉姓皆姓赵。

附录（一）《扈伦逸闻》

说明：

乌拉部又称乌拉国（兀喇国），为海西女真"扈伦四部"之一。它建国于明朝嘉靖四十年辛酉，灭亡于万历四十一年癸丑，立国五十二年。由于在灭亡乌拉国的战争中，王城遭到严重破坏，后来又发生洪匪之役，宫室殿宇宗庙陵寝典章文物皆付之一炬，所以如今很难搞清一些史实真相。笔者为乌拉部之后裔，本着对历史负责，多年来潜心搜集、整理、考证、研究，并为史学界提供线索和资料，写了一些文章，在东北三省学术刊物上发表，并出版了《扈伦探踪》《乌拉国简史》等几本专著，以期配合东北史的研究。但这仅仅是迈出了第一步，"扈伦四部"研究的步履是艰难的，还有好多工作要做；资料匮乏成为制约"扈伦四部"研究的首要因素，而官方史书又有很大的局限性，这就有赖于中外学者的努力。"扈伦四部"的研究为东北史研究中的重要课题，近年来已成为中外学者所瞩目的热点，日本等国的学术团体及专家学者曾多次来东北考察，如神田信夫、松村润、细谷良夫、石桥秀雄等著名专家教授，曾多次来华，足迹几乎遍布"扈伦四部"遗迹，并举行了多次学术讨论会。这些都为推动海西女真"扈伦四部"的研究起到积极的作用。我国东北史研究的先驱魏源、曹廷杰、金静庵、孟森诸先生，为我们开拓了这一广阔的领域。当代很多有识之士，也正沿着前人开拓的道路，勇往直前。不过我们应当看到，东北史特别是明清史的研究，建州女真的研究成果丰硕，而海西女真——扈伦四部的研究却显得荒漠。"几代雄邦，湮没于断简残篇，语焉不详；百年遗迹，颓圮在野草荒郊，鲜人问津。"① 为改变这种局面，近年来虽然掀起几股"扈伦四部"热，取得了阶段性的成果，但因系统性的史料不足，鸿篇巨制迄今难产。

---

① 李澍田：《扈伦研究》刊首语，载于《长白学圃》第六辑。

　　为了给"扈伦四部"的研究添砖加瓦，笔者于一九九〇年在已故的原东北师范大学明清史研究所薛虹教授的倡导下，经吉林师范学院历史系主任兼古籍研究所所长、《长白丛书》主编李澍田教授的帮助与鼓励，将搜集到的传说故事经过整理撰写出这篇文字。

　　本文是作为一九九〇年"清先史国际学术研讨会"的专题资料，同时还附上《叶赫兴亡传》的说部稿，但在刊出时，《兴亡传》并未列入，而是以《逸闻》为题，全文刊于《长白学圃》第六辑，并在《刊首语》指出：本期推出"海西女真专号"——扈伦研究专栏，刊载乌拉名门之后赵东升先生的怀祖寻根之作，口碑传史，弥足珍贵，足当一家之言。

　　如果说同期刊载的《扈伦探踪》为"怀祖寻根"之作，尚可勉强，而《逸闻》不是，它是不折不扣地祖传秘史，讲根子的"乌勒本"，和未刊的《叶赫兴亡传》及未曾披露的《南关逸事》《东华外史》《乌拉秘史》均属于"说部"范畴。逸闻传说的内容均来自"口碑传史"，基本上都是家庭口传，我不过记录整理而已。传说中的人物名称，为了方便起见，个别的予以规范，误传和讹称以史籍所载更正之。如辉发王拜音达里，口传为巴达力，巴岱达尔汉为喇叭王等，凡此种种。

　　应该说，这部文稿是未经加工的原始记录，算作"乌勒本"，是原生态的"说部"的雏形。现在拿出来晒一晒，看一看所谓"乌勒本"的真实面目。

一、祖先根基

　　讲一讲我们纳喇氏祖先的历史。

　　乌拉之先，以扈伦为国号，始祖讳纳齐布禄。纳齐布禄实为建立扈伦国的第一人。

　　话要从头说起。

　　远在纳齐布禄建国之前，我们祖先就赋国十二世，可以追溯到唐朝。唐朝时期，靺鞨人东迁到奥娄河畔，建立一个渤海国。这个渤海国共计十五帝二百二十九年。渤海国虽然强大，可是战乱连年不断，就没有过安生的日子。时有兄弟三人，为躲避战乱，跑到高丽，在长白山南麓隐居下来。一晃几十年过去了，渤海国也灭亡了，高丽对逃入境内的靺鞨人也越来越不友好，这兄弟三人在高丽多年，也没置下家业，老二函普连媳妇都没有娶上，五六十岁了仍然光棍一条。可是老二函普为人沉着稳健，很有智谋，但是在高丽却是英雄无用武之地，生活依然饥寒交迫。一日哥仨聚到一起商议道，我们这么下去不行，高丽不是久居之地，还应该返回故国，不能在高丽碌碌无为地了此一生。大哥阿古乃说："要回去你们自己回去，我年岁大了，又吃斋念佛，我就老死这里也不动了。"大哥既然不愿意走，那只有老三保活里同二哥函普返回故土。临走之前，大哥阿古乃特地嘱咐二兄弟，先人事迹一定传给后代，子孙将来必有相聚那一天，以免到时候大水冲了龙王庙——一家人不认一家人。二人应下，洒泪而别。

这函普和兄弟保活里二人，渡过豆满江，回到渤海故地。几十年的阔别，如今是一切都变了样子，沧海桑田、山河依旧、面目全非，这里是大辽国契丹人的天下。兄弟二人一合计，不能在一起生活，要分开居住，各自创业，有事互相照应。保活里留在雅兰地方，函普独自一人到按出虎水滨找个地方安下身来，过着清贫的日子。一百多年之后，金太祖阿骨打创业时，阿古乃的后人胡十门，保活里的后人石土门等都投奔来帮助打下了江山，成为开国功臣。这且不表。

单说函普独居按出虎水，因为一无所有，仍没成家。转眼已经到六十岁。始祖是顶星宿下凡，不会埋没人间，定能干出一番大事业来。说来也是天意，阿布卡恩都力定能给英雄豪杰一个出头露面的机会，好就此崭露头角。

按出虎水有个生女真完颜部落，这个部落的人野蛮刁恶，常常杀害邻部人口和抢夺财物，引起邻部不满，两部经常械斗，多年不息，各不服输，更无人肯调解。两部死了不少人，还是闹得不可开交。始祖函普并不参与两部的事，同谁都没有结怨，两部人也都尊重他，也都争取他。有一天，完颜部的头领找到函普，对他说："你若能说服他部今后不来闹事，两部从此和好，我们就把部内有名的贤女嫁给你为妻，此女虽老，可是终身未嫁，与你正匹配。"函普欣然允诺，自己一人来到那个部落，说以利害，调解两部仇恨，化解干戈。于是两部从此和好解怨。普函又出主意，帮助他们立下规章制度，共同遵守，他们约定，今后有杀伤他部一人者，赔人家一口人、马牡牝各十匹、牛崽十头、黄金六两作为补偿，不许私斗。两部都心悦诚服，认真遵守。谁想，这项制度还真管用，从此女真人传下杀人用牛马三十补偿之俗，一直沿用多年。那个部落酬谢函普青牛一头，完颜部落许嫁老女，函普就用青牛做聘礼，同老女成婚，他这才有了家室。老女家的财产也归了函普，这是女真之俗。

后来，函普被部落推举为酋长，邻近的部落也都归顺，自此完颜部遂强。始祖寿八十余，生有二子一女。他就是我们家族"赋国十二世"的第一代，后被追为"始祖景元皇帝"。

始祖景元皇帝函普时势力不大，仅是个部落酋长，又经过他的子孙乌鲁（追谥为渊穆玄德皇帝）、跋海（和靖庆安皇帝）、石鲁（昭祖武惠皇帝）四五代人的创业努力，到昭祖的儿子乌古廼继承时，势力大涨，又征服了许多部落，从此脱离辽国，自立名号，称为太师，为女真完颜氏的江山社稷打下了基础，后被尊为景祖英烈皇帝。我们所说的"赋国十二世"就是从景祖乌古廼开始，算作第一世。之前几代虽有皇帝名号，那不过是后人的追谥，成功不忘祖先时期的艰苦创业，历朝历代都是如此。景祖卒于大辽咸雍八年，寿五十四。是他开创了完颜氏的事业，尊为缔造大金皇朝开基第一世，"赋国十二世"之说也就从他算起。

景祖子劾里钵为第二世，在位十九年，寿五十四，尊为世祖神武皇帝。接下来是，第三世肃宗穆宪皇帝颇剌淑，在位三年；第四世穆宗孝平皇帝盈哥，在位十年，卒年五十一；第五世为康宗恭简皇帝乌雅束，在位十一年，享年五十三，他是阿骨打之兄，康宗死，以弟继兄，女真之俗。那个时候，没有"父传子、家天下"一说，首领出缺，全由部落联盟推举，也要征得宗族大多数同意，看来还有点民主的味道。那时候人们奉行的是：天下为公，谁能使这个部族兴旺发达，就选谁当首领。

阿骨打当了部落长以后，势力更加强大，他率领女真起义军灭亡辽国，建立金朝，正式登基做了皇帝。金朝第一帝、太祖圣武皇帝，在完颜氏的历史上，应为第六世。

金朝第二代皇帝，太宗吴乞买，排序为第七世。

第八世熙宗完颜亶、第九世世宗完颜雍、第十世章宗完颜璟、第十一世宣宗完颜珣、第十二世就是哀宗完颜守绪，金朝自此灭亡。海陵完颜亮是弑君篡位，又没有皇帝称号，卫绍王完颜永济执政仅三年多，未加帝号，因政乱被杀，当然这都不能算作一世。如今明了。"十二世"的划分就是起自景祖乌古廼，止于哀宗守绪，前后共享国一百七十年，若以金朝建国称帝算，则一百二十年。这就提到了纳喇氏的祖先金兀术。金兀术讳宗弼、太祖阿骨打第四子，元妃乌古伦氏生，从小练就一身好武功，又多智谋，太祖有意让他继承大业，但兀术尚幼，诸兄弟又有觊觎之心。还有一项，女真完颜部旧俗，首领继承，可以子袭父职，但必须是宗族合议和部落联盟会议通过，否则便被视为非法。大金初建，章法未完善，还是延用旧制，这皇位继承人就不是由皇帝一人说了算。

还是在金朝建国初期，部落联盟和宗族合议就已经确立了太祖的继承人，他就是太祖弟弟吴乞买。太祖临终有言，传位吴乞买，实现"兄终弟及"，吴乞买之后即"复归其子"。这么安排是有深意的，无论吴乞买活上多少年，等到他过世时，太祖的几个较大的儿子不是先行离世，就是老态龙钟，根本担当不了重任。那时兀术早已功勋卓著，而且年富力强，自然会成为皇位的继承人。就是皇室内部，也明白太祖这么安排的深意。

世事变幻无常，往往会出人意料。太宗天会十年，太祖长子宗干串通当时手握重权的几个宗族：左副元帅宗翰、右副元帅宗辅、左监军完颜希尹等人到太宗前鼓动，要太宗立太祖之孙合剌为继承人。合剌年幼，他是宗峻之子，宗峻是太祖次子，已于天会二年故世。

那么，宗干为什么主张立合剌为嗣呢？原来宗峻死后，宗峻妻转房嫁给了宗干，兄纳弟妇在女真中普遍，成为习俗。这样一来，宗峻的儿子合剌就成了宗干的养子，合剌一登基，他就是太上皇。

二、金朝政局多变

兀术是金太祖第六子，时人呼为四太子是讹传。他出生时，室内有一股紫气，人都说是星宿下界，将来定非凡人。及长，性情豪放，胆识过人，弓马娴熟，勇敢善战，每战必胜，不胜不返，众皆畏之。后，以功封梁王，统率三军征宋，长期驻军黄河以南。

太宗吴乞买去世前也没有遵守太祖遗嘱"复归其子"，这个"子"当然是非兀术莫属，而是立了合剌。

这个时候，兀术领兵在外，驻守洛阳，朝内一切变化他毫不知情。希尹等人这种做法，自然将兀术排除在外，阻止他有可能取得皇位继承权。

合剌只有十五岁，不费吹灰之力当上了按班勃极烈。按班为大、勃极烈即都勃董，就是后来贝勒的转音。说明白一点：大贝勒，当然的皇位继承人，一旦确立，从无改变之例。

两年之后，太宗驾崩。太宗驾崩得这么快，也与这次立嗣有关，他的儿子宗盘对这一安排更不服气，以致后来谋位夺权招致杀身灭族，这是后话。

太宗死，十八岁的合剌即位，是为熙宗皇帝。熙宗改名完颜亶，依靠宗干等一班权贵治理国家，久而久之，皇帝形同虚设，掌权全是老臣，熙宗思想性格逐渐发生变化，变成了青年的暴君，金朝流血事件不断，导致国力被削弱。这些暂且压下不提，再说一说我们祖先兀术的处境。

兀术对合剌为帝，颇为不满，有废熙宗自立之心。不久他探听明白，朝局出现这个结果，完全是大哥宗干存有私心，再加上希尹等人的撺掇，合剌本人并没有什么活动。反正都是太祖派的人，不管谁做皇帝，总比皇权落入太宗子孙的手里好，以后再见机行事吧。

这期间金朝发生一件大事，前边提到过，由于太宗长子宋国王宗盘反对熙宗继位，密谋夺权，那时叫作"谋逆"，谁要犯这一条，要受到最严厉地惩罚，杀头、抄家以至灭族。无疑问，宗盘等人及其追随者被杀一千余人，太宗派从此灭族。

太宗子孙受到残酷地镇压以后，熙宗开始巩固自己皇权，极力抵制来自太祖一系旧势力的威胁，实行改革内政，效仿汉人，提倡汉字，说汉语、读汉文书。

天眷二年，熙宗完颜亶巡幸燕京，会见南征的将帅，这是宗弼同皇帝见面的好机会。兀术本为熙宗之叔，因有君臣名分，他还是提前几天从前线回来，在燕京等候躬迎皇帝的到来。事有凑巧，就在兀术回到燕京不久，手下截获一名奸细，从他的身上搜出一封完颜希尹给宋朝的密信，这封信被兀术交给熙宗。内容是宋金议和，金兵退回黄河以北，送归徽钦二帝，宋朝要实践承诺之事。熙宗也不辨真伪，不去侦察，再加上他有逐一消除权臣的情绪，正好借题发挥，决心杀希尹以立威。他的养父宗干为之求情，说希尹相太祖太宗两朝立有大功，立陛下也出力不小，有罪也不应处死。熙宗不听，不但杀了希尹，连他两个儿子也一并处死。

后来，熙宗悔悟，觉得希尹一案有冤情，但他不自责，说是中了宋朝的反间计。

现在，舒兰小城子完颜墓地有希尹神道碑，碑上记了除掉希尹的全过程，意思是说希尹同兀术因饮酒发生争执，引起熙宗不满，或者是皇后裴满氏暗中说了坏话，因而被杀，这不是实情。真正的原因是那封不明不白的密信，触动了熙宗的猜忌之心，所以杀希尹以立威。

除掉完颜希尹，除掉宗盘弟兄，除掉挞懒，兀术都出了力，他也就一心一意地帮助熙宗处理好军国政事，不平之心一扫而光。兀术升为太师、都元帅、封沈王，进而封梁王，他长期驻军秦陇，同宋朝时战时和，南北对峙。

兀术生有四子，长子完颜亨，武艺高强，多立战功，为大将军，封芮王。次子完颜玮，稍逊乃兄，以功授副元帅，封金源郡王。三子、四子史不传名，据说现在河北、陕西、河南、安徽一带有他们的后人。

皇统八年，兀术去世，当年金廷发生变故，宗族完颜亮篡位夺权，刺杀熙宗。完颜亮乃宗干之子，与熙宗是叔伯兄弟，因宗干为熙宗继父，宗干又是力主立熙宗的功臣，所以熙宗对这位从兄很信任，让他监理宫廷，提典禁军，这就给他创造了谋位夺权的机会。人说这是天意，是对熙宗残暴，诛灭太宗子孙的报应。

完颜亮篡位成功，上台执政，史称海陵王。

海陵王完颜亮用不光彩的手段篡位，当然令人不服，尤其是那些功高权重的军事统帅。海陵王明白，自己要想巩固皇位，必须摆脱这些人的干扰，抛弃祖宗传下来的成法，别开生面，实行改革，打击守旧顽固势力，重用效忠自己，又资历浅的新人。做到这一点也不是容易的事，那些守旧顽固势力不铲除，新政就难以推行，处处是障碍。这样一来，他就处处找借口，诛杀那些功高权重的宗族将领，凡是位高权重的宗室勋臣都是被怀疑对象，列入有计划的诛杀黑名单里。宗族权贵每日都有上刑场者，弄的人人自危，寝食难安。

完颜亮本来对他这个四叔兀术不满，因为熙宗在兀术死时给以很高的评价，论到对金朝的贡献时，说过："宗干之后唯宗弼一人"的话，完颜亮听了恨之入骨，他不容许有人同他父亲并列。果然，在兀术死后仅仅几个月，就发生了熙宗被杀事件。兀术虽死，海陵王迁怒于他的子孙，首先将兀术长子大将军完颜亨骗到锦州，于狱中暗害。完颜亨的儿子羊蹄也被杀了，完颜亨的妻子也未能幸免，这一支从此败落。

斩草除根，这是历来险恶之人所奉行的信条。完颜亨既除，下一步该轮到二王完颜玮了，海陵王要彻底灭掉兀术的子孙，可是对完颜玮却无法下手。因为杀完颜亨他幕后操纵并没公开出面，常言说得好，"要想人不知，除非己莫为"，宫内宫外，朝野上下，没有不知道海陵王的狼子野心，猜忌功臣，诛戮良将。他弑君篡位，名不正言不顺，本来做贼心虚，所以未敢称帝，宝座未稳，也怕激成大变。

这一天，海陵王把两个心腹找来，让他们给拿主意。两个人一个叫秉德，一个叫唐括辨，他俩都是策划刺杀皇帝的乱臣贼子，夺位成功后都得到重用。这二人应该说是海陵王的死党，没少给海陵王出坏点子。可是他们对兀术却十分崇敬，谋害完颜亨时并没参与。亨既死，他们也不赞成再对完颜玮下手，太过分了。秉德说话了："主上，近来粘罕的儿子割韩奴改姓为粘，甘愿退出完颜氏家族，主上知道吗？他这是为什么？"

海陵王道："听说了，大家都效法割韩奴，那天下就太平了！"

秉德苦笑道："说明宗族已经离心，人人自危，宝座不牢。"

海陵王机灵打了个冷战，这话正刺到他的痛处。本来，他自从夺位以来，视宗族为心腹之患，杀又杀不净，不杀又不甘心。听了秉德的话，他似有所悟，点点头说："看来，并不是朕对宗室有猜忌，而是宗室对朕不放心哪。"

"陛下所言极是，那就不妨拿完颜玮做榜样，以安人心。"

海陵王完颜亮用二人的主张，暂时放过宗族，决定南侵，并把京城移向燕京。怕宗室贵戚恋家资不肯离开，下令强迁之后，又放了一把火，把金朝自太祖以来两三代营造的皇城化为灰烬，表示今后不再返回，几十万军民被驱赶上路，离开他们久居的故土。故土难离，就是从那时候形成的民谚。难离也得离，大批女真人流涕抹泪，呼天嚎地中被迫南行，其惨状亘古少见。

然而，人算不如天算，海陵王完颜亮并没有实现他一统华夏、覆亡南宋的野心。在一次率军南下侵宋的战争中，被乱军所杀，至死也没有得到名正言顺的大金皇帝头衔，仅以"海陵炀王"的名号记入史册。

接着是世宗完颜雍于辽阳即位，改元大定，在位二十九年，后又传了四帝，金朝灭亡，共九帝一百二十年。

元灭金后，金国地盘为蒙古占领。蒙古人痛恨金皇室，特下令："女真人可以赦免，唯完颜氏一族不赦。"金朝宗族，为了活命，纷纷改姓更名，我们祖上就是在这种严峻形势下改为纳喇姓氏的。

三、倭罗孙的传说

海陵王完颜亮火烧上京会宁府，金朝南迁燕京时，完颜玮并没随迁，他已被贬到洪尼地方，聚拢当地土人，筑城以居，自成部落。居民知他是郡王，都称他为王爷。后来海陵王被杀，世宗完颜雍即位东京，为被海陵王打击的宗族大臣平反昭雪，特别对兀术子孙格外优裕，可是完颜玮老给皇帝提意见，世宗虽是明君，也不喜欢别人挑毛病，就把完颜玮晾在一边，不再理他。完颜玮终于老死洪尼，后人称海西郡王。他的后人经历了三四代，洪尼城受到契丹人、蒙古人的几次攻击，海西郡王背井离乡，流落他处，有家不能回，有国不能归。后来多亏他的小女儿白花公主，带领族人、部下，收复失地，复返洪尼。这事在松花江一带广为流传，就是到了现在，事情已经过去六七百年了，可是你一提起白花公主，登台点将，除掉内奸，光复国土的故事，还是家喻户晓，人人皆知，并且讲得有声有色。海郡王撤离洪尼城时，令部下每人带走一包家乡土，以便将来有回来那一天，再把土带回，以示永远不忘故土，时刻怀念家乡之意。后来白花公主率众返回时，果真又把原土带回，倒在洪尼城的中央，堆成一个大土台，白花公主在土台上建造行宫，作为发号施令的地方，称为"点将台"。如今，白花点将台遗迹犹存，就在吉林市北七十里的乌拉街古城里。

白花公主称雄一时，也没能挽救海郡王一家的命运，金朝灭亡，洪尼城被蒙古人摧毁，完颜玮家族子孙逃散，因是金朝皇族，完颜氏为逃避蒙古人的杀戮大多改姓更名，因为元朝有项规定："唯完颜氏一族不赦。"

单说完颜氏家族中有一位强有力的人物，看到大势已去，无法逃脱灾难，遂改完颜氏为倭罗孙氏，自己也以倭罗孙命名。倭罗孙什么意思？就是金的音转，仍表示不忘是金朝后裔。他们起先在混同江北占据一小块地盘，自成部落，以为这样就会平安无事。不料蒙古大兵入境，部落溃灭，倭罗孙被赶走，他被迫率领残部，逃回家乡——已被废弃的洪尼，联合几个族人，招募几百流民，重整女真部落，同元朝对抗。元世祖忽必烈至元十七年庚辰秋八月，倭罗孙联合几个女真部落起兵反元，被蒙古人打得大败，几个部落首领被杀，倭罗孙几乎被俘。蒙古兵一直追到混同江，倭罗孙弃洪尼勒城南逃辉发河隐遁起来。元兵搜捕倭罗孙不得，屠杀了大批女真人，洪尼城又一次被平毁。说起来也真怪，洪尼城里的白花点将台巍然屹立，元兵却没有发现。人们传讲，元兵毁洪尼城时，只看见城中云雾遮住高台，什么也看不见，元兵不知虚实，未敢深入，只是把洪尼城土墙刨倒，掳去禽畜而返。这座高台得以保存下来，直到现在，这也是祖先神灵庇护，完颜氏不至绝种。所以我们家族敬祖为第一要务，祖宗在天上保护他的子孙后代兴旺发达，延续千秋万代。

回头再说倭罗孙。

当年蒙古破洪尼，毁城灭国，倭罗孙带伤逃脱，在辉发河流域的山沟里隐居，经过休养生息，又集结成一个小部落。那里山岭连绵，河流湍急，是个地广人稀的地方。倭罗孙势力弱小，始终发展不起来。他找不到复仇的机会，又回不了故土，伤势又不断恶化，加上忧郁成疾，一病不起。临终前，嘱咐子孙：不忘世仇，不要向蒙古人屈服，联合汉人，励精图治，兢兢业业，再创辉煌，以便有朝一日，推翻元朝，恢复我们女真人的故国。又特别告诫子孙道：不要忘了故土，以后有力量的话，可以回洪尼城原籍，从头收拾旧河山，振兴先人开创的事业，为女真人争口气。

倭罗孙死后，家族后人仍然以倭罗孙为姓氏。打开家谱看一看，明明写着："始祖大玛发，倭罗孙姓氏，这不会有错。"

倭罗孙的后裔并没有恢复祖业，不久连他们占据的辉发河谷，启尔萨河源的山沟部落也丢失了。城堡被毁，子孙又一次逃散，流落他乡。

又过了两三代，倭罗孙的后人中出了一位顶天立地的英雄人物，名叫纳齐布禄，家谱上的始祖，从此又返回故乡乌拉洪尼勒城。

四、纳齐布禄招亲

据说，纳齐布禄的曾祖父就是完颜倭罗孙，在元代，一直以倭罗孙为姓。

纳齐布禄小时，家道衰微，又因怕蒙古人追捕，四处飘零。但纳齐布禄记住祖宗遗训，立志进取，习文练武，在周围方圆百里颇有名气。纳齐布禄广结豪杰，深得民心。他看到元朝已经衰落，于是离家外出闯荡，终于成就一番大事业。

1.锡伯部比武招亲

纳齐布禄幼年丧父，随母漂泊度日。为了避蒙古人的追捕，他的祖父、父亲都曾经投奔到锡伯部，为锡伯王出过力。父亲死后，纳齐布禄随母亲又回到了辉发河源的山谷中。

纳齐布禄十七岁时，辞别母亲，到外地闯荡。母亲告诉他："从这往北大约七八百里就是咱们的故乡，那里有祖先留下的城堡，还有族人，你可以投奔那里去。"

"那城堡叫什么名？"

"听说叫什么洪尼勒城，反正是在江岸上。"

"江叫什么江？"

母亲摇摇头："这我也不知道，没去过。"

纳齐布禄辞别母亲，带上随身的家将喜百，离开山谷，向北而行。走了几天，他们来到一个部落，叫锡伯部。进了王城，只见人声鼎沸，议论纷纷，原来锡伯国王瓜勒察氏的女儿柳叶公主在摆擂比武招亲。这是女真人世代相传的习俗。喜百是个十七八岁的小伙子，爱凑热闹，他非要看一看这比武招亲的场面。纳齐布禄只好依了他，二人随着人流，赶奔校场。

锡伯王城，名为城，实际上只是个方圆三五里的土围子，直径约有一里。土城墙东西开了两个门，中间一处宅院，青砖灰瓦，也垒起围墙，算作王宫。这王宫是全城最大的建筑，正南开一门，门外有土筑高台，是点将台，点将台下就是教军场。

喜百说："小爷，看这城里好气派哩！比咱那部落强十倍。也不知公主长得美不美，要像说的那样美，你就去比试一下，胜了她，就招为驸马，还去什么洪尼勒！"

"不许胡说！"

纳齐布禄嘴上斥责喜百，心想：这锡伯部势力很大，若同他结亲，不妨借他的势力，干一番自己的事业。

锡伯王公主比武招亲，不仅惊动了本部落军民人等，也惊动了远近周围一些部落，很多人都在打锡伯王公主的主意。

今天正是第五天，可是没有一个是柳叶公主的对手。其中也有武艺高强的汉子，武功并不低于公主，但他一看到柳叶公主美丽无双，早心忙意乱，顾不得比试了。自然，非输不可。就这样，柳叶公主四天工夫没遇对手。

按照规定的期限，今天是最后一天。五天的期限一过，锡伯王就要收擂。

公主如果自选驸马不成，就要听从父王指婚，指给什么人都不得反对。

柳叶公主见四天已过，没有遇到一个可心的英雄，这最后一天她自然格外留意。

纳齐布禄二人来到校场外，立在人群中，仔细观察了这个场面。土台上铺着红毡，搭了凉棚，那锡伯王不过四十岁光景，在众人的拥簇下，端坐在台子中间。几名宫女拥着柳叶公主，站在锡伯王的旁边。压阵军士排列两边，校场的边上立了木栅，东西两边各开一门，通向城门，作为通道。校场四周，插了牙旗，台的左侧是一个兵器架。

一通鼓响，牛角别喇吹起，咚咚呜呜了好一阵，方才停下，全场寂然。一个头带大凉帽的头目，往场上一站："大家请听，公主比武招亲，今天是最后一天，各路英雄好汉，不分贵贱，只要赢了公主，就能当上驸马。不过有言在先，伤着碰着是难免的事，功夫不硬，贪生怕死者莫来冒险。"

那个头目叫了半天，不见有人上场。喜百对纳齐布禄说："他们这全没有英雄好汉，小爷你可以上去比试比试。"纳齐布禄少年气盛，刚要催马进场，这时从对面门外飞来一骑，几声怪叫："我来了！快请公主下场！"

这声吆喝，好像晴天打个霹雳，全场震惊。再看来人，身材高大，面目凶恶，手提一对紫铜锤，少说也有百余斤。胯下一匹青鬃卷毛狮子马，真是集丑陋、勇猛、雄壮于一身，观者无不惊诧。

柳叶公主在台上一见此人，便先有几分不高兴。

那大汉半天不见公主下来，催马如飞在场内转了一圈，不住高声怪叫："公主快下来，下来！"公主使人传话道："公主现在有点头晕，暂不能比试，请好汉退场。"

若是一般人听了此话，就会意识到公主绝不会招他为婿，就应知趣退场。可是这汉子听了怪叫如雷："你不下也得下来，不下也得下来！别说你有点小毛病，你就是卧床不起，也要下来！你不下来就算认输。"

压场的头目喝道："不许胡言乱语，公主不愿跟你比试，你赶快滚开！"

那汉子不服道："你们不是说，不分贵贱吗？"

头目冷笑道："当然了。说是不分贵贱，可没说不分样貌年龄。"

大汉被激怒了，蛮横地望着台上叫嚷："我不管你分不分，你不下来，我可要上去了！"

台上公主气得一声惊叫："你敢撒野！"

锡伯王也十分气恼，吩咐："来人，给我赶出去！"

那大汉循着公主声音，远远望去，看见了公主花容月貌，更馋涎欲滴，仗着自己身高力大，不顾压场军兵拦阻，一直闯到台下："美人儿，你到底下来不下来，你要是不愿跟我，我就踏平你这小小的锡伯部！"

台上台下立时大乱，丑汉的凶猛，无人敢近前，锡伯国王、柳叶公主也茫然无措。

纳齐布禄看到事情变化到这种地步，立马门口高声叫道："这位好汉，你这是何苦，人家不愿意，你该知趣，干吗死皮赖脸缠着人家？"汉子见是一个少年斥责他，登时大怒："你是什么人？敢教训你老子！"

纳齐布禄催马进场，质问道："你怎么骂人呐？我是好言劝你，不要自找没趣。"

大汉根本没把纳齐布禄放在眼里，他狂傲地哈哈冷笑道："娃娃，你是不是也看上公主啦？你有什么本事敢拦挡我？公主是我的。"

纳齐布禄大怒，用枪一指问道："你是什么人？敢如此无礼！"

"娃娃你听着，我是虎牛山金锤大王，三五百里内谁不知道！"

这虎牛山离锡伯部不过七八十里，山贼"金锤大王"武艺高强，力大无穷，杀掠抢劫无恶不作，远近各部落，深受其害。人们虽然痛恨，但又无可奈何，只有逢年过节给他孝敬财物，才免遭劫掠。如今此人赶来比武招亲，众人见了，无不惊讶。

纳齐布禄自然不知这一切，不屑地说："我不管你金锤大王还是银锤大王，我只知道你没脸没皮，不知进退。"金锤大王怒火心中烧，抢起大锤，一声怪叫："你这是找死！"大锤如泰山压顶般迎头砸下来。纳齐布禄不慌不忙，轻轻将马一带，闪过一边。大锤"忽"的一声走空。大汉由于气恼，失去控制，一头从马上栽下来。脚没来得及甩镫，坐骑惊起，飞驰而去，山大王被拖了个脑浆迸裂，绝气身亡。

喜百在场外见主人闯了祸，忙招呼他快走，纳齐布禄猛醒过来，正待拨马出场，不想一群军兵围上来："英雄不要走，王爷和公主有请。"

从此，纳齐布禄就留在锡伯部，娶了柳叶公主，招为驸马。柳叶公主后来生一子，名多拉胡其。纳齐布禄保着锡伯王，东征西讨，开疆拓土，并剿灭了虎牛山的贼寇，锡伯部渐渐成为东方女真族的强国。

2. 兵变杀钦差

元顺帝失政，天下大乱，东方女真诸部趁机举兵，但多遭到阿鲁灰太师的镇压。锡伯王对元朝忠贞不贰，纳齐布禄几次劝锡伯王举兵反元，都遭申斥。

自从纳齐布禄在锡伯部招亲，转眼十几年过去了。已到而立之年，祖宗遗训，平生心愿，实现不了，他十分焦急。这一年，喜百引来一位壮士，名叫德业库，纳齐布禄看他是一条好汉，厚留之，并同喜百、德业库二人盟誓，结为义兄弟。三人经常密谋脱离锡伯，另起炉灶，干一番轰轰烈烈的大事业。

这一天，锡伯王接到元朝皇帝调兵的谕旨，令他速调一千人马，赶往京城勤王。锡伯王不敢怠慢，立即找来纳齐布禄，命他带兵一千，随钦使进京。原来，南方汉人起兵抗元，各路义军直逼京城大都，所以元顺帝下诏天下各路兵火速进京勤王。今从各女真部落抽调人马，给纳齐布禄带来了好机会。

纳齐布禄奉了锡伯王的谕令，带上喜百、德业库二人，率领一千人马，离开锡伯部，随元朝钦使西去。几天以后，渡过辽河，越过草原，通过沙漠，到达一个怪石嶙峋的山谷里。此地距大都尚有千余里，危岩壁立，路若羊肠，实在难走。军兵疲惫不堪，怨声不已。纳齐布禄召喜百、德业库二人密议道："钦使把我们领到绝地，军心思变，何不趁此机会，率兵返回，另做打算。"喜百说："对。蒙古欺负我们女真人百十来年了，咱不如帮助汉人消灭元朝，恢复咱女真人的天下。"德业库则主张："一不做，二不休，不如杀了元使，创立基业。"

三人密谋已毕，传下号令："道路难走，人马饥饿困乏，现在拔营返回。"军兵几日辛苦，本无战心，听到返回的命令，都乐听从。纳齐布禄看军心动摇，觉得机会到了，煽惑说："我们不愿意去打仗，可是钦差不答应怎么办？"喜百应和道："钦差不答应，那就先杀了他！"

这一鼓动，军士立刻哗变，加上长期以来对蒙古人的不满情绪，他们在纳齐布禄、喜百、德业库三人的率领下，杀死了元朝调兵使者，拔营返回。

3. 百步穿杨退追兵

锡伯王得到报告，纳齐布禄率兵哗变，杀了元朝钦使，带兵叛逃。他又惊又气，立即派出几路人马，围追堵截，限令务必将纳齐布禄捉回来。

锡伯兵不愿入关勤王，想回自己家园，没有想到纳齐布禄却不打算回锡伯部，这就使这一千兵转而不满意纳齐布禄了。他们得知锡伯王派人来追，于是纷纷逃跑，脱离纳齐布禄，投向锡伯王。另有几百兵暗中勾通锡伯王的人马，准备里应外合，活捉纳齐布禄献功。锡伯兵知道纳齐布禄为锡伯王的驸马，谁也不敢伤害他，这就给纳齐布禄以逃脱的机会。纳齐布禄知军心已变，不敢停留，带领亲兵二十名，在喜百、德业库二人的保护下，连夜逃出。等锡伯兵汇合一处时，发现纳齐布禄已不在军中。于是，锡伯兵分头去追。

纳齐布禄等人趁黑夜逃出，不辨方向，本想去东北，却奔了东南。

一行人马不停蹄，慌不择路，跑了两天两夜，被一座关隘拦住去路。但见这座关的两边，悬崖峭壁，树木参天，层峦叠嶂，险峻异常。关上旗帜招展，关门紧闭。寨墙用青石砌成，十分坚固。纳齐布禄在惊疑之际，德业库忽然高兴起来，他说："我想起来了，此关名吉外郎，守关的是兄弟二人，兄名阿速，弟名阿力，也是女真豪杰。我和他们有八拜之交，情同亲骨肉，我去叫关，他们定能放行。"

这真是绝处逢生。德业库叫开关门，守关的阿速、阿力兄弟果然来接。这兄弟二人早已听德业库介绍过纳齐布禄比武招亲的事迹，武艺高强，箭法出众的英名，他们留住纳齐布禄，奉为首领，他们从此占据吉外郎城，凭险据守，自立为王。

锡伯王得知纳齐布禄占据吉外郎城自立为王，经常派兵去攻打。有一次还搬蒙古科尔沁部人马助攻。纳齐布禄凭借吉外郎城山高地险，雄关坚固，蒙古人也没能攻下。

这时元朝已经灭亡，明朝建国南京，辽东边外，各部独立称王。锡伯部日益强盛，锡伯王自立为国，称单于，并下决心讨平纳齐布禄，他又调动重兵，围攻吉外郎城。

纳齐布禄在吉外郎城一共据守了十二年。后因为内无粮草，外无救兵，抵挡不住锡伯兵的猛烈攻击。阿速兄弟阵亡，人马已丧失大半，吉外郎城被攻破。纳齐布禄由喜百、德业库二人保护，率十二骑突围。

他们逃至哈达国境内一高山，登高峰不下，锡伯兵追到山下，以五百人马围之。领兵将札拉固齐问道："那哈达？希爱哈拉？"纳齐布禄随口应道："纳拉哈拉，宏额里乌拉活吞依忒喝。"遂步射穿杨箭，矢无虚发，兵不能上。锡伯兵退去，纳齐布禄因而脱险。他们昼夜兼程，直奔回原籍乌拉洪尼勒城，从此也就改姓纳拉氏。

纳齐布禄百步穿杨退追兵的故事，一直在扈伦四部中流传，并且被写进了纳拉氏家谱。

经过一个时期的准备，纳齐布禄依靠这里人民的帮助，借助于日益强大的军事力量，收服乌拉部所属城堡，又征服兼并了附近一些部落，于明永乐四年在乌拉洪尼勒城建都称王，国号扈伦，是为扈伦四部始祖。

五、完颜氏振兴

纳齐布禄在乌拉洪尼勒城建都称王，国号扈伦。扈伦何意？有说扈伦即活剌温，是来自活剌温水的女真部族。活剌温水即现在的呼兰河。有说扈伦即忽剌温，与倭罗孙谐音，扈伦国也就是大金后裔倭罗孙建立之国，也有说扈伦不是指固定的国名，是忽剌温地区女真部落联盟的称号。

明史没有扈伦国的名号这很正常，相反在清史上大书特书扈伦国，特别指出建立扈伦国的人就是纳齐布禄，这和我们家谱记载相符。它之后分裂为扈伦四部，都被清太祖努尔哈赤逐一征服，这也是事实。

至于扈伦国的由来，不管出于何说，但有一点是明确的，那就是我们始祖纳齐布禄却不是从活剌温水地方来，他的原籍就是乌拉洪尼勒城，并在启尔萨河源锡伯部生活过。这个锡伯部不是洮尔河之锡伯部，是原来居于苏斡延河之锡伯国，洮尔河之锡伯部是从苏斡延河锡伯国分离出去的，在锡伯国灭亡后而延续下来的，两个锡伯国同根同源而不同代同支。

扈伦国建立之初，是在元亡明兴的交替时期，否则也绝无可能。初建时领土不广，势力不大，说白了也就是借助家族力量独霸一方割据称王，领有牛头山、东京城、辉发、定国军、混同江等处。扈伦国被称作海西女真，因所占皆元朝海西右丞管辖之地。扈伦国强大时，锡伯王送回柳叶公主及其所生之子多拉胡其。锡伯王故无嗣，锡伯国无承袭而消亡，时在明永乐中期，其地设苏完河卫，后演变成苏完部，被另一支锡伯王族瓜尔佳氏进驻，这是后话。

纳齐布禄创业成功，当上了扈伦国王，他使大金完颜氏又一次登上历史舞台。扈伦国也日益强大，但他有块心病，多年难解。什么心病？前节讲过，纳齐布禄当年拜辞额娘离开辉发河北上，如今事业有成，可额娘还在辉发河山沟土堡里受罪，虽有阿哈丫头伺候，毕竟是花甲已过的老年人了，母子多年难得一见，派人几次去接，老人就是不肯离开。这件事成了纳齐布禄的一块心病，什么王位，什么荣华富贵，为儿不能尽孝，恋权位还有何用！考虑到额娘年轻守寡，流离颠沛，含辛茹苦，把自己抚养成人，而自己不能奉母尽孝，枉生世间。

一日，他召集宗族大臣各姓穆昆达会议，宣布自己退位，王位传给儿子多拉胡其，嘱托大家尽心辅佐，使扈伦强盛，万民乐业，之后他带上几个贴身侍卫，离开洪尼，南去启尔萨河源寻母，从此一去不回。

始祖卒于宣德元年，寿六十。如今土堡还在，当为始祖回归后栖身之所也。

二世祖多拉胡其年富力强，聪颖过人，结亲东海窝集部，联合北方百余卫所，组成一个庞大的部落联盟，多拉胡其被推为盟主，女真语称尚延。尚延、珊延意为白色，白为贵，即贵人。多拉胡其自称哈思虎贝勒。哈思虎又作哈萨虎，哈萨虎贝勒又称安西王，所以世有安西王之称。我们的家谱为什么称作《乌拉哈萨虎贝勒后辈档册》，说明我们是安西王一脉相承的直系后裔。

多拉胡其是否与明朝有联系，说法不一。可是他的继承人、次子佳玛喀却受明招抚，出任兀者前卫都指挥使，后因蒙古兵犯海西而弃城避难辉发河，死于该处，这也是老祖纳齐布禄始居的地方。

动乱过后，明朝派兵部尚书马文升招抚女真各部卫，佳玛喀长子都勒希接受招抚，率家族部众乘船顺江而下，返回洪尼城，授职为都督，他也是扈伦国第四代国王。

佳玛喀老祖生四子，都勒希居长。

次名扎拉希，变乱时移驻小清河地方，其子倭谟果岱建立个满洲女真国，自称汗王，势力一度强大，可惜两代就销声匿迹了，其后人回迁故土后又改了姓氏，至今无考。

三名速黑忒，当过塔山左卫都督，塔山破灭时战死，其后裔回归哈达。

四名绥屯，其后裔也归入哈达。四支有三支脱离乌拉，家族从此分裂。

可贵者，老祖都勒希在位时，创建了纳喇氏家谱，定名为《哈萨虎贝勒后辈档册》，规定仅记长房都勒希一系，一脉传承至今，这是都勒希老祖对家族后世的贡献。

不管是乌拉都勒希一支，还是哈达绥屯一支，都令其后世子孙知道自己的根基是大金朝完颜氏之后，哈达一支直接书写到家谱上，乌拉一支虽不书于家谱，但口传从无间断，也算是一个奇迹。

明嘉靖时，哈达、乌拉分别建国，这标志着大金完颜氏又一次振兴。

六、联姻勿吉

女真人的远祖，是商周时期的肃慎人。肃慎人起源于北方，距中原遥远，信息不灵，交通不便。据说在长白山地区立国，这是《山海经》上说的。肃慎国的中心在什么地方，肃慎国又是什么样子，没人能说得清楚。

到了秦汉时代，又出现一个挹娄国，挹娄与肃慎是什么关系，有无传承，也不明确。依我看，这是肃慎人发展到一定程度产生裂变，其中一支强大以后，自立门户，建立个政权称"挹娄国"。那么魏晋时期又出现一个"勿吉国"，是否也是肃慎、挹娄一脉相承呢？说不清。勿吉又称沃沮，它和隋唐时期的靺鞨人不是一回事儿，他们是一个根源两个系统。所以我说，把肃慎、挹娄、勿吉、靺鞨、女真、满洲穿起来排列不科学，他们之间有没有递嬗关系，不一定。所以说，民族的形成是复杂的演变过程，用数学公式去套用，是不符合实际的。

现在说一说勿吉。它是国名，还是族称，无定论。进入辽金时代，女真明确为族称，如果认为女真是靺鞨的演变，靺鞨又是勿吉的后裔，那么，从辽金到元明，勿吉之名仍然存在又怎么解释？史籍上出现的窝集、渥集、兀者，皆勿吉的同音异写，其意就是"林中人"，生活在森林中的人就称"窝集"（或兀者）人，它同挹娄人的生活习性有什么传承的关系？

且说明朝前期，东山里（指长白山脉，张广才岭一带，习惯称为东山里）广大林海地区有一个窝集国，窝集又作渥吉，其实就是勿吉，元明时期东海有三大部：瓦尔喀、库尔喀、窝集。库尔喀在乌苏里江以东，瓦尔喀顺图们江入海的海滨地区，窝集就在临近这两大部落的山区，被称为林中之国。三部相邻，彼此和平相处，通婚、贸易，且语言、习俗大体相同。

窝集国还有一项与众不同的规章制度，就是国王传女不传男。东海三国共四十八部，窝集国就占了一十八部，超过另两国的平均。大概今天的吉林东部、黑龙江东南部的广大山区，都是窝集国的领地。

扈伦国是以海西女真为主体的部落联盟，东海三大部并没加入。到二世祖多拉胡其当政后，收服了一些边缘地带，东境达勒福善河，这就同窝集国产生了领土纠纷。

当时的窝集国女王名叫纳格玛，原是窝集王族公主，年轻时嫁东海瓦尔喀王子为福晋，生有二女。窝集女王死，她被接回，继承王位，并将两女带回。十几年过去，纳格玛女王已五十多岁了，她身材健壮，体态丰腴，武艺高强，力大无穷，东海诸部，无不畏服。只要她一声令下，没有敢违抗的，窝集国就成了东海三大部的旗帜。

这样一个势力强大，又十分骄横的女首领，得知有人侵犯到她的边境的消息时，如何容忍得了？她召集部下，详细了解这扈伦国是怎么一回事儿，它的势力有多大时，可是谁也说不明白，大多说不知道，不知道扈伦国是什么样。可见，那时的信息是多么的闭塞，沟通是多么的困难，东海三大部仍处于半原始的封闭时代。

纳格玛女王叫过来两个女儿，吩咐道："你们先去挡他一下，别让扈伦国的人进到窝集国来，你们要是挡不住，我亲自领兵去。"

二女儿班哲道："不用姐姐去，我自己去就能把他打回去。"

女王说："那也好，你就带一千人马去吧。"

窝集国二公主班哲率领一千人马，很快接近扈伦国所属地界，却不见有扈伦国的兵将迎抵。窝集兵不再前进，他们只想守住勒福善河，不叫敌兵越过河东，这是他们划定的国界，他们也不侵犯别人。

扈伦国王多拉胡其的本意是收服河西各部落屯寨，无意过河去招惹窝集国，他知道自己的力量还不大，东海三部他惹不起。可是得知窝集国发兵，误以为是要争夺他的领地，忙率一千人马去迎敌。两支人马在勒福善河岸边相遇，双方各扎营寨。

次日，两军摆开阵势，等待交锋。多拉胡其一看对方人马，心中暗暗称奇。窝集兵没有住进营帐，而是在山坡上露宿。千余兵马至少有一半是女兵，女兵排在最前列，男子在后，中间尚有一段距离，再一看领兵大将，是一个二十岁左右的女孩子，打扮装束也很特别。只见她头上顶着用柳枝编成的圈圈，周围插满各种野花。浓密的青丝垂在脑后，两只胳膊上套着由珊瑚、贝壳、珍珠串成的手镯，穿一身兽皮制成的紧身衣裤，没有衣袖，两只雪白胳膊裸露着。面容娇美，身材匀称，算得上一个美女。骑一匹仅有毛驴大小的长鬃短尾卷毛兽，似驴非驴，似马非马。手拿一口三尖两刃刀，刀背上有孔，系着几颗小小的铜铃，一动叮咚作响。多拉胡其见过，扈伦国也有，叫作晃啷，是系马脑袋上用的，可用在刀背上却不曾见过。再一看她的身后跟着的一群女兵，打扮也大同小异。

多拉胡其从来没有见过这种兵马，算是开了眼界，真是天地之大，无奇不有。心想：这也能打仗吗？

"你为什么侵犯我扈伦国的境界？"

班哲似乎听不懂他的话，只是说："东海四十八固伦，都是阿布卡赫赫之国，灭你扈伦国，是阿布卡赫赫的意志，窝集是阿布卡赫赫之国，是天下无敌的。"

多拉胡其大怒道："你是何人？敢出此狂言！"

班哲笑嘻嘻地说："窝集国的二公主，班哲格格，今年十九岁了，还没畏惧呢！"

多拉胡其觉得好笑，遂说道："班哲格格，你赶快回去见你额莫女王，叫她撤回你的人马，不要再来犯境，我们两家和好，怎样？"

"两家和好？"班哲是没有见过世面的野人女真姑娘，不大懂得两家和好即是两国和好之意。她认真看了一下多拉胡其，便说："两家和好？我女王额莫同意和好就和好，我做不了主。你敢跟我去见我额莫女王吗？"

多拉胡其一想，两家要能罢兵息战，各守疆土，我可以见一见她们女王，并探听一下东海窝集国的虚实。想到这里，说道："我愿意去见女王殿下。"

"你跟我来！"

班哲向女兵头目交代两句，拍马便走，多拉胡其尾随其后。两支人马各自驻扎，以待二人返回再说。

多拉胡其紧跟班哲的卷毛兽，没有料到，那匹坐骑虽然长得矮小，样子又难看，但走起路来行如追风，登山越岭如履平地，速度非常快，多拉胡其几次被落得老远，班哲还得等他。

跑了一整天，快到日落黄昏的时候，来到了窝集国的王城。王城是建在山坳处的一个部落，周围巨石堆成的圆形墙壁，里面是用树干和桦皮搭起的板房，大约也有二十几间。女王的正厅装饰得富丽堂皇，这是女王起居兼议事施政的场所。这里没什么礼节，甚至门口连个侍卫也没有，人们出入非常自由。

班哲见了女王也不下拜，只是嚷道："额莫汗，扈伦国那个带兵的被我领来了。"

屋子有点黑暗，女阿哈点上了明子，多拉胡其才看清女王长得很富态。多拉胡其单手拄地行了一个打千礼："扈伦国主多拉胡其拜见大王。"

"你来干什么？"女王纳格玛端坐那里一动不动。

"女真人都是一家，我是来讲和，扈伦和窝集永息争端。"

女王微露笑容："事情好说，你们都饿了吧？先吃饭。"

按照纳格玛女王的吩咐，酒饭很快摆上。多拉胡其也饿了，坐下刚要进餐，女王说："慢。"

班哲这时走过来，她捧着一个大海螺，里边装满了酒，送到多拉胡其唇边。多拉胡其不懂得窝集国的规矩和习俗，闻到酒香，也不问情由，起身接过，一饮而尽。接下来，班哲美美地陪他吃了一顿兽肉餐。酒饭已毕，女王纳格玛发话了："按照窝集国的风俗，你接过格格送过来的酒，你就属于她了，今晚你就在她房里过夜。明日她随你去扈伦。三年后，生了呵呵，必须给我抱回来；要是养了哈哈，就永远不要回来了。"

"这，这怎么可能！"多拉胡其大惊。女王用毋庸置疑的口气命令道："送贵人去休息！"

次日，多拉胡其同班哲回到军中，双方各自退兵。班哲到洪尼城后，给扈伦国带来了生机，各部卫看扈伦同窝集两国联姻，更加畏惧，皆不敢有异心，扈伦国更加强大。多拉胡其时代，扈伦国已发展到顶峰，势力达到东海之滨。

三年之后，班哲格格果然抱着她的独生女儿回归窝集。最后她继承其母国王的位子，若干年后，其女也接了她的班，那时的扈伦国已经分崩离析了。

七、塔山前卫和克什纳都督

多拉胡其生二子，长名撮托，次名佳玛喀。多拉胡其立下家规，部落首领传幼不传长，国王、贝勒亦遵此制。扈伦国主的继承人当然是次子佳玛喀，史籍上书做嘉玛额硕朱古。嘉玛额即佳玛喀，硕朱古是尊称，意为领头人、部落长、盟主、国王，怎么理解都可以，反正是扈伦国主的继承人。老大撮托呢？他有自己的领地，令他为长白部额真，额真就是大人。

撮托生二子，长名巴岱，次名德文。女真人称长子为达尔汉，故巴岱又称巴岱达尔汉。有的书上做八太打喇汉，音同字异，也不算错。

长白部额真由次子德文继承，巴岱回到了洪尼勒城，后来又去了塔山前卫，同克什纳都督同住。

佳玛喀生四子。正统时发生大动乱，扈伦国被蒙古人冲垮，佳玛喀带全家逃亡，子孙从此分散。长子都勒希随父逃往辉发河口，次子扎拉希移居清河哈达地，三子速黑忒北上呼兰河，当了塔山卫的都督，四子绥屯也去了塔山。后来速黑忒与蒙古人作战阵亡，绥屯率家族返回，以速黑忒之名联系上朝廷，令其子克什纳当了塔山前卫的都督，以速黑忒敕书验关入贡。这种冒名顶替明朝自然不知，但在宗族内产生矛盾，巴岱达尔汉心中不平，认为绥屯父子兼并两卫，欺骗朝廷，违背祖制，他认为自己有资格当塔山前卫都督，想去北京揭发真相，但无敕书为凭，边关不肯放行，想去也去不了。

巴岱达尔汉想到，克什纳之所以能够号令诸部卫，所恃者，明朝也，明朝所倚者，贡敕也。若割断诸部与朝廷联系，必阻贡道。贡道一阻，朝廷必疑，诸部必乱，你克什纳众叛亲离，塔山必不能守，我趁机收拾局面，大事可成。想到这里，他密派死党女真勇士猛克，率部窜到开原边外，占山为寇，专干劫掳商客，抢夺诸部入贡敕书、土产、马匹等勾当。一时诸部皆恐，不敢往来，于是，贡道被阻。

猛克杀人越货，阻截贡道，诸部受害，明朝边防军不能制。明朝的老把戏，就是"以夷制夷"，令速黑忒剿叛匪，通贡道，释诸胡之怨。

克什纳巴不得有个为明朝立功出力的机会，于是他借用皇帝的旨意，调动诸部人马，将猛克一伙山贼剿灭，贡道恢复，贡市如常。明朝表彰他的平叛之功，特赐金顶大帽、蟒衣、玉带及敕书、金银、彩缎各若干，晋为塔山前卫大都督，令统辖北方诸部。克什纳好不荣耀，风靡诸部，势力更加强大。从此，他就更加骄横不可一世。塔山前卫势力逐渐强大，成为割据东方的一股新兴势力，足可以打开新局面，振兴扈伦国。

可是克什纳没有这么做，他不会与古对珠延争扈伦国主的位子。只当他的大都督。

巴岱达尔汉唆使猛克造反，本想以阻贡道来离间北方诸部与朝廷的关系，反而给克什纳创造了立功的条件，助长了他的气焰，这口气如何能出？终日密谋，寻找下手机会。巴岱达尔汉之妻，塔鲁木卫人也。变乱时，塔鲁木卫南迁，与塔山卫同处一地，后辗转移入那木川建寨，那木川又叫叶赫利涯河，近河有珊延沃赫山，寨命名珊延城。部名叶赫部，首领祝孔格，暗与巴岱达尔汉通，支持他取代克什纳。因为克什纳的崛起，对叶赫不利。叶赫与明朝有世仇，明朝杀死了他的阿玛齐尔哈纳，此仇不共戴天。要反明报仇，必先除掉克什纳，否则不能成事。

克什纳自被封为大都督，塔山左卫与塔山前卫合并为一，势力更加强大，他约束诸部，掌握敕书，控制贡市，百余部卫，大小数十部落都听他的号令，根本就没有叶赫发展空间。

克什纳自当了大都督，势力大了，官职大了，随之脾气也大了。骄横而又残暴，以致人心渐失，多有怨言，他自己不觉。

嘉靖十二年腊月底，按例，为塔山卫首领回故乡祭祖茔的日子，纳喇氏有一项祖制，每当年终岁尾必祭祖茔。这给巴岱达尔汉带来了机会，集合子侄及部下数百人，利用克什纳返回迎接之机，于城门口将其刺杀，并攻入都督府。侍卫下人苦于克什纳平日苛待，多有怨言，都不为他出力，一闻有变，各自逃生。巴岱达尔汉得手之后，又将他的家眷杀的杀抓的抓。克什纳都督生五子，现有两子在城中，三子外出未归，保住了性命。长子彻彻穆娶妻董鄂部部长之女，生一子名万，年方十四，混乱中母子逃往锡伯部相近的绥哈城去了。五子汪笭下落不明。时四子旺济外兰尚在乌拉洪尼城祭祖未归，闻变逃往哈达地投奔族人，后在哈达创业。原来自速黑忒时代起，每年年终必去乌拉洪尼城祭祖和扫墓，克什纳遵守祖制，今年令他随去，不料出现变故，而意外地给他留下了一条性命。塔山事变，巴岱达尔汉起事成功，然而卫印敕书皆不知去向，搜遍全城，拷问下人，都督府掘地三尺，可就是不见踪影。无卫印则不能号令诸部，无敕书则明朝不予贡市，所属部卫皆不能服。他为了笼络诸部，欺骗女真人，公然改称"塔山国"，自号"塔山王"。此举招来祸患，扈伦国主古对珠延如何容忍宗族谋变自立国号，乃发兵攻打塔山，以讨叛的名义，诸部响应。叶赫得知巴岱达尔汉自立为王，也从北面布下人马，防止他窜入叶赫境内。巴岱达尔汉在四面楚歌的情况下，最后自杀，塔山国不到一年就完蛋了。按祖制，宗族谋变出谱，巴岱达尔汉的子孙后代，永远同纳喇氏分离，至今无考矣。

万避居锡伯部相邻的绥哈城，二十多年后被迎入哈达建国称汗，史称万汗。绥哈城在吉林西南大绥河境内通气南山上，遗迹犹存。

八、旺济外兰被害经过

旺济外兰返回途中得知塔山城发生变故，巴岱达尔汉杀害了阿玛克什纳都督。他不敢回家，带领从骑，向南逃走，一直逃到小清河畔，这里是二伯祖扎拉希居住过的地方。可是他来到之后却找不到一个族人，二伯祖后人已经迁走。

这是个部落纷争的地区，旺济外兰调解纷争，重整部落，并建造城池一座，依山傍水，名哈达城，部曰哈达部，因境内多山，女真语山曰哈达，地在开原静安堡边外七十里，近广顺关，故称南关，俗名亦赤哈达者是也。

旺济外兰有谋略，团结部众，扩展势力，不几年，把哈达治理得兴旺发达，人民安居乐业。嘉靖中，旺济外兰派人入都，详细申报父亲克什纳被害一事，并历数了其祖速黑忒的功绩。朝廷一听是速黑忒的后代，格外照顾，令他承袭塔山前卫都督之职，捍卫北境。

旺济外兰为了表示效忠朝廷，改名王忠，王为完颜的转音，即恢复祖姓，忠乃忠顺朝廷之意。此后，哈达子孙皆以王为姓。

王忠日夜不忘报父亲及全家被害之仇。巴岱达尔汉虽死，而余党犹在。特别是他听说巴岱达尔汉谋变是由叶赫唆使后，便把一腔怒火转到叶赫部长祝孔格身上，并产生了活捉祝孔格，吞并叶赫部，为父亲报仇的念头。

叶赫部原是扈伦国的一部分，由纳拉氏家族管理，称纳喇部。原地在璋城，今之伊通州境内的碱场是也。明中叶，土默特酋长星根达尔汉率部侵入，灭纳喇部，据有其地。后迁叶赫河岸筑一城堡，因号叶赫部。叶赫部来自蒙古，怕招致明朝及女真各部疑忌，表明自己是女真人，遂冒姓纳拉，世称叶赫纳拉氏。起初，叶赫部不过是个方圆百里的小部落，经过星根达尔汉和他的儿子席尔克父子两代经营，势力逐渐强大。他们的宗旨是反明，因势力不大，不敢轻举妄动。席尔克的儿子齐尔噶尼继承以后，虽然表面上接受了明朝的塔鲁木卫指挥的封号，但他自认为势力强大，开始了反明行动，他多次袭扰边城，盗边掳掠。明武宗正德二年，齐尔噶尼在一次盗边行动中被明朝边防军捉去，斩首于开原示众，打击了叶赫的气焰。明朝依然采取安抚政策，命齐尔噶尼的儿子祝孔格袭职为都指挥使，继续掌管叶赫部。祝孔格牢记杀父之仇，立誓反明。经祝孔格的治理，几年之后，叶赫部又强盛起来。正德八年，祝孔格纠集另一部族首领加哈大肆骚扰明边，不久招抚。明朝为了笼络祝孔格，不但不责，反而提升他为塔鲁木卫都督佥事，先后赐敕书三百道。

祝孔格把这一切看作是明朝软弱可欺，变本加厉地扰边犯境。事在明嘉靖初。

明朝采取"以夷制夷"的老办法，令王忠助剿。

王忠接到朝廷的命令，立即率兵攻入叶赫，捉住了祝孔格，并把他杀掉。王忠一来报了传闻中的祝孔格策动巴岱达尔汉制造塔山事变，杀害父亲克什纳之仇；二来企图趁此机会吞并叶赫，以壮大自己。不料明朝怕哈达势力强大难制，令他退出叶赫，给他封官赏赐了事。王忠抄了祝孔格的府第，把明朝赐给叶赫的三百道敕书，统统装车运回哈达，并占住叶赫十三座边城不退。

王忠自此名声大振。哈达成为一代雄邦，实由王忠开创基业。然而，隐患也就从此开始萌生。

哈达部内有一头目，名叫那晖，其祖先阿速，系帮助纳齐布禄创建扈伦国的开国功臣，子孙世居哈达地方，并领有城堡。传到那晖已历七世。这那晖见扈伦诸部，多数为外姓所得，哈达几经变乱，仍是纳拉氏掌权，心中大为不满。旺济外兰原是塔山卫人，避难流亡到哈达，就被奉为首领，他心里更不服气。后旺济外兰易名王忠，在哈达公然亮出塔山前卫都督头衔，益觉不安。王忠自擒杀叶赫首领祝孔格后，威名日盛，远近皆服，势力远达千里之外。王忠又犯了他父亲的老毛病，骄恣愈炽，逐渐脱离了部众。人们表面怕他，而心里都讨厌他。王忠建造府第，大修城池，人心动向，一概不知。这样，就给那晖钻了空子。

王忠自主哈达以来，立下一个规矩，每年九月九日重阳这一天，他都亲自到城外一座山上，面向北方，跪拜祖先。并且杀猪三口，在山上大摆酒宴，率亲族部下吃喝完毕，将剩下的食物倒掉了将猪骨头摆在石桌上，剩肉挂在树丫上，令飞禽走兽饱飨。这是女真人的一项风俗，也是纳拉氏家族的一项礼仪，叫"刑牲祭祖"，也叫"登高遥祭"。

那晖知道九月九日这天王忠必出城"登高祭祖"，暗中在城内布置了死党，只要看他在山上得手，城里便夺取都督府，然后里应外合，占领哈达城。

九月九日天交辰时，王忠头戴明朝嘉靖皇帝赐给的金顶璞头大帽，身穿走线团龙大红蟒袍，骑上一匹白龙驹，金鞍银鐾，前呼后拥，大摇大摆地出城直奔东山。到了山下，山势险峻，马不能上。王忠舍马，步行登山。山上，石香炉内，已经点燃了三撮"拈子香"，三口祭猪放在石桌上，只等他的到来，祭祖仪式便正式开始。

察玛唱完神歌，念罢祭词，该杀猪敬神了。杀猪时，也有个仪式，由主祭人致祝词，并把一杯热酒灌在猪的耳朵里。猪要是挣扎扑棱耳朵，这叫"领牲"，说明受祭的神鬼已经同意收了，方可以杀猪放血。否则，谓之不予收领，这个猪就不能杀。

王忠祝道："头一口猪祭天神，保佑万民乐业。"

热酒倒进猪耳朵眼儿，猪自然要摇头扑棱耳朵，唉唉直叫。

"第二口猪，祭祖先，保佑我重振基业。"

也收到了同样的效果。王忠满心高兴，不等第三杯酒倒上，便念起了最后一句祝词："第三口猪，祭阿玛，保佑子孙昌盛。"

意外的是，热酒灌进猪的耳朵，这口猪一动也没动。

左右自然是一片惊讶："没领，没领……"

王忠一团高兴，立即被打消。这"子孙昌盛"要是不灵验，那还了得！他心里自然不痛快。

"再来一次！"司祭的老穆昆达也神情紧张地说。

已经念完祝词的王忠，刚站起来又立即跪倒石桌前：

"先考克什纳都督和我兄彻彻穆，你们被奸人谋害，往年我捉住祝孔格，已经给你们报仇了……"

酒倒下，猪照样，一动不动，光"非儿吃、非儿吃"喘气。

又是一片小声议论："还没领……"

王忠忽地站起来，端起一杯热酒，对着猪耳朵灌下。

猪仍一动不动。

众皆大惊失色。

王忠扔掉酒杯，扑倒在石桌前，放声痛哭："都是我的罪过……"

"主子不要着急，我有办法叫它领牲。"

来者是那珲。王忠平日对他很警惕，可今日却对他放松了戒备，这叫人忙无智。

王忠瞅瞅他："锅头已经有了。"

那珲冷笑一声："他们都不中用，看我的。"

按习俗，刑牲祭祖这天除了部主，任何人不准带武器。锅头只带牛耳尖刀，杀猪之用。那珲上前，从锅头手中接过尖刀，把刀放在猪身上，端起一杯酒："主子，往这看，不领牲的毛病就在这里。"

王忠不知是计，低下头来急看猪的耳朵，不想那珲顺手从猪身上将刀提起，刺中王忠腹部。王忠伸手摸剑，可是已经晚了，又被一刀刺中咽喉，立刻身死。

山上大乱。那珲死党从后山钻出来，他们点烟放火，给城里报信。城里死党知山上得手，遂动起手来，全城放火，军民大乱。

那珲进城，令人灭了火，宣布都督骄横，已被杀掉。从今哈达人管哈达事，明朝已有密旨，令他做都督。

王忠治理哈达二十多年，部落强盛，人民乐业，人民都感怀他的德政，明朝也表彰他的功劳。今无故被杀，一因骄傲失去民心，山上被刺时竟无一人肯出来，部下多在观望。二是失去警惕，谨慎一世，疏忽一时，酿成大祸。三是处事优柔寡断，曾有人提醒他那珲有异志，心怀叵测，劝其将他除掉，杜绝后患。可王忠念其祖上辅佐之功，不忍下手，终被所害。

王忠的性格酷似乃父，也都因胜而骄，也都脾气暴躁，最后的结局也都被杀，不得善终，这也是遗传。

平静了数十年的哈达地方，又要动荡了。

九、沙津机智报父仇

复仇是女真人的传统性格。一旦结仇，终生难解，报仇成为第一要务。往往为了一件小事而纷争不休，何况杀父之仇不共戴天。

王忠有一子名叫沙津，年方十四，是他逃到哈达后娶妻后生的，他原来的妻室子女已陷塔山城中，均被巴岱达尔汉杀害，一个也没有逃出来。

沙津少小聪慧，机警过人，王忠甚爱之，令其充当"博勒坤"，意为近侍，史称博勒坤沙律，是将名字和徽称合一，这是女真之俗。清朝史籍讹做"博尔奔舍进"，音同字异，不算大错。王忠有意把他培养成英明雄主，故每事无分大小，皆令他参与，积累治国经验。

九月重阳，王忠在山上被刺，当时沙津也在场。眼看阿玛倒在血泊里，手下那么多随从都不敢反抗，自料挺身而出也是白送死。他没有声张，钻进树林躲藏起来。变乱过后，山上空无一人，他才慢慢钻出来，对着阿玛尸体痛哭一回，发誓报仇。天色已晚，他不敢进城，投奔一个屯寨借宿。寨有一老嘎善达，素与王忠友善，他认识沙津，不仅收留了他，还帮他出主意，想办法，寻找报仇的机会。

那珲自立为部主，可是人民不服，各城堡不听调动，其他部落也不服从。那珲自知没有职衔，又不是部下拥戴，杀主子夺位，本是名不正，言不顺，无以服人。他就想借用贡市的机会，从明朝捞到官职，争取明朝承认，号令诸部。

入贡得有敕书为凭，无敕书边关不肯放行，这是朝廷制度。敕书在哪里？他不知道，搜遍王忠府第，也找不到。原来王忠的都督府宅深院大，地下挖有暗室、地道。数百道敕书连同从叶赫掠来的三百道，全藏于暗室。那珲不知内情。无敕书，诸部皆不能入贡，那珲苦无办法。

嘉靖三十二年春，正是哈达入贡之期，那珲不能错过良机，一面筹集贡品，一面寻求敕书。

老嘎善达把这一切告诉了沙津，认为这是个报仇的好机会，只要答应找到敕书，便可以接近那珲，伺机刺杀。沙津虽小，有勇有谋，他已想好了对付那珲的办法。

沙津进了哈达城，自通名字，声言要见部主那珲，说是帮助他找敕书来了。那珲得敕书心切，召进沙津，好言抚慰，并许他城池一座，人畜各数千，可自成部落。沙津假意应下。他引那珲来到地道，让从人退下，以免泄密。他拨开石门，露出地道口。地道很窄，只能容一人出入。沙津告诉他，敕书六百道，全在里边石柜中。他让那珲自己进去看。那珲好不容易得到了敕书的下落，迫不及待地头前钻入。地道狭窄，又黑暗，既看不清一切，又转不开身。那珲让取明子照亮。也是那珲没有把一个十四五岁的孩子放在心上，不料却中了沙津之计。沙津看他走向暗室，手举明子为他照亮，跟在后边。说时迟，那时快，刹那间，沙津从怀中抽出匕首，对准那珲后心猛刺，贯透心窝。那珲腰刀拔不出来，又难转身，吼叫一声仆地毙命。沙津抽出匕首，又刺了几下，方才出来。实际这里并不是藏敕书的地方，是一个尚没挖通的通往城外的地道。王忠所做的应急准备，却为儿子提供了复仇的条件。

哈达城里忠于王忠的人很多，他们最先得知那珲被杀，群情激昂，捕杀那珲党羽，又是一场混乱。城里城外，死人无数，乱了十几天才平静下来。哈达人拥立沙津为部主，按明制父死子继，沙津也是当然的合法继承人。可是沙津固辞。他看到哈达屡遭变乱，人心浮动，自己年幼，实难治理，于是他想到了塔山变乱时，逃到锡伯部的堂兄万。

万乃王忠兄彻彻穆之子，塔山变乱，克什纳都督被害，他在护卫的保护下逃到锡伯部境内之绥哈城，并在那里娶了妻，生子曰扈尔罕。万为人放荡，正式妻妾之外，还长期与一锡伯女通奸，并生有一子，取名康古鲁。二十多年过去了，万已近四十岁。沙津从来没有见过这位堂兄，这次突然迎万去哈达主其部，实属意外。

沙津迎回堂兄之后，离开哈达城，远去乌拉洪尼勒城寻宗，从此永没回哈达。

万继哈达部长，仍与明通贡，效忠于明，远交近攻，使哈达更加强盛，万遂建国称汗，史称万汗。万继王忠，恢复祖姓完颜氏，转音为王，明称之为王台，故万汗子孙以王为姓。

评曰：沙津年幼而机智，杀仇人以报怨，胆识也。功成而让位，高风也。沙津虽然在历史舞台上消失，但在纳喇氏家族中，他是最令人称道的杰出人物，后世无不景仰之。

据传，沙津子孙繁盛，后世不绝，辽东地区大有人在。

十、尚古闹事

再说都勒希率宗族部属乘船顺流而下，由辉发河进松花江，返回旧居洪尼城后，重整部落，招募流民，收罗旧部，势力逐渐强大，时明朝派兵部尚书马文升招抚女真旧部，都勒希接受招抚，又同明朝恢复了联系，出任兀者前卫都督。扈伦国的旗帜又重新挑起，海西部卫又开始聚拢，祖业眼看有望振兴，不料家族内部出现了一股逆流，打乱了都勒希的全盘计划，扈伦国又面临一次严峻考验，几乎崩溃。虽然国号保住了，但从此走了下坡路，再也没有恢复元气。

原来，都勒希生子三人，长子额赫商古，都勒希令他管领马群和捕猎事宜。马群，女真语叫"阿布"，管理马群加狩猎，权力是不小的，所以他的身份是"捕猎阿布达"，"达"是头领，"长"之意。三子古对珠延，按照纳喇氏"传幼不传长"的家规，都勒希想把他培养成扈伦国的王位继承人，让他管理军事，统率兵丁出征打仗，以锻炼他的才能。

剩下个老二库桑桑古，明朝俗称尚古，从小桀骜不驯，都勒希什么也不敢叫他做，放在自己身边以便随时管教。

可是这尚古可不是一般人，论才干，比起他阿哥、阿兜，有过之而无不及，但他我行我素的脾气却使乃父大伤脑筋，不敢对他放手。可是尚古有一个最大的特点，就是交际广泛，善结人缘，又对明朝边吏行贿运动，对部下也有恩，他手下有二三百人，平时养在田庄里，国王都勒希都不知道。后来这伙人派上用场，都愿意为他效力。

大动乱平定以后，都勒希恢复了与明朝的贡市，一次命尚古进贡驼马及土产。他入贡的身份是舍人，没有官职，是代表其父入贡的。明制没有官职的部落首领子弟，一律称为舍人。尚古没官职，在贡市的待遇上出了问题，他不能同那些握有指挥、都督头衔的头目们平起平坐、同筵同席、同赏同奖，而是屈尊末座，不被重视。这在他的心里产生不平。回来以后，他通过与他有交往的明边吏，替他活动，弄个一官半职。却有了效果，明朝授予他指挥之职，他反而拒不接受，率领部下几百人闹事，扰边阻贡，扬言非都督之任盖不接受。他这一闹，诸部贡市受阻，边境不得安宁，女真诸部纷纷脱离扈伦联盟，都勒希空前孤立。即将恢复的"扈伦联盟"濒临瓦解。都勒希坐困孤城无计可施。

尚古平时舍得花钱起了作用，事情才有了转机，边臣为之说了好话，再加上明朝不知尚古底细，认为他势力强大，怕闹出大患，为了平息事态，真的封他为呕罕河卫都督，尚古才安静下来，表示服从。造反得到升官，影响很大，从此女真诸部不再老实忠顺了。

呕罕河今称倭肯河，在黑龙江勃利县林口境内。

第三子古对珠延继承都勒希，为第五代扈伦国主，形势每况愈下，昔日风光不再，能服从者，仅有几十个部族，领土方圆不过百里而已。

再说都勒希从启尔萨河源沿松花江返回乌拉部的时候，一切都变了样，原来的城堡已经不存，变作一堆废墟，城垣颓圮，蒿草丛生，藤萝绕树，瓦砾遍地，全城连一座完整的房子也没有。蒙古人撤兵时，毁了城池，烧光了所有房舍，以致几十年人迹罕至，野兽出没。洪尼城实在没有落脚之处，都勒希不得不在洪尼城的对岸，隔江筑一个小土堡，暂时安顿下来。他命令三子古对珠延，率领部分兵丁阿哈清理都城，待洪尼城经过修缮清理，稍有眉目的时候，都勒希才离开土堡，过江回归洪尼。不久，都勒希病故，古对珠延继为扈伦第五代国主。

再说古对珠延经过变乱，又重回故土，深感先人创业艰难，兢兢业业，发奋图强，把洪尼城重新修复，营建了简陋的王宫，招抚离散各部族，虽然努力，但成效不大，扈伦国的旗帜已经倒下，很难再立起来了。

这时，古对珠延二叔扎拉希之子倭谟果岱在哈达立国，挑起扈伦国的大旗，很快聚拢众多部卫，自称为扈伦哈达贝勒，女真满洲国汗王。这样一来，乌拉的势力更难振兴了。

古对珠延老祖生二子，长子太安，次子太栏。古对珠延老祖将国土一分为二，南半部归长子太安管理，以富尔哈城为治所；洪尼为都城，留给次子太栏，这是遵循传位传幼不传长的祖制。二人皆称贝勒，从此兄弟二人各守祖业，互不争执，这也是古对珠延老祖的高明之处，避免兄弟因争位而发生内讧。

太栏老祖继承之后，势力初步得到恢复，但太栏过于老实，以守业为宗旨，不思进取，家族内部也基本相安无事，大家都过太平日子。太栏生一子，就是七世祖布颜。

尚古当上呕罕河卫都督以后，举族北迁。尚古很有才干，呕罕河卫经过他的治理，生产得到发展，农林渔猎各业发达，部民安居乐业，但北方诸部从此同扈伦国离心，以后再也没有联合起来，扈伦国在都勒希之后，也就名存实亡了。所以，到布颜当政时，放弃了扈伦国号，改称乌拉国，一切都重新开始。

尚古生三子，这一支人丁兴旺，当尚古去世后，他的后代子孙又回到了乌拉，先居萨尔达城，后西迁蒙古科尔沁，乌拉国灭亡后，其后被努尔哈赤招服。尚古元孙喀尔喀玛，曾经辅佐布占泰。在《八旗通谱》上，误将其作为布准之子，这是同布准之长子混淆。布准长子噶兰满，灭国时重伤而死，可能两人的名字音近，又都是纳喇氏第九代，与布占泰是同宗兄弟，因而被误传。

在《乌拉哈萨虎贝勒档册》上第五代有库桑桑乌禄者，即呕罕河卫都督尚古也。《明实录》有记："都里吉次子尚古"，即此人也。

十一、扈伦国的传承

始祖纳齐布禄在乌拉洪尼地方建立扈伦国，政权巩固之后他却放弃了王位，去辉发河源寻母，不知所终，给历史和子孙后代留下了一个难解之谜。

二世祖多拉胡其立下一条家规：王位传幼不传长，所以他把王位传给了次子佳玛喀。家规立下了，代代也都遵守这一规定，从扈伦国到乌拉国承袭多代，在立嗣、接替上从没产生过纠纷。但有两个特例，头一个是四世祖都勒希继承，因为他是三世祖佳玛喀的长子。

再一个就是我们的八世祖布干，他是布颜老祖的长子。仅此二例，都是情况特殊。

先说一说都勒希之继承原因。

明英宗正统年间，佳玛喀老祖同朝廷加强了联系，亲自带了一百多人的朝贡队伍，去北京进贡马匹和貂皮、珍珠、山货等土特产，受到英宗皇帝的优厚赏赐，任命他为兀者前卫指挥使。兀都又作渥吉、窝集，意为丛林之地，一说为古勿吉人生活的地方。两晋南北朝时有勿吉国，其人多居丛林山泽之地，以射猎为业，久之，多称其属地为勿吉、窝集。明初设兀者卫以治之。后兀者卫分裂，有前卫、右卫、左卫、后卫之别，乌拉地近窝集，故称前卫，佳玛喀就当了兀者前卫第一任指挥使，正三品大明地方官。在海西女真地区，他又是扈伦国王，统率海西女真的部族首领，并行使其父多拉胡其的部落联盟盟主的权威，可以说左右逢源，得心应手，正是大干一番事业的大好时机。明朝不干涉扈伦国的存在，扈伦国也不与明朝为难，彼此相安无事。关东大地有扈伦国的存在，也减少了明朝同蒙古人的麻烦。在明朝看来，他们推行的"以东夷制北虏"的国策收到了效果，他们允许扈伦国的存在，就把蒙古人同明朝的仇恨转化为蒙古人对女真人的仇恨，金元世仇，无法消除。明朝所说的"东夷"指女真人，"北虏"指蒙古人而言。

明朝默许扈伦国的存在，这不能说他们对女真人就完全放心了，他有一个底线，是不扰边，不寇掠，不侵犯明朝利益为准绳。一旦出现侵掠扰边的事情发生，必重兵围剿，毫不留情。这样一来，明朝广设卫所，最多时达到四百多个，还允许父死子继。从永乐到正统几朝几代，凭借扈伦国为屏障，对付元朝的残余势力，扈伦国也依托明朝，统辖海西诸部，成为海西女真部落联盟的首领，双方皆大欢喜。

好景不长，正统末，蒙古脱脱不花太师兴兵三万，越过脑温江，突破陶温水，侵入海西。蒙古人本来就恨女真人，更恨女真首领被明朝招抚，为明朝捍边效力，所以来势凶猛，铁骑所到，田庐为墟，兵锋所指，人畜不留。女真人为了活命，流离失所，房屋土地禽畜财物全舍弃了，向安全地带逃命。蒙古兵深入海西辽东地区，如入无人之境，百余卫所破灭，三百多女真头目被杀，尸横遍野，烟火冲天，女真人遭受了空前未有的大劫难。

那么此时明朝呢？它连自己都保不了，哪还能顾及辽东海西地区呢！"土木堡之战"，英宗皇帝都当了蒙古人的俘虏，形势的严峻就可想而知了。

扈伦国破灭，是注定了的。

佳玛喀国王听说蒙古人抓住女真首领不问情由一律杀死，有的还抄家灭族。佳玛喀老祖想到先人创业艰难，好容易打下这点基业，看来要保不住了。没办法，只好抛弃洪尼，率领家族部众逃奔山林，暂避其锋，保存实力，以待将来。

他逃到哪里去了呢？

从前老祖纳齐布禄创业之初，居住在辉发河口启尔萨河源。那里有城堡、土地、围场均先人遗留。只有到那里落脚，避过风头，待平静了再返回。

三世祖佳玛喀本有四子，只有长子都勒希及其眷属随迁，次子扎拉希率部曲到开原边外哈达地，那里山高林密，河流纵横，道路阻隔，是个蒙古铁骑达不到的险地，从此留住哈达不返，并在哈达创业，彻底与乌拉分离。

三子速黑忒、四子绥屯不甘心扈伦国就这么完了，兄弟二人不听劝阻，带领部众北上，进入被蒙古人洗劫过的塔山地区，招集部民，修缮城池，被部民拥立为首领。动乱过后，明朝以速黑忒抗敌有功，封他为塔山左卫都督，从此在塔山落脚了。多年后，速黑忒在抗击蒙古兵入侵的战争中阵亡，他的子孙随四祖绥屯又归入哈达，他们也从乌拉分离出去了，这是后话。

就这样，"传幼不传长"的祖制便失去了作用。都勒希就成了扈伦国唯一的王位继承人。

佳玛喀老祖没有机会返回洪尼城，他病死于启尔萨河源的土堡里，都勒希继承为扈伦第四代部主。土堡在辉发河口的北岸，启尔萨河入辉发河的汇流处，地在今桦甸境，即名曰金沙河者是也。

动乱过后，女真部卫受到严重摧残，十不存五，部卫破灭，卫印丢失，首领被杀，人民流散。明朝派大臣马文升到辽东招抚女真部落，应者并不是很多。

都勒希接受招抚，率家族部众乘船顺江而下返回洪尼，继续打起扈伦国的旗号，明朝又封他为兀者前卫都督，散失的部卫又开始聚拢，势力有了一定的恢复。都勒希成为继承人，当属特例。然而，七世祖布颜立长子布干为王位继承人，那情况就更特殊了。

都勒希传三子古对珠延，古对珠延传次子太栏，基本都是遵守传幼不传长的祖制，太栏生一子，即是七世祖布颜。布颜改称乌拉国和扈伦国部落联盟性质有根本的不同，乌拉国是一个政权实体，国王是至高无上的统治者，是一个民族地方王朝，选择继承人当然慎之又慎。

布颜老祖生子六人，个个精明干练，武功高强，战功卓著。这使布颜老祖非常为难，不知在除长子之外，五个人中立谁为嗣，弄不好会发生争权夺位，流血事件，历史上也不是没有先例，这种情况不能在乌拉国出现。他做出一个大胆的决定，绕过"立幼不立长"的祖制，祭堂子，告祖先，立长子布干为王位继承人。诸子惊愕之下，虽不服气，却也承认既成的事实。何况，立幼也不一定轮到自己头上，乐得做出让步，听从父王安排，以示孝道。就这样，本不当立的长子布干，意外地成了乌拉国王的合法继承人。布颜老祖又令其他五子各有领地城堡，皆称贝勒，各守产业。所以乌拉在布颜去世后，没有像哈达国万汗死后诸子争业，把哈达搞乱的现象，应该说，这一决策还是英明的。

所以说，祖宗法度也要遵守，但不能墨守成规，因势利导，灵活变通，才能避免危机。

十二、挖河背土筑都城

自四世祖都勒希从辉发河返回乌拉洪尼城，又经了三代，时间过去半个多世纪了，其间发生了种种意想不到的情况。本来可以大展宏图，重新振兴扈伦国，光大先人业绩的时候，结果给尚古一闹，部众离心，硬把这个刚刚凝聚到一起的扈伦国部落联盟闹散了，各部卫不再听命于扈伦国了。虽然经过五世祖古对珠延和六世祖太栏两代的努力，也没能挽救扈伦国面临解体之命运。所争得的地盘，仅剩下故土洪尼城附近方圆不足百里的领土，并且还部落林立，互不统属，各自为政，根本不听扈伦国的召唤。面对这种形势，扈伦国怎么办？前途只有两个，一是任其自消自灭，彻底灭亡；一是改弦更张，另寻出路。

布颜知道，另寻出路，光靠自己的力量是远远不够的，需要全族人的支持。可是，扈伦国自古对珠延时起，就分成两股势力，布颜伯父太安为富尔哈城主，而阿玛太栏空守洪尼城，徒有国主虚名，没有任何号召力，仅有的几十个部族也分崩离析，不听调遣，洪尼城日益残破，都无力维修，眼看着扈伦国的气数尽了，神人也无力回天。

可是布颜老祖不甘心，"我就不信扈伦国没有复兴之日"！这一天，他把宗族召集到洪尼城聚会，共同商量祖宗基业的大事。自太安、太栏兄弟分成两股势力后，太安一支人丁旺盛，太栏一支就显得势孤力单。原来太栏只生布颜一人，上下无兄弟。而太安生有六子：阿喀、布哈纳、载钦、额色、珠穆鲁、孟起。阿喀生八子，布哈纳生二子，额色生二子，珠穆鲁生一子，孟起生二子，计十五人，布颜虽已生六子，当时成年的仅有三个，其余均幼小，要干事业，需要借助伯父一支众多兄弟的协助。

洪尼城有一所并不很大的宅院，算作扈伦国主的王宫，城池残破，市肆萧条，一派没落景象。并不宽敞的堂子里，兄弟子侄二十余人商议着大事。布颜主张，扈伦国久已名存实亡，没有约束力，该放弃了。纳喇氏除了同心合力另打江山，就没有出路。当务之急是要阖族齐心努力，收复叛离出去的各部落，屯粮聚兵，修缮城垣，建立新国。太安六子孟起是富尔哈城主，他第一个支持布颜的主张，其他弟兄自然附和。太安四子额色是家族大察玛，由他主祭敬奉祖先，请祖宗保佑事业有成。远支堂兄万已在哈达建国称汗他们根本就不使用扈伦国号,这使乌拉一支有了信心。当时他们议定,太安、太栏两大支子孙的所有人员财产集合一起,由布颜统一支配,重打江山,再创事业,振兴纳喇氏。

布颜得到族人支持,整顿兵马,打造武器,操练士卒,从各家阿哈、户下人的青壮年中,挑选一千人,加上自己原有部下,共有精兵三千人马,力量比以前大多了。从大明嘉靖三十五年开始,不到三年时间,方圆二百里所有部落均被收服。以前叛离的各氏族也纷纷来归,乌拉部又是一个整体,布颜威望日高。

有了实力以后,残破的洪尼城便显得拥挤不堪。布颜在起兵前就筹划着建造新城的模样,现在是实现宏伟蓝图的时候了,他下令,建造新城。

布颜危中继承,又创业艰难,深知其中的甘苦,他与人民共同生活,共同劳动,为了建造新城,他动员所有家族,并亲自背土筑城墙。在他的感召下,军民协力,不仅修复了原来的洪尼勒,改名内罗城,内罗即是洪尼的音转,还保留了原来的城名。又另筑了外城,名曰外罗城。同时,又在城中央修筑一座小城,命名紫禁城,里边建造宫殿。扈伦国历代王宫能保留的尽量保留,能修缮的尽量修缮,已经残破的予以拆除,在原址上重建。白花点将台是先人遗物,以前建有厅堂,现早已坍塌拆掉,布颜又在上边建造一座金碧辉煌的宫殿,作为聚会议事的场所。紫禁城周长二百六十丈,南北长六十七丈,东西宽六十三丈,高一丈三尺,基宽三丈,顶宽七尺,设有角楼四座,正南开一门。内罗城周长七里,东边墙长二百六十四丈;南边墙长一百七十六丈;北边墙长二百丈;西墙长三百一十二丈。城墙底宽四丈五尺,顶宽七尺,高一丈三尺,设东南西北四门,四角有角楼,城墙外陡内坦,上有箭垛,下有马道。街道布局宽阔笔直,四门贯通。外罗城周长十二里零六十丈,北东南三面,西面同内罗城合为一体,挨近护城河,三面各开一门,唯西面同内罗城城门共用,由此进出,十分便利。门楼、角楼、箭垛、马道一应俱全,城高池深,坚固壮观,为当时关东大地独一无二的大城。再加上远山近水,形势雄伟,术士言之为"王者气象,龙兴之地"。外内中三城筑墙用土,都是挖护城河土堆砌,分层夯筑。筑城期间,布颜亲自背土,同军民一道挖河,至今流传下"挖河背土筑古城"的千秋佳话。

筑城大约用了两年多的时间,一切就绪,布颜正式宣布取消扈伦国号,乌拉部改称乌拉国。由于同宗哈达王台称汗,他只称为贝勒,为酬谢太安子孙的帮助，升富尔哈活吞达为富尔哈城贝勒，以孟起袭位。孟起之后传给长兄阿喀之子佛索诺，佛索诺未传而乌拉亡国。这是后话。

再说布颜改乌拉部为乌拉国，取缔扈伦国号，设立新的理事机构，立法度，置规章，政令统一，奖惩有序，内外安定，农耕狩猎，有条不紊，国内空前融洽，军民皆大欢喜，称布颜贝勒为英明之主。时明嘉靖四十年辛酉春正月谷旦，布颜即位之日也。

布颜即位后的第一件事，就是扩建堂子，修缮宗庙陵寝，并于嘉靖四十五年丙寅主持一次修谱祭祖仪式，主祭人是身居富尔哈城的大察玛额色，为延续此俗，同时传教传了几个小察玛，选拔了几名栽力，立下了族规。布颜不仅是扈伦第七代部主，乌拉第一任国王，同时也是纳喇哈拉总穆昆达，所以他的名字列入后世的家谱里。据说，布颜为历代先王立了陵墓，就在外罗城东南约二十里的山丘上，可是直到现在，包括布颜陵墓在内的所有乌拉王族墓葬，没有发现一处，这是一个后世难解之谜。

布颜贝勒在位十七年，薨于明神宗万历五年末，转年春，布颜长子布干即位，这已是万历六年戊寅。

十三、满泰被害真相

清朝史籍上说："满泰父子二人往所属苏翰延湿栏处修边凿壕，父子淫其村内二妇，其夫夜入，将父子二人杀之。"此后，诸家作史多持此说，这是无中生有的虚构。

我们用普通常识的眼光看一看，想一想，全国臣民都是国王的，他要女人不是现成的，何用"淫村二妇"？再说，即使有奸淫妇女行为，也不可能父子二人溜到村妇家，他们是国王啊，护卫亲兵干啥去了？如果是在驻跸的行宫里，警卫森严村民如何能进入行刺？任何有点头脑的人对这种记述是绝不会相信的。再说，事情发生在明代，清朝史官怎么能知道？无疑，这是凭谣传来写历史，是不严肃的，经不起认真的推敲，这是蓄意贬损他人的伪史。

现在来揭穿这一事件的真相，还历史以本来面貌。还是让事件的当事人和知情者说出真实情况吧。

满泰被杀是事实，父子同死也不假，他们父子被害，类似当年克什纳都督和彻彻穆父子，是死于家族内讧，是死于一个篡夺王权的阴谋。

清初，乌拉地方正白旗佐领阿布泰，为满泰贝勒第三子，他归降努尔哈赤以后，"赏和硕公主"，就是说，他娶了努尔哈赤家的格格，并被授以都统衔，满泰次子纳穆达里，他的儿子白塔柱是头等侍卫，最先找到乌隆阿的人就是纳穆达理。乌拉灭国后，他们一支被迁到宁古塔，在努尔哈赤死后，纳穆达理偕儿子白塔柱返回乌拉。了解当年洪匡事件的前因后果，并想方设法找到了洪匡长子乌隆阿，并让白塔柱同乌隆阿保持联系，以免失去这一支人。所以后来，乌拉纳喇氏重新祭祖修谱时，乌隆阿认祖归宗，为防止发生意外，乌隆阿仍保持所改的姓氏，姓赵，而白塔柱同他共上一谱，纳穆达理的后裔也都改为赵姓，宁古塔赵姓纳喇氏，实为满泰后裔也。

清朝入关以后，阿布泰同洪匡长兄达尔汉（即谱上的打拉哈，都统衔佐领，二等轻车都尉）、布丹三子图达理（副都统）等联合布丹、满泰、布占泰三支的所有子孙，在乌拉故都搞了一次大型的祭祖修谱活动，经过当事人和知情者的传讲，很多不为外人所知的一些历史事实得以重现于世。"洪匡失国"详情，"满泰遇害真相"，"纳喇氏祖先创业秘史"，都是那时候传承下来的。之后，子孙代代相传，并成了一项不成文的家规。

日久年深，传承多代，虽然现在所讲的不一定和原来讲的一模一样，但大体差不多，不会有根本性的改变。为了纠正史书上的错误，以及给我们纳喇氏家族造成的伤害，有必要继续不断地下传，也可以作为治史者的参考，以免使伪史以假乱真，误导后世。

那么我先讲一讲满泰被害真相。

乌拉国第二任国王，也是扈伦第八代部主名叫布干，他是咱们八世祖。布颜老祖为第七世，他生六个儿子，布干老大。按照纳喇氏传下的家规，"立幼不传长"，他本不该继承王位，可是老祖布颜六个儿子中，其他五个儿都是武艺高强，精于骑射，又战功卓著，立任何一个都会出现争执，内部要出现争位现象，说不定还会发生流血事件。只有布干老实，本事又赶不上众兄弟，没人能跟他争夺王位，所以他没按祖制家法，立布干为继承人，诸兄弟也没有反对，这就算通过了。其中二贝勒布勒希有不平之心，看兄弟们皆无争执，他也忍了。他们各有领地城堡，也都称贝勒。国内若无战事，他们各在自己的地盘称王称霸，简直就是个小国王。其中最属二贝勒布勒希地盘大，横跨亦迷河、苏斡延河，他又自己招兵买马，称"苏斡延河屯垦军"，说养这支军队是为防备叶赫和辉发。

布干即位是在万历四年，在位十年，于万历十三年去世。他恢复了纳喇氏祖制，传位次子满泰为继承人。

满泰即位之初，扈伦四部盟主哈达国势力转弱，失去了号召力，同它长期为敌的叶赫国强盛起来，取代了扈伦盟主的地位。满泰有一族叔，名叫兴尼牙，是六世一祖太安之后，富尔哈城那一支。他的妻子是叶赫女，他亲叶赫是自然的。他本居住在萨尔达城，距离都城不过二十里，他也自称贝勒。他却在内罗城建造府第，几与王室媲美，宗族贵戚多有不平，满泰以其为长辈，只得忍让。为了区别众贝勒，满泰提出国王可称"按班贝勒"（按巴贝勒，即大贝勒），宗族议事会上第一个反对的就是兴尼牙，他的理由是祖宗法度不能更改。既然拿"祖宗法度"说事，别人也不好表态，宗族会议不欢而散，以后再也无人提起，叔侄二人矛盾日深。满泰为了摆脱困境，振作起来，在六叔博克多和三弟布占泰的支持下，不断对外用兵，开疆拓土，势力伸展，东到窝集，北达虎尔哈，西逼车臣境，南并苏完部。乌拉的壮大，也给满泰带来了极高的声誉，满泰也和其他领主一样，逐渐骄横起来。

万历二十年春，满泰亲率一千人马，参加叶赫、哈达、辉发等扈伦四部联合对建州女真的一次小规模的进攻，开始取得胜利，夺得几个堡寨，后因进展失利，只得退兵。

叶赫贝勒纳林布禄不服气，经过准备，于次年秋又约集"九国联军"三万人马进攻建州。满泰令弟布占泰率三千乌拉兵参战。结果老汗王努尔哈赤以少胜多，大败联军于古勒山。叶赫国大贝勒布寨阵亡，乌拉布占泰贝勒被俘。

自布占泰被俘以后，满泰多方设法营救，曾给努尔哈赤许多好处，欲换回布占泰，可努尔哈赤就是不放。事情很明白，努尔哈赤是想用布占泰牵制满泰，瓦解四部联盟。果然如此，纳林布禄贝勒为报兄仇，于万历二十二年又约集各部，再发动一次攻势。乌拉贝勒满泰虑及弟弟生命，拒绝出兵，主张四国派使臣去建州同努尔哈赤议和。

这一切为兴尼牙提供了机会，他在宗族中散布国主满泰丧权辱国，有损祖先声威。他积极主张出兵攻打建州，救回布占泰。六贝勒博克多及众多宗族贝勒明白兴尼牙的意图，只要乌拉一对建州用兵，被囚的布占泰就没命了。很明显，牵制作用一失效，努尔哈赤绝不会留他。满泰听信六叔的话，更进一步表示对建州友好。

兴尼牙见计谋行不通，产生了杀害满泰取而代之的念头。满泰大福晋名都都祜，出自名门望族，文武双全，善使一对紫铜锤，万人莫敌。兴尼牙惧怕她，不敢下手。另外，博克多为满泰亲叔，属于近支，手握重权，也奈何不得。他只得暗蓄死党，等待时机了。

满泰当政之初，南境的锡伯、苏完等部被并入乌拉，而苏完部长索尔果却率家族投奔了建州。叶赫、辉发的势力向北扩张，他们同乌拉发生了领土纠纷。苏完部灭亡后，此地称之为"苏斡延湿栏"。苏斡延是河名，湿栏意为相连之地，也就是接壤的意思，用现在的话来讲就是边境。苏完部是锡伯国灭亡之后，它的一支后裔从东海迁回祖居之地，而形成的部落。因建城于苏斡延河，苏斡延快读为苏完，故命名为苏完部，又异称刷觇、拴烟、苏瓦延，皆为同一地方，女真语为黄色的河，就是今天的吉林省双阳区附近。

乌拉、叶赫瓜分了苏完领土，划定以刷觇河为界，河西属叶赫，河东归乌拉，并挖壕植柳，刻石勒碑，作为湿栏，即边界，通称"苏斡延湿栏"。

可是，近来叶赫鼓动边民，越界闹事，蚕食乌拉领土，抢夺边民牲畜，因此，满泰于万历二十四年夏，亲率宗族大臣去苏斡延河查边划界，留六叔博克多守卫都城，令兴尼牙扈从随行。布占泰身在建州，兴尼牙留在都城不放心，故令他随行参与划界。再说，兴尼牙同叶赫是姻亲，办事也方便。这样，满泰还是做了预防，特令佛索诺和胡斯二人扈从，他们是太安之孙，兴尼牙的堂兄弟，可二人是满泰的心腹，用以监视兴尼牙。

满泰认为，这样可以放心了，措施也算得力，可还是被兴尼牙钻了空子。兴尼牙老谋深算，技高一筹，满泰终于不明不白地死在了苏斡延湿栏的行宫里。

兴尼牙扈从满泰整饬苏斡延边界，当然会带去死党，精心策划，这也无法达到他的险恶目的，需要有人配合方能成功。这时他想到了一个人，谁？满泰亲叔，驻守苏斡延河的二贝勒布勒希。方才提过，布干被立为国王继承人，布勒希心里不平，兄弟关系出现裂痕。满泰当上国王后，也疏远他这位亲叔。兴尼牙到苏斡延后同布勒希取得了联系，两人达成默契，那就是无论发生什么事情，布勒希都不要干预，因为他手下有两千屯垦军，不安排好这股势力，兴尼牙他有天大的胆子也不敢冒险。就在整顿边界大功告成之时，在满泰准备次日返回乌拉的头一天晚上，事件突发，国王及其长子撮胡里台吉双双被杀于行宫。同死的还有两对青年男女，共死六个人。随之传出，国王父子奸淫二村妇，被其夫闯入刺杀。谁想这一谣言被写入史书，谬传至今。

兴尼牙杀害了满泰父子，又无辜杀害了两名青年男女，自称惩处凶手，为国主报仇。死无对证，这件事情的真相就被掩盖起来。

消息传到乌拉城里，人心惶惶，很多人信了兴尼牙制造的谎言。但是，若想人不知，除非己莫为。随行查边的警卫人员不怕兴尼牙的迫害，透出一点真实的消息。本来，城内宗族们对苏翰延事件就有怀疑，人们多认为，国王父子警卫森严，又有宗族贝勒护卫，即使真的奸淫了民妇，其夫怎么能够进入国王的行宫行凶杀人呢？这里的破绽很多，其中定有隐情。加上兴尼牙平日对待满泰的态度，他的嫌疑最大。

兴尼牙满以为这回上台当国主了，谁知，在宗族合议的时候，六贝勒博克多坚决反对，他认为苏翰延事件尚没调查清楚，不能听信谣传，按祖制，当从满泰兄弟或子侄中去推戴，以长继幼，与礼不合。正在这时，又一项重大消息传到都城：建州放归布占泰，已经进入国境，这对兴尼牙是个不小的打击。

兴尼牙受到挫折，还不死心，他又要杀害即将到达的布占泰。布占泰到达之日，却不是自己一家回来，而是在建州两大臣带兵保护下送归。兴尼牙事情败露，野心不能实现，他不敢留在乌拉，带领家口投奔叶赫。在叶赫也不受欢迎，不久又西去蒙古地方。其子孙在清代才被招回来，编在八旗内。按照祖制，宗族谋逆者谱上除名。由此，兴尼牙家族与乌拉纳拉氏家族脱钩，族谱上不著其名矣。

仅是太栏一支的家谱不著，而在辽东发现的太安一支家谱仍保留兴尼牙之名，他是太安次子布哈纳的长子，但其后裔失载，仅能从《八旗通谱》上获得一点信息。

后来，同去的佛索诺贝勒道出了真相。

十四、布占泰逸事

布占泰是乌拉国末代国王，我们的九世祖，是明清之际女真人的历史上富有传奇色彩的风云人物。在位十八年，开疆拓土，使一个差、弱的乌拉国变成雄踞东方的女真强国，而他又导致乌拉亡国。他同努尔哈赤五次和亲，而又同建州水火难容，以致大动干戈。他崇敬祖先，修谱建陵，最后却扔下宗庙陵寝，抛弃妻儿子女外逃叶赫。这一切一切，扑朔迷离，不可思议。正史上记载他的事迹很少，而民间和家族的传闻很多。

1. 幼年从师学艺

八世祖布干共有三子六女，布占泰与二哥满泰同母生，大哥布丹同父异母。满泰比弟弟大十余岁，布占泰生于隆庆末，正当布颜建立乌拉国不久。可又有人说他生于万历初，不过两说皆无文献记载。总之，明嘉靖四十几年到万历元年之间，是布占泰出生的具体时间，推算可当隆庆时期。

布占泰自幼不爱读书，专好练武，十岁时，就能掌握祖先纳齐布禄百步穿杨的箭法。从小爱惹是生非，打架斗殴。因为他是王子，别人都让他三分，他更有恃无恐，常常闹得紫禁城不安。阿玛布干见此子难成大器，从小就不喜欢他。布颜去世后，布干即位。

庆典过后，又为先王布颜举行了隆重的葬礼，前后忙乱了近一个月。平静下来，他们才发觉，小台吉布占泰失踪了。

查遍全城，访遍全国，几个月过去了，仍无下落。国王贴出告示，有知下落者，赏以重金。告示贴出多日，无人揭榜，实在令人寒心。

原来布占泰被一个异人领到一个群山环绕的所在，其中有一高山，奇峰峭立，险峻异常，山上有石洞，石壁上镌刻有字，曰："九顶铁刹山，八宝云光洞。"这是人迹罕至，与世无争，动乱中的世外桃源。布占泰虽小，但胆子很大，只要教他学武功，他什么都不怕。不知不觉，五易春秋，布占泰也长到十五岁了。这一日师父告诉他，让他下山。布占泰学艺五年，师父姓什么、叫什么，他都不知道。后来布占泰当了国王，在奉先堂之外另立一神祠，供奉的无名师父就是此人。

师父把他送到乌拉城外，就单独走了，不知去向。布占泰回到城里，家人见布占泰的性情大变，长得一表人才，成为女真人中第一个美男子。紫禁城内又惊又喜，全城沸腾起来。

2. 救辉发海西扬名

乌拉国的南方，有一个大国，叫辉发国，辉发国王名叫拜音达里，他杀死七个叔叔，篡位夺权，宗族不服，都跑到叶赫、哈达等国。拜音达里见人民不服，请来老汗王人马，到辉发帮助镇压。汗王兵受到指示，不管是不是叛民，只要是辉发人，见着就杀。辉发人无辜死了上千名，甚至连孩子也屈杀不少。辉发王送了好些财物，才退去汗王人马。

请建州兵屠杀自己人，消息传到叶赫，叶赫大贝勒布寨在辉发逃难家族一再请求下，答应出兵讨伐辉发，活捉拜音达里。这天得报，辉发王拜音达里到海龙城狩猎，又在那里抢夺美女，扬言要一百人，多咱够数多咱回去。叶赫趁此机会，发兵三千，由布寨率领，连夜赶到海龙，把拜音达里困在里边。拜音达里手下有一员大将，名叫苏猛格，勇力过人，是国王的心腹。叶赫国也有一员勇将，名叫依尔当，有万夫不当之勇，为扈伦四部名将。这两个人都彼此知名，又各不服气。这次他们在海龙城外打了一仗，才晓得苏猛格不是依尔当的对手。拜音达里坐困海龙，海龙城小，难以坚守，他想起了从前同乌拉国结好，目前求援只有指望乌拉国出兵了。

这时乌拉国主满泰即位不久，得到辉发使臣的报告，令弟布占泰率领一千人马，随辉发使臣去救海龙。临行，满泰授以密计："少战多和，居间调停。"布占泰受命，率人马星夜赶赴海龙城解围。

探马报知布寨，布寨大吃一惊，怕就怕乌拉出兵，果然真的来了。他立即下命猛攻海龙城，力争在乌拉兵到达之前，攻下海龙，活捉拜音达里。拜音达里得到乌拉出兵的消息，亲自上城巡视，并严令坚守待援。

叶赫兵正攻之际，忽见布寨令旗一摆，大军后撤。远处尘土飞空，一支人马，风驰电掣般地赶来。

乌拉援兵到了。

叶赫兵后撤十里扎营，忽有乌拉军士来到大帐，说奉了主帅布占泰贝勒的将令，来请叶赫国主布寨王爷，明日过营赴宴。

次日，依尔当暗穿铠甲，佩带宝剑，挑了五十名精壮卫士，护送布寨贝勒来到乌拉大营。布占泰亲自接入，帐中已摆好了酒宴。席上坐着一人，是辉发贝勒拜音达里，他身后立着一员大将，正是苏猛格，手按刀把，虎视眈眈。布寨大惊，觉得上当受骗，转身要走。布占泰一把拉住，笑吟吟地说："王爷勿疑，我奉家兄之命，不是来打仗，是来给你两家和解。"布寨看拜音达里坐着一动不动，也只得硬着头皮，勉强入座。这时，布占泰向布寨、拜音达里二位打千施礼，笑道："家兄知二位贝勒失和，特派我来调解。扈伦四国，情同手足，不能自相残杀。如今，建州势力方强，是扈伦心腹之患，自己大动干戈，将来被别人渔利，那时后悔就晚了。二位王爷以为如何呢？"

拜音达里接过说："我没有得罪叶赫，他收容我逃人，又无故发兵犯界，真是欺人太甚！"

布寨说："你暴虐无道，国人皆叛，你又勾引建州，屠杀自己宗族，罪大恶极，我这是吊民伐罪！"

拜音达里仗着布占泰在场，不服道："这是我的家事。我还怕你不成？"

布寨大眼一瞪："你城破被掳，就在眼前！"

苏猛格腾地跳起来，唰地抽出腰刀。依尔当也甩掉外衣，露出了铠甲。眼看两个就要动手，就在这时，忽听一声叱喝："不得无礼！"

布占泰慢慢站起来，微微一笑："你们这是干什么？"他伸手拉住二人胳膊，往下一按，"都请坐！"二人只觉得半侧身子发麻，扑通扑通都坐在地上了。两人心里暗暗吃惊，才知道布占泰的厉害。

席上，布占泰劝两国罢兵和好，布寨提出，要辉发割让几个边境堡寨，作为撤兵的条件；拜音达里断然拒绝，说土地城堡是先人留下，寸土不予，并要求叶赫送还逃人。二人各持己见，争执不下。布占泰也无计可施。

此时忽听外面有飞鸟喧叫，布占泰问："外边什么声音？"军士回答："鹞鹰捕捉小鸟，小鸟成群喧闹。"布占泰心中一动，立刻起身对两国君臣说："请，到外边看看去。我没见过鹞子是啥样的。"四人不敢不依，一同来到外边。只见空中有只鹞鹰，正追逐一只小鸟，小鸟群跟着喧叫，看样子，生怕同类落入敌手。布占泰笑指天上道："鹞鹰恃强凌弱，小鸟群起而攻之。虽然力不能及，精神可嘉。禽类尚能护己，人何自相残杀！我当助它一臂之力。"说完令取过弓箭。布占泰搭箭上弦，对他说："我今日凭着上天神灵的意愿，要是射下鹞子来，那就是天神让你两家罢兵，要是射不下来，那也是天神让你们打仗，我谁也不帮助，立刻撤兵回国。怎么样？"布寨答应道："全凭小贝勒。"拜音达里也只好应允。

"好。不准反悔！"

众人都注视空中，忽听军士喊起："又飞来了，又飞来了！"约离地面百余步左右，折向西南方向。

布占泰看此时不射，即将错过机会，拉满弓嗖地一箭射去，只见鹞子一个跟头扎下来，掉在远处的草坪上。两国君臣都不免暗暗称奇。

布占泰射落鹞鹰，心中得意，笑道："这是天神旨意，令你二家和解。咱们有言在先，谁要是不服，那可要得罪了。"布寨问依尔当："今日的事情，你看怎么办？"依尔当小声说："这个人情，贝勒爷就做了吧。布占泰武艺高强，力大无比，我们不是对手。"布寨认为有理，同意撤兵。拜音达里本来希望乌拉兵参战，杀败叶赫。今天见布占泰用儿戏般的手段解了围，虽不乐意，也只好作罢。从此，布占泰射雕救辉发的事迹在女真人中传开，史书上说他"悍勇无双"也是从这个时候起被人所公认。

自叶赫、乌拉撤兵以后，拜音达里知众怒难犯，也有所收敛。

3. 叶赫许婚

布占泰解辉发围，受到叶赫大贝勒布寨的器重，他有意同乌拉结亲，密切两国关系。

明万历二十年，布寨遣使去乌拉，提出将十三岁的女儿大格格许给布占泰，两国和亲。国王满泰同意了这门亲事，令布占泰答应，并下了聘礼。同年秋九月，布占泰率三千兵参加叶赫组织的"九部联军"对努尔哈赤的战争。不料兵败古勒山，布寨战死，布占泰被俘。三年后，被放归乌拉，继承满泰为国主。布占泰想起叶赫这门亲事，准备迎娶，不料叶赫贝勒布扬古（布寨之子）退还聘礼，解除婚约，理由是大格格已于前一年许给汗王努尔哈赤了。叶赫战败，努尔哈赤指名要此女和亲，方可息争。布扬古不敢不从，只得解除乌拉婚约，转许建州。原来努尔哈赤听人盛传，叶赫大格格美丽无双，为女真人中奇女，必欲得之。布占泰怨恨叶赫，更怨努尔哈赤。后来汗王努尔哈赤先后将三个女儿嫁给布占泰，也没有解除布占泰的仇恨心理，始终惦记着叶赫大格格。

叶赫大格格原名东哥，见过布占泰一面，心里满意这门亲事。后转许建州努尔哈赤，一听是杀父仇人，东哥格格说什么也不嫁。如若相逼，情愿一死。布扬古许婚本来不是情愿的，形势所迫而已。见妹妹誓死不从，也不勉强。但建州的婚事赖不得，也退不得聘礼，只得推托搪塞。东哥格格还放出风来，谁要能杀努尔哈赤为父报仇，就嫁给谁。努尔哈赤明知不可求，但为了保住面子，既不退婚，也不索还聘礼，始终承认这门亲事。

后来，叶赫、乌拉同努尔哈赤矛盾更加尖锐。叶赫贝勒布扬古有意给努尔哈赤难堪，又提出将妹妹重许乌拉。布占泰为泄积怨，同意迎娶。大格格也遂了心愿。努尔哈赤怕叶赫格格真的归乌拉，扫他的声威，于是下决心，亲统大兵灭乌拉国。布占泰战败逃到叶赫，布扬古并没因乌拉亡国而慢待他，仍要将妹妹归他。

努尔哈赤听说布占泰逃到叶赫，怕他同叶赫格格成亲，三番两次派使索要布占泰，都被布扬古驱逐。为了叶赫的安全，布占泰提出改娶其他氏族女人为婚。努尔哈赤得知此事后也就放松了对叶赫的威胁。

东哥格格见布占泰不娶她，大失所望。布扬古贝勒为了羞辱努尔哈赤，就在他建国后金改元天命，欢欣鼓舞的时候，强行把妹妹嫁给了蒙古喀尔喀部首领莽古尔岱。大格格不从，结婚不到半年，气愤而死。布占泰在叶赫寓居六年，在一次协助叶赫贝勒金台石袭击辉发城时得了风寒之症病故，之后，叶赫也没被努尔哈赤所灭。他的那位年轻福晋叶赫格格去向不明，据说她是金台石的外甥女，身怀武艺，曾带领布占泰手下乌拉残兵跟努尔哈赤作过战，最后没人知道她的结局。

4. 布占泰除弊政，一人专权

乌拉国建立之初，仍然延习扈伦国的体制，对外是部落联盟制，对内是宗族合议制，国王的权力有限，重大事情国王一个人说了不算，得宗族合议决定，这样，宗族贵戚都有很大权力，他们有领地，有城堡养兵，也都称贝勒。满泰想过改革，集中权力，国王称"安班贝勒"以示区别，但遭到宗族合议否决，因而作罢。

布占泰在建州待了三年，亲眼看到努尔哈赤是怎样把权力一步步抓到手里的，建州是怎样一点点强盛起来的，他受到了启发，回国即位后就开始谋划，效仿努尔哈赤，实行专权，个人独裁，自己说了算。

乌拉要做到这一点可不容易，纳喇氏的宗族势力，要比建州复杂得多。

布占泰的办法，培植亲信，在家族中找同盟者，作为依靠力量。

首先，在年轻兄弟辈中物色，三叔布三泰的儿子常住，他的福晋是努尔哈赤的姐姐，而布占泰又娶了努尔哈赤的女儿（养女），让宗族明白，他背后有建州支持。四叔布准的儿子噶兰满与布占泰合得来，让他们管军事，六叔博克多忠心耿耿，成为布占泰的依靠力量，可以摆平长辈之间的关系。长房富尔哈一支，自孟起故世后，特令孟起长兄阿喀之子佛索诺继承，并规定，除了活吞达（城主）之外，任何人不准称贝勒。所以，在布占泰当政期间，乌拉国的贝勒很少，老一辈去世便不在承袭，顶多只能称台吉，这就把宗族势力削弱了。之后，干脆取消了行之几代的"宗族合议制"，布占泰于万历三十年称汗，便没有遇到阻拦，大伙还欢欣鼓舞地庆祝。

在布占泰当政的十八年中，他对膨胀起来的宗族势力毫不留情地抑制，迫他们交出领地和军队，由国家统一调配，走上富国强兵之路，令出必行，征剿必到，他二叔布勒希远在苏斡延河，原先保留两千屯垦军早已被他收编，其他城堡的驻军全由布占泰一手掌管，派他的亲信将领统率。

他的几个叔叔的贝勒称号是老祖布颜建国后封授的，原定为子孙世袭。可是当这几个长辈去世以后，能够子孙世袭的却是极少数。二贝勒布勒希远离乌拉城，他的长子噶尔珠世袭称贝勒，可他是布占泰的心腹，又是他的堂兄，而噶尔珠的弟弟卓内连个台吉名号也没有。三贝勒布三泰三个儿子两个称贝勒，当乌碣岩之战常住和胡里布被俘，他们这一支再也没贝勒的称号了。四贝勒布准一支是布占泰的核心力量，他的三个儿子中噶兰满、哲臣称贝勒，而他们的弟弟孟坚称台吉，因为他的年纪尚小。五贝勒吴三泰（武山泰）三个儿子无一承袭。六贝勒博克多是老祖布颜授予的贝勒，可他在万历三十五年乌碣岩之战中同其子硕色台吉双双阵亡了。

满泰一支，生子五人，除长子撮胡里授为台吉外，其他四子年岁尚小，直到乌拉国灭亡也没获得贝勒称号。

布占泰兄长布丹生三子，因乌拉纳喇氏祖训国王立幼不立长，布占泰特令其长子阿斋为宜罕山城主，称贝勒，以示关怀。

长房太安一支世居富尔哈，他的子孙已有多人称贝勒。布占泰当权后，取消了他们子孙世袭特权，指定"活吞达"（城主）称贝勒，其他不得妄称。孟起之后，令佛索诺继任，并规定以后城主、贝勒由国王任命，不得传承。

布占泰在短短几年间完成了集中权力的改革目标，有好处也有坏处。好处是政令统一，军权在握，可以任意发挥，办事不受牵制，使乌拉国很快发展壮大。坏处是伤害了部分宗族的利益，他们表面服从，一有风吹草动他们会起异心，甚至暗中勾结敌人，背叛纳喇氏事业，卖国求荣，乌拉灭国之所以这么迅速，这也是其中一个主要原因。

家必自毁，而后人毁之；国必自伐，而后人伐之！千古名言。

5.抗击车臣汗

在乌拉国的西北方千里之遥有个蒙古车臣汗国。车臣汗本是元朝贵族，势力强大。车臣汗国也是游牧部落，时时侵扰蒙古、女真各部，他的人马一到哪里，哪里就是一场灾难。万历三十年左右，车臣汗率领数万人马，游牧到松花江，大兵围了乌拉都城。乌拉国人心惶惶，他们吃过蒙古人的亏，乌拉国的先人就曾被蒙古人赶出洪尼勒城，扈伦国也是遭到蒙古洗劫而解体的。这回蒙古人又来，看你布占泰国王有什么退敌办法呢！

布占泰得知车臣汗大兵围城，开始也很惊恐，加上宗族大臣们倡议弃城远走，他真的做了突围逃跑的打算。可是蒙古兵围住北东南三面，西面是江，从哪里突围！城内只有五千人马，而蒙古兵多达数万，走与战皆难得手，暂时只有固守待援。这援兵指望谁？叶赫、哈达、辉发、建州，都远水解不了近渴。

大兵围城一连攻打五日，乌拉城坚固，守军又竭尽全力，蒙古人野战虽是能手，攻城就显得无能为力。布占泰看出了破绽，决定亲自率兵出战，杀退车臣汗的人马。大臣们都阻止他出战，认为这是冒险。布占泰有他的见解，他认为蒙古人凭着一股锐气，每战必胜，又依仗人多，每每轻敌。如今已五日没有攻下城池，军心懈怠，锐气已失，我军士气正旺，可以一当十，战必能胜。蒙古人的特点，胜则穷追，败则必跑，城围可自解。

布占泰传下军令，三更造饭，天明开东门出战。

蒙古兵攻了五日，城不能克，乌拉兵又不出战，军心有点涣散，士气有些低落，连车臣汗本人也有点松懈。可他万万没有想到，乌拉兵拂晓冲出城来，直扑大营。蒙古兵仓皇应战，车臣汗也上马出营，顶头碰上布占泰率兵杀来，十余员蒙古将领抵住布占泰，但他们都不是布占泰的对手，这一仗，布占泰大展神威，将车臣汗杀的大败而逃，蒙古兵沿江退走，回到大漠以北，从此再也不敢东来。

布占泰的"悍勇无双"又进一步地得到诸部的宣扬。蒙古科尔沁部晓得布占泰的神威，主动同乌拉结好，东海诸部望风归服。

6. 乌碣岩之战

布占泰击退蒙古车臣汗的大军以后，出兵东海，海滨诸部皆归服，奉布占泰为汗。不到十年，乌拉国的势力东到图们江，东北达海滨地区，北到黑龙江，西到蒙古郭尔罗斯边缘。这时，建州努尔哈赤的势力也扩展到整个辽东地区。努尔哈赤贪图东海各部珍珠、貂皮之利，急欲向北扩张，而该地区已纳入乌拉国的势力范围，中间有乌拉所属众多部落阻隔，苦无办法。

这期间，一件意外的事情发生了，给努尔哈赤提供了向北扩张的机会。乌拉国所属，东海瓦尔喀部管辖下有个蜚悠城，城主策穆特黑，受建州的利诱，答应脱离乌拉，归顺建州。因财产很多，要求努尔哈赤派兵来接他搬家。这对努尔哈赤无疑是个机遇，他将此事秘而不宣，派三弟舒尔哈齐贝勒率长子褚英、次子代善以及大将费英东、扈尔汉等带三千人马去接应。蜚悠城的人民不愿离开故土，远去建州，有人连夜奔驰去乌拉报信，请求出兵制止迁移。乌拉与建州已有盟约，规定：各守疆界，互不侵犯，不准容纳叛逃者。

布占泰见汗王努尔哈赤违背盟约，挖他的墙脚，从背后伸手，火速派六叔博克多贝勒领兵一万前去阻截。

随行的还有堂兄弟，布占泰三叔布三泰之子常柱贝勒，胡里布贝勒等首领。时在二月初，山高路滑，天寒地冻，非常难走。又加昼夜兼程，赶到图们江畔已是人困马乏。这时建州兵已搬了策穆特赫的家眷财产，火烧城堡和村落，强迫迁徙蕫悠城附近村寨居民，用五百兵押送，其余两千五百人马当先开道，返回建州。行至乌碣岩，乌拉追兵赶到。褚英、代善不等乌拉兵立住阵脚就发动攻击。乌拉兵劳累饥饿，毫无抵抗能力。博克多本来年老，兼日夜奔波，体力已衰，未等交战便马失前蹄，意外地被代善杀死。乌拉兵失去主帅，军心慌乱，纷纷逃散，建州兵乘胜追杀，乌拉贝勒常柱、胡里布等皆被俘。"不准容纳叛逃者"的盟约已被撕毁，从此努尔哈赤使用利诱加威吓的手段，连连向东海各部用兵，从背后打击乌拉，两国关系日趋紧张。

7. 鸣镝射公主

原先，老汗王努尔哈赤为了拉拢布占泰，几年以来，已经将两个女儿嫁给他了。乌碣岩之战后，老汗王又怕乌拉与叶赫联合，又提出把第三个女儿嫁给他。

大公主和二公主年岁大了，懂得一点夫妻情谊，对布占泰也很尊重，关系尚好。只有这三公主年幼，不很懂事，依仗汗王老子，不把布占泰放在眼里。其实，汗王嫁女的用意一来缓和同乌拉国的矛盾，二来也是为了监视布占泰的一举一动。大公主和二公主，不是亲生，原是兄弟三贝勒舒尔哈齐之女，是靠不住的。只有亲生女儿才会办事，乌拉国的内情才会一清二楚。

布占泰虽然娶了汗王三公主，他已从乌碣之战中得到了教训，汗王努尔哈赤又是出兵，又是和亲，软硬兼施，其目的无非是欲吞并乌拉。他除了招兵买马，训练军队，扩充实力外，外交上同叶赫、蒙古科尔沁等部加紧联合。这一切都被三公主侦悉，她把布占泰的一言一行，一举一动派人回去报告汗王。报告别的情况，汗王并没在意，可是一听到布占泰同叶赫和好，不久要娶回叶赫格格一事，再也忍耐不住了，他发兵攻打乌拉，攻下几座城池，杀了很多人烧了不少房子，逼得乌拉国又一次战败求和。

汗王退兵，布占泰感到蹊跷，汗王无故出兵来打，这是为什么？经过访察，得知三公主向他阿玛告密，才惹出这场麻烦。从此，布占泰想着报复三公主的办法。忽然想起，平日教子女练习骑射用的一种响箭，这种箭是用骨和木制成，无镞，不能伤人，射出带响声，称响箭，又叫鸣镝。他找出来，当着宫人的面，射向三公主。三公主听到响声，急忙躲闪，布占泰左一箭右一箭，公主躲了又躲，引得人们哈哈大笑。三公主不堪凌辱，急派心腹去建州向汗王告状。汗王努尔哈赤大怒，亲统三万大军，于癸丑年正月伐乌拉，出兵的理由是布占泰"欲夺所聘叶赫女，鸣镝射公主"。这一仗，乌拉大败，布占泰逃走，乌拉国灭亡。

十九岁的三公主被汗王接回，改嫁给他的大臣额宜都之第八子。大公主、二公主误听传言布占泰阵亡，双双自杀。三公主即努尔哈赤第四女穆库什，封和硕公主，布占泰死后，被她阿玛嫁给额宜都，额宜都死后又转嫁给他的第八子图尔格。乌拉灭国时，只有大公主额实泰自缢。"双双自杀"此为民间传说，与史实不符。大公主系舒尔哈齐亲生之女，生一子即洪匡，即是现在赵氏家族的祖先。

十五、洪匡失国

1. 洪匡身世

乌拉亡国的时候，洪匡才十四岁。他有七个哥哥，皆同父异母。老大达尔汉，二达拉穆，三阿拉木，四巴颜，五勃延图，六茂莫根，七嘎图浑，洪匡排行老八。

洪匡的额娘，就是老汗王的大女儿，称作大公主。乌拉国被老汗王占了以后，布占泰的七个儿子都跑了。洪匡的额娘是老汗王的大公主，所以洪匡没跑。老汗王寻找布占泰的儿子，只找到了这个小的，还是他的外孙。老汗王就叫外孙洪匡继承他阿玛布占泰，当贝勒。洪匡的额娘已经上吊死了，家族多半逃散，只剩下他一个人，孤苦伶仃。洪匡长大才明白，他这个贝勒称"乌拉布特哈贝勒"，并不是"乌拉国贝勒"，也不是"哈萨虎贝勒"。他领有乌拉都城周围一小块地盘，叫"布特哈部落"，他就当这个部落的贝勒。他部落里的人，不是给他打鱼，就是为他狩猎，他除此以外，什么事也管不了，另编牛录管辖。这样，老汗王还不放心，又要把他一个孙女嫁与洪匡做福晋，说是亲上加亲，其实是对洪匡不放心，监视他的一举一动。

洪匡要娶金国汗王家的公主,事情被逃在叶赫国的乌拉贝勒布占泰知道了,他偷偷跑回乌拉,阻止此事。

布占泰战败逃走三年,此番爷俩见面自有一番感触。洪匡问道:"阿玛这次回来,有什么打算?"布占泰告诫他说:"我这次回来,是专为你的亲事而来。我吃亏就吃到同建州和亲上。你汗王姥爷努尔哈赤又用孙女给你和亲,这是手段,千万不要答应他。他让你当贝勒,是收买人心,给天下做样子看,你不要当真了。"

洪匡含泪问道:"那该怎么办?"布占泰告诉他:"你有恢复祖业之志,就要做好充分准备,一旦时机成熟,你举事,我会带叶赫兵来援助,大事可成。"洪匡应下。布占泰最后嘱咐道:"城中耳目众多,又有你汗王姥爷的党羽,凡事要谨慎、小心。建州的亲事,千万不能答应。"

布占泰走后,洪匡没有拗过老汗王。年底,老汗王派人送来金国公主,同洪匡成了亲。

2. 布占泰两回乌拉

转年,布占泰知道了洪匡已经同汗王家公主成亲的事,十分恼火,又一次秘密地跑回乌拉城。

这次他没有进城,令手下偷偷进入王宫,秘密通知洪匡,城外有人要见他,在江边等候。洪匡明白,必是阿玛又回来了,是不是叶赫方面有了什么好消息?他瞒过公主,带上一个心腹阿哈,随来人出城,直奔江边。

布占泰见了洪匡,劈头问道:"我是怎么嘱咐你的?国恨家仇你就忘了!"洪匡忙跪倒在地,流泪道:"阿玛教谕,儿不敢忘,只是胳膊拧不过大腿啊!儿要是不答应这门亲事,恐怕性命难保。"布占泰听儿子说的也在理,他深知汗王努尔哈赤的脾气。儿子年岁小,势孤力单,怎么能抵制得了呢?想到这里,他叹了口气:"也罢。既然事已至此,也就算了。那你今后还怎么打算的呢?"洪匡严肃地说:"儿虽与汗王结亲,复国大业绝不敢忘,请阿玛放心。"布占泰一听高兴起来:"好!"他扶起洪匡:"不愧为纳喇氏后代子孙,乌拉复兴,全在你了。"洪匡提出要兵无兵,要将没将,粮草金钱,一概不足。城池遭到破坏,无力修缮……这些困难,没办法解决。他又提到金国公主睡在身边,一切都逃不过她的眼睛,凡有举动,她必向汗王报信,真是左右为难。

布占泰听到这里,也无计可施。最后,他还是重复那些旧话:谨慎小心,不要使汗王生疑,可以暗中招兵买马,礼贤下士,不论贵贱,能为我效力者必重用；欲图大事，必宽厚待人。等到明朝出兵辽东，可趁势赶走汗王人马，重振乌拉国。布占泰还告诉儿子，叶赫国已经请求明朝出兵，灭掉汗王，重新恢复扈伦四国。洪匡很受鼓舞。布占泰这时注意到洪匡随来的那个阿哈，忽然想起，问儿子道："你带来的马童，不是吴乞发吗？"吴乞发见问，忙跪倒叩头道："叩见王爷，吴乞发不忘王爷救命大恩，誓死追随小贝勒爷。"

原来这吴乞发是一个孤儿，自幼失去父母，流浪街头，几被饿毙，恰逢国王布占泰出来，看此情景，问过之后，令护卫将他带进王宫，他正好和小台吉洪匡同年，就令他伴随洪匡习武练功。谁想吴乞发力大无穷，到十三四岁时就能使一根镔铁大棍，无人能敌。乌拉国灭后，吴乞发始终跟随洪匡，寸步不离。他要保护好小主人，以报答国王救命之恩。

转眼数年过去，今日布占泰认出他来，便问洪匡："此人武艺可长进？"洪匡道："万夫不挡。可惜，出身微贱，非名门著姓。"布占泰慨然道："阿玛我从前就是以贵取人，非亲贵不用，才有此败。儿当吸取教训，量才用人，无分出身贵贱。记住。"

布占泰带领从人，连夜返回叶赫。洪匡听了阿玛布占泰的话，重用出身微贱的能人。吴乞发也由一个马童出身的阿哈，被提拔为守护王宫的侍卫头领，成为洪匡手下的一员大将。

洪匡依靠吴乞发，训练军队，招纳各方面有用人才，准备起事。

不料布占泰回叶赫不久病死。转过年，明朝果然出兵打老汗王，结果被老汗王打得大败，叶赫也跟着亡国。洪匡企图配合明兵起事的计划，也成了泡影。

从那以后，洪匡不敢公开招兵买马。他一方面防备老汗王的密探，一方面还要防备公主，恐怕走漏消息，引火烧身。可是，洪匡的举动还是被公主察觉到了。

3. 沙家兄弟送宝马

一天，乌拉城里来了两个人，牵两匹宝马，要进王宫见洪匡贝勒。他们是亲哥俩儿，哥哥叫沙摩吉，弟弟叫沙摩耳，他们辗转万里，来到乌拉。他们把两匹宝马献给洪匡。据说这两匹宝马日行千里，涉水如平地，蹄下生毛，肚下长鳞，浑身全是青色，没有一根杂毛，取名叫大铁青、二铁青。这两匹马，性情古怪，沙家兄弟从西域到乌拉，万里之遥，一路经过好几个国，若干部落，哥俩儿也将马献给首领，可是任你有天大的本事，这马就是不让靠前。在蒙古一个部落，那个善于骑射的蒙古贝勒，刚一挨近马身，就被马一头撞倒，再也不敢试了。各个部落没人肯收留他们，他们这才信马由缰来到了乌拉城。

洪匡看了这两匹马，知是宝马龙驹，心中欢喜。他用手按马背，这马就像见了主人，一动不动。他又飞身上马，骑上大铁青，拉着二铁青，到城外跑马遛了几圈，果然不凡。

沙家兄弟原以为洪匡会被摔下，没有想到洪匡与两匹宝马结下了不解之缘。洪匡得了两匹宝马，心中十分高兴。

洪匡虽然看中了两匹宝马，但是他并没有看中沙家兄弟。他们其貌丑陋凶恶，一副奸险刁钻像；再加上来历不明，对他们根本信不过。于是重赏了沙家兄弟二人，但没有安排职位。沙家兄弟，本来想用两匹宝马换取个高职位，结果没有达到目的，心中不满。二人密谋，想盗马逃走，因洪匡自得马后，令人精心饲养，严加防范，一时没能得手，只得以后慢慢找机会。

过些日子，有人向洪匡报告，说沙家兄弟口出怨言，后悔不该投乌拉，要是到沈阳去投老汗王，高官厚禄早到手了。吴乞发向洪匡建议，这是一对小人，留下是后患，不如杀掉。洪匡说："献马来投，杀之不义。既然有意投奔老汗王，我就成全他们。"吴乞发认为不妥，沙家兄弟在乌拉数月之久，晓得一些这里的事情，他到汗王那里，难保不搬弄是非，会误大事。洪匡不听，修书一封，叫来沙家兄弟，对他们说："乌拉国弱民穷，二位在这里难以施展抱负。我汗王姥爷最近迁都沈阳，国富民强，广揽贤才，我特修书一封，荐二位到沈阳去。汗王见了我书信，定会重用二位。"

沙家兄弟到了沈阳，拿着洪匡的书信，见了老汗王努尔哈赤。汗王见二人相貌，先有几分不高兴。本来想把二人赶出去，可是有洪匡书信举荐，说二人才干不凡，乌拉城小，无法安置，特荐去沈阳量才录用。老汗王于是借机问起了乌拉方面的情况。

沙家兄弟二人就告起洪匡的状来："汗王陛下，我们从西域国来，久慕汗王陛下英名，特意给汗王陛下送来两匹宝马。这马登山如平地，涉水赛行舟，日行一千五百里……"汗王特别爱马，更爱好马。听说有这样好马，如何不动心？不等他们说完，就急问："快说，宝马在哪里？"沙家兄弟说："我们经过乌拉城，被驸马爷洪匡贝勒看中，留下了。"老汗王听了，斥责二人道："你没说是给我送的呢？"沙家兄弟说："我们说了，说是送给汗王爷的，那驸马洪匡说，我留下有大用，你们带封信去见汗王，准能收留你们。所以，我们空手来见汗王爷。"

老汗王努尔哈赤听得心头痒痒，暗恨洪匡。又一想，洪匡说留下有大用，这是怎么回事？又问起沙家兄弟。他们故意迟疑，欲言又止。汗王心里更疑，追问道："你们经过乌拉，没听到一点什么动静吗？"

"奴才不敢多嘴。"

汗王越加着急，催促道："说吧，你们有啥说啥，说对了，有功；说错了，无过。"

沙家兄弟大胆地说："驸马爷在乌拉招兵买马，要造反呐！"老汗王乍一听，也吃了一惊："是吗？你们都见着什么了？"

兄弟二人说："招兵买马，训练士卒，修城挖壕，这不是要造反干什么？再说，那两匹宝马，他为什么不肯撒手？汗王爷请想想。"老汗王沉吟一会儿，说："好。我以后有用着你兄弟二人的时候，你们就留在这里吧。"汗王封了兄弟二人的官儿，官名叫："拜他喇布勒和番"，还叫"牛录章京"，也就是佐领。

后来，老汗王发兵打洪匡，沙家兄弟出了不少力，这是后话。

4. 除夕拜年

转眼来到了这一年的冬底，按女真人的惯例，大年除夕的晚上，姑爷都要去丈人家拜年，并且还要吃一顿团圆饭。王爷贝勒家都是如此。如今汗王年高，还是皇帝，嫁到外地各国各部落的公主们都要随驸马回娘家拜年去。就是公主去不了，驸马也非去不可。每年除夕，洪匡得提前五天离家，往返须要十天，回来后再拜家庙，祭祖先，每到过年洪匡都过不好，往返疲劳，心情沮丧。

这年逢"小进"，二十九除夕。乌拉到沈阳，足有八百里。洪匡要试验两匹宝马的脚力，他骑上大铁青，带上二铁青，一个从人也没带，自个儿走了。这马果然名不虚传，如腾云驾雾，耳边风在呼啸，头晌出发，傍晚就到沈阳。

汗王设筵招待远来的驸马们，特地让洪匡挨近他坐。洪匡本来酒量不大，架不住大伙相劝，又在汗王面前，不敢失礼，他左一杯右一盏地喝了个半醉。看他喝得差不多了，老汗王趁机问洪匡："你阿玛反对我，自取灭亡，我不究，又立你当贝勒，你为什么对我不忠？"

洪匡本来对汗王姥爷并无好感，他借着酒劲，傲慢地反问道："说我对姥爷不忠，可有什么根据？"竟敢当面顶撞汗王，那还了得！不过汗王想从他口里知道更多的东西，他并没有发火，平静地说道："根据吗，当然有，沙家兄弟给我送来两匹宝马，经过乌拉，被你扣留，这难道不是事实吗？"洪匡解释道："两匹马的事不假，可那是沙家兄弟俩送给我的；不信的话，请姥爷叫来二人，当面对证。"老汗王冷笑道："这倒不必。我再问你，你要这两匹马何用？你就留给我怎么样？过了年，我就要出兵打明朝，像这样的良马，实在难得，你就答应我好吗？"洪匡哪能舍得两匹宝马，随口说道："那可不行。你要它为了打江山，我留它还要创业呢！"

话一出口，自觉失言，于是假装醉倒，不懂人事。老汗王听了洪匡的话，半晌无言，即令宫人服待他去别室休息。

撤去席后，远道来的驸马纷纷告辞，各回自己部落。老汗王急召集几个亲信贝勒大臣，密商对洪匡的处置办法。决定，暂将洪匡软禁，之后派人去乌拉，接回公主，再将洪匡以谋反罪处死。

不料事情被大福晋知道。

大福晋是二爷满泰贝勒的女儿，是洪匡的堂姐。二十多年前，嫁给了老汗王努尔哈赤。洪匡光听说有这么个姐姐，但是从来也没有见过。今晚，大福晋得知老汗王要扣留洪匡的消息，忙找到洪匡的住所，告诉他说："兄弟快走！汗王要杀你，走晚了可就没命了。"洪匡即问："你是谁？你怎么知道汗王要杀我？"

"我是你姐姐阿巴亥，汗王大福晋。不要多说了，快走，一会儿亮天就出不去了。一路留神，多多保重。"

洪匡流下泪来，跪下道："姐姐保重，兄弟永远不忘今日相救之恩。"大福晋一把将他拉起："都什么时候了，还说这些！这有腰牌一块，你拿着一路无人敢拦，快走，越快越好。"

于是洪匡趁除夕燃放鞭炮热闹而混乱之机，凭着汗王的腰牌，牵出两匹宝马，混出沈阳城，顶着满天星斗，连夜向乌拉飞驰而去。等老汗王发觉的时候，洪匡已经远去。

5. 公主告密

洪匡不辞而别，老汗王十分恼火，知道有人泄密，怀疑到大福晋身上，但是没有十足的证据。过了正月初五，乌拉方面有了消息，公主派人送来密报：洪匡已经起事，又打出了乌拉国的旗号，和汗王公开决裂。

原来洪匡半夜离开沈阳，骑着大铁青，带着二铁青，马不停蹄，如腾云驾雾，天亮以后就来到了乌拉城下，叫开城门，回到宫里。见了公主，便生气地说："你那汗王爷爷太无理！"公主见他拜年回来生这么大的气，忙问是怎么回事。洪匡就把宴席上汗王所说的话叙述了一遍。公主一听，说："你也太不懂事！汗王爷爷让你当了贝勒，你应该知恩报答才是。他喜欢好马，你就送给他呗！"

洪匡一听公主向着汗王说话，更生气，他呵斥公主道："好哇！向着你爷爷说话，你就告诉他吧，他要喜欢两匹好马，让他拿江山来换。"公主反驳："你真是忘恩负义，你不想想，你这贝勒爷是谁给的？你哥八个，属你最小，要是没有我，怎么能轮到你头上？"洪匡怒不可遏，咆哮起来："你爷爷侵占我的国土，赶走了我阿玛，叫我当空头贝勒，我不干……"公主依仗汗王爷爷，顶撞起来："那你想干什么？"洪匡把对老汗王的一腔怒火，全对公主发泄出来："我要当真贝勒，我不当这乌拉布特哈贝勒，我要当乌拉国的哈萨虎贝勒！"公主又将了他一句："那你敢怎么样？"洪匡气得浑身颤抖，恨恨地说："怎么样？我就是要依靠这两匹宝马，手中亮银枪，恢复我纳拉氏祖宗基业，你汗王爷爷不是要争夺明朝的天下吗？他前脚出兵走，我后脚就抄他的老窝，叫他知道我的厉害！"公主怒道："你敢造反，就叫你和你阿玛布占泰一样，死到异国他乡。"洪匡大怒，抓住公主打了几下，边打边骂："不要依仗你汗王爷爷，我并不怕他！"从人解劝拉开。洪匡一日连夜奔波，往返一千五六百里，加上生气，实在疲惫不堪，躺到炕上便睡着了。公主啼哭了一阵，侍女百般劝解、安慰，她才渐渐平静。一想到洪匡说过的话，这不是真要造反吗？他趁洪匡沉睡之机，赶紧修书一封，把洪匡说的话全都写在上面，派了个心腹侍从，不分昼夜，兼程赶路，送到沈阳。

到了傍晚，洪匡醒来，回想起近一两天内所发生的一切，反正你汗王也是不能放过我，一不做，二不休，传下命令：把城下城上大金国的旗帜都撤下来，一律换上乌拉国的旗帜；同时取缔金国的天命年号，恢复以干支纪年。乌拉国又死灰复燃了。

6. 布他哈改姓

洪匡打了公主，公主派人去沈阳告密，过后两人都很后悔。他们毕竟是结婚十多年的夫妻，而且又生了两个孩子。后悔最厉害的还是公主，她明白，汗王爷爷要是接到密信，一定会来兴兵问罪，那是要抄家灭门的。她于是主动劝说丈夫，不要轻举妄动，免招杀身灭门之祸。劝他把两匹马送给汗王爷爷，认罪悔过，也许会得到宽恕。洪匡不听，他说，老汗王要出兵打明朝，现在还不能来乌拉，等他同明朝打完仗，回过头来才能收拾我。我不能坐而待毙，要先发制人，趁他出兵打明朝的机会，做好一切准备，带兵去抄他沈阳的老窝。

　　洪匡的算盘打错了，因他不知道公主派人告密的事。公主嫁过来时，汗王陪送男女各十名随公主来乌拉伺候。这二十名从人都是汗王的亲信，就是公主不派人去，他们也会向汗王报信的。公主见他还蒙在鼓里，暗示他说："你准知道汗王爷爷先打明朝吗？他若是先打乌拉，后打明朝，你可怎么办？"洪匡说："要那样的话，我只有背城一战，拼个鱼死网破。我们纳拉氏子孙，不能辱没祖先。"公主大哭道："你快做好准备吧！汗王爷爷大兵很快就会来的，你要大祸临头了。"洪匡到底没有考虑到公主派人告密的事，却满不在乎地说："他来又怎样？就凭我手中亮银枪，坐下铁青马，谁能奈何我？"公主说："你倒是有理了，可我们母子……"洪匡沉吟一会儿，说："你是他孙女，汗王不会把你怎样。只是这两个孩子，是我乌拉纳拉氏的骨血，汗王心狠手辣，这我是知道的，怕就怕斩草除根，断了香烟。"公主一听，更加伤心，万分后悔不该因夫妻口角去告密。这严重的后果，该如何收拾。她不敢说明告密的事，又觉得事情紧迫，好像马上就要发生天塌的大祸。她还是催促洪匡，先离开乌拉，到远方躲躲，待自己去沈阳向汗王爷爷求情，使他延缓发兵来。洪匡表示坚决不能走。他深知，老汗王兵多将勇，要战胜他是困难的。于是想出一个办法，为使后代香烟不断，把两个孩子分开，公主带走一个，自己身边留下一个，将来若能留下一个，不管是哪个，也好给纳拉氏家族传宗接代。于是二人商定，公主带次子五岁的小布他哈去沈阳，七岁的长子乌隆阿留下。

　　外边的车辆已经备好，只等公主收拾好动身了。公主简单地整理一下行装，带上布他哈，离开王宫。洪匡说："公主一路保重吧，这里的事情，你就不用惦记啦。"公主突然跪在洪匡面前，大哭道："我不走啊！我不能就这么丢下你们走啊！我有罪我对不起你，你杀了我吧！"洪匡用手扶起公主说："何必如此，快快起来。"公主不肯起来，仍大哭不止，边哭边说："我有罪，我对不起你，我已经给汗王爷爷送过信了……"洪匡一听，全明白了，怪不得说汗王大兵很快就会来，原来如此。他一怒之下，拔出宝剑。公主闭上眼睛，口里还叨咕着："我该死，该死，死而无怨……"等了一会儿，不见动静。只听"当啷"一声，洪匡扔剑于地，吩咐道："伺候福晋上车！"公主一听，心里更加难受，抱住丈夫大腿不放，心中无限悔恨。洪匡叹口气道："天意，一切都是天意，我额娘是金国公主，我阿玛就亡国了。我福晋也是金国公主，这回该我灭族了。天意如此，我能怪谁呢？"公主哭道："都是我不好，害了你啊……"洪匡扶起公主说："我并不怪你。就是你不告我的状，你那汗王爷爷也绝不会放过我。汗王为人，顺我者生，逆我者死。你阿玛褚英为他打江山，立了那么多的功劳，只因为汗王索要你阿玛一个小妾没给，就借口把他处死，夺去了那个小妾，还给你阿玛加上了那么多的罪名。他和我阿玛布占泰争叶赫女和蒙古女，而灭了我们的国家。这些往事，难道都忘了不成？我与他，只有你死我活，别无选择。"

公主一听到洪匡提起阿玛褚英的事，心里更加悲愤。汗王爷爷疼她，是因为在她阿玛褚英身上有过；把她嫁给洪匡，又让洪匡当布特哈贝勒，也是因为在他阿玛布占泰身上有过。他采用的是一种洗刷心灵创伤，收买人心的手段。可是如今已经铸成大错，一切都来不及了。只有按洪匡的说法，两个孩子，分别抚养，平安无事，再全家团圆；事情糟糕了，两个孩子保住一个是一个。覆巢之下，就不用指望完卵。

洪匡想了想，对公主说："事已至此，我有一事相求公主。小布他哈跟你去后，很难回来了，你无论如何，也要设法把他抚养成人，继承我纳拉氏血统。为了防备意外，从此要改姓讷，不要再姓纳拉，免遭毒手，千万千万，拜托了。"洪匡给公主行了礼，又让儿子乌隆阿同额娘拜别。公主心如刀绞，她立刻产生了一个很幼稚的愿望，那就是赶快回到娘家去见汗王爷爷，制止汗王发兵，为洪匡的复国活动赢得时间。

7. 血战哨口

公主正月初三由乌拉启程，最快也得初八能到沈阳，老汗王的人马初六就从沈阳出发了，公主尚在途中。

老汗王接到孙女的密报，立即点兵一万，择正月初六征讨乌拉，并传下谕旨，剪草除根，杜绝后患。

乌拉国灭后，领土全归金国。洪匡袭爵贝勒，实际上只守乌拉一座孤城。所以汗王人马一路并没遇到抵抗，长驱直入，正月初十就抵达乌拉城江西岸。

乌拉都城的外围没有防军。城西南十里有一座堡垒，叫作哨口，既为军事要冲，又为往来船渡码头。公主走后，洪匡即令大将吴乞发带五百人扼守。吴乞发手使镔铁大棍，重八十斤，骑着洪匡赐予的"铁青马"，带领五百人，控制江面，防止敌兵越过。他令人凿破江冰，阻止敌人进攻。老汗王出兵多数都选在冬季，一般都在冬月到二月之间。他有一条经验，冬季天寒地冻，道路好走，夏季雨多，泥泞难行，这是一；

江河封冻，不用渡船，省事又易攻，这是二。尤其是远道攻取，更有优越性。

正月十一天刚亮，老汗王人马开始进攻哨口。汗王来到江边，见冰已被凿破，江水涌涨上来，连下流的冰面都被水覆盖了。江面又宽，江水又深，无船是渡不了的。汗王令砍伐沿江的树林，串成木排，放在水里摆渡，这也装不了多少人，不等靠岸，就被乌拉守军放箭射落水中，伤了无数军士，还是靠不了岸。没有办法，汗王只得下令停攻。

汗王这时想起沙家兄弟。大军出发之前，汗王令他们随军听调。二人也愿意随汗王破乌拉，灭洪匡立下功劳，以求晋秩。

汗王问沙家兄弟，附近可有渡江的道路。沙家兄弟离开乌拉时，就把这一带地形看好了，乌拉城南西北三面所有大路小路，都十分熟悉。兄弟沙摩耳说，上游五里以外有一条小路，直达江岸。那里江面窄，中间还有两座沙丘，可以绕道偷渡。汗王依了他的计，令沙摩耳带五百军士绕道渡江，截断哨口后路。吴乞发只防守江面，没顾到上游小路，被沙摩耳偷渡成功。汗王便带着大队人马，依次渡过江来，包围了哨口堡垒。吴乞发果然不弱，率领五百兵，奋起反击。沙摩耳要活捉吴乞发献功，与之交手，被吴乞发一棍打落马下，汗王兵吓得不敢上前。

寡不敌众，吴乞发率领五百人马血战了三昼夜，终于筋疲力尽，吐血而亡。手下军兵全部战死，无一投降。

8. 枪挑沙摩吉

哨口两军激战的时候，另外两路人马围攻乌拉城。洪匡只有五百兵，战了几次，抵不住汗王兵强将勇，只有闭门拒守，把希望寄托在吴乞发的哨口江防上。吴乞发阵亡后，沙摩吉要捉洪匡为弟报仇，即向汗王建议道："哨口得胜，乌拉必守不住，洪匡有可能外逃。我知道城北有山路一条，可通蒙古，洪匡必从这条路逃走，我带领人马去那里埋伏，防止他逃脱。"汗王忙令他带五百人马去了。为防有失，又令大将带兵一千，随后跟进，接应沙摩吉。

正月十四日，汗王大队人马围攻乌拉城。洪匡力守两天，内无粮草，外无救兵，渐渐支持不住。他打算突围投奔蒙古，但敌兵太多，带着家族人口无法脱身。这时南门已被攻破，事已到紧急关头，洪匡抱着七岁的儿子乌隆阿，上了大铁青，就要往外闯。忽见一人上前拦阻道："贝勒爷，外边千军万马，您带着少爷怎么能闯出去？快把少爷交给我，我有办法掩藏他。"洪匡一瞅此人，不认识，他不肯。那人急了，说道："不要犹豫了，如不这样，你们父子谁也逃不出去了。"他说的实在有理，这抱一个孩子如何能打仗？这时城里如翻滚一般，喊杀声越来越近。那人不住催促："快！赶快！"实在别无他法，洪匡一狠心，把孩子交给了他，说道："孩子记住，若能脱离虎口，长大不要忘了按巴巴得利。"敌兵已出现在眼前，洪匡不敢耽搁，说了句："孩子叫乌隆阿，拜托了！"就拍马挺枪向北城门闯去。按巴巴得利也说了声："贝勒爷保重！"便背起乌隆阿窜进一条狭窄的小巷里。

洪匡马快枪尖，武艺高强，无人拦挡得住，趁混乱之机闯出重围，向城东北一气跑了二十多里，来到一个村落。距江岸不远，江心有一个芦苇丛生的小岛，昔日建有城堡，如今已废弃，岛上也无人迹。洪匡准备上岛，到旧城堡里休息一下，刚要踏冰渡江，忽然江坎下的柳塘里一声呼哨，吹起牛角号，一股伏兵冲上来。为首一将哈哈笑道："洪匡贝勒，久违了。我就知道你会走这条路，特在此恭候。"洪匡一看，不是别人，正是以前献马被推荐到沈阳去的沙摩吉。洪匡大怒道："沙摩吉！你要干什么？"沙摩吉狞笑一声道："干什么？来讨还我的宝马，连你，一同交给汗王爷立功受赏。"洪匡匹马单枪，见他有四五百人之多，不敢恋战，顺着江岸夺路而走。沙摩吉一马当先，迎头拦住："你哪里走！"洪匡对准沙摩吉就是一枪，沙摩吉躲避不及，被挑于马下。这一枪并没命中要害，只挑在肩膀上，穿透铠甲，刺破肉皮不深。沙摩吉翻身爬起，抓住战马一跃上去，招呼军士："给我追！不要叫他跑了！"

洪匡枪挑沙摩吉落马，满以为他没命了。今见他率兵追来，忙压住枪，摘下弓箭，看他追得切近，回身一箭，正中沙摩吉的头颅，沙摩吉翻身落马而亡，追兵惊散。

9. 自缢哈达山

洪匡走不多远，后边喊声如雷，又有一支人马赶来。这是汗王接应沙摩吉的人马，迎着那五百人，两股兵合在一起，紧追不舍。洪匡虽然马快，因走江岸，地势起伏不平，再加寻找渡江之处，正月十六的天气，松花江的冰封大开，满江是水，不敢贸然而过。千余追兵越赶越近，洪匡人困马乏，无力抵挡。正跑中间发现一处江岸平坦，追兵也从两面包围过来。事正紧急，顾不了许多，洪匡纵马跃入江中。这马名不虚传，果然宝马良驹，它奔驰在水中，如踏平地，转眼间就到达了对岸。追兵只能隔岸喊叫，却无一骑能追过江来。

洪匡见一条大路通向正北，这是通往蒙古的大路。他本想顺路投奔蒙古，又不放心乌拉城中的情况。路旁不远有一山，名哈达碰子，山不甚高，但很险要，壁立江岸，气势雄伟。山巅有一城堡，原为乌拉国屯兵要塞，今已废弃，而山城遗址犹在。洪匡见先人遗迹，感慨万分，拣平坦处，登上哈达碰子的山顶，立于城堡前，眺望乌拉城。这一望惊得他目瞪口呆，只见乌拉城中大火冲天，全城被烧，洪匡知道努尔哈赤已下毒手，即使去蒙古借得兵来，也无可挽救。他仰天长叹，一怒之下，解下白绫，自缢而死，终年二十八岁。

汗王兵放火烧了乌拉城，宫室殿宇，街道民宅，统统化为灰烬。大火烧了七天七夜方熄灭，城内军民死伤无数。汗王下令搜捕洪匡家族及亲信，共得五百零七人，不分男女老幼，一律斩首于紫禁城内，并就地于白花点将台下，掘坑埋之。乌拉纳拉氏又遇到一次空前的洗劫，从此更加七零八落了。

10. 洪匡后裔的下落

洪匡生二子，均劫后余生，并且皆留有后人。

布他哈由公主带走，他们姓讷，没有离开沈阳或辽南一带。在清代，布他哈的后人地位显赫。清末的光绪年间，布他哈的后人专程来乌拉寻宗，当时有乌隆阿的后裔数人在打牲总管衙门任职，有心相认却又不敢。该人是个不小的官儿，没有找到宗族，对着紫禁城的遗迹大哭一场，扫兴而归，从此永无音信。

乌隆阿也脱离虎口。乌拉城陷之时，按巴巴得利背着乌隆阿，混出城去，几经辗转，后来流落到锦州。锦州者，金州也，地在哈达碰子山下。偶然的巧合，洪匡自缢之地也。乌隆阿定居锦州，后生十子，即现在十大支的始祖。如今锦州屯北一公里处，有乌隆阿墓葬。据说乌隆阿共娶妻三房，大太太娘家姓赵，所以从此就改姓赵了，至今未变。但此传闻是否准确，值得研究，因为布占泰之兄，二爷满泰贝勒的后人也姓赵，这又做何解释？黑龙江省宁安市有满泰之后裔，系清初移居该地者。

乌隆阿教谕后代，纳拉氏没有绝支断后，要感谢当日救命恩人，因不知其名姓，故以按巴巴得利称之。按巴巴得利者，女真语，大恩人也。故赵氏家族修谱祭祖，第一个要拜祭的人，就是按巴巴得利，其次才拜自己的祖先，代代相传，数百年矣！

11. "洪匡失国" 讲述人说明

我们的家谱《乌拉哈萨虎贝勒后辈档册》上记有 "洪匡失国" 一句话，看似简单，它却包含了极为丰富多彩的内容，讲起来令人神伤，它是我们赵氏家族的血泪史。

在赵氏家族中，在家乡的邻里中，关于洪匡的传闻不少，众说不一，细节各异，但有一点是一致的，那就是洪匡起兵反抗，兵败身死，并被抄家灭族。

死亡细节不同之处大致有以下几点：

洪匡兵败被杀；

洪匡逃跑被追赶得无路可逃投崖而死；

洪匡自缢。

死亡地点不同之处有以下几点：

其一，哈达碰子，松花江北岸边有山叫哈达碰子，地在今长春市九台区莽卡乡锦州村，南距乌拉古城约二十五华里，山上有古城。

其二，九台区与永吉县交界之高山，也叫哈达碰子，山上有洞，为洪匡自杀之地，此碰子东距乌拉古城约六十里；此碰子俗称鸡冠碰子，状如鸡冠而得名。

其三，锦州村北十华里有一山，也叫哈达碰子，疑为洪匡自杀之地。

明清时代，山峰几乎都叫哈达，哈达即俗称为碰子，并不指某一地。综合分析，锦州的哈达碰子似有可能。理由有三：其一，南距乌拉城仅二十余里，地势开阔，可以望见"乌拉城中烟火冲天"，这使他情急自杀。另两处便无此效果，一个是距离远，并且被群山遮挡。其二，锦州村赵姓满族即洪匡长子乌隆阿后裔；其三，近几十年来，通过踏查考证，锦州赵姓祭拜的无名祖墓——"八太妈妈坟"即是洪匡之埋葬地，墓在哈达碰右侧沟涧旁，就地埋葬方便，而此处十分隐蔽，不易被发现，所以能保存至今。这就证明，锦州村的哈达碰子即为洪匡自杀之地。

谱书上记的"洪匡失国"和"八太妈妈坟"是一个有机的整体，留给世人的谜团让人猜想，待人破译。

所以，关于"洪匡失国"流传出那么多故事和逸闻。

一九六四年，族中唯一健在的大察玛经保（时年八十五岁、第二十辈、二始祖后）主持修谱祭祖，在神案（谱图）前当族人讲了"洪匡失国"的"乌勒本"，虽与他人讲述有些不同之处，但完整、系统，我当时做了记录。现在我讲述的这个本子，就是依老察玛经保传讲的记录稿整理的，未加工，未延伸，基本保证"原汁原味"的真实面貌。

这不是"说部"。"说部"使用的内容，是依他人讲述整理的。

口传家事

我之祖父崇录先生，字国瑛，是一位著名的老中医，生于一八七九年，卒于一九五五年，清代曾任职于"打牲乌拉总管衙门"，以笔帖式转厄外委官，是一个七品的小官吏。他十六七岁时，中日甲午战争爆发，他曾随军到辽东前线，中朝边境，在依克唐阿军中，目睹了辽东陆战战况；二十岁后又值"庚子俄难"，他也曾随吉林军北上抗俄，阻击于北大岭。清朝后期，他也曾几次押送鳇鱼前往北京，给皇室进贡品，清亡后改学中医，继承其岳父家历代祖传中医事业，其岳父刘姓为清太医院世袭太医，原系清代名臣大学士刘统勋的后代。现为永吉县政协委员，两家子乡医院院长刘忠勤即是刘氏家族的传人。

我祖父不仅医术高明，而且通今博古，学识渊博，记忆力极强，一生见闻丰富，他对家族历史，祖先事迹，知之最详，又是赵氏家族的总穆昆达，主持过两次修谱祭祖。晚年双目失明，不能书写，就把好些奇闻逸事，家族历史，祖先事迹，口传给我，并嘱咐：牢牢记住，代代传下去，如果有机会，可以公之于众。以下就是根据他的讲述，整理出几件小事，供研究清史的同道参考。

1. 那三大人谈身世

那还是在光绪年间。

有一年到北京进贡鳇鱼，负责押送贡品的是总管衙门骁骑校双庆公，乃崇录先生之父（我的曾祖），所以，他做了一名随员，同车前往。到了北京，贡品交给了内务府。光绪皇帝念其远道而来，特召见了一次双庆公。陪同晋见的是鸿胪寺卿那三大人。陛见完毕，那三大人请双庆公到他的府上叙谈。及入那府，那三大人让入后堂，首先问起双庆公在乌拉为官是世职还是外调，双庆公答曰："世居。"那三大人说："既然是世居，对乌拉的历史一定很清楚了。现在那里还有没有布占泰的后裔？"双庆公不明白对方的用意，沉吟不肯回答。那三大人笑道："不瞒你说，我虽姓叶赫纳喇，可我是纳齐布禄子孙，祖先根基就在乌拉。"双庆公至此才放心，并告诉他，自己就是乌拉纳拉氏，布占泰的后裔。于是，两人认为同宗，回顾往事，感慨异常。那三大人并取出了收藏数代的家谱，由纳齐布禄算起，排了辈数。那三大人造了一个木阁，专为收藏家谱之用。多少年来，留意寻找家族。得知双庆公从乌拉来，他格外留心，现在总算找到了，知道了我们这一支人的下落，原来洪匪的后代没有被斩尽杀绝，留有后裔。

光绪三十二年，实行新政，为了紧缩开支，裁撤了一些不必要的机构和部门，因为松花江的鲟鳇鱼类资源和各江河的蚌珠越来越少，设此庞大机构亦无实际意义，故在首先裁撤之列。所以，本年秋，历时二百多年的"打牲乌拉总管衙门"被撤销。衙门大小官员，有的外调，有的登记候补简放，有的干脆回家，来个"原品休致"。刚刚晋升四品翼领的双庆公，著令奉旨来京听候委任。双庆公在京等了多日，也不见有什么消息。于是想起同宗，去拜会那三大人。当那三大人听到双庆公委托他帮助打听运动补缺的事之后，并不正面回答他，却神秘地问道："子渔（双庆号子渔），你记得叶赫灭国时，贝勒金台石临死前说的话吗？"双庆公饱读诗书，通今博古，如何不知道这段历史故事。不过当时都忌讳它，谁也不肯说明。可是那三大人却毫无顾忌地讲了这段历史传闻：

"太祖高皇帝（指努尔哈赤）当年灭叶赫，捉住贝勒金台石，全不顾念亲戚情分，下令杀掉。金台石临危不惧，哈哈大笑对太祖说：你杀我一个金台石，你杀不光叶赫人民。不管留下一男一女，只要叶赫人不绝种，将来必报此仇！"

双庆公不敢往下深谈，只是说："几百年前虚妄之事，不可轻信。"而那三大人认真地说："天理昭彰，冥冥中自有主宰，此谓之因果循环。试想，近年来的内乱外患，从甲午之役到庚子之变，元气大伤，动摇国本。如此下去，岂能久乎？你想想，根源在哪里？"双庆公说："一是虎门销烟，惹恼洋人；二是洪杨之乱，激成民变，国势越来越弱，这是根本原因。"那三大人说："还有一个最根本，最重要的原因：太后老佛爷是叶赫纳喇氏。这是天意，真应了金台石贝勒之言。"

双庆公愕然。因为他听到的，都是大逆不道的话，当时没有一个敢于如此讲话。最后，那三大人讲出了他的意思："子渔，暂且隐居，不可冒险。我敢预言，照此下去，不出十年，主权丧尽，民膏流干，大清不亡于列强，必亡于革命，谁也没有回天之力，这是气数。"

果然，双庆公信了他的话，从北京回到故里，乌拉城北罗古屯，终老天年，永没出仕，"九一八"事变前两年病故。

据考，这位那三大人名叫那桐，叶赫纳喇氏，历任鸿胪寺卿、内阁学士、理藩院尚书、外务部大臣、协办大学士等要职。辛亥革命以后，他并没有甘当效忠清王朝的遗老，而是积极参与新政，并在民国政府中任职，表现出对清王朝的不忠。他之所以如此，恐怕也是有历史渊源吧。

另外，清朝灭亡以后，那三大人给双庆公来过信，让把家谱档册带到北京，撰修《清史稿》的赵尔巽要看看，被双庆公拒绝，托言"因患目疾，不能成行"而没有去。（以上为原始记录）

双庆公拒绝了那三大人之约，不肯提供家谱，但是他不忘赵尔巽提携之恩。因为赵尔巽出任东三省总督时，亲自签名，授予双庆公等有功人员《奖札》，双庆公名列首位。如今吉林省档案馆收藏的文献中，尚能查到这件事。（此奖札笔者见过，但未保存好。因笔者无知，只关注敕书的价值，而忽视奖札的重要性，因而丢失。）

晚年的双庆公，致力于满文资料的翻译、家史家传的整理，由我祖父崇禄先生继承，再由祖父传给我。（此段为笔者补入）

2. "八太妈妈坟" 探疑

如今，有一个值得怀疑而又值得探讨的问题，那就是关于"八太妈妈坟"的由来。

长春市九台区莽卡满族乡锦州屯靠近松花江不远处的哈达碴子山的背后，有一座距今约有三百多年的古墓，称作"八太妈妈坟"。代代相传，家族们一致认为坟里埋的是赵氏先人，而又不知属于哪一支哪一派。究竟里边埋的是男还是女也搞不清楚。清代以来，家族每次办谱时，都要祭"八太妈妈坟"和十大支始祖乌隆阿的墓。乌隆阿为洪匡之子，乌拉贝勒布占泰之孙。他在亡国时被救出来以后，流落在锦州改姓赵，死后即葬于此，其墓在锦州屯后约一公里处的平原上，在"八太妈妈坟"的正北方，两者相距约两公里。乌隆阿流落锦州，生十子，长子舒郎阿的墓即在其父乌隆阿墓侧，而其后人则下落不明。七子倭拉布无嗣，其余八子各有去处，后人繁衍至今，其中三支居于锦州原地，三支已定居于原籍永吉乌拉街，土城子等处，一支迁到距乌拉街不远之黄茂屯，今属舒兰市，另一支却北移罗古屯，现属九台区胡家回族乡。从总体来讲，都没有离开乌拉的范围，基本上都在原永吉县的管界内。

从谱牒到墓葬，脉络清晰，各有去向，那么，这"八太妈妈"不在这八大支以内，又能是谁呢？二三百年来一直是个谜。代代相传，每次办谱必祭"八太妈妈坟"，无疑这肯定是祖先中的重要人物，但谁也不清楚到底是怎么回事，也就糊涂祭，糊涂传，至今。

一九八七年深秋，我们家族为了一九八八年龙年办谱事，召开了几次筹备会议。为了解开历史上遗留下来的这个谜，各大支的代表实地察看了"八太妈妈坟"。古坟背靠哈达山，面对东北松花江大平原，一望无际。墓基虽经三百多年的风雨剥蚀，轮廓清晰可辨，可见当年是不小的，可能还曾有人修复过。经过认定，此墓肯定早于乌隆阿，疑点也在这里产生，我们对此进行了一场深层次的探讨，大致提出以下几点：

第一，早在乌隆阿流落锦州以前，乌拉纳拉氏家族不可能有人来这里定居，否则他也不会改姓赵；第二，"八太妈妈"是男还是女？是男，又不属于哪一支哪一派；是女，女应嫁出，也不能算作赵氏祖先。假若是哪一家夫人的话，那么，若干年来为啥无人经营，而在办谱时又非祭不可？第三，洪匡自杀身死，自缢也好，投崖也好，谁是见证？为什么后人坚持自缢遗体下落不明之说？第四，这"八太妈妈"的"八"字，其中大有文章，洪匡不就是排行在八吗？他是乌拉贝勒布占泰的第八子。"妈妈"在满语中，并不专指女性如"太太""奶奶"而言，它的含义有的也指"爷爷"或"祖先"。妈妈即"玛发"。

讨论分析的结果，怀疑所谓的"八太妈妈坟"，很可能即洪匡之墓。理由之一是，洪匡自缢哈达山，而此墓正当哈达山的后麓；理由之二是既然为赵氏的祖先之墓，为什么这么神秘？代代相传而又不明所以，这不是明明有政治背景吗？洪匡反抗努尔哈赤，兵败身死，并被抄家灭族，他的后人在清代，敢于公开事情的真相吗？理由之三是巧借这个"八"字，而冠以"妈妈"之名，不引人注意，这既保全了先人之墓，使后人不致遗忘，又躲避了当局的追查，用心可谓良苦。的确，有清一代二三百年，我们家族始终没有放松警惕，一想到当年的事情还心有余悸，洪匡之墓不敢公开，这是很自然的事。

关于哈达碰子山，其说不一，有的认为是位于永吉县两家子乡和九台区胡家乡之交界处之鸡冠山附近，但我们肯定的地点是在锦州村江边之哈达碰子。从当年的形势和地理环境看，洪匡不可能跑到胡家乡周家村附近的哈达碰子，那里距乌拉城较远，也不可能看清楚当年烧毁乌拉城的情况。"哈达"满语为山，"碰子"为峰，"哈达碰子"合起来就是"山峰"，所以，称哈达碰子者，亦并非这两处，光是乌拉古城江北岸的群山中，称哈达碰子者少说也有十处，这么多的哈达碰子，只有锦州江边之哈达碰子，才符合当年洪匡自杀处之逻辑。所以初步认定，"八太妈妈坟"很有可能即是洪匡的墓葬。

参加实地踏查并分析讨论的各支代表有：永吉县土城子乡赵文寿（四始祖后，第十九辈）、乌拉街满族镇赵文福（文寿之兄）、乌拉街弓通赵振升（三始祖后，二十二辈）、乌拉街三家子赵忠臣（六始祖后，二十辈），九台区胡家乡罗古村赵文光（八始祖后，十九辈），舒兰市黄茂村赵奇武（二始祖后，二十二辈），以及居住锦州村的赵忠廉、赵忠良（五始祖后，二十辈）、赵显阁（二十一辈）、赵显文、赵显鹏（二十一辈）、赵忠清（二十辈）以上九始祖后，赵奇芳（十始祖后）等人。

虽然大家基本认定这"八太妈妈坟"可能即是当年洪匡的墓葬，但要揭开这一谜底，还需要进一步考证，我们准备在适当的时机对"八太妈妈坟"进行挖掘和清理。

记于一九八七年秋

（赵东升　整理）

《长白学圃》第六期　一九九〇年

附录（二）《扈伦文献》

一　扈伦世系

始　祖　倭罗孙、大玛发、那哈拉、莫勒根、巴压、纳喇哈拉、纳齐布禄

　　　生一子：

　　　多拉胡其

二　世　多拉胡其

　　　生二子：

　　　撮托、佳玛喀

三　世　撮托（长白部额真）

　　　生二子：

　　　巴岱（后世不详）

　　　德文阿哈（无后）

　　　佳玛喀（明兀者前卫指挥使）

　　　生四子：

　　　都勒希、扎拉希、速黑忒、绥屯

四　世　都勒希（都里吉、都尔机、明兀者前卫都督）

　　　生三子：

　　　厄和桑桑乌、库桑桑乌禄、古对珠延

　　　　　　扎拉希　生一子：

　　　　　　　　　倭谟果岱

　　　　　　速黑忒（塔山左卫都督）

　　　　　　　　　生一子：

　　　　　　　　　巴尔托

绥屯　生一子：

克什纳

五　世　厄和桑桑乌（额赫商古、布特哈阿布达）生一子

其五世孙费扬古之女为清雍正孝敬宪皇后，费扬古被优封为一等公，任内大臣步军统领。

库桑桑乌禄（固森商古鲁、尚古、明呕罕河卫都督）

生三子，后世略

古对珠延　生二子：

太安

太栏

倭谟果岱　女真满洲国汗王扈伦哈达贝勒

生一子佚名，孙图鲁伦带户移居乌拉宜罕山城，改姓伊拉里氏

巴尔托　都督，后世移居哈达

克什纳　塔山前卫大都督

生五子：

彻彻木

彻科（后世不详）

尚乌禄

旺济外兰

汪努（后世略）

六　世　（乌拉系）

太安　富尔哈活吞达

生六子：

阿喀达库拉

布哈纳

载钦（下略）

额色

珠穆鲁绰托（下略）

孟起

太栏　生一子：

布颜

（哈达系）

彻彻木　生一子：

万

尚乌禄　生一子：

昭苏（下略）

旺济外兰（王中、塔山前卫都督、哈达贝勒）

生一子：

博尔奔舍进（后世略）

七　世（乌拉系）

阿喀达库拉　生八子，第七子佛索诺继任富尔哈城贝勒，其子
降清（下略）

布哈纳　　生二子：

齐雅穆（下略）

兴尼牙（后世不详）

额　色　　萨满　生二子（略）

孟　起　　富尔哈城主，生二子（后世略）

布　颜　　乌拉国贝勒

生六子：

布　干

布勒希

布三泰

布　云（布　准）

吴三泰

布克敦（博克多）

（哈达系）

万（王台）哈达国汗

生六子：

扈尔罕

萨穆哈图（下略）

旺锡（下略）

那木台（下略）

康古鲁（下略）

孟格布禄

八　世（乌拉系）

布　干　乌拉国贝勒
　　　　　生三子：
　　　　　布　丹
　　　　　满　泰
　　　　　布占泰
布勒希　　生三子：
　　　　　噶尔珠（生五子，略）
　　　　　绰　内（生一子，略）
　　　　　阿　吉（无后）
布三泰　　生三子：
　　　　　常　住（生三子，略）
　　　　　瑚里布（生一子，略）
　　　　　库　洼（生六子，略）
布　云　　生三子
　　　　　噶兰满（生二子，略）
　　　　　哲　臣（生六子，略）
　　　　　莽　鉴（生三子，略）
吴三泰　（生三子，略）
布克敦生一子硕色生四子，后世略
（哈达系）
扈尔罕　（哈达汗王）生三子：
　　　　　歹商
　　　　　卜彦（台吉，后世略）
　　　　　莫力根（台吉，后世不详）
孟格布禄　（哈达贝勒）生四子：
　　　　　吴尔瑚达
　　　　　莫力浑
　　　　　珠巴库（后世不详）
　　　　　聂克色
九　世　（乌拉系）
　　　布　丹　　生三子：
　　　　　　　阿　斋
　　　　　　　布尔坤博奇赫（生一子格勒布，后世略）

图达理

满　泰　（乌拉国贝勒）生五子：

撮胡里（无后）

纳穆达理

阿布泰

博金达理（后世略）

布达理（后世不详）

一女：

阿巴亥

布占泰　（乌拉国汗）生八子：

达尔汉

达拉穆

阿拉木

巴彦

布彦托

茂莫根

噶图浑

洪匡

（哈达系）

歹　商　（哈达汗王）生三子：

纳韶、瑚万、雅满[①]（后世均不详）

吴尔瑚达（武尔古岱、哈达末代贝勒）生一子额森德

礼、后世略

莫力浑（台吉，内务大臣，略）

聂克色（一等轻车都尉兼骑都尉，生三子，略）

十　世

阿　斋　（贝勒，宜罕山城主）

生一子：

尼堪（理藩院侍郎一等子，无后）

图达理　（副都统）生三子，略

纳穆达理　生一子：白塔柱，略

---

① 有的文献记歹商一子名骚台柱。

阿布泰 （郡马，都统）
　　　　生一子：
　　　　色楞，后世略
达尔汉 （佐领兼二等轻车都尉）生二子，后世略
达拉穆 （台吉）
　　　　生一子：
　　　　图尔赛（后世略）
阿拉木 （佐领）生五子：
　　　　　沙浑
　　　　　穆楚
　　　　　尚阿布
　　　　　博尔敦
　　　　　培色（以上略）
巴　彦 （巴图鲁，副将）
布彦托 （骑都尉兼云骑尉）后世均不详。
茂莫根　郡马、爵赏贝子，多伦歌歌旗佐领
　　　　生一子：
　　　　禅浦，后世略
噶图浑 （巴雅拉参领世袭佐领）生五子，后世略
洪　匡 （乌拉布特哈贝勒）
　　　　生二子：
　　　　乌隆阿，生十子，后世略
　　　　乌拉布他哈　潜移，后世不详

纳喇氏后裔在清代

（乌拉系）
阿尔苏胡（九辈）太安后，佛索诺贝勒五子，清初授头等侍卫
（二品）
阿　海　佛索诺贝勒第四子（四品）城守尉
星　禅（十辈）厄和桑桑乌（额赫商古）五世孙，副都统（二品）
五　格（十辈）星禅之弟，费扬古第四子，散秩大臣世袭一等公
孟库鲁（十辈）太安后，副都统

噶　哈（十辈）　太安后，佛索诺之孙，太常寺卿（正三品）

满珠布禄（十辈）　布勒希之孙，绰内子，城守尉

查穆布（十辈）　布颜后，常住之长子，多罗额驸，佐领（四品）

阿明阿（十辈）　布准之孙，哲臣第三子，佐领

博尔赫图（十辈）　哲臣第五子，郎中兼骑都尉（五品）

谟尔浑（十辈）　吴三太之后，三等侍卫（四品）

翁阿岱（十辈）　吴三太之后，骑都尉加一云骑尉

吉　满（十辈）　太安元孙，郎中（四品）

尼　满（十辈）　吉满弟，郎中

图达理（十辈）　布丹三子，镶白旗副都统

阿布泰（十辈）　满泰三子，郡马，都统

博金达理（十辈）　满泰四子，包衣佐领

罗　萨（十辈）　布勒希之孙，佐领三等轻车都尉

钟　鼐（十辈）　噶兰满之子，御前侍卫，一等轻车都尉兼昭陵掌关防（二品）

彰　泰（十辈）　布三泰之后，常住第三子，云骑尉授光禄大夫，入昭忠祠

图尔格（十辈）　博克多（布克敦）之孙，硕色第三子，兵部尚书内大臣一等男追封忠义公（一品）

斑　第（十一辈）　吉满长子，都统世袭云骑尉（一品）

阿尔那（十一辈）　吉满次子，护军统领世袭云骑尉（二品）

法　喀（十一辈）　吉满弟三子，副都统

法克锦　吉满第四子，头等侍卫兼协领佐领世袭云骑尉（三品）

法尔萨（十一辈）　尼满长子，郎中

拜殷达（十一辈）　太安后，孟库鲁之子，礼部侍郎副都统（二品）

达哈泰（十一辈）　太安六子孟起之后，世袭一等轻车都尉（二品）

格勒布（十一辈）　布丹之孙，协领（三品）

阿穆齐（十一辈）　图达理长子，二等侍卫

阿穆尔图（十一辈）　图达理次子，盛京将军（一品）

阿什图（十一辈）　图达理三子，鸿胪寺正卿分袭云骑尉（三品）

色　楞（十一辈）　满泰之孙，阿布泰之子，二等侍卫（三品）

白塔柱（十一辈）　纳穆达理之子，头等侍卫加授轻车都尉（二品）

果　礼（十一辈）　布占泰长子达尔汉之子，头等侍卫二等轻车都尉

柏尔腾（十一辈） 果礼之弟，二等侍卫兼佐领（四品）

图尔赛（十一辈） 布占泰次子达拉穆之子，前锋参领优袭云骑尉（三品）

禅　浦（十一辈） 布占泰六子茂莫根之子，协领（三品）

拉都浑（十一辈） 布占泰七子噶图浑之子、协领

秉　图（十一辈） 布勒希之后，护军参领（三品）

尚纳海（沙纳海，十一辈） 常住之孙，头等侍卫兼佐领

萨穆海　尚纳海二弟、佐领世袭骑都尉

纳穆海　尚纳海三弟，二等轻车都尉兼佐领（四品）

扎尔海（十一辈） 彰泰长子，一等轻车都尉兼佐领

拉都浑（十一辈） 彰泰第四子，郎中兼佐领（四品）

乌　什（十一辈） 钟鼐长子，礼部侍郎承袭轻车都尉（二品）

阿拉密（十一辈） 哲臣之孙，二等侍卫

穆　丹（十一辈） 布云（布准）三子莽鉴之孙，户部尚书（一品）

赫锡图（十一辈） 布克敦之后，乌拉总管

阿哈泰（十一辈） 图尔格之子，副都统世袭一等男（二品）

雅　亲（十一辈） 厄和桑桑乌后裔、都统

图克善（十一辈） 库桑桑乌禄后裔，御史

阿尔纳（十一辈） 太安后裔，都统

武尔登（十一辈） 太安后，佛索诺曾孙，副将（二品）

花　喜（十二辈） 库桑桑乌禄后裔，甘肃巡抚（二品）

玛什哈（十二辈） 太安后，副都统（二品）

阿林保（十二辈） 图达理之孙，护军统领

爱　仲（十二辈） 布占泰后裔，茂莫根之孙，头等侍卫，侍卫班领兼佐领（二品）

清　保（十二辈） 吴三泰后裔，都统

三　赫（十二辈） 厄和桑桑乌后裔，户部侍郎兼内务府总管（二品）

马　兰（玛拉，十二辈） 布丹后裔，图达理之孙，西安将军，工部尚书

阿林太（十二辈） 阿穆尔图之子，世袭二等轻车都尉兼佐领（四品）

阿哈布（十二辈） 常住后裔，护军参领

色思特（十二辈） 常住后裔，诰赠光禄大夫

雅穆苏（十二辈） 常住后裔，协领（三品）

桑　格（十二辈）　阿拉密之子，圆明园总管（三品）

琦扬思（十二辈）　哲臣后裔，世袭骑都尉（四品）

焕　锦（十二辈）　萨穆海之子，一等轻车都尉（三品）

伊麟钦（十二辈）　噶兰满曾孙，头等侍卫

托密岱（十二辈）　太安后，护军参领

额穆批哩（十二辈）　布丹后，佐领

阿古兰（十二辈）　满泰后，白塔柱之子，护军参领优袭轻车都尉

（三品）

恭　刚（十二辈）　乌什子，太常寺卿世袭轻车都尉（三品）

锡　图（十二辈）　哲臣之后，一等侍卫

玛哈达（十三辈）　马兰之子，副都统

噶尔汉（十三辈）　阿古兰之子，世袭三等轻车都尉（四品）

纳明珠（十三辈）　阿布泰之后，佐领

松　额（十三辈）　布勒希后，骑都尉

浩　善（十三辈）　布勒希后，防御

查郎阿（十三辈）　常住后，太子太保文华殿大学士

六　格（十三辈）　锡图第三子，郎中兼佐领（四品）

拉达色（十三辈）　乌什第三子，郎中兼佐领

特　亨（十三辈）　布占泰之后，爱仲之子，马兰口总兵（一品）

（下略）

布占泰第八子洪匡后裔在清代

赵　宁（十五辈）　乌拉翼领（四品）

德　明（十五辈）　正五品骁骑校

德　庆（十六辈）　正白旗防御（五品）

贵　升（十七辈）　乌拉协领（三品），阵亡后赠封头品顶戴振威将军

来　寿（十七辈）　记名副都统，伯都讷防御（二品衔）

双　庆（十七辈）　五品骁骑校晋四品翼领

富克锦（十八辈）　贵升子，骑都尉兼云骑尉（四品）

常　海（十八辈）　来寿子，佐领兼骑都尉

陀　林（十八辈）　正蓝旗五品花翎防御

（下略）

（哈达系）

懋巴里（九辈）　速黑忒元孙，参领（三品）

郭　礼（九辈）　绥　屯元孙，防御（五品）

格伦特（十辈）　郭礼第三子，步军总尉（三品）

马　萧（十辈）　郭礼侄，城守尉（三品）

纳　穆（十辈）　旺济外兰元孙，副都统

莽　果（十辈）　旺济外兰元孙，佐领

汤　武（十辈）　旺济外兰元孙，佐领

星　萧（十辈）　旺济外兰元孙，工部侍郎（二品）

倭　和　星萧弟，关口守尉（三品）

成　格（十一辈）　星萧次子，协领兼一等轻车都尉（三品）

成　德（十一辈）　星萧三子，佐领

诺穆齐（十一辈）　速黑忒七世孙，都察院左都御史（一品）

鄂　堆（十一辈）　速黑忒七世孙，骑都尉（四品）

塔金太（十一辈）　速黑忒七世孙，上驷院大臣（二品）

鄂谟托克（十一辈）　速黑忒七世孙，内大臣一等男（二品）

洪纳里（十一辈）　莽果子，佐领

依拉密（十一辈）　福尔丹第四子，三等侍卫（四品）

彻尔贝（十一辈）　万汗元孙，二等轻车都尉（三品）

桑　格（十一辈）　万汗四子旺锡曾孙，副都统

克什讷（十一辈）　吴尔瑚达孙，额森德礼之子，佐领三等男

多谟克多（十一辈）　速黑忒七世孙，都统兼议政大臣（一品）

多　内（十一辈）　速黑忒七也孙，二等侍卫（三品）

穆哈纳（十一辈）　速黑忒七世孙，内务府总管大臣（二品）

鄂　内（十一辈）　速黑忒七世孙，内大臣都统（一品）

萨哈纳（十一辈）　速黑忒七世孙，头等侍卫（二品）

阿哈丹（十一辈）　速黑忒七世孙，世袭一等轻车都尉兼袭三等男（二品）

硕尔对（十一辈）　速黑忒七世孙，礼部侍郎（二品）

鄂尔多　硕尔对三弟，护军校（四品）

马希纳（十一辈）　速黑忒七世孙，吏部尚书兼议政大臣

马尔都　马希纳弟，内阁学士（二品）

布兰太（十一辈）　格伦特次子，郎中（五品）

官　保（十一辈）　格伦特六子，防御（五品）

扎　书　格伦特第十子，防御

拉　塔（十一辈）　纳穆子，护军参领（三品）

马　拉（十一辈）　旺济外兰后，莽果之子，副都统（二品）

萨尔岱（十一辈）　旺济外兰后，参领（三品）

阿尔岱（十一辈）　旺济外兰后，头等侍卫

巴　什（十一辈）　旺济外兰后，护军参领

当　霭（十一辈）　旺济外兰后，副都统兼骑都尉（二品）

马　缉（十二辈）　马拉子，都统

肯　特（十二辈）　克什讷之子，二等侍卫（三品）

福　绶（十二辈）　孟格布禄次子聂克色曾孙、佐领

说明：

本组资料以《扈伦文献》为题，同《扈伦逸闻》同刊于一九九〇年
《长白学圃》（第六期）上，因当时匆忙，有个别误差和疏漏，附入本书时
做了部分调整和补充。

关于"乌拉系"和"哈达系"的世系和辈分，均以纳齐布禄为始祖，
自第四代分支，各自立谱，但辈分有条不紊，一脉传承至今。